KB242650

연변동서방문화연구회 편찬

중국조선민족문학

(근·현대 편)

이 책은 중국 동포작가의 작품으로, 작품 본래의 맛을 살리기 위해
작가가 사용한 표현을 그대로 실었음을 미리 밝힙니다.

연변동서방문화연구회 편찬

중국조선민족문학

(근·현대 편)

권 철 著

한국학술정보㈜

머 리 말

중화인민공화국의 56개 민족들에게는 자기의 특성을 고유한 찬란한 문화와 문학적 업적들이 있다. 그러나 20세기 50년대 중기에 이르러서도 한족을 제외한 기타 소수민족의 문학은 중국문학사에서 그 위치를 차지하지 못하고 있었다. 중국문학사 편찬과 연구 사업 중에서의 이와 같은 민족 불평등현상을 자각하고 진정한 중화민족문학사의 편찬을 위하여 『중국소수민족문학사(개황)』 편찬사업을 발기한 것은 1958년부터이다. 중국조선민족문학사 편찬도 이와 때를 같이하였다.

중국소수민족문학사의 편찬사업과 더불어 중국조선민족 문학발전사에 대한 연구가 진척됨에 따라 문학사 연구진에서는 이론과 실천면에서 여러 가지 문제들에 부딪치게 되었다. 그중 제기된 주요 이론문제들로는 민족문학범주의 확정기준, 중국조선민족문학과 조선문학과의 관계, 사(史)와 논(論)의 관계 처리문제, 문학사의 시기구분 등이다.

중국조선민족문학은 바로 중국에 이주한 조선민족들에 의하여 창조된 문학이다. 조선민족의 작가들은 자기들의 풍부하고도 다채로운 생활과 부동한 특성을 구현한 많은 빛나는 문학 성과로써 우리 문학예술의 대화원을 장식하였으며 조선문학의 발전과 더불어 중국문학의 발전에 자못 중대한 기여를 하였다.

오늘 문학사연구 분야에서는 민족문학의 범주를 확정하는 기준에 대하여 이런저런 부동한 관점들이 제기되고 있다. 그 주요한 관점들로는

(1) 민족문학의 기본적 확정기준은 그 작가의 민족출신에 좇아야 한다는 관점. (2) 작품에 반영된 생활제재에 따라 그 범주를 확정하여야 한다는 견해. (3) 그 작품에서 사용한 언어에 의하여 그 족속(族屬)을 규정하여야 한다는 견해. (4) 이밖에 작품에서 체현한 문화적 특징에 의하여 그 족속을 확정하여야 한다는 주장 등이다.

이상의 제반 논점은 다들 일리가 있음은 사실이다. 그런데 오늘 중국문학사계에서는 우선 민족문학은 어디까지나 그 민족의 작가를 떠나서 운운할 수 없다는 견해가 주도적이다. 그들은 민족문학의 근본적 특징은 민족의 기질과 미학적 이상을 반영하는 데서 구현되며 그것은 또한 민족문학의 성격을 규정하는 주요한 표징으로 간주하였다. 그리고 작중에서의 그런 민족적 기질과 지향의 구현은 우선 본 민족 작가의 심리적 소질과 누적한 문화소양에 바탕을 두고 있다고 인정하였다. 물론 그 민족의 작가 상황의 상이에 따라 여러 가지 복잡한 경우가 있을 수도 있다. 이를테면 타민족에게 완전히 동화되어 민족적 특성을 전적으로 상실할 경우인데 이런 특수한 정황은 예외로 다루는 수밖에 없다. 그러므로 '그 작품의 민족적 족속을 판단하려면 일반적으로 오로지 작가의 민족적 성분에 의지하여야한다.……작자의 민족성분으로써 표준을 삼지 않고 다시 표준을 내세운다면 그것은 과학적이 되지 못하며 그 결과는 여러 민족의 문학사에서 작가, 작품을 취급할 때 혼란과 중복을 피치 못하게 될 것이다.'*

다음 중국조선족문학 연구과정에서는 조선문학과의 관계문제도 거론되었다. 이 문제에 대하여서는 줄곧 열렬한 토론이 벌어지고 있으나 지금까지 의연히 쟁점으로 남아있다. 아래에 나름대로 견해를 피력하여본다.

중국조선족문학, 이는 역사적 개념이다. 조선민족은 조선반도에서 중

---

* 하기방: 「중국소수민족문학사 초고토론회에서의 발언」, 『문학평론』 1961년, 제3호.

국에 이주한 이래로 줄곧 동일민족으로서 공동한 역사적 계승성과 공동한 문화유산, 인접한 지리적 환경, 지난날 함께 일제와의 백병전에서 생사를 함께한 인연 등으로 얽혀진 특수한 관계로 하여 서로 오가고 동족의 정을 이으며 지냈다. 하여 지난날 중국조선민족의 문학 활동 중에서 출현한 작가와 작품의 귀속을 지정학(地政学)적으로 금을 긋듯 구분한다는 것은 무리가 뒤따른다. 이에 필자는 중국조선족문학은 본 민족의 문학전통과 유산의 계승성, 이주 이래 문학창작에서 민족의 생활을 대언한 작가, 작품의 실상으로부터 보아 조선민족문학의 일부분인 동시에 또한 중화민족의 일원인 소수민족으로서의 조선족의 특성을 구유한 문학이라고 인정한다.

중국조선족문학 연구과정에서 이곳 연구가들은 또한 조선민족 문학의 특성, 등 문제들을 에워싸고 줄곧 열기 띤 쟁론들을 벌이었으나 지금에 이르기까지 관점을 모으지 못하고 있다. 이를테면 20세기 초로부터 관내에서 문학 활동을 전개하며 업적을 이룩한 시인 김태영, 신정 그리고 작가 신채호 등과 그들의 문학적 성과, 그리고 항일시기 적점령구에서 산출된 일부 작가와 작품, 중국 동북지구의 항일유격구 군민들에 의하여 창조된 항일가요거나 연극 등을 중국조선민족문학의 범위에 포섭시킬 수 있는가 하는 등이 그 쟁점으로 되고 있다. 이밖에 개별적인 작가나 작품을 에워싸고 벌어진 토론 중에서 제기된 부동한 관점들은 비일비재이기에 이에 약한다.

그리고 본 저에서는 중국문학사가와 조선문학사가들이 시도한 여러 가지 시기구분 방법과 경험을 참조하고 조선민족의 역사적 현실 및 자체 문학발전의 특성에 비추어 중국 근, 현대 조선민족 문학발전을 다음과 같이 4개 시기로 구분한다.

(1) 이주－1920년의 문학
(2) 1920년－1931년의 문학

(3) 1931년-1945년의 문학

(4) 1945년-1949년의 문학

상술한 시기구분을 역사시대에 편입하면 이주-1920년의 문학이 근대에 속하고 1920년-1931년의 문학, 1931년-1945년의 문학, 1945년-1949년의 문학이 현대에 해당된다. 이것은 바로 중국조선민족문학을 산생케 한 시대의 변화에 좇아 문학발전의 시기를 구분한 것으로서 이에는 적지 않은 미흡점 또는 문제점을 동반하고 있다. 앞으로 중국조선족문학에 대한 연구가 심화됨에 따라 그 시기구분을 보다 적중하게 하기 위한 연구와 토론이 깊이 있게 진행될 것이라 기대한다.

본 『중국조선민족문학』(근·현대 편)은 2000년 6월에 출간한 『중국조선족문학』을 수정한 것이며 거기에 근년에 쓴 논문 3편을 부로 달았음을 밝혀둔다.

✋ 차 례 ✋

근대문학 편

제1장 이주-1920년의 문학 / 13

　제1절 이주 초기 수난의 현실과 민족문화 계몽운동 ····················· 13

　제2절 이 시기 문학창작 ··· 17

제2장 김택영과 신정의 시문 / 56

　제1절 김택영의 시문 ·· 56

　제2절 신정의 시문 ·· 69

현대문학 편

제1장 1920년-1931년의 문학 / 83

　제1절 새로운 사조의 유입과 문화활동 ···································· 83

　제2절 이 시기 문학창작 ··· 86

　제3절 신채호의 문학창작 ··· 116

제2장 1931년-1945년의 문학 / 129

　제1절 '9·18'사변 후의 항일투쟁과 항전문화활동 ····················· 129

　제2절 조선족문단의 문학 활동 ·· 132

제3장 시문학 / 136

    제1절 윤동주의 시 ···································· 137

    제2절 김조규, 리학싱의 시 ······················ 148

    제3절 함형수, 류치환의 시 ······················ 162

    제4절 송철리, 천청송의 시 ······················ 172

제4장 소설문학 / 180

    제1절 강경애의 소설 ································ 182

    제2절 현경준, 김창걸의 소설 ···················· 191

    제3절 안수길, 황건 등의 소설 ··················· 203

제5장 동북항일유격구와 관내 반일군민들의 문학 / 215

    제1절 동북항일유격구의 문학 ···················· 215

    제2절 관내 반일군민들의 문학 ··················· 234

제6장 1945년-1949년의 문학 / 243

    제1절 항일전쟁 후의 새로운 정세와 문학 활동 ········ 243

    제2절 이 시기 문학창작 ··························· 248

부 록

중국 조선민족문학 발전개관 / 267

조선민족의 이주 초기 구비문학연구 / 310

'북향회'의 전말 / 329

✋ 근대문학 편 ✋

제1장 이주 – 1920년의 문학

제1절 이주 초기 수난의 현실과 민족문화 계몽운동

중국의 조선민족은 중국대지에서 형성, 발전한 토착민과는 달리 조선반도에서 이미 민족으로 형성된 뒤에 중국에 이주하였다.

역사적 기록에 의하면 조선민족의 조상들은 아주 오랜 옛날부터 조선반도와 요하, 송화강 유역을 망라한 동북대륙에서 살았다. 그러나 그 후의 장기적으로 되는 역사적 변천 속에서 동북대륙에서 살고 있던 조선민족의 대부분 선조들은 조선반도로 이주하고 이곳에 남은 일부분은 장기간 기타 민족과 함께 생활하는 과정에서 본 민족의 민족적 특성을 잃어버리었다. 그 뒤 조선민족이 여러 가지 원인으로 하여 다시 중국 동북지역에 이주하기 시작한 것은 17세기 초엽부터라고 한다.[1]

1677년(강희16년)에 청나라정부에서는 장백산과 압록강, 두만강 이북의 1천여 리 되는 지역을 청조의 발상지, 이를테면 '용흥지지'라고 하여 봉금지구로 정하고 이 구역에서 개간하며 인삼을 캐고 진주를 채집하거나 벌목, 사냥하는 것을 엄금하였으며 또한 수많은 초소를 설치하고 순라를 두어 이족의 이주를 엄금하였다. 그러나 생활난에 허덕이던 조선의 빈곤한 농민들은 그런 '봉금령'도 무시하고 몰래 살길을 찾

---

1) 박창욱, 『中国朝鲜族歷史研究』, 延邊大学出版社, 1995년, 제97페이지.

아 이주하기 시작했다. 하지만 19세기 상반기에 이르기까지에는 청나라정부의 '봉금령'에 의한 심한 단속이 있었기에 그 이주 인수가 그렇게 많지는 못하였다. 그러다가 19세기중엽 이후 '봉금'이 완화되고, 1860년대에 조선 북관지방에 연이어 심한 재해가 덮쳐들자 기아선상에서 허덕이던 많은 조선 이재민들이 남부여대하고 도강, 이주하였다. 청나라정부에서는 이때에 이르러 이런 이주풍을 막을 내야 막을 수 없게 된데다가 또한 이런 이주민을 이용하여 황무지를 개간하여 나라의 경제수입을 늘이고 국경선방어도 강화하려는 목적으로 1880년대에 이르러서 '봉금령'을 폐지하고 이민실변 정책을 실시하였다. 이에 따라 조선 변강지대의 농민들이 더욱 대량적으로 중국에 들어와 정착하였다. 그 후 20세기 초 더욱이는 1910년 8월 일본이 조선매국역적들과 공모결탁하여 '일한합병조약'을 체결하고 조선을 완전히 강점하게 되자 일본침략자의 무단적 통치와 잔혹한 수탈로 하여 파산된 많은 농민들과 반일민족독립운동에 나선 우국지사들이 중국에로 들어와 그 이주민수는 부쩍 늘어났다. 그리하여 '1920년대에 동북의 조선족인구는 이미 45만 9천 명을 초과하였다.'[2]

조선반도에서 이주한 조선농민들은 기타 민족들과 함께 황막한 동북 변강을 개발하였다. 이들은 아주 많은 어려움을 겪으면서도 진펄을 갈아 번지고 물도랑을 빼고 강물을 끌어들여 수전을 일구었다. 그럼에도 불구하고 당시 청조정부에서는 이주한 조선농민들에게 반동적인 민족동화 정책을 실시하면서 소위 '치발역복, 귀화입적(薙髮易服, 帰化入籍)'을 강요하였으며 불복하면 땅과 재산을 빼앗고 거주권을 박탈하였다. 그리하여 적지 않은 조선농민들이 자기 피땀으로 일군 땅을 버리고 눈물을 흘리면서 떠나갔다. 오도 가도 할 수 없는 농민들은 모진 치욕과 시련을 받아가며 제자리에서 삶을 영위하면서 봉건통치의 압박과 수탈에 반발하여 단호히 항쟁에 나섰다. 1899년 초에 천보산 은광

---

2) 『조선족약사』 제2페이지, 1986년 연변인민출판사 출판.

에서 일어난 노동자들의 파업투쟁, 1908년부터 1915년 사이에 국자가(지금의 연길)와 화룡 등 지방에서 여러 번 일어난 당지 관청, 향약, 패두의 수탈을 반대한 쟁의가 그것을 사실로 말해주고 있다.

조선을 병탄한 일본침략자는 뒤이어 침략의 마수를 연변에 뻗쳤다. 일본통치자들은 연변을 조선식민통치를 확보하며 동북을 침략하는 '요충지'로 간주하고 당치않은 구실을 조작하여 1907년 8월에 '조선통감부 간도파출소'를 용정에 설치하였으며 1908년에는 무능한 청조정부를 협박하여 '두만강중조변무조항'(간도협약)을 체결하고 '조선통감부 간도파출소'를 '간도주재 일본영사관'으로 승격시키었다. 1917년과 1918년에 이르러서는 선후로 '조선은행간도지행'과 '동양척식주식회사 간도출장소'를 설립하였다. 일본침략자들은 이런 기구들을 이용하여 연변인민을 제멋대로 탄압, 수탈하면서 무단적으로 통치하였다.

이런 사태에 직면하여 연변인민들은 일찍 조선서부터 민족독립운동에 나섰던 반일투사들의 조직 하에 분연히 일떠나 일본침략자를 반대하는 투쟁에 뛰어들었다. 조선민족반일투사들은 1910년대 좌우로부터 선후로 '간민교육회', '경학사', '부민회', '대한민회' 등 수많은 반일단체들을 결성하고 일본침략자와 그 주구들을 반대하는 투쟁을 벌이었다. 소련 10월혁명과 조선의 '3·1'운동의 영향 하에 1919년 3월 13일 용정에서 일어난 반일민중 대시위는 당시 민중의 앙양된 투지를 과시하였으며 또한 인민대중을 반일무장투쟁의 길로 나가게 하였다. 이때로부터 각지에는 반일무장단체들이 널리 조직되고 투쟁의 규모도 상당한 정도로 발전하였다. 1920년 7월 일본침략군들에게 심대한 타격을 안긴 봉오동전투와 1920년 10월 소위 일본침략군이 발동한 '경신년대토벌'에 맞대매로 나서서 혁혁한 전과를 올린 '청산리대섬멸전'은 그 좋은 실례로 된다. 그러나 당시 역사적 제약성으로 하여 인민대중의 항쟁은 많은 어려움을 겪게 되었으며 이때로부터 조선민족지구에서의 반일투쟁은 새로운 역사적 단계에 진입하게 되었다.

상술한 바와 같이 중국 근대의 사회 정치적 환경은 아주 복잡하고도 험악하였으나 우리 조선민족은 시종 봉건적 반동통치와 일본침략자를 반대하는 투쟁을 견지하였으며 민족의 독립과 자주를 실현하기 위한 도경을 부단히 모색하여 나갔다. 이 시기에 개화사상과 조선애국문화운동의 영향 하에서, 그리고 광범한 조선민족 인민대중의 요구와 민족적 위기를 자각한 지사들에 의하여 민족문화 계몽운동을 세차게 벌이었다. 이때 민족문화 계몽운동의 선각자들은 시종 민족의 해방과 근대적 발전을 기하기 위해서는 민족의 새로운 각성과 단합이 무엇보다 중요하다고 인정하였으며 또한 그것을 실현하기 위한 기본적 방도는 '내수외학(內修外學)'에 있다고 인정하였다. 하여 그들은 민족문화 계몽운동 중에서 '내수외학(內修外學)'을 활동 강령으로 내세우고 교육운동, 출판보급 활동, 언문일치(言文一致) 운동 등을 다양한 형태로 전개하였다.

당시 조선민족 중의 진보적 지식인들은 '교육이 불흥이면 생존이 부득'이라는 인식으로부터 민족의 성취와 국가의 존망은 죄다 교육에 달렸다고 확신한 나머지 민족의 해방과 근대적 발전을 위하여 각 지방에 신식학교를 설립하고 새로운 교육을 도모하였다. 그들은 조선민족 집거구의 실정에 비추어 사립학교, 야학교, 강습소를 세웠다. 1916년 말에 이르러 동북지구 내에 세워진 조선민족 사립학교수는 239개소에 달하였다. 이런 신식학교들에서는 민족의 해방과 개화발전을 위하여 민족의식을 심어주고 현대적 과학문화를 습득케 함으로써 근대적 민주과학을 주요내용으로 한 신학이 봉건적 구학을 대체하고 반일교육이 친일교육을 압도하게 하였다.

이 시기에 일어난 조선민족의 출판사업은 민족문화 계몽운동의 한 부분으로서 중요한 역할을 수행하였다. 1910년 이전까지만 해도 이주한 인구가 적은데다가 산거상태에 처하여있었고 또한 지식인과 인쇄시설 등이 결핍한 원인으로 하여 자기의 출판물을 인쇄, 발행하지 못하였었다. 이때 조선민족 집거구들에서는 조선에서 발행되는 이를테면

《독립신문》, 《황성신문》, 《대한매일신보》, 《만세보》 등 신문과 《야뢰》, 《서부》 등 잡지 그리고 러시아의 블라디보스토크 등지에서 간행되는 많은 간행물을 직접 구독하였다. 그러다가 1910년 이후 반일민족운동의 앙양과 민족문화 계몽운동이 심화됨에 따라 조선민족 집거구에는 수십 종으로 헤아리는 근대적 신문과 잡지들이 간행되게 되었다. 당시 발행된 《월보》(1909년), 《한족신문》(1911년), 《대진(大震)》, 《학우보》(1916년) 등과 ‘3·13’반일군중운동이 일어나던 전후시기에 출간된 《독립》(후에 《독립신문》으로 개제, 1919년), 《인민보》(1919년) , 《조선민보》(1919년) 등이 그 예로 된다.

이 시기에 발랄하게 벌어진 언문일치운동은 민족문화 계몽운동의 중요한 조성부분이었다. 이 운동은 종래로 한문만을 숭상하면서 말과 글의 불일치를 조성하던 폐단에 직면하여 조선문을 정통의 위치에 올려놓고 널리 사용, 발전시키려는 시대적 요구를 반영하였다. 이에 민족문화 계몽운동에 나선 지식인들은 언문일치운동을 거쳐 말과 글의 일치를 보장하며 언어사용의 새로운 규범을 세우며 조선어문을 일떠나 보급함으로써 광범한 민중의 적극적인 호응을 받았다.

조선민족은 중국에 이주한 이래로부터 1920년대 초기에 이르는 사이에 모진 수난 속에서 생활을 영위하면서도 재래의 문화적 전통과 현실생활의 토대 위에서 자기의 문화적 풍토를 다양한 형태로 가꾸어왔다. 이 시기의 반일민족문화 계몽운동은 여러 모로 시대적 제한성을 받으면서도 일제에 항거해 민족해방을 이룩하기 위한 투쟁에 적극적인 영향을 주었다.

제2절 이 시기 문학창작

근대조선민족문학은 19세기 후반으로부터 1920년에 이르는 사이의 조선민족이 처한 역사적 현실의 토대 위에서 발전하였다.

이주 초기의 조선민족의 성분 구성을 보면 그 대부분이 극빈한 농민들이었으며 자기의 문학인을 가지지 못한 형편이었다. 게다가 그들은 분산적으로 거주하는 상태에 처하였었고 자기의 출판기관 등 문화적 여건을 구비하지 못한 등으로 하여 중국조선민족문학은 20세기 초엽까지도 일부 문인들에 의해 지어진 계몽가요와 한문시 그리고 오래전부터 전해진 구전설화에 토대하여 창작된 시문 등이 있을 뿐 서사문학에서는 유별한 성과를 남기지 못하였다. 그러다가 20세기에 들어와서부터 개화적인 근대의 사회적 현실과 새로운 문화적 풍토 속에서 서사문학이 보다 다양한 형태로 발전하기 시작하였다.

20세기 10년대에 진입하여 조선민족문학은 시대적 정신의 각광을 받아가며 날로 심화되어가던 반제반봉건투쟁의 현실 속에서 근대성격을 구유한 문학으로 발전하였다.

이 시기 문학의 새로운 성격적 특징은 우선 그 주제내용이 반제 반봉건적이고 근대적인 데 있다. 많은 경우 이 시기의 문학작품들은 중세기적인 몽매와 관습을 반대하고 '민권옹호', '자유평등'과 '문명개화'를 주장한 자산계급민주주의를 기본으로 선양하고 있다. 이런 작품들에서는 일본침략자의 죄행을 폭로, 비판함에 있어서도 국내봉건통치배의 매국적 본성과의 밀착 속에서 묘사하면서 민족을 수호할 과업을 돌출하게 내세우고 있다.

이 시기 문학의 새로운 성격적 특징은 또한 선행시기 문학에서 찾아볼 수 없는 신형의 전형적 인물형상을 창조한 등에서 집약적으로 구현되고 있다. 이 시기 시대적 사명감으로 자기를 불태우던 작가들에 의하여 창조된 주인공들은 많은 경우 민족해방의 성스러운 싸움터에 뛰어들어 자기의 일체를 헌신하는 투사들이 아니면 중세기적인 몽매와 무지를 반대하고 자유와 평등, 민권옹호, 문명개화 등의 근대적 의식을 고취하는 선각자들이다. 이런 감명적인 신형의 형상들은 이 시기 문학에서 거둔 중요한 성과로 간주되고 있다.

이 시기에 시대적 정신의 각광을 받아 많은 창작자들은 사회생활과의 연계를 강화하고 사회적, 정치적 문제에 적극 참여하며 인민의 생활세태와 지향을 보다 진실하게 묘사하려는 노력들을 보이고 있다. 이 시기의 문학작품들은 작품의 소재나 사건이나 인물을 흔히 옛날이나 다른 나라로부터 가져오던 격식에서 벗어나 민족의 현실생활에 뿌리를 내리고 당시의 사회 현실적 소재를 다루면서 민족 앞에 제기된 과업과 시대적 정신을 두드러지게 표현하였다.

이 시기 적지 않은 작가들은 문학작품의 언어구사에 있어서도 어려운 한문식 표현과 한문투를 피하고 우리 민족의 생활적인 언어와 일상 구두어를 쓰는데 큰 관심을 돌렸다. 그리하여 이 시기에 이르러서도 한문문학이 있었으나 조선민족어 문학이 정통적인 지위에 오르게 되자 지난날 문학 언어 사용에 있어서의 이중구조를 청산하는 길로 나아갔다.

이 시기에는 또 새로운 시대적 요구와 심미적 수요에 따라 문학형식을 선택하고 그 주제를 구현하기 위한 작가들의 노력에 의하여 창가, 자유시, 신소설, 연극 등과 같은 일련의 새로운 문학양식이 성행되었으며 시조, 한문시, 다양한 형식의 산문, 그리고 민요, 구전설화 등도 계속 발전하였다.

이 시기 시가문학 분야에서는 1910년대 초엽 근대적 문화계몽사조의 물결 속에서 조선으로부터 유입된 창가형식이 널리 성행하였다. 이 시기 창가창작은 조선시가의 발전에서 특정한 의의를 가지고 있다. 그리고 1910년대 중기로부터 자유시가 출현하였다. 이를테면 자유시 「나의 사랑」, 「너의 것」, 「새벽의 별」(신채호), 「새빛」(류영), 「아, 내 나라」(해일) 등이 그 예증으로 된다. 이 시기에는 또 시조, 가사, 한문시 등도 많이 창작되었다. 이런 부동한 형식의 작품에서는 다 시대적 사조와 조선민족의 의지와 미래에 대한 동경을 진실하게 읊조리고 있다. 한문시 창작에서 보다 뚜렷한 성과를 거둔 시인으로 김택영, 신정을 먼저 손꼽게 된다.

1910년대에 들어서면서 당시 반일투쟁, 민족문화 계몽운동의 발전과 더불어 새로운 성격을 구현한 소설과 다양한 형식의 산문들이 출현하기 시작하였다. 예를 들면 「꿈 하늘」, 「백세 노승의 미인담」, 역사소설 「류화전」, 공월의 단편소설 「피눈물」 등을 들 수 있다. 이와 같은 작품들은 당시 조선의 신소설의 영양 하에서 창작된 시험작으로 간주된다. 그리고 당시 우후죽순마냥 나타난 반일민족주의단체거나 민족의식이 강한 지식인들에 의하여 창의문, 취지시, 성토문, 수필……과 같은 형식으로 쓰인 정론과 산문작품들이 많이 출현하였다. 이를테면 1910년 남만의 반일민족주의단체 ‘경학사’가 창립될 때 살포한 「경학사 취지서」, 1915년에 신정이 ‘남사’ 시우들께 보낸 「동사 여러분께 드리는 글」 같은 해 지용담, 김정규가 오록정에게 쓴 「관리에게 드리는 글」, 1918년에 살포한 「무오독립선언」, 1919년 ‘3·13’반일민중대회 시에 발표한 「반일선전포고문」 등을 그 예로 들 수 있다. 이런 격문과 정론 등은 당시 민중의 앙양된 정치적 격정과 투쟁의지를 대언하였기에 현실투쟁을 힘차게 고무하였으며 보다 큰 영향력을 산생시켰다.

이 시기에 용정, 연길 등 조선민족 집거구들에서는 조선을 경유하여 유입된 신파극, 신극 등의 영향 하에 근대적 연극들이 출연되었다. 전하는 바에 의하면 당시 일본이나 서울에 가서 유학하던 문예청년들이 돌아와서는 당지 청년학생들과 함께 일본이나 조선에서 성행하던 극형식을 본받아 자체로 극본을 창작, 공연하였다고 한다. 예컨대 일찍 정치활동가로 활약하다가 건국 후 연변대학 역사학부에서 교편을 잡았던 지희겸(1903~1984)의 회고담에 따르면 1914년을 좌우하여 용정, 연길 그리고 기타 도시와 농촌에서 근대적인 연극 활동이 벌어짐에 따라 민권자유, 남녀평등, 자유혼인, 미신타파 등을 선양한 내용을 담은 「신가정」, 「미신타파」……라고 제목한 극들이 공연되었다고 한다. 그리고 길림시 조선민족문화관에서 펴낸 『길림지구 조선민족 발자취』에서 인용

한 역사적 기재에 의하면 1915년 4월 10일부터 17일 사이에 조선족중
학생들이 조선에 대한 일제의 야만적 침략죄행을 폭로, 단죄한 내용을
담은 기동선전극 「원흉(元凶)」을 출연하였다고 한다. 상술한 당시 상
황을 보아 반일문화 계몽운동과 반일무장투쟁의 앙양 속에서 반일단체
거나 사립학교들에서는 여러 가지 형식의 연극들이 보다 널리 출현되
었으리라 짐작된다. 하지만 당시에 출연된 연극대본이거나 연출상황을
밝힌 자료들을 지금에 이르기까지 수집 못하고 있기에 이 시기의 극문
학 발전면모를 구체적으로 고찰할 수 없다.

이 시기의 문학은 당시 우리나라 사회발전의 역사적 제약성 등으로 말미
암아 이러저러한 결함들을 동반하고 있다. 그럼에도 불구하고 이 시기 문
학에서 구현한 철저한 반제반봉건적인 성격과 다양한 성과들로 하여 당시
조선민족의 민족성 수호의 의지와 미학적 요구를 반영함에 있어서나 중국
조선민족문학을 새롭게 개척하고 발전시킴에 있어서 큰 기여를 하였다.

근대 조선민족문학에 있어서 시가문학은 보다 풍만한 성과를 거둔
한 분야이다. 그중에서도 창가가 보다 중요한 위치를 차지하며 일정한
영향력을 보여 주었다.

오늘날 당시 성행된 창가형식이 내포한 의미에 대하여 부동한 해석
들이 있다. 여기서 말하는 창가는 19세기 말엽으로부터 반일문화계몽
사조의 영향 하에서 민족의 자주독립과 민권옹호와 문명개화의 의지를
선양하고 실현하기 위하여 지어진 운문시가이다. 이 창가는 가창을 위
하여 왕왕 현대적 악곡과의 결합을 기하고 있다.

이런 창가는 그 대부분이 당시 각지에 설립된 사립학교거나 진보적
인 반일문화단체 내의 시문에 능한 창작자들에 의해 지어져 광범한 대
중 속에서 널리 불리었다. 나중에 창가는 사립학교 교수과목에 인입되
면서 음악과란 의미로 씌어지기도 하였다. 이 시기에 나온 창가들에는
당시의 절박한 사회정치문제를 다룬 것들도 있고 인정세태나 자연경물

을 노래한 것도 있으나 그 대부분은 민족의 자주독립과 문명개화의 의지를 노래하고 있다.

이제 이 시기에 지어져 널리 불리었던 창가들을 그 주제내용별로 나누어 고찰해보면 다음과 같다.

이 시기에 지어진 많은 창가 중에는 문명개화, 민권옹호와 자유평등을 구가한 것들이 상당한 비중을 차지하고 있다. 그 대표적인 작품으로는 「동심가」, 「자유가」, 「육대주가」를 들 수 있다.

잠을 깨세 잠을 깨세
어둠 캄캄 꿈속에서
만국이 휘동하야
문명개화한다더라

―「동심가」의 일절

사람은 사람이란 이름을 가질 때
자유권을 똑같이 가지고 났다
자유권 없이는 살고도 죽은 몸이니
목숨은 버리어도 자유는 못 버려

배달의 어린이야 어서 자라서
우리의 자유를 위해 싸우라
자유를 찾든지 우리가 죽든지
끝까지 기운 떨쳐 함께 싸우라

―「자유가」 중의 두절

이 두 수의 창가에서는 수천 년 동안 지루하게 지속되던 중세기적 몽매에서 벗어나 날로 개화 발전하는 시대적 조류에 따라 문명개화를 이룩하고 잃어버린 자유를 찾아야 하며 또한 문명개화를 이룩하려면 만민이 한마음으로 단합하여 일떠서야 한다고 직설적으로 토로하고 있다. 당시 인민대중이 즐겨 부르던 「육대주가」, 「세계일주가」에서도 민족민주혁명에 일떠선 동방과 구라파 각국의 발전한 모습을 생동하게 펼쳐 보이면서 하루속히 근대적 문명에 따라나서라고 일깨워주고 있다.

이런 근대적문명과 개화의식을 구가한 창가들 중에는 또한 남녀평등, 여성해방, 자유혼인을 구가한 「여자는 근본」, 「가정가」, 「결혼축하가」, 「이혼가」, 「사랑곡」 등과 같은 많은 창가들이 전송되었는데 그중 널리 불리운 「여자는 근본」 중위 한 대목을 들어보면 다음과 같다.

> 만물 중에 우리 인생 제일 귀하고
> 인간 중에 우리 여자 근본이로다
> 가정에도 나라에도 기초가 되는
> 온 세계 온 나라의 어머니로다
> ......

이 창가는 당시 그 내용의 참신성으로 하여 비단 당시 부녀들에게서뿐만 아니라 광범한 민중들 속에서 널리 애창되었었다.

다음 이 시기에 창작된 창가들 중에는 민족의 독립과 진흥을 위하여 분초를 아끼며 새로운 과학과 문명을 습득하여야 한다는 민족자강의식을 여러모로 선양한 노래가 퍽 많은 비중을 차지하고 있다. 이런 주제에 바쳐진 대표적 작품으로는 「학도가」, 「권학가」, 「수학가」, 「수업가」 등을 들 수 있다.

> 동방의 붉은 햇빛 명랑한 곳에
> 갱생의 큰소리 요란하지만
> 눈멀고 귀먹으면 어찌 알리오
> 눈 뜨고 귀 밝히자 청년학도야

> —「학도가」의 일절

약육강식 이 세상에
유식함이 힘이란다
티끌 모아 태산이라
한자 두자 배워가자

　　　　　　　　　　　　　　　　　　　　－「권학가」의 일절

이런 노래들에서는 민족의 장래인 청년학도들에게 '약육강식'의 강권주의가 판을 치는 정세 하에서 새로운 과학문화를 습득하지 않으면 날로 발전하는 세계의 조류에 뒤지며 먹히우는 운명에 직면할 것이니 정신을 차려 학문을 닦으라고 간곡하게 타이르고 있다. 당시 널리 불리운 「수업가」와 「수학가」도 「학도가」나 「권학가」와 유사한 주제를 부동한 시점에서 형상적이고도 철리적으로 노래하고 있다.

뒷동산 저 송죽
굳센 절개 지키려고
찬 서리 눈보라 견디어
홀로 푸르렀네
중한 책임 짊어진 청년학생들
만학천험 두려워말고
우리 목적 달하세

　　　　　　　　　　　　　　　　　　　　　　　－「수업가」

바위 아래 솟는 샘 벽계 이루어
여름 낮 겨울 밤 쉬지 않고 흐르네
산협 사이 험한 길 굽이굽이 감돌아
천신만고 불고코 전진하여 나가네

　　　　　　　　　　　　　　　　　　　　－「수학가」의 일절

이 두 수의 노래에서는 아주 재치 있게 은유적인 형상수법을 빌어 '만학천험 두려워말고' '천신만고 불고코' 이악스레 학문을 닦아나간다면 민족의 진흥에 기여할 수 있다는 철리를 심각하게 밝히고 있다. 이런 노래들은 '교육이 불흥이면 생존이 부득'이라는 견지에 입각하여 '내수외학'을 활동 강령으로 내세웠던 당시의 민족문화계몽사조를 직설적으로 선양하고 있다.

그다음, 이 시기에 널리 불리어진 창가들 중에는 비운에 처한 민족을 구원하고 자주독립을 이룩하기 위하여 떨쳐나설 것을 호소한 노래들이 자못 중요한 자리를 차지하고 있다. 이것은 그 시기에 조선민족이 처하였던 불우한 정치적환경과 관련되는 바 이 시기 백의동포들 앞에 제기된 초미의 문제가 바로 일본침략자를 타도하고 민족의 독립자주권을 찾는 과업이었기 때문이다. 이런 주제를 다룬 창가들로는 「소년모험맹진가」, 「행보가」, 「작대가」, 「한산도가」, 「거사가」(일명 「이등도살가」), 「복수설치가」(우덕순 사), 「명동학교 교가」……를 들 수 있다.

단군선조 피 받은 배달소년아
민족의 치욕을 네가 아느냐
천부의 자유권은 차가 없거늘
우리 민족 무슨 죄로 욕을 받는가

민족 사랑하는 자 적지 않지만
모험 행진하는 자 몇이 되느냐
깰지라 소년들아 험한 마당에
조금도 사양 말고 달려 나가서

　　　　　　　　　　　－「소년모험맹진가」 중의 첫 두 연

무쇠골격 돌 근육 청년남자야
애국의 정신을 분발하여라

다달았네 다달았네 우리 앞에는
청년들의 활동 시대 다달았네

만인대적 연습하여 후일전공 세우세
절세영웅 대사업이 우리목적 아닌가
번쩍번쩍 번개같이 번쩍
쾌하다 장검을 비껴들었네

―「행보가」

흰 뫼가 우뚝코 은택이 호대한
한배검이 깃 치신 이 터에
그 씨와 크신 뜻
넓이고 기르는 나의 명동

웅장한 조상의 피 이 속에 흐르니
아무런 일 겁날 것 없구나
정신은 자유요
의기가 용감한 나의 명동

―「명동학교 교가」의 두 대목

이런 노래들에서는 일본침략자를 내몰고 복수 설치하여 빼앗겼던 민족의 자주권을 되찾으려는 드팀없는 결의를 노래하고 있다.

이상에서 보여주다시피 창가는 19세기 말엽으로부터 문명개화와 민족자주독립의 의지를 고취하기 위한 수요에 응하여 산생된 진보적 시문학으로서 자기의 특색을 가지고 있다. 이런 창가는 자기의 발전행정에서 주제범위를 확대하면서 민족의 계몽사업을 촉진하고 민족적 사명을 실현하는 과업의 수행에 이바지하였다. 창가는 그 형식면에서 그 시기의 새로운 시대적 발전과 인민대중의 심미적 정서에 맞는 다양한 표현형식들을 채용하였으며 그 언어사용에 있어서도 이전 시기의 시가와는 달리 언문일치의 원칙에 따라 소박하고도 생동한 민중의 생활어를 도입하기에 공력을 들이었다. 그리고 동일한 음절수의 불규칙적인 반복과 단어반복 등 다양한 수법을 씀으로써 전통적인 정형시들과는 구별되는 새로운 특성들을 보여주었다. 이런 사정은 창가가 재래의 가사와 같은 정형시의 작시법을 계승하면서도 그 형식을 많은 부분에서 쇄신하고 있음을 볼 수 있다. 이런 창가는 우리 민족 시가가 정형시로부터 현대자유시에로 넘어가는 행정에서 교량적 역할을 수행하였다.

창가창작의 성과를 서술하면서 부언할 것은 이 특정한 역사 시기에 산생되고 보급된 창가들에는 낙후하거나 심지어 퇴폐적인 것을 선양한 것도 일부 있다. 그러나 이 시기의 창가를 전일적으로 분석, 평가하고 일부 미흡한 문제들에 대하여서는 역사적 견지로부터 평언을 하면서도 당시 창가가 조선민족 시가의 발전에서 가지는 의의와 위치를 충분히 긍정하고 평가하여야 할 것이다.

1919년 좌우 시기에 각지에 독립군 등 반일무장조직이 우후죽순처럼 일어서고 반일무장투쟁을 고동하는 독립군가요들이 창작되고 널리 보급되었다.

그 대표적 작품들로는 「동원가」, 「작대가」, 「용진가」, 「독립군행진곡」 등과 여러 가지 「독립군가」……를 들 수 있다.

「작대가」는 군사학교거나 무장대오에서 군사조련 시에 널리 불리었다.

> 동포들 대열 지어 전진 전진
> 우리 권리 찾을 날이 오늘 오늘
> 활발하고 용감한 우리 앞에
> 독립깃발 휘날린다, 펄럭인다
> 초연탄우 무릅쓰고 가는 곳에
> 독립자유 자유 독립 마중 온다

끊는 피로 키운 정성 묻힌 곳에
원수 놈의 창과 검이 끊어진다
최후까지 쉬지 말고 전진 전진
자유의 복과 낙이 찾아온다

—「작대가」

이에서는 원수 격멸에 자기를 바치려 조련에 몰두하는 투사들의 용
감한 기세와 굳은 결의를 구김 없이 보여주고 있다.

억눌린 동포들아 일어나거라
일어나서 총을 메고 칼을 차거라
잃었던 내 조국과 너의 권리를
원수의 손에서 도로 찾으라

한산에 외로 자란 초목까지도
무덤 속에 누워있는 혼령까지도
유부녀까지도 다들 일어나거라
일어나서 총을 메고 칼을 차거라

이것은 당시 널리 불리었던 「동원가」 중의 두 대목이다. 이 노래는
침략자의 예속 밑에서 자유와 권리를 다 빼앗기고 망국노의 신세가 되
어버린 민족적 체험에 토대하여 반일무장투쟁의 필요성과 긴박성을 앙
양된 격정 속에서 토로하고 있다.
　이와 같은 주제는 또한 여러 가지 부동한 독립군들의 군가들에 한결
더 강렬하고도 집약적으로 구현되고 있다. 부동한 「독립군가」의 일부
대목들을 간추려 들어본다.

백두산아 넓고 넓은 만주 뜨락은
구국영웅 우리들의 운동장일세

걸음걸음 떼를 지어 앞만 향하여
활발발 나아감이 엄숙하도다
……
한양성에 자유종 땡땡 울리고
3천리에 독립기가 펄펄 날릴 제
자유의 새 정부를 건설하고서
무궁화동산에서 만세 부르자

−「용진가」

이 「용진가」는 비교적 일찍 독립군들에게 불리운 군가로서 그 주제
가 명료하고 형식이 간결하며 격정으로 충만 되어 있다. 이 노래는 지
금까지도 광범한 대중 속에서 널리 애송되고 있다.

요동반도 넓은 들을 쳐서 파하고
여진국을 토멸하고 개국하옵신
동명왕과 이지란의 용진법대로
우리들도 그와 같이 원수 쳐보세

[후렴] 나가세 전쟁장으로 나가세 전쟁장으로
검수도산 무릅쓰고 나아갈 때에
독립군아 용감력을 더욱 분발해
기천만번 죽더라도 나아갑시다

−「독립군가」의 제1절

이 「독립군가」는 일명 「용진가」로도 전해지고 있다. 모두 5절로 이
루어졌는데 이 가요는 민족의 기백과 억센 투지를 고취하여 투사들의
기세를 북돋는 데 모를 박은 격정의 노래다.

나아가세 독립군아 어서 나가세

기다리던 독립전쟁 돌아왔다네
이때를 기다리고 10년 동안에
갈았던 날랜 칼을 시험할 날이

나아가세 조선민족 독립군사야
자유 독립 광복할 날 오늘이로다
정의의 깃발이 날리는 곳에
적의 군사 낙엽같이 쓰러지리라
……

독립군의 백만 용사 달리는 곳에
압록강 어별들도 다리를 놓고
독립군의 붉은 피가 휘뿌리는 때
백두산 굳은 바위 길을 열리라

독립군의 날랜 칼이 비끼는 날에
현해탄 푸른 물이 핏빛이 되고
독립군의 벽력같은 고함소리에
부사산 높은 봉이 무너지누나

－「독립군가」 중의 일부

이것은 당시 독립군들에서 널리 불리운 「독립군가」에서 발취한 네 대목이다. 이 노래는 4행씩 12절로 된 비교적 긴 노래이다. 이 군가에서는 반만년 피로 지킨 고국의 파란만장한 역사를 비장하게 회고하면서 빼앗긴 주권을 되찾아야 할 후대의 사명을 강조하였으며 일본침략자와의 결전에 나선 독립군전사들의 기세를 북돋우어주고 있다.

당시 불리운 여러 가지 「독립군가」 중에는 작사자를 밝힐 수 있는 노래도 있다. 이때 북로군정서 등에서 애창된 「독립군행진곡」은 김좌진 장군이 작사한 것으로 전해지고 있다.

위에 열거한 독립군의 노래들은 반일무장대오의 성스러운 종지, 역사적 사명감과 전투적 과업을 예술적으로 집약하고 있는가 하면 민족의 해방과 자주독립을 쟁취하려는 독립군투사들의 민족에 대한 불타는 사랑과 멸적의 기개를 박력 있게 구가하였으며 당시에 앙양되던 반일무장투쟁의 성세를 구김 없이 과시하고 있다.

독립군가요의 주제내용들을 보면 반봉건적인 문명개화와 민주적 각성을 고취하는데 머무른 창가와는 달리 일본침략자의 침략죄행을 폭로, 단죄하고 거족적 무장투쟁을 고동하는 데 모를 박고 있다. 하여 이런 가요들은 전투적 기백이 강하며 행동적이고 개방적인 면에서 자기 나름의 특색이 있다. 그리고 그 형식면에서도 표현을 쇄신하려는 노력들을 볼 수 있다.

인민대중의 생활어를 재치 있게 도입하며 또한 다양한 표현수법들을 씀으로써 재래의 정형시와는 다른 색채를 보여주었다. 이를테면 가사체 운율조성의 틀에서 벗어나 4·5조, 6·4조, 7·5조, 8·5조 등 다양한 음수율에 의거하여 시의 운율을 살리고 있는 등이다.

이토록 독립군 가요는 민족의 항일염원을 드높은 정치적 격정으로 보여주면서도 또한 역사적 제한성과 더불어 예술표현상의 미흡점들을 동반하고 있다. 이에 우리는 역사적 실제로부터 실사구시적으로 분석하고 평가하여야 하며 독립군가요가 이 시기 시가 발전에서 가지는 의의와 위치를 충분히 긍정하여야 할 것이다.

이 시기에 진입하여 창가 등 가요와 더불어 시조와 한문시도 적지 않게 창작되었고 현대자유시도 나타나기 시작하였다. 그러나 여러 가지 원인으로 말미암아 그 작품들이 산일되다보니 지금까지 전해지고 있는 작품은 많지 못하다. 또한 현존하는 일부 작품들은 당시의 우국지사거나 진보적인 지식인들에 의하여 지어진 것은 사실이나 가석하게도 그 작자들을 밝혀낼 수 없다. 이런 형편에서 이 시기 시조, 한문시, 자유시 창작의 일각을 더듬으면서 당시의 시인들과 작가들의 예술적 추구를 살펴보는 수밖에 없다. 이 시기 시조창작은 당시의 시가문학에서 일정한 위치를 차지하고 있다. 1910년대에 이르러 시조형식은 일부 근대적 성향에 어울리기 어려운 그런 제한성도 동반하지만 시조는 민족고유의 정형시로서의 특성을 구유하였기에 계속 맥을 이어가면서 창작되었다.

이 시기 시조들이 많이 창작된 것으로 알려지고 있으나 그 대부분이 산일되고 현존한 것으로는 「유화절」(실명), 「청년아」(실명), 「단결력」(실명), 「고려영」(신채호), 「갑중검」(실명), 「지사음」(실명) 등 수십 수[3]가 있을 뿐이다. 이런 시조들에서는 당시 민족의 운명에 대한 시인들의 깊은 심려와 절절한 염원을 읊조리고 있다.

그리고 이런 시조들은 흔히 나타내고자 하는 주제내용을 집약하여 제목을 달았는데 이것은 당시 조선에서 성행하던 방식을 본딴 것 같다.

간밤에 비 오더니 봄소식 완연하다
무령한 화류들도 때를 따라 피었는데
어찌타 2천만의 저 민중은 잠깰 줄을

—「유화절」

이에서 보여주다시피 시인은 역사적 전진의 새로운 시대적 조류를 '봄소식'에 비기면서 봉건사회의 세기적 잠에서 깨여나지 못하고 몽매에서 허덕이는 겨레의 현 상태를 통탄하며 하루속히 개화발전하기를 간절히 바라고 있다. 이 시조의 밑바닥에는 시인의 민족에 대한 우환의식이 여울치고 있다.

시조 「청년아」에서는 자라나는 청년학생들에게 큰 기대를 걸고 민족의 진흥을 위하여 시간을 아껴 학문을 닦으며 실무에 투신하여야 한다

---

3) 이 시조들은 이곳에 유전되고 있는 것들을 수집한 것임.

고 일깨워주면서 그들을 시대의 전초에로 부르고 있다.

> 금옥이 보배라도 연마 않고 광채 나며
> 인재가 출중한들 배양 않고 영웅 되랴
> 청년들 방심 말고 공부하여 저 수치를

―「청년아」

시조 「단결력」에서는 민족의 비운을 초래하게 된 심각한 역사적 교훈에 비추어 '만첩청산 드렁칡이 이리저리 얽혀있어/ 풍우상설 겁 안 내고 사시장철 감겼고나/ 우리도 저와 같이 단결하여 천만년을' 하고 민족단합의 웅심 깊은 의지를 은유적으로 읊조리고 있다.

> 십년을 갈은 칼이 갑 속에서 우는구나
> 시사를 생각하고 때때로 만져보니
> 장부의 일편단심 그 어느 때에 가서야

―「갑중검」

시조 「갑중검」은 정중하고도 심오한 서정세계를 통해 우국지사들의 민족적 비분과 울분, 민족을 위한 결의를 아주 절절하게 토로하였다. 그리고 시조 「벽공월」은 남다른 시점에서 다가올 민족의 미래에 대한 동경과 드팀없는 신념을 형상적으로 표현하였는데 퍽 감명 깊다.

> 뚜렷한 저 명월이 벽공에 걸려있어
> 만고풍상에 지금까지 밝았도다
> 저 건너 만천흑운이 젠들 어찌하랴

―「벽공월」

이 시기 반일문화 계몽운동의 심화발전과 더불어 문학형식도 퍽 다양하여졌다. 이때 한문시 등은 비록 그 독자가 한정되고 해독이 어려운 등으로 말미암은 제약을 받으면서도 의연히 여러 형태의 시가와 공존하면서 자기 나름대로의 구실을 했다.

20세기 이래 특히는 1910년대에 들어서면서 근대적 시대정신의 각광을 받아가며 새로운 내용을 담은 한문시들이 많이 창작되었다. 이 시기 한문시 창작에서 자기의 독특한 풍격을 과시한 저명한 시인 김택영과 신정, 그리고 신채호 등이 수다한 역작들을 내놓았다. 그리고 또한 민족독립군 등 반일대오의 장령들인 유인석, 안중근, 이상룡, 김좌진, 리정 등과 반일무장투쟁을 도와 나섰던 많은 진보인사들에 의하여 읊어진 한문시는 지금까지도 우리의 심금을 울려주고 있다.

유인석(1842-1915)은 1842년 조선 강원도 훈천군 가정리의 한 선비 가정에서 출생하였다. 그의 호는 의암(毅岩)이고 자는 여성(汝聖)이다. 그는 이 시기에 근 2,000편으로 헤아리는 시문을 남기었다. 그는 일찍 조선서 의병투쟁을 지도하던 으뜸가는 의병장이었다. 조선의병투쟁이 실패하자 그는 중국 집안현 일대에 와 반일민족독립투쟁의 재기를 위하여 근거지를 세우고 새로운 투쟁을 벌이었다. 이 민족독립투쟁 과정에서 그가 내놓은 '충군애국', '위정척사론' 등 주장은 시대적 제약성을 동반하고 있음에도 불구하고 한생을 민족구국투쟁에 바친 그 일편단충은 온 겨레의 얼로 살아있다.

나라 근심 거듭하노라니
천애지각에서 백발노인이 되었네
어떻게든 봄바람을 빌려서
태산 같은 이내 근심 없앴으면

―「나라근심」

(憂国夏优国乳
天涯老白頭
春風倘借力
吹撤隋山憂)

　　　　　　　　　　　　　　　　　　　　　　　　　　-憂国

가을날 방취구에
무리 떠난 병든 학이 슬퍼하노라
깊고 깊은 강물을 보기도 하고
고목 위에 걸린 구름에 정신도 팔리네
나는 용을 흔연히 보기도 하고
시름없이 새소리를 듣기도 하네
젊은 친구 고기 과일 내놓으며
이끼를 쓰니 돌무늬가 완연하구나

　　　　　　　　　　　　　　-「방취구에 우거하여」

秋天芳翠洞, 病鶴悵无群,
注目深江水, 增精古木云,
竜飛一忻睹, 禽斗四愁聞,
少友進魚果, 掃開苔石致。

　　　　　　　　　　　　　　　-「寓芳翠溝」

한질에 걸리어 누워있다 나니
겨울 봄 계절조차 가리지 못하네
그대 시에 눈 녹는다 하였으니
따뜻한 날이 오면 술을 데우리

　　　　　　　-「병석에 누운 인백의 '눈녹이' 시운을 빌어」

(一直臥寒疾,
　冬春无弁年,
　君詩消去雪,
　我酒暖来天。)

　　　　　　　　　　　　　　　－「臥病次仁佰'消雪'」

　한시 「나라근심」과 「방취구에 우거하여」에서는 오매에도 조국의 광복을 그리며 한생을 바쳤어도 소원을 이룩하지 못한 서정적주인공의 그 구슬픈 회포를 터놓고 있는가 하면 또한 한시 「병석에 누워 인백의 '눈녹이' 시운을 빌어」에서는 조국에는 이제 곧 '따듯한 날'이 온다는 드팀없는 신념을 구김 없이 읊조리고 있다.

　안중근(1879-1910) 의사(아명-응칠)는 1879년 9월, 조선 황해도 해주에서 출생하였다. 그도 역시 조선서 의병투쟁을 진행하다가 좌절당하자 중국 등 지역에서 계속 민족독립투쟁에 투신한 의병장이다. 그는 1909년10월 26일에 일본침략자의 괴수 이등박문을 하얼빈역에서 쏘아 눕히고 여순감옥에서 옥고를 치르다가 장렬하게 최후를 마쳤다. 그가 이등박문을 격살할 큰일을 앞에 두고 자기의 비장한 결의를 토로한 「장부가」는 광범한 민중 속에 널리 애송되었다.

　　장부가 세상에 처함이여
　　　그 뜻이 크도다
　　때가 영웅을 지음이여
　　　영웅이 때를 지으리로다
　　천하를 웅시함이여
　　　어느 날에 업을 이룰고
　　동풍이 점점 참이여
　　　장사의 의기가 뜨겁도다
　　분개히 한번 감이여

　　반드시 목적을 이루리로다
　쥐도적 이등이여
　　어찌 즐겨 목숨을 비길고
　어찌 이에 이를 줄을 헤아렸으리요
　　사세가 고연하도다
　동포들이여
　　속히 대업을 이룰지어다
　만세 만세여
　　대한독립이로다
　만세 만만세
　　대한동포로다

　(丈夫処世兮其志大矣,
　　時造英雄兮英雄造時,
　　雄視天下兮何日成業,
　　東風漸寒兮壯士義熱,
　　憤慨一去兮必成目的,
　　鼠窃伊藤兮豈肯此命,
　　豈度至此兮事勢固然,
　　同胞同胞兮速成大業,
　　万歳万歳兮大韓独立,,
　　万歳万歳兮大韓同胞。)

　보다시피 이 「장부가」에서는 민족의 영웅 안중근 의사의 도고한 기상과 넘치는 기개와 절절한 염원을 읽고도 남음이 있다.

　이상룡(1858-1932)은 1958년 조선안동에서 출생하였다. 호는 석주이다. 이상룡은 저명한 민족독립 운동가이며 재예가 있는 문필가이다. 그는 남만주 은양보에서 척사위정파(斥邪衛正派)의 수구적 주장을 부정하고 민족단합의 새로운 길을 개척하기 위하여 많은 일을 했다. 그는 자기의 투쟁실천과 생활체험에 토대하여 많은 감명 깊은 시편들을 내놓았다. 그의 적지 않은 시편 중에서 「이십칠일 도강(二十七日渡江)」
(공 4수)은 그의 대표작으로 꼽히는 작품이다.

> 칼보다 날카로운 삭풍은
> 나의 살을 에이는데
> 살은 깎이어도 참을 수 있고
> 창자는 끊기어도 슬프지 않다
>
> 놈들은 이미 내 전택을 빼앗고
> 또다시 나의 처자 넘보니
> 차라리 이 머리 잘릴지언정
> 어찌 내 무릎 끊고 종 될까보냐
>
> (朔風利于劍, 凜凜削我肌,
> 肌削犹堪忍, 腸割宁不悲,
> 旣奪我田宅, 夏讀我妻孥,
> 此頭宁可斫, 此膝不可奴。)

이것은 시 「이십칠일 도강」 중의 두 대목인데 「내 어찌 무릎을 꿇리
(此頭宁可斫)」란 시제로 널리 전해지고 있다. 이 시에서는 민족의 굳
센 기개를 떨치며 끝까지 원수 일제를 물리치고 종이 되는 치욕에서
벗어나려는 서정적주인공의 비장한 결의를 격조높이 노래하고 있다.

김좌진 장군(1889-1929), 호 백야(白冶), 충청남도 홍성군에서 출생
하였다. 그는 일찍 민족독립의 실현을 위하여 무장투쟁에 앞장섰던 북
로군정서의 총사령관이었다. 그는 진중에서 「단장의 아픔」, 「조국 향해
진군」과 같은 민족적 격정으로 넘치는 시편들을 남기었다.

> 적막한 달밤 칼머리의 바람 세찬데
> 칼끝에 낀 찬 서리 고국생각을 돋우누나

삼천리 무궁화동산에 왜놈이 웬 말인가
밀려드는 비린 먼지 쓸어버릴 길 없구나

                              -「단장의 아픔」

(万頭風勁關山月,
　劍末霜寒故国心,,
　三千權域倭何事,
　不斷塵纏一掃尋。)

                              -「斷腸止痛」

대포소리 울려 퍼져 만방에 봄이 오니
푸른 뫼 우리 땅에 새빛 아름다워라
달빛 아래 산영에선 칼을 갈고
바람세찬 산채에서 말을 먹이네
전투의 깃발 천리 길에 휘날리고
울리는 군악소리 하늘을 울리네
풀섶에 누워 10년 쓸개 핥던 그 의지로
원수 쳐부수고 피비린 싸움터 쓸어내세

                            -「조국 향해 진군」

(炮雷鳴送万邦春, 大地青丘物色新,
　山営月下磨刀客, 鉄寨風前秣馬人,
　旌旗蔽日連千里, 鼓角掀天動四鄰,
　十載臥新嘗胆志, 東浮去海掃醒塵。)

                            -「向祖国進軍」

위에 열거한 한시 「단장의 아픔」에서는 원수 놈들의 말발굽에 짓밟

히는 고국을 못내 그리는 절통의 정을 읊조리고 있는가 하면 시 「조국
향해 진군」에서는 조국을 되찾으러 싸움터를 달리는 장군의 비장한 결
의와 멸적의 기세를 웅심 깊게 노래하고 있다.

이 시기에 북로군정서 총사령관의 비서관으로 있던 이정(1889-1942)
도 진중에서 많은 한시를 지은 것으로 알려지고 있으나 지금 전해지고
있는 것은 얼마 되지 않는다. 이제 그의 시 중에서 대표작으로 되는 「
진중음」을 들어보기로 한다.

낙엽이 진 고요한 산골짜기
높이 뜬 달 휘영청 비추누나
장사의 마음속엔 일만 군마 달리는데
날 새길 기다리자니 밤이 이리 길구나

(木落山容静,
天高月影肥,
壯士意万馬,
待旦夜深長。)

이 시는 1920년 10월 화룡현 청산리에서 멸적의 매복진을 쳐놓고 이
제나 저제나 하고 놈들이 오기를 기다리는 시각에 읊조린 시편으로 알
려지고 있다. 그는 그와 같이 긴장된 전투시각에도 민족의 새 아침을
사무치게 그리면서 자신의 깊은 감회를 심절하게 털어놓고 있다.

그리고 일찍 《황성신문》에 온 겨레의 속마음을 울린 정론 「시일야
방성대곡(是日也放声大哭)」을 게재하였던 문필가 장지연(1864-1921)
자는 순소, 호는 위암숭양산인. 본은 옥산이다. 그는1908년에 러시아
울라지보스토크로 망명하여 《해조신문》의 주필로 있다가 다시 중국
상해 등지를 전전하면서 민족과 나라를 건지기 위하여 자기의 일체를
바쳤다. 그의 시 묶음 『북관 기행』은 망명의 길에서 나라 잃은 민족의

한을 읊조리었다. 그리고 그가 울라지보스토크에서 상해로 가는 뱃길에서 지은 「해상술회(海上述怀)」 28수는 타향에 와 민족구국을 일념하는 독립지사의 민족의 한과 우국지정을 통절하게 토로한 시편이다. 아래에 「향상해(向上海)」의 첫 부분을 인용한다.

> 병든 몸을 일으켜 배에 오르니
> 망망한 바다 중천에 가닿았네
> 서쪽 고국을 바라보니 비바람에 흐리고
> 북쪽 해삼위 역시 안개 연기 자욱하구나
>
> (扶病起来強出船,
> 　茫茫積水接中天,
> 　西望古国迷風雨,
> 　此眺威湾暗霧烟。)

이밖에 상해임시정부 군무총장으로 있었던 노백린 장군(1875-1925)도 일제를 쳐 물리치고 복수설치의 원을 끄지 못한 한을 절통하게 읊조리며 결의를 다진 시편들을 내놓았다. 그중 상해에서 지은 「부끄러움」을 들어본다.

> 바람과 눈 몰아쳐 영웅의 칼을 울리고
> 달과 별 진을 친 듯 하늘에 펼쳐있구나
> 3군이 무너지고 다시 일어나지 못하니
> 국치에 모대긴 지 어느새 10년이 되었네
>
> (風云鳴雄劍, 月星開陣張,
> 　三軍不夏起, 国耻十年長。)

김중건(1889-1933)은 민족독립투사이고 사상가였으며 문학가이기도

하였다. 그는 1889년 12월 조선 함경남도 영흥군에서 출생하였다. 그의 도호(道号)는 소래(笑来)이고 별호로는 연산(蓮山), 불폐(不吠), 몰나 (没那) 등이 있다.

1910년 망국의 설움에 모대기던 그는 조선독립의 일념을 안고 서울 에 올라가 천도교에 가입하여 활동하는 한편 '극원철리(极元哲理)'를 체계화하여 신주의 원종을 창안하고 대공화 무국사상을 창립하였다. 그는 1913년에 중국에 와서 원종교를 표방하고 자기의 정치이상을 선 양하면서 민족독립운동을 벌이었다. 그는 1933년 3월 흑룡강성 영안현 팔도하자에서 피살당하였다.

그의 시에서는 거개 자기의 철학사상이거나 애족사상을 읊조리고 있 는데 그의 작품에서 핵을 이루고 있는 것은 민족에 대한 사랑이다. 그 의 한시 「백두산 유정」은 자기의 애족사상과 민족독립 위업에 헌신할 결의를 다진 대표적 작품 중의 하나이다.

> 백두산의 산색은 사철 눈이요
> 압록강의 물소리 천리 파도에서 오네
> 용의 마음 어찌 민물고기 속에 머물러있으리
> 학은 본래부터 물가 갈밭에 머물지 않는데
>
> (白頭山色四時雪,
> 鴨綠江声千里波,
> 竜心豈足三魚国,
> 鶴行本非湿芦洲。)

이 시기 한문시 창작은 실로 많은 성과를 거두었다. 그 중에서도 저 명한 시인 김택영과 신정의 시는 이 시기 한시 창작에서 고봉을 이룩 하고 있으며 신채호도 적지 않은 감명 깊은 시편들을 남기었다. 이들 의 시문학에 대하여서는 아래에서 전문제목으로 다루게 된다. 위에서 열거한 많은 시편들은 문학에 전문하는 문인들도 아닌, 민족독립운동가거나 싸움터에서 말 달리던 무사들에 의하여 읊어진 것이다. 이런 시편들은 한문시작시법의 요구에 비추어보면 물론 엉성한 점과 이런저런 제한성을 보여주고는 있으나 그들 시에서 넘치는 기개는 예술적으로 다듬어진 적지 않은 시편들을 무색하게 하고 있다. 바로 이런 한시들은 한시의 고식적인 표현에 구애되지 않고 반일민족문화 계몽운동과 반일투쟁의 격동적인 현실에서 환기되고 앙양된 감정체험에 기초하여 도고한 민족적 기상과 원수격멸의 투지를 진실하게 노래하고 있다. 이런 한문시는 선명한 시적형상과 심각한 서정이 밀착되고 격조가 높으며 박력이 있는 것이 특징적이다.

중국조선민족시단에 그 어느 때부터 현대시의 성격을 구현한 자유시들이 출현하였는가 하는데 대하여서는 아직 견해를 모으지 못하고 있다. 필자는 일부 시가창작의 역사적 자료에 비추어 1910년대 중기에 들어서면서 반일무장투쟁이 발랄하게 발전하는 형세와 더불어 새로운 시대적 사조와 조선의 시가운동의 직접적 영향 하에서 인민대중의 미학적 수요에 따른 현대시들이 나타나고 있음을 볼 수 있었다. 이에 대하여서는 당시 창작된 많은 시편, 이를테면 서정시 「한나라 생각」, 「너의 것」, 「새벽의 별」(신채호), 「독립일」, 「아아 경술 8월 29일」(해일), 「3월 1일」, 「향수」(김여), 「새빛」(류영) 등과 당시 중국 각지에서 간행된 신문과 잡지들에 게재된 일부 시편들이 그 좋은 설명으로 된다. 이제 그중에서 대표적 작품이라고 할 수 있는 시 「아아, 경술(庚戌) 8월 29일」(해일)과 「새빛」(류영)을 들어본다.

아아 이날 만년의 신성한 역사가
아아 이날 2천만의 귀여운 생령이
암흑의 첫 덤을 쓰단 말인가

천고에 누추를 남긴단 말인가
10년의 고초 오오 조국강산
얼마나 그대의 가슴 위에 피눈물
자취가 남았느뇨
아아 몇 번이나 단장의 곡성이 들리었느뇨
가련한 노예의 가련한 노예의
자유가 늑탈(勒奪)된 이날 정의가 유린된 이날
오오 이날을 한배의 자손들아
곡하여 새우리 억만대 뉘우치리
오오 이날 한배의 자손들아 혈을 바치라
육을 바치라
조국을 위하여 조국을 위하여
아직도 악독한 저놈들은 칼을 품나니 독약을 붓나니

—「아아 경술 8월 29일」

어두운 밤의 막이 열린다
새빛을 띤 해가 동산에 떠오른다
아아 이날에 한(韓)족이
열광의 기쁨으로 새빛을 맞는도다
삼천리 산과 들에 서기 어리고
삼천만 살과 뼈에 선혈이 뛰도다
영원히 이 땅에 광명을 비취일
3월 1일 새빛

자는 자는 아침이 이르렀다
갇힌 자여 옥문을 깨뜨려라
아아! 이날의 한(韓)족이
붉은 피로써 자유를 부르짖는도다
삼천리 풀과 나무 2천만 입술이
뜨거운 만세로 떨도다
영원히 이 땅에 복락을 주고

영원히 이 자손의 자유를 비는
3월 1일 만세

-「새빛」의 첫 두 연

이는 '3·1'만세운동을 다함없는 격정으로 환호한 노래다. 이런 서정시는 그 내용과 형식면에서 현대자유시의 제반 특성들을 구현하고 있다.

이 시기 소설문학은 민족문화 계몽운동과 조선 신소설의 영향 하에서 서서히 길에 들어섰다. 1910년 전후시기로부터 조선에서 신구 문학 간의 대립과 더불어 제기된 신소설에 대한 부동한 주장들과 또한 리인직의 「혈의루」(1906년), 이해조의 「빈상설」(1908년)……과 같은 신소설의 유입은 이 시기 소설 창작에 심각한 영향을 주었다. 그리고 일찍 조선서부터 새로운 소설문학을 적극 창도하면서 소설 창작실천에 나섰던 저명한 문학가 신채호가 중국에 들어와서 창작한 단편소설 「꿈 하늘」(1916년), 역사소설 「백세 노승의 미인담」(연대 미상), 「유화전」(연대 미상) 등은 이 시기 조선민족 소설문학의 첫 실적으로 간주되고 있다.

신채호는 일찍부터 사상의 혁신에 열정적으로 나서서 민족고유의 주체의식을 내세우고 유학을 비판하는 작업을 다면적으로 진행하면서 시대적 민족주의를 실현하기 위하여 적극적으로 노력하였다. 하여 그는 '과거의 영웅을 사(寫)하여 미래의 영웅을 초(招)할' 목적으로 영웅전기 이를테면 『을지문덕』, 『동국거걸 최도통전』, 『이순신』 등을 세상에 내놓았으며 또한 문학은 곧 민족의 자아각성을 고취하고 일본침략자에 대한 투쟁의 의지를 굳세게 하여 민족의 자주독립과 발전에 이바지하여야 한다고 하였다. 그는 이토록 소설문학의 사회적 역할을 강조하였으며 또한 그와 같은 미학적 견해를 자기의 창작실천에 구현시켰다. 그의 소설문학창작에서 이정표적 의의를 갖는 단편소설 「꿈 하늘」 그리고 또 하나의 역작 「백세 노인의 미인담」은 그 좋은 실증으로 된다.

　단편소설 「꿈 하늘」은 1910년대 민족에 대한 신채호의 사랑과 낭만주의적 정신을 충분하게 구현한 작품이다. 그는 피치 못할 당시 시대적 정황 하에서 몽유록의 형식을 택하였다. 하지만 작중에서의 환상과 허구는 결코 허망한 것이 아니라 '자유 못하는 몸이니 붓이나 자유하자'고 한다는 이 소설의 서문에서 말해주다시피 현실에서는 직접적으로 묘사하기 어려웠던 작가의 민족적인 지향과 미학적 이상을 예술적으로 일반화하기 위한 수법으로 삼은 것으로써 그런 환상과 허구는 특정한 역사적 생활의 진실에 뿌리를 내리고 있다.

　그러므로 우리는 이런 환상과 허구에 의해 다루어진 그런 소설 중의 조건부적인 현실 가운데서 근대사회의 시대적 현실과 작가의 미학적 추구를 족히 보아낼 수 있다.

　소설은 모두 6장으로 구성되었으며 날개를 달고 하늘과 땅, 천국과 지옥을 마음대로 날아다니는 비상한 인물인 '한놈'을 주인공으로 내세우고 그를 중심으로 사건의 얽음새를 풀어나가고 있다.

　소설의 주인공 '한놈'은 천관의 영에 좇아 무궁화꽃송이에 안겨 지국으로 내려오면서 살수대전의 가열처절한 싸움을 직접 목도하고 못내 경탄을 금치 못한다. 그 후 그는 무궁화꽃송이와 을지문덕 장군 간에 나눈 정성어린 화답시를 통하여 겨레의 앞에 놓인 참담한 현실을 진일보 깨닫게 되며 또한 수나라대군을 무찔러버린 을지문덕 장군의 가르침을 받아 민족의 유구한 역사, 자랑스러운 문화와 지혜로 민족슬기를 알게 된다. 그리고 또한 그의 교시를 통하여 동족상잔이나 박애주의 및 위정자들의 무위성의 본질을 진일보 간파하게 되며 오직 원수와 끝까지 싸워서 이겨야만이 민족의 자주독립을 실현할 수 있다는 진리를 터득하고 굳센 의지를 연마하는 길로 나아갔다.

　소설 「꿈 하늘」은 상술한 바와 같은 곡절적이며 험난한 인생과 투쟁의 여정을 통하여 '한놈'의 성격을 풍만하게 부각하였다.

　'한놈'의 형상에서 가장 본질적이며 특징적인 성격은 우선 민족에 대한 다함없는 사랑과 자유에 대한 갈망에서 표현된다. 소설에서 묘사하다시피 그는 민족의 비운으로 하여 몸부림치고 울분에 모대기며 나라와 민족을 위해서라면 자기를 잊고 투쟁에 뛰어들었다. 그는 민족의 유구한 역사와 문화전통에 대하여 무등 자호하고 긍지감에 불타며 민족을 비극적 운명에서 구원할 더욱 많은 애국자들의 출현을 목마르게 고대하였다.

이 소설은 민족을 위해서라면 물불을 헤아리지 않고 나가는 불굴불요의 투사적 제반 성격을 다면적으로 돋쳐냈다. 물론 주인공 '한놈'은 처음 등장할 때로부터 성숙된 인물로 묘사되지는 않았다. 그러나 작품 중에서 묘사하다시피 그는 항시 민족에 대한 태도여하로써 옳고 그름을 가리는 시금석으로 삼는 것을 잊지 않았기에 부단한 실천 가운데서 점차 성숙되어갔다. 그는 복잡다단한 투쟁 중에서 나라와 민족을 배반한 매국역적과 노예적 근성에 푹 젖은 사대주의자들을 무자비하게 타매하였다. 그리고 민족 내에서 분파를 이루고 싸워대는 파쟁을 반대하였으며 적이 침입하여 강토와 겨레를 마구 유린하는 것을 보면서도 도리어 부저항주의를 고취하거나 종교로써 민족의 투지를 마비시키는 사회적 깡패들을 배격하고 줄곧 단호한 투쟁을 견지하였다. '한놈'은 끝내 수다한 고난과 애로와 유혹을 물리치고 시련을 겪어내었으며 민족독립을 쟁취하는 투쟁에서 승리자로 되었다.

작품에서는 또한 '가설의 논리'에 의거하여 자기의 애국적 이상의 구현자로서의 '무궁화꽃송이', 을지문덕, 강감찬 등 영웅적 형상을 감명 깊게 일반화하였다. 이런 영웅적 형상은 죄다 주인공 '한놈'과 한 계열에 속한 인물로서 '한놈'의 사상과 성격 전환에 중요한 작용을 놀았다.

이밖에 작중에서는 또 새암, 옥동자, 풍신수길 등 부정 인물들도 묘사하였다. 작자는 이자들에게 필묵을 얼마 들이지 않으면서도 그자들의 음흉한 낯바대기를 적나라하게 발라놓았으며 이 역사적 쓰레기들의 추악한 본질과 그 말로를 심각하게 보여주었다.

소설 「꿈 하늘」은 예술상에서도 새로운 탐구를 거쳐 일정한 성과를 거두었다. 역사적 진실에 바탕을 둔 환상적인 소재와 상징적인 정황의 설립, 의인화된 인간의 형상, 특이한 사건의 얽음새와 과장된 갈등의 첨예화, 강한 주정토로와 낭만적인 시가의 도입 등은 이 소설의 낭만주의적 색채를 짙게 하였다.

단편소설 「꿈 하늘」은 상술한 바와 같은 성과를 거두었으나 또한 시대와 작가의 인식으로부터 오는 제약성을 피치 못하고 있다. 이 작품은 그 의식상에서 협애한 민족주의적 한계를 벗어나지 못하였는바 작중에서는 '선왕'으로 불리는 봉건제왕들을 민족의 비극을 해결함에 있어서의 지고 무상한 존재로 내세우고 있는가 하면 이른바 '화랑'을 이상화한 나머지 '화랑도'를 극구 찬양하고 있다. 그리고 작품에서는 역사에 관한 논설을 지나치게 전개하고 있으며 예술형식에서 현대적 소설의 특성을 구현시키지 못한 점도 있다. 이 작품은 이런 문제점들을 가지고 있음에도 불구하고 당대의 모순 된 현실을 비판하고 민족을 위한 진보적 이상을 적극적 낭만주의로 전시함으로써 조선민족의 반일의식의 교양에 기여하였으며 이 시기 소설문학에 첫 실적을 남긴 중요한 작품으로 높이 평가되고 있다.

이 시기에 창작된 것으로 추정되는 역사소설 「백세 노승의 미인담」은 신채호의 역작의 하나이며 또한 이 시기 역사소설 창작에서 본격적인 경지를 개척한 작품이다. 이 작품은 남이장군이 호국사에 놀러 갔다가 한 노승에게서 회고담을 듣는 형식으로 엮어진 일인칭소설이다.

이 소설에서는 여종 엽쁜이의 애국심에 불타는 고상한 성격을 자기와 아내밖에 모르는 노승과의 대조 속에서 다각적으로 묘사하였다. 엽쁜이의 애국심은 우선 외래침략자를 물리치기 위한 단호한 입장과 민중의 정치적극성을 제어하는 모든 사회적 악폐를 폐기하려는 그의 의지, 상응한 방도를 제시하는 그의 지혜와 자기희생적 정신에서 표현되고 있다. 그리고 엽쁜이의 성격은 또한 국가의 일에 대해서는 아랑곳하지 않고 자기의 안일이나 처자만을 생각하며 향락을 누리기에만 골똘한 통치자들을 타매한 데도 제시되고 있다. 북경거리에서 아내를 찾아 헤매는 노승에게 엽쁜이는 "계집이 아무리 중요하지만, 네 계집 이외의 계집보다 중대한 것을 얼마나 빼앗겼더냐. 나라 안의 모든 것을 다 빼앗기고도 찾을 줄 모르면서 어찌 계집 찾을 줄은 아느냐. 네가 무슨 사나이냐……" 하고 수죄하면서 이토록 무위도식하고 부패한 반동통치배의 추악한 본질을 신랄히 폭로 규탄하였다. 이와 같이 소설 「백세 노승의 미인담」은 강렬한 애국애족의 정신과 원수에 대한 적개심, 외세에 굴하지 않는 민족적 기개, 출중한 식견, 웅대한 포부와 예지로 빛나는 엽쁜이의 형상을 창조하였다.

그러면서도 이 소설은 주인공 엽쁜이의 형상창조에서 그의 신분에 어울리지 않게 과분하게 묘사함으로써 성격의 진실성과 성격발전의 타당성을 기하지 못하고 있는 등 부족점을 동반하고 있다. 이런 미흡점들이 있긴 하지만 이 소설은 비단 그 내용에서 뿐만 아니라 이 시기 역사소설 창작에서 새로운 시도를 보여주고 있다. 비록 야사에서 취재하였으면서도 충부한 상상과 대담한 허구로써 지난날 역사 속에 묻혀 있던 여종의 형상에 당대 인민의 염원과 동경을 부여하였다거나 종전의 일인일대기의 전기체 문학의 틀에서 벗어나 현대적 소설기법을 잘 도입한 것 등이 이 점을 웅변적으로 말해주고 있다. 이와 같은 시도는 우리 역사소설의 발전행정에서 개척성적 의의가 있다. 상술한 신채호의 단편소설들은 다 완성은 하였으나 당시에는 발표되지 못하고 나중에 세상에 알려진 작품들이다.

그리고 이 시기에 발표된 단편소설로는 1919년 《독립신문》에 11회에 걸쳐 연재된 「피눈물」(공월) 등이 있다. 이에서는 '3·1'운동 때에 많은 훌륭한 열혈청년들이 민족의 독립을 위하여 유혈적 희생도 마다하고 만세운동에 나선 가열처절한 투쟁을 다루고 있다.

1919년 3월 1일 일제는 적수공권으로 만세운동에 뛰어든 학생들에게 전례를 볼 수 없는 야수적 만행을 강행하였다. 아래에 작중의 한 단락을 들어본다.

　　먼지는 보얗게 일고 창검은 일광에 번뜩이며 황색복장 입은 일병(日兵)이 지나가는 곳에 남녀노유는 피를 흘리고 쓰러지며 만세소리가 여기저기서 일어난다. 본즉 17-18세나 되었을 여학생이 왼편 팔에서 흐르는 피를 공중에 내뿌리며 태극기를 휘둘러 '대한독립만세'를 부른다. 하얀 그 여학생의 저고리와 치마에는 무섭게 피가 흘렀다. 일병의 손에 잡혔던 머리채가 풀어져 혹은 가슴으로 혹은 귀밑으로 흘러내렸다. 그는 높이 두 팔을 들어 태극기를 휘두르며 입을 열어 "대한동포여, 총과 칼이 우리 육체는 죽일지언정 정신은 못 죽이리라. 우리는 죽거든 귀신으로 되어 대한독립의 만세를 부르리라." 할 때에 장검이 번뜩이자 여학생의 우편 손목이 태극기를 잡은 대로 땅에 떨어지고 그리로 피가 솟아 주위의 그의 형제들의 의복을 적셨다. 불과 1~2 초 동안에 군중의 신경은 전기를 맞은 것 같이 충동되고 피는 끓어올랐다. 처녀는 남은 팔, 그것도 칼에 찍혀 피 묻은 팔을 내두르며 "동포여, 분을 참으시오, 대한독립만세를 부릅시다." 할 때에 또 한번 칼이 번뜩이며 처녀의 왼편 팔이 저고리 소매와 함께 떨어질 때에 처녀는 팔의 피를 일본헌병의 얼굴에 뿌리며 꺼꾸러졌다.

바로 이와 같이 작중에서는 박암, 윤섭, '처녀'……등을 그 대표로 하는 온 겨레가 일제에 반기를 들고 태극기를 흔들며 일떠난 거족적으로 되는 정치열의를 묘사하고 일제의 비인도적인 잔혹한 탄압을 신랄히 고발하였으며 그 어떤 역경 하에서도 굴하지 않는 민족의 독립, 자주의 의지를 표현하고 있다. 단편소설 「피눈물」은 중국조선족 현대적 소설문학이 갓 발전의 길에 들어섰을 때에 발표된 작품으로서 개척성적 의의를 갖고 있다. 그러면서도 이 소설은 예술상에서 재창조와 탁마가 공이 부족하고 언어사용에 있어서도 낡은 투를 답습하는 등 자연스럽지 못한 점들이 있음을 지적하지 않을 수 없다.

이 시기 소설문학을 총괄적으로 살펴볼 때 다음과 같은 특성을 찾아볼 수 있다. 그것은 창작에서 다룬 소재나 주제내용에 있어서 역사적, 현실적 생활의 이러저러한 측면에서 취재하여 일제의 침략을 폭로하고 민족독립을 고취하는 데 모를 박고 있으며 그 구성에서도 고진감래식의 틀에서 벗어나 시대현실에 바탕을 두고 생활현실을 진실하게 묘사하기에 힘썼다. 그리고 문체에서도 언문일치를 기함에 있어서 새로운 발전을 보여주고 있다. 하지만 이런 소설들은 그 구성조직, 형상화의 기법 및 언어구사에 있어서 '고대소설'의 낡은 틀에서 해탈하지 못한 점들이 적지 않다. 그럼에도 불구하고 이런 소설들은 중세소설에서 현대소설에로 발전하는 행정에서 거둔 한낱 중요한 성과로 간주되고 있다.

반일민족독립투쟁이 날따라 전개되던 이 시기에 한문으로 씌어진 다양한 형식의 산문들이 많이 창작되었다. 산문문체를 보면 20여 종도 더 되나 그것을 대체적으로 전기문학, 수필, 문예성을 띤 정론으로 나눌 수 있다.

이 시기 산문창작에서 보다 많은 성과를 올린 작가들로는 김택영, 신정, 신채호 등을 내세우게 된다. 그리고 당시 민족독립투쟁의 지도자였던 유린석은 중국에 온 이후에도 소(疏), 정사(情辭), 서(書), 잡저(雜著), 서(序), 기(記), 발(跋), 명(銘), 찬(贊), 송(頌), 격(檄), 문(文), 축(祝), 애사(哀辭), 비(碑), 묘갈(墓碣), 지(志), 상(狀), 어록(語錄), 전(伝), 우주문답(宇宙問答) 등 문체로 씌어진 수백 편의 산문을 내놓았으며 저명한 민족독립운동가 이상룡도 다양한 문채로 된 많은 산문을 남기었다. 이밖에도 당시 반일투사로 있었던 김정규 등도 『회양재일록(回陽齋日彔)』, 『계림가승완산유록(鷄林家乘完山遺彔』 등 문집을 남기었는데 그중에는 적지 않은 산문작품이 수록되어있다.

이 시기 산문창작에서 이채를 띠는 것은 격문과 문예성 정론이다. 당시 우후죽순처럼 출현된 반일민족단체거나 민족의식이 강한 문사들에 의하여 꾸려진 신문과 잡지들에는 창의문, 취지서, 성토문……과 같은 형식의 정론, 문예성과 정론성이 유기적으로 결합된 산문들이 적지 않게 발표되었다. 이를테면 1910년 남만주 은양보에서 결성된 반일민족주의단체 '경학사'가 창립될 때 살포한 「경학사 취지서」, 1915년 신정이 '남사' 동인들에게 보낸 「동사 여러분께 드리는 글」과 같은 격문과 신정의 장편정론 「통언」(1920년), 김택영, 신채호의 많은 산문들 그리고 반일민족독립단체들이 1918년에 내놓은 「대한독립선언서」, 1919년 3월 1일 반일군중대회에서 선독한 「반일선전포고문」 등이 좋은 예로 된다.

이 시기 반일민족독립투쟁에 앞장선 지도자들과 민족계몽사상가들에 의하여 씌어진 격문과 정론을 비롯한 산문들은 그 나름대로 정치적 경향성이 명백하고 격정적이며 선동성이 강한 것이 특징적이다. 그 일례로 「경학사 취지서」의 몇 대목을 인용하면 다음과 같다.

> ……땅 없이 무엇을 먹고 살며 나라 없이 어디서 살겠는가. 내가 죽으면 어느 산에 묻히며 나의 커가는 아이들은 어느 집에서 살게 하겠는가!
> ……
> "나는 모른다"고 하지 말자. 우리가 민중의 재산을 돌보지 않는데 저놈들이 어찌 빼앗으려 하지 않겠는가, "나에겐 죄 없다"고 말하지 말자. 제가 맡은 천직을 이행하지 않는데 저놈들이 어찌 노리지 않겠는가.
> 차라리 칼을 빼어 자결하고 싶어도 그러면 도리어 나를 죽여 적을 쾌하게 할 것이고 굶어죽고 싶어도 그러면 나라를 팔고 제 이름만 사게 될지니 어찌 그렇게야 하겠는가. 그렇다고 눈물을 흘리며 끝없는 치욕 속에서 살 것인가, 그렇지 않으면 힘을 길러서 그 마지막 결판을 보겠는가.
> 마침내 더는 어쩔 수 없는 막다른 곳에서 다시 백절불굴의 뜻을 가다듬으면 한밤중에 종소리가 잠결에 울리듯 한 갈래의 혈로가 우리

앞에 트일 것이다.

　……

　이에 남만주 은양보에서 여러 사람들이 열성을 융합하여 하나의 단체를 조직하니 그 이름을 '장학사'라 일컸는다.

－(「석주유고」에서)

　(……无土何食, 无国曷生。吾身且込, 何山可葬, 吾儿且長, 何居可居。……毋日我不知, 我忘我公産, 彼安得不窺。宁引刀而自裁, 還賺戮身快敵, 欲絶粒而餓死, 不忍売国買名。其将垂泪而受躬天之耻辱歟, 盖亦蓄力而看終局之結果也。遂于万事无奈之地, 更励百折不回之志, 半夜鐘声, 忽落枕上, 一条血路, 旋在面前。……乃於南満洲恩養堡, 融合衆人熱心 組織一部団体, 名之曰耕学社…………)

－(引自「石洲遺稿」)

　이 창의문에서 작자는 일제의 야만적인 침략과 민족반역자들의 죄악을 준열히 단죄하고 일제 놈들에게 나라와 주권을 빼앗기고 생사존망의 막다른 골목에서 몸부림치는 '백의동포'의 비참한 처지와 운명을 통탄하면서 자각적으로 힘을 뭉쳐 민족독립의 혈로를 개척하여야 한다고 인민대중에게 정열적으로 호소하고 있다.

　1919년 '3·1'운동을 좌우하여 수다한 선언, 격문 등이 여러 가지 형식을 통하여 인민대중에게 살포되었다. 1918년 말에 내붙인 「대한독립선언서」(일명 「무오독립선언」) 중에서는 '궐기하라！ 일제히. 독립군이여！ 한번 죽음은 사람으로서 변할 수 없는 바이니 개, 돼지 같은 일생을 누가 구차하게 원할 것인가. 살신성인(殺身成仁)하면 2천만 동포는 단체를 부활할지라. 일신을 어찌 아끼리오. 일체 사강(邪綱)으로부터 해방하는 건국임을 확신하며 육탄혈전(肉弾血戦)으로써 독립을 완성할지어다.'라고 소리높이 외치고 있다. 뿐만 아니라 '3·1'독립운동의 잠시적인 실패와 더불어 조성된 참상을 공소, 성토하며 끝까지 싸워 민족적 숙원의 실현을 기할 것을 격한 산문들도 적지 않게 나왔다. 그 일례로 되는 1910년 10월 28일부 《독립신문》에 게재한 「청년아 대분기(大奮起)하여라」(주영윤 작) 중의 몇 대목을 들어본다.

아조(我祖)의 열혈(熱血)을 수(受)한 단음소년(檀陰少年)아 호부(虎父)에 무구자(无狗子) 하니라. 남아 십오 세에 패검발도(佩劍拔刀)하고 전장에 부(赴)함은 아조에 전래(伝来)하든 국성(国性)이 아니냐 ! ……

(중략)

천리옥야(千里沃野)에 숙속도량(菽粟稻粱)이 왜(倭)의 농작료(料)가 됨이, 창해(滄海)의 어별(魚鼈)이 왜(倭)의 식상(食床)에 놓임이 금수강산(錦繡江山)의 수석림조(水石林鳥)가 왜(倭)의 완상물(玩賞物)이 됨이 수(誰)의 죄(罪)인지 지호부호(知乎否乎), 차(此)는 우리 청년(青年)이 분기(奮起) 못한 결과(結果)이니라. 반도강산 반만년 주인옹 단군혈족(半島江山半万年主人翁檀君血族)아 대성질호(大声疾呼)하노니 눈을 들어 욕혈강산(浴血江山)을 관(観)하라……

(중략)

청년(青年)아 대분기(大奮起)하자. 검광극영(劍光戟影)에 단두상부(断頭傷膚)하고 차륜마제(車輪馬蹄)에 도간력혈(涂肝瀝血)하야 노상(路上)에 강시(僵尸)로 조연(鳥鳶)이 탁(啄)하고 호성(狐猩)이가 쟁(争)하여 일편백골(一片白骨)이 유(有)하나 무(无)하나 백초황사(白草黄沙)에 무주고혼(无主孤魂)으로 천음우습(天陰雨湿)한 야(夜)에 수곡(愁哭)하더라도 앙불괴어천(仰不愧于天)하고 부불작어인(俯不作于人)한 만고의 의귀(万古義鬼)가 되어라. 수화(水火)라도 부(赴)하자. 도창(刀槍)이라도 도(蹈)하자. 포전(炮戦)이라도 모(冒)하자. 오(噢)라 남면(南面)을 바라보니 수운(愁云)이 첩첩(畳畳)하고 북천(北天)을 회고(回顧)하니 검산(剣山)이 외외(嵬嵬)하다. 벽파(劈破)할 자 누구며 초월(超越)할 자 누군가.

이 시기 산문창작을 전일적으로 보면 물론 시대적 또는 작가들의 세계관의 각이함과 인식상의 제한성이 일정하게 노출되고 있기는 하지만 당시의 진보적 산문작품의 밑바닥에 흘러넘치는, 일제와 민족반역자들에 대한 증오와 예리한 비판성과 강렬한 호소성으로 하여 감명적이다.

제2장 김택영과 신정의 시문[4]

제1절 김택영의 시문

창강 김택영(1850~1927)은 저명한 사상가이고 역사학가이며 대문호이다.

김택영은 1850년 10월 15일, 조선 개성부 자남산에서 태어났다. 그는 자를 우림(于霖), 호를 창강(滄江), 당호를 소호당(韶濩堂) 주인이라 하였으며 또한 장미옹이란 만호도 가지고 있었다.

김택영은 7살부터 유학자를 스승으로 모시고 열심히 한문과 유가경전을 읽기 시작하였는데 17살 되던 해에는 성균시초시에 입격함으로써 자기의 뛰어난 시적 재능을 보여주었다. 그 후 그는 고심하게 중국과 조선의 역대 문학, 역사 대가들의 명문을 탐독하면서 산문에서는 사마천, 한유, 소동파, 귀유광의 풍격을 따랐고 시에서는 리백, 두보, 소동파, 왕사정의 기법을 숙습하였으며 '기(气)'와 '신운(韻)' 등에 대한 고전미학명제들에 관심을 돌리기 시작하였다. 1891년 김택영은 여러 가지 연유로 하여 뒤늦게 과거시험에 합격하여 성균관 진사가 되었고 1894년 9월에 의정부 주자서판임관 6등에 편사국 주사로 임명되어 개성에서 서울로 이사해서 벼슬을 하게 되었다. 그 이듬해 그는 중추원

---

4) 본 장은 『중국조선족문학사』(연변인민출판사, 1990년 7월 출판)의 제3~4장을 참조하여 씀.

참서관 겸 내각기록국 사적(史籍)과장에 승진하여 조선의 국가역사문헌 편찬에 일심정력을 다하였다.

1896년, 그는 학부대신 신기선의 저서 『유학경위』에 서문을 쓴 일로 하여 서양선교사들의 비난을 받고 사임하게 되자 낙향하여 조용한 나날을 보내며 힘써 학문을 닦았고 이건창, 황현을 비롯한 문인들과 교분을 나누면서 시문으로 일과를 삼았다. 그는 이 시기에 시 창작을 하는 한편 백년간이나 유포, 발간이 금지되었던 실학대가 박연암의 문집을 편찬하여냈으며 또한 『동국역대소사』, 『동사집략』을 저술, 간행하고 영국, 일본으로부터 유입된 『영환개록』, 『만국지지』 등을 번역 출판하였다.

1903년 정월, 그는 조선 문헌비고속전위원, 정3품 통정대부로 임명되면서 벼슬에 복직되고 을사년에 이르러서는 다시 내각의 학부위원으로 임명되었다. 그런데 이때는 이미 나라의 판국이 기울어져 패망에 임했을 때였다.

1905년 10월, 그는 굴욕적인 '을사5조약'의 체결을 눈앞에 두고 결연히 중국으로 망명해왔다. 그는 중국에 온 후 그와 전부터 친분이 깊었던 장건의 주선으로 남통주 한묵림서국에 가 편집사업에 종사하면서 조선민족문화유산의 정리와 시문창작에 자기의 정력을 몰부었다.

김택영은 중국에 온 후 당시 학술계와 문단의 여러 명사들, 이를테면 양계초, 엄복, 유월, 도기, 장건 등과 널리 교제하였다. 이런 중국계몽사상가들의 진보적 사조의 고무와 추동은 그의 사상의식의 전변에 심각한 영향을 주었는바 나중에 그로 하여금 자산계급 민주공화정치의 열렬한 옹호자로 나서게 하였다. 그는 그때로부터 자기의 생애를 마무리 짓는 그날까지 줄곧 중국에서 일어나는 중대한 정치적 사변 이를테면 신해혁명, '5·4'애국운동, 북벌전쟁 등에 이르기까지 적극 찬동하고 열렬히 환호하였다.

김택영은 중국에 온 이래 자기의 저술들을 체계적으로 정리, 출판하였는데 문학작품으로는 1,000여 수의 시편과 500편에 달하는 산문을 수록한 시문집 『소호당집』(전 15권 7책)과 『차수정잡수』(2책) 등이 있고 역사저술로는 『한국역대소사』(전 28권 9책), 『한사계(韓史繁)』(전 6권 3책), 『교정삼국사기』(50권), 『숭양기구전』(전 2권 1책), 『중편한대숭양기구전』(전 2권 1책) 등이 있다. 이 시기에 그는 또 『박연암선생문집』(7권), 『명미당집』, 『매천집』(7권 속2권), 『신자하 시집』(6권), 『려한9가문초』(3권), 『기자국력대시』(4권) 등 10여 종의 조선작가들의 문집을 편찬, 간행하여 중국인민들에게 조선민족의 전통문화와 한문학 성과를 널리 소개하였다.

1927년 '4. 12'반혁명정변으로 하여 중국혁명이 좌절되게 되자 그는 절망 속에서 모진 고통과 울분을 못 이기고 그달 말에 78세를 일기로 자기의 생애를 마쳤다.

김택영은 조선민족한(漢)문학의 최후를 장식한 걸출한 시인이며 문필가이다. 그의 시문활동은 1905년 그가 중국에 망명하여온 때를 전후한 두 개 시기로 나누어 고찰할 수 있다.

시인 김택영이 자기의 시적 재능을 과시하기는 17살 되던 해에 성균시초시에 입격한 때부터이다. 그 후 그는 시문학창작에 정진하면서 점차 고루한 과시문체를 외면하고 보다 멋지고 풍치가 다분한 글을 흔상하고 추구하였다.

1876년, 1878년에 조선 삼남지방을 편력하는 과정에서 김택영은 왕가물로 하여 모진 재해를 입은데다 봉건통치배들의 포악한 정치와 잔혹한 경제적 수탈 밑에서 신음하는 농민들의 비참한 생활상을 목격하고 농민들을 몹시 동정하였으며 당시 패정의 심각성을 숙고하기 시작하였다. 그는 이러한 새로운 인식에 기초하여 현실적 사회문제와 농민들의 생활을 다룬 「추석 전날의 농삿집의 탄식」(1876년), 「달밤에 기생집에서 흘러나오는 피리소리를 듣고」(1878년) 등과 같은 시작을 내놓았다.

　　김택영의 시문학 활동의 후시기는 1905년 그가 중국에 망명하여 남통에 거주하던 때로부터 1927년 4월까지이다. 이 시기는 그의 시 창작의 전성기로서 풍만한 문학성과로 자기의 풍격을 과시하였을 뿐만 아니라 봉건적 유학자로부터 자산계급 민주혁명의 지지자로 전변을 이룩한 시기이다.

　　이 시기의 시작에서 가장 중요한 자리를 차지하는 것은 일제의 침략을 저주하고 망국의 한을 토로하면서 민족의 자주독립투쟁의 앞장에 선 항일의병들의 장거를 격찬한 시편들이다. 그 대표적 작품들로는 「고국의 10월 사변을 회상하여」(1905년), 「9일 뱃길에 올라」(1905년), 「어허 애달파」(1910년), 「루에 올라」(창작연대 미상), 「황현이 나라 위해 목숨 끊었다는 소식을 접하고」(1910년) 등이 있다.

　　그중 시 「고국의 10월 사변을 회상하여」에서는 일제가 조선을 병탄하기 위하여 체결한 '을사5조약'으로 하여 망국의 설움을 이기지 못해 자결한 의관 조병세와 시종무관 민영환의 순국을 아래와 같이 비통하게 노래하였다.

> 야밤에 광풍이 휘몰아쳐와
> 엄동벽력이 서울에 지동치누나
> 해소의 피 귀신을 곡하게 하였으니
> 하늘이 인색하여 범려 같은 인재 내주지 않았어라
> 난로 안의 식은 재마냥 마음 싸늘한데
> 하늘가의 방초에 머리 돌리기 어려워라
> 유신이 글을 해서 무슨 소용 있더뇨
> 그저 강남에서 슬픔이나 읊었을 뿐

> (半夜狂風海上来,
> 　玄冬霹靂漢成摧,
> 　朝衣鬼泣秙公血,
> 　犀甲天慳范蠡才。

炉底死灰心共冷,
天涯芳草受難回,
闌成識字知何用,
空賦江南一段哀。）

　이 시에서 의분을 못 이겨 자결한 애국자들을 중국 고대의 전기적 영웅 해소에 비유함과 더불어 나라 잃고 망명하여온 자신의 불우한 처지를 남북조선시대의 문인 유신에 비하면서 '글로 나라를 건지지 못하니 무슨 소용 있더뇨' 하는 의미심장한 질문으로써 자기 마음속의 울분을 토로하고 있다.

　시인은 중국에 망명하여 있으면서도 한시도 조국과 고향을 잊지 않았다. 그의 시에는 고국과 고향에 대한 무한한 애착과 그리움 그리고 조국의 미래에 대한 열렬한 동경을 노래한 시편들이 실로 많다.

남에서 날아오는 기러기소리
시름 많은 나의 잠을 깨워
밤에 홀로 높은 루에 오르니
달빛만 하늘에 가득 찼구나

하루 열두 시 그 어느 때인들
고국생각 하지 않은 적 있으랴
머나먼 삼천리 밖 타향에서
또 이 한해를 보내야 하는가

형도 동생도 다들 늙어서
벌써 백발이 성성해있고
그리운 아버지와 할아버지께서도
깊은 푸른 산에 누워계시리

우리 힘써 나라를 찾아

　　무궁화꽃이 만발하거든
　　봄 물결 넘실거리는 압록강에
　　배 띄워 어서 돌아가리

　　　　　　　　　　　　　　　　　-「루에 올라서」

　　（一声南雁撹愁眠, 独上高楼月満天：
　　　十二何時非故国, 三千余里里又今年：
　　　弟兄白発依依里, 父祖青山歴歴邊：
　　　等待槿花花発日, 鴨江春水理帰船。）

　　　　　　　　　　　　　　　　　-「登楼」

　　이는 시 「루에 올라서」(창작연대 미상)의 전문인데 우리는 이 시를
통하여 시인의 망향의식과 밀착된 조선광복에 대한 절절한 염원을 역
력히 보아낼 수 있다. 고향과 조국에 대한 시인의 이런 절절한 감정을
노래한 시들로는 이밖에도 「환갑날 아침에」(1910년), 「강매산이 상해
에서 부친 시에 화답하여」(1816년), 「멀리서 개성 단풍누각을 그리며」
(1914년) 등 몇십 수가 있다.
　　시인의 우국의식과 망향의 정은 일제에 대한 저주와 복수설치의 일
념과 밀접히 연결되어있다. 시 「의병장 안중근이 나라 원수를 갚았다
는 소식 듣고」(1909년)에서 시인은 일제의 원흉 이또 히로부미를 격살
한 안중근의 영웅적 거사에 대한 격찬과 그로부터 환기된 복수의 통쾌
한 심정을 다음과 같이 격동적으로 노래하고 있다.

　　　평안도 장사가 두 눈을 부릅뜨고
　　　양새끼 잡듯 나라 원수 죽였구나
　　　죽기 전에 들은 이 소식 하 좋아서
　　　국화 곁에서 미친 듯이 노래하며 춤추네

해삼위 하늘가 맴돌던 독수리
하얼빈역두에서 벼락을 내렸네
육대주 호걸들이 다들 깜짝 놀라서
추풍에 낙엽 지듯 수저를 떨구네

(平安壯士目双張,
　快殺邦讎似殺羊,
　未死得聞消息好,
　狂歌乱舞菊花傍。

　海参港懷鶻摩空,
　哈爾浜頭辟火紅,
　多少六州豪健客,
　一時匙箸落秋風。)

　이 시는 모두 세 수인데 위에서 인용한 것은 그 첫 두 수이다. 보다시피 시는 하얼빈역에서 일제침략자의 우두머리 한 놈을 감쪽같이 요절낸 의병장 안중근의 대담하고 슬기로운 거사를 드높이 찬양하면서 의사에 대한 찬탄의 정을 격조높이 토로하였다. 시는 그와 같은 형상적 표현 속에서 원수들의 최후의 멸망과 민족의 독립자주에 대한 절절한 염원을 표현하고 있다.

　반일투쟁을 격찬하며 거족적인 항쟁을 호소한 시들로는 또한 명조시기 남통의 반일애국장령 조정을 구가한 「조공정의 노래」(1921년), 20년대 동북 장백산일대의 반일투쟁을 찬양한 「이시영 공을 위해 베푼 주연에서」(1921년) 등 여러 편이 있다. 그중에서도 「조공정의 노래」는 특히 중조 두 나라 인민대중의 반일투쟁의 연대성을 강조한 것으로 특징적이다. 아래에 「조공정의 노래」 중의 일부를 들어본다.

　그대여 신정의 눈물 훔치고

나더러 제단에 강신술 붓게 해주소
한잔은 부어 충무공께 올리고
한잔은 부어 조 장사께 올리겠소

무양이 넋을 부르니 그 넋 돌아와
서슬 푸른 도광이 하늘을 가르누나
양국 군사의 도도한 기세 우레 지동치 듯
인간세상 그 어느 땐들 영웅호걸 없으리오

(請君且撹新亭涕,
　与我賖酒向新丰,
　一杯酹我李兵仙,
　一杯酹君曹鬼雄。

　巫陽与招魂气返,
　旗光剣色摩虚空,
　雷鼓鼓動両国气,
　人間何代无勇忠。)

　시인은 이와 같이 지난 역사 시기의 중조 두 나라의 애국명장 조공정과 이순신의 영웅적 위훈을 노래하면서 두 나라 인민대중은 함께 총칼 들고 일떠나 '우레가 지동치 듯'한 멸적의 기세로써 외세의 무력침략에 단호히 반기를 들어야 한다는 민족의 기개를 찬미하고 있다.

　김택영은 단호한 반일민족시인일 뿐만 아니라 또한 열렬한 민주주의적 시인이다. 그의 민주주의적 경향은 주로 그가 처하였던 역사적 현실 속에서 일어난 중대한 정치적 사변들을 다룬 시편들에서 집약적으로 나타나고 있다. 개화와 민주를 고취하고 암담한 현실의 질곡을 저주한 그의 시 「기도 엄복에게」(1909년), 「중국의 의병사에 대한 느낌 5수」(1911년), 「정개석에게」(1918년), 「범구의 5언 율시 '시국에 대한 느낌' 4수에 쓰노라」(1925년) 등 작품들이 주목된다.

  김택영은 남통시에서 당시 중국 각계의 명사 문필가들과 널리 교제
하였으며 이와 더불어 중국계몽사상가들의 진보적 사조는 그의 세계관
의 전변에 깊은 영향을 주었다. 김택영은 엄복이 번역하여 발행한 혁
슬리의 『천연론(天演論)』(1909년)을 읽고 즉시로 자기의 느낌을 시로
적었다. 모두 3수인데 그중의 첫수를 들어본다.

      한, 송의 경전을 그 누가 스승으로 받들랴
      학술은 오늘따라 전진하고 있거니
      엄공이 『천연론』 번역해냈을 젠
      황포강의 물귀신도 밤이면 쿨럭거린다네

                        ―「기도 엄복에게」의 첫 수

    (誰將漢宋作経師,
      学術如今又転移,
      黄浦夜来江鬼哭,
      一編天演譚成時。)

                    ―「贈几道厳夏三首」的第一首

  이 시에서 시인은 전통적 유학의 권위성을 부정하고 자연현상의 단
초를 유물론적으로 설명한 새로운 진화론에 대한 긍정적 입장을 표명
하였으며 그에 대한 열렬한 추구의 정을 토로하고 있다.
  김택영은 줄곧 손중산 선생이 영도하는 신해혁명을 열렬히 옹호하고
지지하였으며 또한 그에 큰 기대를 가졌었다. 「중국의 의병사에 대한
느낌 5수(感中国義兵事五首)」(1911년)는 신해혁명이 성공되었다는 소
식을 접하자 그 즉석에서 자기의 감회를 읊은 즉흥시이다.

      무창성 안에서 우레 울자

음침하던 사면팔방 삽시에 뒤흔들렸네
천제는 300년간이나 취해있더니
가엾어라 오늘에야 깨여났구나

(武昌城里一声雷,
　倏忽層陰蕩八垓,
　三百年間天帝醉,
　可怜今日始醒来。)

이는 그중의 첫 수인데 이에서만도 신해혁명에 대한 시인의 감격의
정과 해박한 인식을 족히 읽을 수 있다.

김택영의 시작에는 벗과 문인들 간의 정을 읊조린 시편과 조선과 중
국의 명승고적, 자연경물을 노래한 것들이 아주 많은 비중을 차지한다.
이를테면 시「통주로 가는 배 안에서 사귄 벗에게」(1905),「기도 엄복
에게」(1909년),「도경산과 함께 장무지의 국화모임에 초대되어」(1915
년),「왕세록에게」(1915년),「서호」(1909년),「담려가 그린 연꽃그림」
(1912년),「수목명실정자에서 해당화를 감상하며」(1914년) 등이 그 좋
은 예로 된다.

이상에서 본 바와 같이 예술적으로 세련된 김택영의 시에는 근대의
진보적 사조에 애족적 감정이 진실하게 반영되어 있으며 반일민족독립
운동과 민주주의혁명의 승리에 대한 드팀없는 신념으로부터 오는 낭만
주의정신이 표현되고 있다. 물론 그의 시작 중에는 재래의 유학자적 사
고방식의 한계거나 이런저런 인식상의 제약성을 피면치 못한 점들이
있다. 그는 조선민족한시의 창작에서 새로운 기여를 한 탁월한 사실주
의적 시인이 되기에 조금도 손색이 없다. 그의 다양한 시형식의 작품들
은 19세기말부터 20세기 초의 시대적 현실의 본질적 사변들을 자기 나
름의 생활체험으로 전형화, 서정화 함으로써 사실주의 문학의 제반 특

성들을 생신하고도 심각하게 구현하였다. 이를테면 영락되어가는 조선 민 농촌의 시대상에 대한 예리한 관찰, 떠나온 고향에 대한 사무치는 애모, 민족에 대한 절절한 염원, 시대의 진보적 조류에 대한 열렬한 추구 등등 그 어느 하나도 사회에 대한 그의 심각한 인식과 밀착되어있지 않는 것이 없다.

김택영의 시는 무엇보다도 함축성과 여운이 풍부한 것으로 특징적이다. 그는 자기의 문학적 견지에 토대하여 자연과 인간, 신화와 현실, 추상물과 실재물을 하나의 통일체로 융합시키면서 자기의 시적 세계와 감수를 집약적으로 보여주고 있으며 또한 시의 여운을 심원하게 남기기 위하여 천착을 거듭하였다. 시 「아침에 임진강을 건너며」, 「국경도」 등이 그 좋은 예증으로 된다.

김택영의 시에는 신화전설에서의 환상적 수법이며 다채로운 비유수법과 의인화적 수법을 도입하여 시적형상의 함축성과 예술적 매력을 함유케 한 실례들도 적지 않다. 이를테면 박연폭포를 노래한 시에서 높은 벼랑에서 밤낮없이 쏟아져 내리는 폭포소리를 '바다의 신이 고래와 악어를 물고 가는' 신화적 세계와 연계시키면서 시의 여운을 강화한다든가 또한 자기의 시중에서 외래침략자를 '악어', '고래', '아수라'에 비유하고 관료 착취배, 반동군벌을 '참새', '쥐', '까마귀'에 비유하며 반일의병을 '범', '용', '독수리'에 비유한 것들이다. 그는 또한 의인화의 수법을 통하여 자연물과 인간의 감정을 연결시킬 수 있는 순간적 계기들을 교묘하게 설정하여 시의 함축미와 형상성을 살리고 있는데 예하면 매화의 아름다움을 천상의 상아와 직녀에게 비유하거나 매화의 굳은 절개를 전설에 나오는 라부의 형상에 비유한 것 같은 것이다.

시행의 조직에서 시인은 한시의 제반 격식을 엄격히 지키고 있으며 고저, 장단이 잘 어울리는 5언, 7언 등의 다양한 형식으로써 음악적 리듬을 추구하고 있다.

김택영의 시는 당송시 문체를 따르면서도 비장하고 호방한 격조와 청아하고 웅혼(雄渾)하며 화려한 표현으로 자기의 독특한 시적 풍격을 창조하고 있다. 청조말기 저명한 중국학자 유월(兪樾)이 말한바와 같이 그의 시는 '당시의 엄격한 격률과 송시의 청신한 풍격을 겸비'하고 있다. 이와 같이 김택영의 시문학은 국내외 시인들의 격찬을 받았으며 조선민족의 시문학발전에 빛나는 한 페이지를 장식하였다.

김택영은 한문시에서 뿐만 아니라 산문과 문예이론연구에서도 괄목할 만한 성과들을 거두었다. 그는 자기 창작생애에 무려 500여 편의 산문작품을 내놓았는데 그중에서 문예성격을 띤 산문이 절대적인 비중을 차지한다.

김택영은 산문창작에서 중세기의 산문형식을 널리 이용하였는데 그 중에서 전(伝), 행상(行狀), 유사(遺事), 묘지(墓志), 애조(哀調)등의 전기문학 부류; 기(記)와 같은 수필 또는 기행문형식; 서(序)와 발(跋), 잡언, 서한 등의 작가작품론적인 평론; 그리고 론(論), 설(說), 변(弁), 해(解)로 명명한 정론성을 구유한 문장들이 포괄되고 있다.

김택영의 산문 중에서 뚜렷한 성과로 간주되는 것은 전기문학 작품이다. 그런 작품 가운데는 외래침략을 반대하여 목숨 바쳐 싸운 애국지사와 민족독립운동가, 의병들을 묘사한 작품이 적지 않다. 그 대표적 작품으로는 「안중근전」(1916년), 「리준전」(1910년), 「장지연 간략」(1907년), 그리고 리재명, 김정인, 안명근, 손상현, 전견용 등의 전기가 있다. 그는 작품에서 민족문화의 금자탑을 쌓아올리는 데 중대한 기여를 한 문학가, 사상가, 화가, 서예가, 가수 등 탁월한 명인들과 더불어 무예에 능한 명사수, 힘장사, 용감한 협객, 도술가들의 슬기로운 형상들을 생동하게 묘사하였다. 또한 그들의 업적을 기린 「박연암선생전」(1903년), 「황현전」(1912), 「황진이전」(1884년), 「우숙평전」, 「석봉 한호전」, 「설승유전」(1887년), 「김리도전 (1887년)」 등 수십 편의 전기들로 다채로운 예술적 화랑을 이루고 있다. 장편전기 「안중근전」은 그의 전기문학에서 대표적 작품이라고 말할 수 있다. 이 전기는 작가가

1910년부터 집필하기 시작하여 1916년에 완성, 발표한 역작이다. 작품은 의사 안중근의 유년시절부터 비장한 마지막 순간에 이르기까지의 전반 생애를 생동한 예술형상으로 일반화하였다.

안중근은 어려서부터 무예에 능하여 말 위에서 나는 새를 쏴 떨구었으며 20살 좌우에는 큰 뜻을 품고 의로운 협객들과 사귀여 항시 열렬한 애국심으로 불타올랐다.

작중에서는 지난날의 여러 가지 사실을 통하여 안중근의 애국심을 두드러지게 묘사하고 있다. 말하자면 중국내지에서의 동지들과의 연계, 러시아에서의 의병부대조직과 조선본토에로의 진격, 하얼빈에서의 이또 하로부미를 격살하기 위한 중요한 계획과 지혜로운 투쟁, 려순공판청에서의 정의의 열변, 사형당하는 날에 양복을 벗고 새로 지은 한복을 입고 웃으며 말하며 사형장에 나가는 장면 등 여러모로 되는 묘사를 통하여 안중근의 민족적 기개와 애국심을 감명깊이 돋쳐냈다.

이 작품은 사건, 인물, 배경 등 서사문학의 요소를 구비하고 등장인물의 언어의 개성화와 심리묘사의 섬세성을 가함으로써 거의 근대소설에 접근하고 있다.

김택영은 또한 서와 발, 잡언, 서한 등으로써 작가론, 작품론을 진행하고 일련의 선진적인 사실주의 미학적 주장을 내놓았다.

그는 문학과 형식의 관계, 문장의 주제내용에서의 기백, 시에서의 사상 감정의 진실성, 산문에서의 이치, 법도의 의의, 언어문자의 사용, 시의 운율적미 등 일련의 문예학적 문제들에 대하여 자기의 고명한 견해들을 제출하였다. 그리고 그는 또한 중세기 중국 문예비평가들이 창도한 신운설(神韻説)을 비판적으로 계승 발양함으로써 문학의 본체에 대한 동방고전미학사상을 한결 더 풍부시킴으로서 문학연구에 중요한 기여를 하였다.

우선 그는 신운설을 문학의 본체론적 위치에 올려놓고 그의 기본함의를 다음과 같이 규정하였다.

"이른바 신운이란 귀로 듣고 입으로 전달할 수 있는 것이거나 해박한 지식을 제멋대로 뽐내서 되는 것이 아니요, 엽기적인 취미거나 허무맹랑한 양면성도 아니다. 그것은 진부한 언어를 깨끗이 제거한 토대 위에서 길고 짧음, 높고 낮음, 앞뒤, 깊고 얕음이 각기 제 위치에 적절하게 놓이게 함으로써 이어놓으면 그 이치가 정연하고 음미해보면 그 여운이 사라지지 않는, 사람으로 하여금 읽고나면 어깨춤이 절로 나게 하는 그런 경지를 말한다.”

보다시피 김택영은 신운을 형상의 외모거나 언어적 외피에 나타나있지 않는 깊고 숨은 뜻, 다시 말하면 객체와 주체의 상호교류에서 형성되는 예술의 심리마당으로 이해하고 있으며 고상한 심령으로만 느낄 수 있는 정감과 사상의 융합체로 규정짓고 있다. 김택영의 신운설은 신운을 단순히 ‘함축, 온화, 태평, 표일’을 기치로 내세우며 시의 영혼 −기백을 떠나 운율적 기교만을 추구하는 형식주의적 경향을 부정하고 감정과 사상의 결합으로 나타나는 예술표현의 정감적 기능을 강조하여 주체창조에서 수요 되는 특수한 정감의 심리상태와 자유로운 사상을 표현할 것을 강력히 주장하였다. 이것은 과학 및 이론적 사유와 구별되는 예술의 기본적 특징에 대한 올바른 이해이며 동방미학의 기유의 성과에 대한 긍정과 계승발양이다.

김택영은 사실주의적미학관에 입각하여 중국과 조선의 한문학대가들의 풍격, 기질, 성과 등을 구체적으로 평가하고 또한 신운설에 기초하여 사마천, 이백, 두보, 한유, 소동파, 박지원을 한문학의 가장 걸출한 대가로 인정하였다.

제2절 신정의 시문

신정(1880-1922)은 반일민족독립운동의 진두에 섰던 걸출한 정치 활동가이고 저명한 시인이며 작가이다. 신정은 1880년에 조선 충청북도의 한 농촌마을에서 탄생하였다. 그의 원명은 신규식이고(1911년 중국에 오자 곧 신정으로 개명) 호는 예관(睨觀), 자는 공집(公執)이다. 이 밖에도 산로(汕盧), 일여서(一余胥), 일민(逸民), 청구한인(靑丘恨人) 등 별호를 가지고 있다.

그는 20살이 되던 1899년에 서울의 관립한어학교에 입학하여 3년간 공부한 후 다시 서울육군학교에 들어갔다. 그 뒤 그는 육군참위로 되어 보병영에서 근무하였다.

1905년 '을사조약'이 체결되었다는 비보를 접한 신정은 격분하여 즉시에 지방부대와 연통하여 동지들과 함께 왜구들과 맞대매로 싸우러 나섰다. 그러나 중과부적으로 실패하자 솟구치는 비분을 새기지 못한 신정은 음독하고 자살하려 하였다. 요행히 집안사람들에게 발견되어 생명만은 구원되었으나 바른쪽 눈의 시신경이 약기에 상하여 앞을 바로 보지 못하고 흘기는 눈이 되었다. 이에 그는 험악한 세상, 악귀 같은 일제 놈들을 영영 흘겨보리라는 데서 아호를 예관(睨觀)이라 하였다

1910년 강압적으로 체결된 '한일합병조약'으로 하여 그는 격분을 억누를 길이 없어 또 한번 음독자살을 시도하였다가 라철 종사의 구원을 받아 불행을 피면하게 되었으며 민족독립운동에 몸 바쳐 나설 결의를 재삼 다지었다.

그는 1911년 봄 항일구국의 길을 찾아 중국으로 건너왔다. 잠시 요녕에 적을 두었던 그는 북경 등지를 거쳐 당시 중국자산계급민주혁명의 선진인사들이 집결한 상해로 갔다. 그는 상해에 이르러 동맹회에 가입하고 그해 10월에 손중산 선생을 따라 몸소 무창봉기에 참가하였다. 조선사람 치고 신해혁명에 참가하여 중화민국을 창건하는 진두에 나선 이로는 그가 첫 사람이었다.

그는 1912년 7월에 상해에 모여온 조선 망명지사들과 함께 '동제사'를 무었고 아울러 동맹회의 중견들인 송교인, 진기미, 호한민, 료중개, 당소의 등 명사들이 가입한 '신아동제사'의 조직에 나섰다. 같은 해에 신정은

당시 중국에서 가장 영향력이 컸던 문학단체 '남사'에 가입하여 유아자 등 진보적 문인들과 교분을 맺고 여러 차례나 '남사'시우들의 모임에 참석하여 혁명적 격정이 흘러넘치는 주옥같은 많은 시편들을 내놓았다.

이 시기에 신정은 또한 민족독립운동의 인재양성과 조직, 선동 사업에 꾸준한 노력을 거듭하였다. 그는 상해에서 박달학원을 개설하여 유망한 조선민족 청년들로 하여금 구미로 유학갈 수 있는 예비교육을 진행하였으며 100여 명으로 헤아리는 조선민족 청년을 중국의 각 군사학교에 보내어 기량을 연마하게 하였다.

그는 생애의 최후 수년간은 상해임시정부의 독립운동사업에 바쳤다. 1917년 8월 스톡홀름에서 개최된 만국사회당 대회에 그는 조선독립을 요망하는 건의서를 보내어 만장일치의 찬성을 받았다. 그리고 비밀리에 일본, 만주, 서울 등지에 부단히 독립운동가들을 파견하여 민족의 해방투쟁을 지속적으로 전개하여 나가게 하였다. 그는 이 시기에 《진단》(주간, 1920년)을 간행하여 큰 영향력을 일으켰다.

1919년 6월에 그는 임시정부의 법무청장으로 피선되었고 1921년 5월 국무총리대리 겸 외교총장에 취임하였으며 그해 11월에 특명전권대사의 명의로 광주에 가서 손중산 선생과 회견하고 아울러 북벌전쟁을 적극 지지하였다. 허나 광동군벌 진형명의 반란에 의하여 손중산 선생의 혁명위업이 좌절되자 이 소식을 접한 그는 '중국의 불행이 어찌도 이같이 심하단 말이냐?'라고 탄식하면서 끝내 병석에 드러눕게 되었다. 그는 1922년 8월 5일, 43세를 일기로 상해에서 세상을 떠났다.

시인 신정은 1908년 좌우부터 1922년에 이르는 10년 사이에 한문으로 된 근 200수에 달하는 주옥같은 율시와 산문시들을 세상에 내놓았다. 그의 이런 시는 신정탄생 60주년을 기념하여 중경에서 '예관선생기념회'의 주선 하에 출판된 문집 『한국혼기아목루(韓国魂暨儿目泪)』에 그 대부분이 수록되어있으며 그리고 그의 부분적 시, 이를테면 「원담잡감」 등은(「남사에 드리는 글」과 함께 1915년에 발표) 『남사시집』(제

13집)에 실리였다.

신정의 한문시에서 우선 우리의 이목을 끄는 것은 망국의 비운을 통탄하고 민족의 자주독립을 쟁취하기 위해 몸 바쳐 싸울 것을 호소한 서정과 정론이 밀착된 시편들이다. 5언 절구로 된 「생각한 바를 읊노라(述懷示)」(1910년)에서 시인은 한일합병 후 급속히 영락되어가는 조선농촌의 시대상과 일제의 총칼 밑에서 무리죽음을 당하고 있는 조선민족의 역사적 비극을 생동한 시적 형상 속에서 보여주고 있다.

> 청산은 옛 모습 잃고
> 낙엽은 지는 가을 알리네
> 밉살스럽구나 돈에 미친 장사꾼들
> 다투어 관장사에 달라붙으니
>
> (青山非旧日, 落木又深秋,
>   可很多銭客, 経営在棺頭。)

여기서 시인은 금전에 눈이 어두워 동포의 죽음도 아랑곳하지 않고 무치하게 ‘관장사’에 달라붙는 장사치들의 가증스러운 몰골을 신랄하게 폭로하고 있는바 이 시의 밑바닥에는 당시의 질곡적인 현실과 몽매 속에서 허덕이는 민중을 하루속히 계몽하여야겠다는 시인의 시대적 사명감에 대한 자각이 깔려있다.

시인은 천백 리 요동벌과 산해관, 북경, 천진, 교주만을 지나 강남땅에 망명하여가는 수천 리의 기나긴 방랑의 길에서도 그 언제나 두고 온 고국의 운명을 걱정하였으며 항용 민족의 자주독립을 실현하려는 정치적 이상으로 자기를 불태웠다.

> 청구 땅엔 해가 지고
> 산해관엔 북풍이 몰아치는데
> 충정으로 불타는 섭군의 말씀

이 가슴 한없이 후덥게 하네

(落日靑丘子, 北風山海関,
　　聶君多血語, 能使此怀寬。)

　이는 시인이 산해관을 지나면서 읊조린 「산해관에 이르러(到山海関)」
(1911년)이다. 시의 첫 구절 '청구 땅엔 해가 지고'는 바로 조선이 일
제에게 강점되어 빛을 잃었음을 뜻하는 것이고, 두 번째 구절 '산해관
엔 북풍이 몰아치는데'라 함은 일제의 검은 마수가 이미 중국에 뻗치
고 있음을 암시한 것으로 된다.
　민족의 독립운동가들과 운명을 같이하던 신정은 적지 않은 시편들을
통하여 반일의병투쟁의 격동적인 현실을 격조높이 구가하였다. 반일의
병투쟁을 주제로 한 시 「하얼빈의거를 찬양하여」(1909년), 「려순에서
처형당한 이를 애도하여」(1910년), 「의암 탄생 61돌을 축하하여」(1912
년), 「9월 1일」(창작연대 미상) 등에서 시인은 예리한 시대적 안목으
로 일제원수들을 반대하는 성스러운 싸움의 마당에서 목숨 바친 안중
근, 유린석 등 반일애국투사들의 위업을 칭송하면서 그들의 장렬한 최
후를 속마음으로 추모하였다.

　　　청천백일에 벽력소리 진동하니
　　　육대주의 많은 사람 혼담 놀랐으리
　　　영웅 한번 노하매 간웅은 처단되고
　　　독립만세 3창에 우리 조국 신생하리

　　　　　　　　　　　　　　　　　－「하얼빈의거를 찬양하여」

(白日靑天霹靂声, 六洲諸子·胆魂惊,
　　英雄一怒奸雄斃, 独立三呼祖国生。)

　　　　　　　　　　　　　　　　　　　－「哈爾浜記事」

　이 시는 시인이 안중근 의사가 일제의 원흉 이또 히로부미를 처단했다는 쾌보를 들었을 때의 기꺼운 심정을 읊은 찬가로서 그 밑바닥에는 민족영웅에 대한 무한한 경모와 높은 민족적 긍지감이 굽이치고 있다. 같은 주제의 시 「9월 1일」에서는 상기한 시와 달리하여 항쟁의 불길을 높이 추켜든 의병용사들을 '흑천룡', '청천호' 등으로 상징하면서 당시 동북 장백산일대의 민족독립군 용사들의 용맹과 슬기, 백절불굴의 반항정신을 열렬히 구가하였다. 상기한 시편들은 무엇보다도 거족적인 반일투쟁의 현실에서의 감정체험에 토대하여 격정으로 불타는 민족주의정신과 원수들에 대한 증오를 토로하고 있다.

　그의 시편 중에는 또 중국자산계급 민주혁명에 대한 열렬한 지지와 민주주의 이상에 대한 추구의 정신이 강하게 구현되고 있다. 신해혁명 전야에 쓴 시 「연경에 이르러」(1911년)에서 시인은 바야흐로 폭풍우마냥 거세차게 일어날 중국자산계급혁명에 대한 동경심을 다음과 같이 토로하고 있다.

> 서울 떠나 어언간 삼천리
> 해질 무렵 연경에서 옛 친구 만났구나
> 중화의 희소식 정말인지
> 눈물겨워 오랫동안 말 못하였네
>
> (漢城一別三千里, 落日燕京訪古人,
> 　有泪无言相視久, 中華消息惱其眞。)

　시인은 무너져가는 청조봉건통치를 '낙일연경'에 비유하면서 신해혁명전야의 '희소식'에 접한 자신의 북받쳐 오르는 혁명적 격정을 읊조리었다. 같은 해에 읊은 시 「혈아에게」에서도 곧 일어날 신해혁명을 캄캄한 아세아의 밤을 밝혀주는 등대로 격찬하였으며 반동통치를 뒤엎는 '위기일발의 시각'에 손잡고 싸울 동지를 찾게 된 희열과 격동의 정을 터놓고 있다.

시 「보검」은 당시 동맹회의 저명한 영수의 한사람인 황흥이 혁명군 전시총사령으로 부임하러 무한으로 갈 때 보낸 명작품으로서 자산계급 혁명의 승리를 위해 분투하여온 손중산, 황흥 등 민주혁명가들의 업적을 노래한 많은 시편 중의 하나이다.

> 흉악한 원수부터 목을 자르고
> 이웃의 배신자도 소멸하소서
> 요물들을 모조리 박멸하거든
> 태평양에 넣어서 피를 씻으소

> (先斬窮凶大慝人, 次殲渝約背盟鄰,
>   余鋒扑滅群妖物, 投太平洋洗血塵。)

이 시에서는 청조통치에 대한 무한한 증오와 자산계급혁명의 승리에 대한 확고한 신념이 여울치고 있다.

1913년 '제2차 혁명'의 실패와 더불어 원세개가 신해혁명의 전취물을 앗아갔고 1915년 1월에는 중국군벌정부가 일본제국주의가 강요한 매국적 '21개조'를 접수하는 수치스러운 국면을 조성시켰다. 시인은 이런 수모를 당하는 치욕의 날에 통분한 심정을 담은 시 「남사에 드림」과 「동사 여러분에게 드리는 글」을 시우들에게 보냈다.

> 새바람 불어치니 물결이 사나운데
> 이 나라는 상기도 깊은 잠 못 깨누나
> 예로부터 연남엔 강개지사 많았건만
> 오늘은 상해가 제일 문명하구나

> 슬프도다 국권 잃고 전철을 밟는 것이
> 원수 당할 힘 없다하니 옛 이름 아깝구나

> 5년 동안 통곡하여 눈물 못 거두니
> 아득해라 어디에다 구원 바랄손가
>
> ㅡ「남사에 드림」
>
> (東風猟猟浪相惊, 中夜沉沉夢未醒,
> 従占燕京南多慷慨, 只今瀘上最文明。
> 秘密喪権哀后轍, 鼓吹无力惜時名,
> 痛哭不干五年泪, 茫茫何処覓秦廷。)
>
> ㅡ「寄南社」

시에서 서정적주인공은 '21개조' 매국조약 체결을 저주, 규탄하면서 중화민족의 애국지사들에게 조선 '경술국치'의 교훈을 거울로 삼아 일제의 간계를 간파하고 원세개의 매국 배족 행위를 단호히 제지시킬 것을 간곡하게 호소하고 있다. 시국을 논한 시인의 많은 시작에는 또 국내반동군벌 간의 끊임없는 혼전으로 빚어진 암담한 현실을 신랄하게 폭로하여 '사랑과 증오엔 사심이 없고/ 받들거나 거역함은 공리에 달린 것이어늘/ 어찌하여 한 종족끼리 다투고 있을까/ 그 새에 엉뚱한 제3자 이득 보겠네(愛憎无私意, 向背惟公理, 何为种族争, 恐作漁人利)'라고 하면서 원수들에게 '어부지리'를 보게 한 역사적 교훈을 피력하고 제국주의열강 들의 이간도발 음모에 경각성을 높일 것을 거듭 강조하였다.

이밖에도 그의 시에는 또 노동민중에 대한 사랑과 동정이 흘러넘치는 역작들이 있다. 중국 강남농촌에서 이재민들의 처참한 생활정경을 목격하고 진실한 사실주의적 화폭으로 당시의 참상을 전시한 「진문에 이르러 물 피해 정경을 보고」(1917년), 「아침에 진문을 떠나며」(1917년?), 「배 안에서 기도를 드리며」(1917년) 등 시에서 시인은 큰물에 밀려 밭도, 집도, 가장집물도 죄다 잃어버린, 궁지에 전락된 백성들을 등장시키면서 황하의 큰물을 다스렸다는 전설속의 '거룩하신 우임금'이 재현하기를 기대하였으며 당세의 '천자의 뜻'을 돌려세워 수난당하고 있는 억조창생에게 먹을 것, 입을 것, 거주할 곳을 마련해주기를 충심으로 바라고 있다. 이런 시편들을 통하여 근로인민과 운명을 같이 한 시인의 진솔한 인도주의적 입장을 읽을 수 있다.

신정의 시는 형식상에서 5언 및 7언 절구, 율시가 대부분이고 간혹 고체시와 산문시도 있긴 하나 양적으로 그리 많지 못하다. 그의 시들은 다분히 서정적, 정론적 성격을 밀착시키고 있으며 한시로서의 운율적 미에 중시를 돌리면서도 보다 더 주제적 내용과 감정의 진솔한 표현에 초점을 맞추고 있다.

시의 풍격에서 그의 시는 중국 위진 시대의 시가와 비슷한바 활달한 필치와 비분강개한 정서, 호매롭고 자유분방한 풍격으로써 독특한 시적 개성을 이루고 있다. 따라서 그의 시 창작은 그것이 달성한 성과로 하여 조선민족의 한문학에서 한낱 중요한 자리를 차지하고 있다.

신정은 비단 한문시 창작에서 독특한 시적 개성을 구현한 시편들로 하여 빛나는 업적을 과시하였을 뿐만 아니라 산문창작에서도 중요한 성과를 올렸다. 이런 산문은 그의 시와 마찬가지로 애족애민의 격정과 일제침략자에 대한 불타는 증오심으로 일관되었으며 격조가 높고 명랑하며 호소성이 강하다.

그 대표적 작품으로는 장편정론 「한국혼」(일명 「통언」이라고 함)과 서한체산문 「동사 여러분에게 드리는 글」(1915년), 추도문 「영사 진기미 선생을 위한 제문」(1917년) 등이 있다.

장편정론 「한국혼」의 기본내용은 일찍 1912년 '동제사' 창립에 즈음하여 한 연설에서 발표하였으며 그 후 신정은 1914년 11월 8일에 이 글을 정식 탈고하게 되자 동인들 사이에서 돌려가며 읽혀졌다. 1919년 '3·1'운동 이후 민족해방운동의 앙양과 더불어 그는 스스로 자기 논단의 정당성과 발표의 필요성을 재확인하고 1920년 10월 상해에서 간행한

《진단》(주간)에 연재하면서부터 이 작품이 드디어 널리 알려졌다.

「한국혼」의 집필경위에 대하여 신정은 이 글의 서문에서 다음과 같이 밝히고 있다. '경술국치 이후 나는 중국에 망명하여왔다. 옛 왕터는 곡식밭이 되었으니 나의 서러움을 그 어디에 비기랴. 「리소」에 담긴 굴원의 읍소, 진정에 올린 신포서의 곡성마냥 계명의 비바람소리 내 가슴을 후벼내었다. 이에 「한국혼」이란 글을 지었는바 그 취지에 가슴속의 고통을 세인에게 알려 민족주의와 복수의 큰 의리로써 민중을 환기시켜보자고 함이었다.'

「한국혼」은 신정의 의지와 이론과 격정이 어울려진 우수한 산문이다. 이 글의 중심주제도 조선민족의 유구한 역사와 빛나는 애국주의전통을 세계에 선양하고 그 우수한 전통을 발양하여 민족의 자주독립과 해방을 위해 끝까지 몸 바쳐 싸울 것을 호소한 것이다.

글의 서두에서 작가는 '어두운 이 밤은 언제나 새려나?…… 5천년의 옛 나라가 짓밟혀 조그만 고을이 되고 삼천만의 백성이 떨어져 노예가 되다니. 마음이 죽어버린 것보다 더 큰 슬픔이 없는 것이어니 이제 망국의 백성이 되어 온갖 슬픔을 겪으면서도 흐리멍텅 깨닫지 못한다는 것은 죽음 위에 또 한번 죽음을 더하는 것이다. ……사람마다 그 마음이 죽지 않았다면 넋은 아직도 살아 돌아올 날이 있으리라. 힘쓸지어다. 동포들이여!'라고 쓰고 있다.

이 글에서는 민족주의 역사적 의식에 입각하여 조선민족이 일제의 노예로 전락하게 된 주요 원인들을 밝히고 민족주의만이 민족의 운명을 만구 할 수 있는 유일한 길이라고 주장하면서 우선 '자존자신, 자력갱생, 대동단결, 분발도강(奮発図強)의 기치 아래 민족의 자주독립을 쟁취하여야 한다'고 호소하였다. 여기서 작가가 추구하는 민족주의이상의 역사적 진보성과 시대적 제약성을 동시에 간파할 수 있으며 나아가 손중산 선생이 창도한 삼민주의이념과 이어진 자산계급민주혁명의 시대적 조류를 역력히 더듬어볼 수 있다.

　　이 작품은 비단 그 주제내용이 심오하고 관찰이 예리할 뿐만 아니라 작가의 주정토로가 힘 있게 안받침 됨으로써 비분강개한 정서와 웅장한 기백이 흘러넘치는 풍부한 서정세계를 펼쳐 보이고 있다. 작품은 또한 논리적 서술에 설화적 성격을 부여함으로써 작품의 취미성과 통속성을 더해주고 있으며 따라서 읽는 사람에게 친절하고 다정한 기분을 안겨주고 있다. 이밖에도 작품은 인민들의 생활에 뿌리박은 생명력 있는 속담, 성구, 격언과 생동한 비유적 언어들을 적절하게 이용하여 설득력과 형상성을 높이고 있다.

✋ 현대문학 편 ✋

제1장 1920년 – 1931년의 문학

제1절 새로운 사조의 유입과 문화활동

중국조선족인민들은 1920년대에 들어서면서 조선의 '3·1'운동과 중국의 '5·4'운동의 영향 하에서 새로운 역사단계에로 진입하였다.

이 시기 일본제국주의는 조선반도를 완전히 병탄해버린 후 조선민족인민들을 더욱 혹독하게 탄압하고 수탈하였다. 이에 파산당한 조선반도의 인민들은 더욱 도탄 속에 빠지게 되어 수많은 사람들이 살길을 찾아 분분히 중국으로 들어오게 되면서 1920년대에 이주한 조선민족인구는 급격히 늘어났다. 당시 일본당국 관변 측의 통계에 따르면 1920년에 중국 동북경내의 조선민족인구는 45만 명이었으나 1930년에 이르러서는 63만여 명으로 늘어났다. 이런 이주민들 중에는 농민과 노동자들 그리고 민족의 독립과 해방을 위하여 건너온 지사들과 지식인들의 망라되었는데 그중에는 농민들이 절대부분이었다.

동북에 대한 일본제국주의의 침략이 날로 가심해지고 일본 독점자본이 마구 침투됨에 따라 조선민족 거주지구의 소농경제가 파괴되어갔고 농촌의 토지겸병도 날따라 치열해졌다. 이런 형편에서 대다수 농민들은 일제의 '동척(東拓)', '동아권업(東亜勧業)' 등 식민회사거나 봉건지주의 땅에 매워야 하였기에 이중 삼중으로 되는 잔혹한 착취에 시달리지 않으면 안 되었다.

1920년 10월 일제의 획책 하에 감행된 이른바 '경신년대토벌'로 하여 수많은 조선민족인민들이 학살당하였으며 발랄하게 벌어지던 민족독립투쟁은 좌절당하였다. 그 후 일제는 봉건군벌과 결탁하여 동북지구에 23개 총령사관과 그 분관을 설치하고 경찰들을 대량적으로 증파하여 통치를 강화하고 또한 '조선 사람을 보호, 관리한다'는 구실 밑에 '조선거류만회', '조선민회', '보민회' 따위의 어용단체를 내와 간교스럽게 '조선 사람으로써 조선 사람을 통제'하는 정책을 시행하면서도 겉으로는 회유지책을 쓰며 이른바 '문화통치'를 표방하였다.

1920년대에 진입하여 형성된 사회적 현실과 계급적 갈등은 우리 조선민족으로 하여금 계급적 문화를 신속하고도 폭넓게 받아들이게 하였다. 이에 1920년대에 진입하여서는 이전의 '국토광복', '국권회복'을 직접적 종지로 삼아오던 민족독립운동전선에는 민족주의기치와 사회주의기치를 함께 내드는 국면이 조성되게 되었다.

마르크스주의가 한낱 사상사조로서 조선민족거주구역에 전파되기 시작한 것은 1920년대 초부터였다. 일찍 러시아에서 10월 사회주의혁명에 직접 참가하였거나 그 이념을 접수한 선구자들은 중국 상해 등지에서 조선공산당 등 단체와 그의 외곽조직들을 내왔다. 그리고 이런 단체들에서는 마르크스주의의 서적과 간행물들을 번역, 출판하여 여러 갈래의 경로를 이용하여 연변 및 기타 조선민족 집거구에 송달하였으며 또한 직접 대중 속에 들어가 사회주의를 선전하였다. 그들은 농민들 속에 들어가 식자반과 야학교를 꾸리고 문화지식을 배워주었으며 강연회, 오락회를 열고 혁명가요 보급과 연극 활동을 하면서 계급문화를 선양하였다. 1920년대 후반기부터는 마르크스주의단체의 지도 하에 조직된 노동조합과 농민조합, 그리고 청년회, 학생회, 부녀회, 소년회 등을 발동하여 반제반봉건투쟁을 세차게 벌려나갔다.

상기한 바와 같은 사회정치적 환경과 여러 가지 사상사조의 영향 하에서 조선민족인민들은 만난을 무릅쓰고 힘써 민족적 교육을 도모하였다. 1931년 통계에 의하면 동북에서 인민대중과 여러 반일단체 그리고 종교계에서 세운 학교는 무려 388개소에 달하였다. 이 시기에 진보적인 사상을 가진 인사들에 의하여 꾸려진 많은 학교들은 비단 당지의 문화중심으로 되었을 뿐만 아니라 정치활동의 중심으로 되어 반제봉건투쟁의 역군을 양성하는 기지적 구실도 하였다.

그리고 이 시기 문화사업에서도 일정한 진전이 있었다. 당시 일제가 표방한 '문화통치'는 우리 문학을 발전시킴에 있어서의 한 계기로도 되었다. 그것은 일제당국에서 일정하게 규제를 완화하고 일부 신문, 잡지의 출간을 허용함에 따라 여러 가지 신문, 잡지가 간행되었는데 그중 진보적 간행물만 하더라도 무려 20여 종이나 되었다. 상해, 북경 등지에서 발간한 《독립신문》(첫 몇 기는 《독립》이라 하였음.), 《진단》, 《천고》, 《광명》, 남만과 북만 일대에서 출간된 《한(韓)족신문》, 《노력신문》, 《불꽃》, 《청년전위》, 《신동방》, 연변에서 간행된 《민성보》, 《기적소리》, 《민중》이 그 예로 된다. 상기한 매 간행물의 간행종지와 다룬 내용은 서로 같지 않았으나 그중의 대부분은 반일민족독립의 이념과 새로운 문화를 선전하기 위한 수요에 호응하여 꾸려진 것이었다.

이 시기 반제반봉건투쟁이 심입되는 새로운 정치 문화적 환경 하에서 문학창작에서도 일정한 성과를 거두었다. 이때 문학창작자들은 비리에 찬 불합리한 현실과 맞서 싸우면서 자기의 운명을 개척해나가려고 지향하는 대중들의 형상창조에 주의력을 돌려 그들의 계급의식과 저항의지를 두드러지게 부각하기에 힘썼다. 그리고 이 시기 문학은 비판적 사실주의 창작방법으로써 현실생활을 역사적 구체성으로부터 진실하게 묘사하고 그 필연적 발전을 추구하면서 당시의 반제 반봉건적 투쟁과 긴밀히 배합하기 위하여 의식적인 노력을 경주하였다. 그러면서도 이 시기 문학은 당시의 혁명단체들에서 문학창작자들에게 현실과는 탈리된 급진적 요구를 제기하거나 또는 문학의 특성을 무시하고 공리적 요구만을 강조하는 등으로 하여 문학의 정치화적, 교술화적 경향을 피면하지 못하였고 또한 이와 더불어 예술성을 홀시하는 폐단을 초래하기도 하였다.

제2절 이 시기 문학창작

1920년대 시가문학은 기타 문학 분야와 마찬가지로 적지 않은 창작 성과들을 거두었었다. 그러나 지난날의 모진 세파 속에서 산출된 많은 시가작품이 거개 산일되다보니 당시 시단의 실상과 취득한 업적을 보다 전일적으로 고찰할 수 없는 것이 유감이다. 아래에 지금까지 전해지는 일부 시가작품을 통하여 이 시기 시가문학의 발전양상을 더듬어본다.

이 시기에 자유시 창작이 퍽 활발스러웠고 한문시, 시조 등에서도 일정한 성과를 거두었다. 그리고 또한 당시의 특정한 반제 반봉건적 투쟁환경 하에서 대중적인 혁명가요 창작이 성행되어 그 영향력을 과시하였다.

1920년대에 자유시 창작에서는 우선 일본제국주의와 봉건통치제도에 의하여 조성된 조선민족인민의 비참한 운명에 대한 회한과 독립, 자주권을 되찾고야말 인민대중의 드팀없는 의지와 굳은 신념을 읊조린 시들이 그 주조를 이루고 있다. 그중에서 서정시 「조선심」(백악산인, 1928년), 「연가해(燕歌解)」(철주, 1928년), 「3월 하루」(김태연, 1921년), 「내가 죽었어?」(목신, 1922년), 「임 찾는 마음」(리월촌인, 1930년) 등은 고국을 사무치게 그리는 우리 겨레의 숭고한 감정과 오매에도 잊을 수 없는 민족적 자주독립의 숙원을 깊이 있게 토로한 시편들이다.

동무야 아느냐 조선의 마음은

　　겨레의 마음을 한데 태워서
　　올바로 붉어진 자유의 품에
　　임을 비추는 '거울'을 삼노니
　　'때'의 사조가 한없이 흘러서
　　사람의 마음은 낡는다 해도
　　임의 마음은 꾀일 길 없노니
　　환영(幻影)을 헤치고 진(眞)을 찾아서
　　'바람'의 푸른 기를 높이 세우자
　　……

　　동무야 아느냐 조선의 마음은
　　겨레의 피를 한데 빚어서
　　곱곱이 옥 맺힌 원한의 가슴에
　　'신(新)'의 꽃을 피우게 하리니
　　'남'의 빛깔이 아무리 고와도
　　온 누리 사람이 죄다 따라도
　　임의 마음은 변할 길 없노니
　　설움을 걷고 안위를 간직해
　　조선의 '미(美)'를 길이 맛보라

　　동무야 아느냐 조선의 마음은
　　겨레의 혼을 한데 뭉쳐서
　　나날이 빛나는 진역(震域)의 터전에
　　새로운 성탑을 높이 쌓으려니
　　악마의 벽력이 되거푸 내리쳐
　　희생의 선풍이 이 땅을 삼키여도
　　임의 정화는 꺼질 길 없노니
　　낙망을 버리고 용기를 내여
　　한토(韓土)에 '한빛(韓光)'을 길이 밝히라

　이는 서정시 「조선심」 중의 세 대목이다. 서정적주인공은 숭엄한 정
서 속에서 고국과 겨레를 찬미하면서 그 어떤 역경에 처하더라도 '낙

망을 버리고 용기를 내여' 겨레의 성스런 빛발을 길이 밝히라고 호소
하고 있다. 이토록 이 시편에서는 조선의 '마음'을 소중히 간직하고 자
기의 일체를 고스란히 고국과 겨레 앞에 바치려는 당시 백의동포들의
굳은 의지와 깨끗한 지조를 감명 깊게 대변하고 있다.

망국노로 전락된 우리 겨레는 오랫동안 피땀을 흘려가며 가꾸던 토
지와 정든 향토를 빼앗기고 눈물을 휘뿌리며 정처 없는 길을 떠나지
않으면 안 되었다. 어디 가나 모진 시달림을 피할 길이 없었던 조선민
족인민들은 그때마다 더더욱 잃어버린 자기의 고국을 사무치게 그리었
다. 「연가해(燕歌解)」(철주)는 바로 이 시기 조선민족인민들의 사상
감정을 아주 절절하게 펼쳐 보여주었을 뿐만 아니라 그 시 형식에 있
어서도 종래의 정형시와는 달리 아주 수수하면서도 분방하고 이채적이
다. 아래에 이 시 전문을 인용한다.

내 누워서 앓는 방 난간 끝에는
제비둥지가 있다
수제비 암제비
낮에는 진흙을 물어다가
네 둥지를 수리하고
밤에는 목을 엇걸고 자더라
일기가 명랑하고 바람이 화창하면
둥지 앞에서 노래를 부른다
나는 그 노래를 들을 때마다
귀를 기웃거리며 아픔을 잊고
그 노래의 뜻을 풀었다
'배달의 청년아 (쏠쏠쏠 미미레 미미레)
우리는 옛집을 찾는데 (미레도 쏠쏠쏠 미레도)
너는 누워서 앓기만 하느냐 (미레도 미레쏠 미레미레도)
풍만루(風滿楼)하고 우장래(雨将来)한다 (라라라 쏠쏠쏠 쏠쏠쏠)
너는 장차 어데로 가려나 (라라쏠쏠 미레도 미레도)

너도 어서 집을 찾아라 (라라쏠쏠 미레도 미레도)'

―「녕고탑 동경성 연화못 병상에서」

작중의 서정적주인공은 제비들이 지저귐에 기탁하여 연상의 나래를 펼치면서 버리고 온 '자기의 집'을 못내 그리고 있다.
서정시 「임 찾는 마음」(리월촌인)[1]도 고국과 겨레에 대한 다함없는 송가이며 정열적인 시풍을 보여준 시편이다.

......
임이시여 당신이 부르시면은
옛 마을 찾아오는 제비의 나름으로
검푸른 대공으로 찾아서 가지요

임이시여 당신이 부르시면은
하늘에 흐르는 번개의 빛으로
화산의 비탈로 찾아서 가지요

이상은 시 「임 찾는 마음」 중의 두 연이다. 이 시에서 '임'은 다름아닌 고국과 겨레 또는 동경에 찬 자아 이상의 상징으로 읽을 수 있다. 이 시에서 우리의 격정을 솟구치게 하는 것은 그 어떤 험난과 역경 속에서도 고국의 위업에 자기를 서슴없이 바치려는 서정적주인공의 충정이다.
서정시 「임을 찾으며」(근파)에서도 눈물 없이는 보지 못할 겨레의 망국노적 비운과 불우한 처지에 대한 절통의 정을 토로하였다.

내 그대를 따라 이 땅을 찾아옴은
반생에 그립던 정을 행여나 풀까 하여

―――――――――――――――――――――

1) 리월촌인(李月村人)은 리학성의 필명임.

> 북관―천리 길에 노수도 한 푼 없이
> 한줄 글만 믿고 내 홀로 떠나왔소
>
> 고개마다 넘는 고개 임의 기척 살피나
> 적적한 세상이라 소식 듣기 어려우니
> 넘어가는 초승달에 눈물만 스치고서
> 한 고비 뭉친 한을 또다시 태우고 있소
>
> ……
>
> 한이야 타든 말든 임이나 만났으면
> 어슬렁 뛰는 맘에 만단설화하렸더니
> 임은 가셨어라 찾아볼 길 없어오매
> 되거푸 고개 넘기 발길만 허덕이오
> ……

당시 불우한 처지에 빠진 우리 겨레들에게 있어서 임과의 생이별, 이는 늘 목격하게 되는 눈물겨운 생활상의 한 측면이기도 하였다. 우리는 이 시를 통해 불원천리하고 임을 찾아왔다가 비보를 듣고 눈물을 휘뿌리며 발길을 되돌리지 않으면 안 되는 서정적주인공의 한가슴에 찬 울분을 읽게 한다.

그리고 이때에 발표된 시편들 중에는 일제의 무단적인 통치와 죄악상을 공소하고 단죄한 「웬일이냐」(작자 미상, 1922년)[2], 「백색테러」(남문룡, 1928년) 등과 반동통치의 잔혹한 수탈로 하여 기아선상에서 허덕이는 참혹한 처지를 비분에 차 폭로, 공소한 「단오절」(초래생, 1928년), 「여름의 농촌」(김근파, 1930년) 등이 있다.

> 웬일이냐
> 저 아해는 왜 울어

---

2) 상해에서 발행된 《독립신문》에 게재. 작자 미상.

감옥에 있난 아버지 생각
간절해서 운다 해요

웬일이냐
저 집의 소동이
독립운동에 관계있다고
왜놈들이 와서 가택수색
그래서 소동이래요

웬일이냐
저 부인은 어디를 급자기
철창 속에 있난 남편에게
의복 차 입히려고
그래 급자기 간대요

웬일이냐
개화몽둥이 든 자가 내 집에
고문 치사된 사람 위해
말 한마디 못한 변호사놈
착수금이나 내라고 왔대요

　이는 시 「웬일이냐」의 전문이다. 일제에 대한 원한을, 옥에 갇힌 한 투사의 가정이 겪는 봉변을 선명하게 전시하는 것으로써 심각히 파헤치고 있다. 그 시적 기법도 수수하고 간결한 것이 특징적이다.

밤은 깊어 집집에 등불은 켜지고
하늘 위에 별들도 반짝거리건만
맥없이 늘어진 그는 별조차 보지 못하였다

배고파 잉-잉 밥 달라 우는 어린애
세네 때 굶주린 어머니에게 어찌 젖이 있으랴

오! 우는 그 애를 어찌 달랠 것인가?

곁집에선 저녁연기 끊어진지 오래고
뒷산의 부엉새는 깊은 밤을 노래하는데
때 지난 이때 누구의 집에서 한술 밥 얻어오랴!

여전히 울고 있는 어린애는 말끝마다 밥 주―
한숨짓는 부모의 간장 다 녹여 내리나니
긴긴 여름밤 또 어찌나 새워 보내랴?

―조시 『여름의 농촌』 중의 「밤」

실로 눈물 없이는 보지 못할 처참한 정경이다. 상기한 여러 시편들
에서는 당시 조선민족인민들의 삶의 현장에 깊이 들어가 그 실상을 파
악하고 사실주의적 방법으로 반동통치 하에서의 겨레의 수난과 비극적
운명을 까밝히고 겨레들의 숙원과 동경을 전시하고 있다.

그리고 이 시기 시가 중에는 또한 당시 독립군들을 구가하거나 그들의
생활을 다룬 시편들도 적지 않았다. 그중 시 「애처로워라」(경재, 1922
년), 「저 비 보아라」(경재, 1922년), 「표량(漂浪)」(작자 미상, 1922년), 「
추야강유(秋夜江游)」(작자 미상, 1922년) 등이 대표적인 시편들이다.

바람은 분다 비는 온다
오던 비 불던 바람 끝나기 전에
또 일어난다 또 일어난다
내 가슴속에 타는 불이!

여기 곳이 어디라요
서백리야(西伯利亞) 찬 별판인가요?
남북만주 풀밭속인가요?
그것도 아니면 강남의 거친 들인가요?

괴롭다 말어라 우지 말어라
먹을 것 없고 입을 것 없다고
나라 망하고 주인 없난 백성
의레이 그럴 줄 몰랐더냐?

그러나 울어라 또 울어라
방랑에 방랑에 계속되는 너희들
목적이 무어냐? 잊지 말어라
표랑의 보수로 자유의 월계관……

　이상은 시 「표랑(漂浪)」의 전문을 옮긴 것이다. 작자는 밝혀지지 않고 있다. 이 시는 나라를 잃고 국권회복을 시도하여 표랑하는 지사들의 한과 슬픔과 바람을 집약적이면서도 생동하게 읊조리고 있다.
　시 「저 비 보아라」(경재)는 민족독립투쟁에 나선 독립군용사 또는 의사들에 대한 진지한 정을 감명 깊게 토로한 시편이다. 그 전문을 들어본다.

저 비 보아라
남북만주들에는 오지를 마라
산과 수풀 속에 모여있난
우리 대한독립군은
어이하란 말이냐

저 비 보아라
흑룡강 골짝에는 오지를 마라
집 잃고 헐벗은 용사네는
어이하란 말이냐

저 비 보아라
인왕산 밑에는 오지를 마라

원수의 철창에서 신음하는
우리 의사의 심정은
어이하란 말이냐

저 비 보아라
북만의 의로운 객의 잠을 깨우니
눈물에 쌓인 요 내 가슴은
어이하란 말이냐

이렇듯 이 시는 광야에서 풍찬노숙 하는 용사들이거나 영어의 몸이
된 인왕산의 의사에 대한 진정을 절실하게 쏟아놓고 있는 바 그 표현
도 사뭇 애틋하고 자연스럽다.

추야장강 달 밝은데
배를 저어 가노메라
천지에 방랑커늘
싫은들 어이하리
천수만한(千讐万恨)을
오직 저 곤곤(滾滾)한 장류(長流)에

강수는 바다로
월색은 산 넘어 돌아간다
강변에 자는 백구(白鴎)
추초간(秋草間)에 우는 충성(虫声)
선자(船子)야 뉘라서
자고로 흥망이 유수(有数)라 하더냐

유유(悠悠)한 이 심사
곤곤(滾滾)한 저 유수(流水)
월광에 취한 혼이
청풍(清風)에 춤추도다

벗님아 이렇게 주야동류(昼夜東流)로
훨훨 우리 낙양승지(洛陽胜地)에

이는 1922년 9월 20일 《독립신문》에 실린 「추야강유(秋夜江游)」의 전문이다. 작자를 밝히지 않고 있다. 이 시는 민족독립투쟁에 나선 용사들이 자기의 한과 포부와 승지의 피안으로 검질기게 노 저어가는 심경을 낭만적으로 노래하고 있다.

1920년대에 시조창작도 퍽 성행된 것으로 알려지고 있으나 지금까지 전해지고 있는 작품은 얼마 되지 않는다. 지금 찾아볼 수 있는 시조들에서 읊조린 내용들을 대체적으로 집약하여 보면 기타 형식의 시작(詩作)에서와 마찬가지로 고국과 겨레에 대한 충정과 망국노로 전락된 겨레의 한, 비분의 정 그리고 민족독립운동에 헌신하려는 굳센 결의들을 읊조린 시조들이 보다 많은 비중을 차지하고 있다. 시조 「새해」(신도(新島), 1920년), 「시세계」(작자 미상, 1922년), 「유랑인」(P.A.S. 1928년) 등이 그 좋은 예로 된다.

그림자로 벗을 삼는 혁명객의 이 신세라
사랑하는 동포에게 무엇으로 정 표할까
받아라 신년선석(善錫) 드리노니 이내 몸을

남아 삼십에 미복국(未夏国)이면 후세(后世)에 수칭대장부(誰稱大丈夫)라
복국 못한 몸으로 떡국 먹기 부끄럽네
언제나 왜두만두(倭頭蛮頭)로 함포고복(含哺鼓腹)

―시조 「새해」 3장 중에서

낙민루(楽民楼) 저문 날에 뿌리치는 나의 눈물
무검루상(撫劍楼上) 석조(夕鳥)들아 네 아느냐 이 가슴을
저 건너 송림성암(松林圣庵)에 쇠북소리만 은은(隱隱)

청풍아 거뜩 불어 백범(白帆)에 가득차라
천리강산 먼먼 길을 북치며 어서 가자
무궁화 시든 가지가 실려 돌아올 그 우로(雨露)만

적적한 이 려창에 궂은비 휘뿌린다
이 맘에 쌓인 생각 뉘라서 알아줄고
차라리 유아무야(有也无也)에 나 홀로만 품고 가리

ㅡ시조 「시세계」 3장 중에서

이와 같이 이런 시조들에서는 나라를 찾기 위하여 주야로 분전하는 독립지사들의 고국에 대한 충정과 복수설치하려는 절절한 내심적 의지를 숙연히 읊조리고 있다.

시조 「유랑인」(P.A.S.)[3]은 살길을 찾아 하염없는 방랑길에 나선 겨레의 처참한 모습과 맺힌 한을 토로하고 있다. 이 시조에서는 당시 고국을 떠나 허허벌판 만주로 와 헤매는 이주민들의 참담한 현실과 불안을 읽고도 남음이 있다. 아래에 시조 「유랑인」을 옮겨본다.

다 낡은 포대기에 어린 아해 싸서 업고
하발령 긴 허리를 쉬어 넘는 홀에미는
가다가 길 소삽한지 가끔 발을 멈추네

해여진 호인옷에 보따리 메인 채로
걷다가 쉬이다가 시름없이 하는 양이
한 깊은 나그네인 듯 태만 봐도 알겠네

뫼 위에 비친 달이 재로 넘어 지려 할 때
하발령 넘는 길손 느린 걸음 재여지나
달 지어 길 소삽하매 도로 늘어지오라

---

3) P.A.S는 작가 박로철의 필명임.

　　1920년대에 한문시도 많이 성행하였다. 일찍부터 저명한 시인과 문필가로 이름을 떨친 김택영, 신정, 신채호 등은 이 시기에 와서도 자기들의 독특한 풍격을 과시한 훌륭한 한문시들을 세상에 내놓았다. 또한 다른 많은 진보적 시인들과 시 창작자들은 상해, 북경, 광동 등지에서 간행되었던 《독립신문》 그리고 잡지 《진단》, 《천고》, 《광명》 등에다 정치적 격정으로 충만 된 한문시들을 많이 발표하였다. 이를테면 「옥중감회」(작자, 미상, 1922년), 「『진단』의 출간을 축하하여」(남형우, 1920년), 「강우구 의사를 추모하여」(렴해, 1921년) 등을 그 예로 들 수 있다. 문헌의 기재에 의하면 1921년 용정시에서 무어진 한문시인들의 동인단체 '신유시사(辛酉詩社)'의 시우들에 의하여서도 적지 않은 한문시가 창작되었다. 시 「잠두봉(蚕頭峰)」(작자 미상, 1923년), 「모춘(暮春)」(리장원, 1924년), 「모아산(帽儿山)」(작자 미상, 1924년) 등이 지금 전해지고 있다. 이 '신유시사' 시우들의 한문시들은 다분히 초현실적인 경향에 흐르면서도 그들의 시에는 일제의 침략을 저주하고 민족의 불우를 슬퍼하는 정서들이 어리고 있다. 그리고 1920년대 후반기에 간행된 《민성보》에도 한문시들이 많이 발표된 것으로 알려지고 있으나 지금 찾아볼 수 있는 것은 한문시 「월야우감(月夜偶感)」(백산학인, 1928년)과 같은 몇 수가 있을 뿐이다.

　　1920년대에 반제반봉건투쟁과 새로운 문화의 신속한 전파의 수요에 부응하여 대중적 혁명가요가 많이 창작되었다. 이 시기의 혁명 가요는 일부 시인과 작가들에 의하여서도 씌어졌지만 거개는 학교거나 민중단체의 사회적 혁명 활동 중에서 집단적으로 창작되고 일반화되었다. 이와 같은 혁명가요들은 강렬한 전투성, 고동성과 통속성으로 하여 인민대중 속에서 널리 애창되었다. 역사문헌의 기재에 의하면 1926년 남만화전 '5. 1'학교에서 불리운 혁명가요만도 100여 수에 이르렀다고 한다.

　　이 시기 혁명 가요는 그 주제내용 면에서 현실의 암흑면에 대한 폭로가 심각하고 반제반봉건투쟁에 대한 긍정의 열도가 높고 새 사회,

새 제도에 대한 동경과 추구가 강렬하고 선명하며 그 소재와 주제 범위도 퍽 넓었었다.

10월사회주의혁명의 승리는 세계사회발전사에 있어서 획기적인 중대한 사변이다. 따라서 이 시기의 적지 않은 혁명 가요는 10월사회주의혁명의 승리와 새로운 제도의 탄생을 열렬히 환호하고 사회혁명의 선구자들을 구가하는 데 모를 박고 있다. 이를테면 혁명가요 「붉은 봄 돌아왔다」(일명 「혁명가」), 「10월혁명가」, 「소련옹호가」, 「의회주권가」(일명 「무도곡」) 등이 그 좋은 예증으로 된다.

> 칼바람 추운 겨울 물러갈 때에
> 꽃피워줄 붉은 바람 일어났도다
> 6대주 5대양 온 우주에
> 산 넘고 물 건너 불어치나니
>
> 우랄산 복판에 둔 러시아에는
> 제일먼저 웃음 웃난 월계화 폈네
> 넓고 넓은 4만 리 중국벌판에
> 붉디붉은 장미화 입을 열었다
>
> 탐화하는 봉접들은 나래를 펴고
> 하루속히 꽃피기를 재촉하누나
> 꽃동산을 짓밟는 벌레 없애고
> 모두 함께 춤추자 넓은 동산에

이상은 혁명가요 「붉은 봄 돌아왔다」의 전문이다. 보다시피 이 노래는 상징적 수법을 빌어 10월사회주의혁명의 승리와 그 영향 하에 세계적으로 일어난 심각한 변화를 형상적으로 노래하였다. 그리고 이런 부류의 혁명가요 「의회주권가」와 「10월혁명가」, 「소련옹호가」 등에서도 새로운 사회제도를 찬미하고 그에 대한 노동인민들의 지향과 동경을 노래하고 있다.

　이 시기 널리 불리운 혁명가요 중에는 민족적, 계급적 모순과 현실의 부조리한 사회제도를 폭로, 비판한 것들이 적지 않은 비중을 차지하고 있다. 「현대사회모순가」는 이 시기에 아주 널리 보급되었던 보다 대표성을 띤 혁명가요이다.

현대의 사회제도 검찰 한다면
만 가지 큰 모순이 여기에 있다
평등 행복 구하려는 시대의 마음
이런 불평 그대로는 못 참으리라

자동차 으릉으릉 다니는 길은
노동자 농민들이 닦은 길인데
길 닦을 때 놀던 놈 지나는 바람에
길 닦은 이내 마음 통분도 하다

주린 몸 피땀 흘려 벼농사해도
일생에 된조밥도 차례 없고나
논도 벼도 이름조차 모르는 놈이
흰쌀밥에 살이 져 버둥거린다

양잠에 애태우던 농민의 몸은
무명옷 한 벌도 차례 못 지고
누에라는 이름도 모르는 놈이
통비단에 싸인 꼴 괘씸도 하다

……
삼층 대루 유리창을 들여다보니
양요리에 배부른 개 낮잠 자는데
대문 앞에 밥 한술 구걸하던 자
굶고 얼어 맥없이 쓰러졌고나
앞집 놈 창고에 쌀 썩는 냄새

　　온종일 굶은 몸 회동하는데
　　뒷집 아이 밥 달라 우는 소리에
　　지나가는 내 가슴 쓰려지누나

　이상은 「현대사회모순가」 중의 몇 대목이다. 중국조선족민족 집거구에는 8절로 된 것이 널리 불리우고 있었다. 한국 선일인쇄사에서 인쇄한 『소래집』4)에 실린 가사 「사회의 모순」(16절)의 전반부 8절이 「현대사회모순가」와 기본상 같다. 길림성 화룡현과 흑룡강성 녕안현 등 지방에는 이 노래를 김소래(원명 김중건)가 지었다는 설이 전해지고 있다. 이 「현대사회모순가」에서는 매 연을 기본단위로 압박착취자들과 서로 상용키 어려운 모순들을 밑바닥에 깔면서 가혹한 현실이 빚어낸 불합리한 사회적 현상들 가운데서 가장 전형적인 것들을 쉽고도 생동한 언어로 열거하면서 이런 심각한 모순을 조성한 원인과 그것의 본질을 까밝히고 있다.

　이밖에도 「불평등가」, 「빈농민자탄가」, 「농부불평등가」(김중건), 「가난한 자의 노래」 등이 상술한 바와 같은 주제를 부동한 각도에서 생동하게 구현하고 있다.

　이 시기의 혁명가요에는 반제반봉건투쟁이 심입, 전개되는 정세 하에서 전체 노동인민을 항쟁에로 부른 노래들이 적지 않다. 이와 같은 가요들은 노동자, 농민을 혁명의 기본 동력으로 간주하며 이런 주력군이 일떠서야만 혁명의 승리를 기할 수 있다는 의식을 바탕으로 하여 인민대중의 무궁무진한 힘을 구가하고 그들을 투쟁에 나서도록 호소하였다. 혁명가요 「총동원가」(붉은 5월의 노래), 「계급전가」, 「결사전가」, 「혁명투쟁가」 등이 그 대표적 예로 된다.

　　나가가 나가가 싸우러 나가자

---

4) 『소래집』(笑來集), 소래 선생 기념사업회 발행, 1969년 6월.

용감한 기세로 어서 빨리 나가자
제국주의 군벌들은 죽기를 재촉코
강탈과 학살을 여지없이 하노나

왔고나 왔고나 혁명이 왔고나
혁명의 기세는 전 세계를 덮었다
돈 없는 노동자 망치 메고 나오고
땅 없는 농민은 호미 메고 나오라

이상은 「총동원가」의 두 절이다. 유관 역사자료에 의하면 연변에서 반제봉건투쟁의 새로운 앙양의 징표로 되는 1930년 '붉은 5월 투쟁' 때에 일떠선 인민대중은 이 노래를 높이 부르면서 시위행진을 단행하였다고 한다. 이 노래는 비단 그 당시에 크나큰 영향력을 산생하였을 뿐만 아니라 그 후의 항일투쟁 시기, 심지어는 지금에 이르러서까지도 조선민족 인민대중 속에서 널리 불리고 있다.

이 시기 혁명가요 중에는 반일혁명투쟁의 앞장에 선 영웅적 투사들의 숭고한 정신적 풍모와 그들이 쌓은 공훈을 격조높이 구가한 작품들이 상당한 비중을 차지하고 있다.

여름의 숲 속과 겨울의 땅굴은
모두다 우리를 감춰준 곳이다
풀 깔고 눈 깔고 누워나 잘 때에
온몸의 더운 피 더욱 끓어넘친다

주린 배 띠 졸라 다시금 매고
힘없는 발걸음 내디딜 제
즐거움도 괴로움도 가릴 새 없이
내 오직 바람은 자유와 평등

－「혁명자의 노래」

혁명을 찾아서 암초 많은 바다로
감옥살이 두려우랴 혁명자는 앞으로
어느 곳의 감옥이 내 집으로 된대도
단두대의 이슬 돼도 겁날 것 없다.

—「혁명가」의 1절

이런 혁명 가요는 자기를 잊고 희생적 정신으로 반제반봉건투쟁에 일떠선 혁명투사들의 숭고한 정신과 이상을 심각하게 일반화하였다.

이 시기 혁명가요 중에는 또한 여성해방, 혼인자유, 아동생활 등을 노래한 것들이 일정한 비중을 차지하고 있다. 그 대표적 작품들로는 「여성 해방가」, 「여성의 노래」, 「나의 가정」, 「이혼가」, 「처녀의 애소」 (김중건), 「소년 아동가」 등이 있다. 아래에 당시에 널리 애창되었던 「여성 해방가」 중의 몇 대목을 들어본다.

오빠의 얼굴은 시들어지고
나의 가슴속에는 불이 붙는다
원수의 돈 몇백 원에 이 몸이 팔려
사랑하는 오빠여 사람 살려요

지상의 일경초도 자유 있고요
하늘 위의 별무리도 자유 있건만
가이없다 우리 여성 무슨 죄로
캄캄한 골방 속에 갇히었느냐

울지 마라 금상초야 봄이 간다고
깊은 가을 노란국화 피여 오고요
엄동설한 찬바람이 불지라도
매화꽃 피어올 줄 누가 아느냐

이상에서 보여주다시피 이 시기 혁명 가요는 1920년대의 시대적 현실에 토대하여 구사회 제도를 뒤엎고 새로운 사회제도를 이룩하려는 인민대중의 염원과 현실투쟁에서 제기되는 가장 절박한 문제를 다루는 데 모를 박고 있다. 이 혁명가요들은 거개 창가체로 불리어지고 있으며 내용이 명백하고 서술성이 다분하다. 그리고 그 시적형상 전반에 혁명적 낭만과 격정이 충일되고 있으며 시적 형식이 간결하고 시어가 소박하고 평이한 등의 특색을 구현하고 있다. 이 시기에 창조된 혁명 가요들은 다양한 내용과 간결하고 통속적인 가요형상으로 하여 인민대중 속에 널리 일반화 되어 대중적 문예활동의 활성화에 기여하였으며 항일투쟁시기 항일가요의 창조와 발전에 토대를 닦아주었다.

이 시기 소설 창작은 조선반도의 새로운 문학사조의 영향 하에서 작가들의 알찬 노력에 의해 일정한 성과들을 거둠으로써 중국조선민족의 소설문학의 발전과 소설의 근대성 확립에 일정한 기여를 하였다.

'3·13'운동 이후 중국조선민족의 소설 창작은 당시 식민지로 전락된 우리 겨레들의 생활을 사실주의적 창작방법으로써 진실하게 묘사하기에 힘을 기울이었다. 1920년대에 소설 창작에 나선 주요 작가들로는 1910년대로부터 민족독립운동의 지도자와 언론인 그리고 작가, 시인으로 널리 알려진 신채호와 이 시기에 상해에 와있으면서 소설 창작에 나섰던 주요섭과 최상덕 등을 들 수 있다. 이밖에 당시의 신문이나 잡지에 소설 작품을 내놓기 시작한 박계주의 콩트 「적빈(赤貧)」, 「월야」, 단편소설 「혁명전선에서 나서는 소년」 등이 발표된 것으로 알려지고 있으나 지금에 이르기까지 그 작품을 수집하지 못하고 있다.

작가 신채호의 소설 창작과 기타 문학 업적에 대하여서는 다음 절에서 집중하여 다루기로 하고 여기서는 당시 상해에서 활약하였던 소설작가 주요섭과 최상덕의 창작성과를 살펴보려 한다.

작가 주요섭(1902-1972, 호 여심)의 소설 창작의 전성기는 대표작

「사랑손님과 어머니」(1935년), 「아네모네의 마담」(1936년) 등을 발표하였던 1930년대 중기이다. 그러나 그는 1920년대에 벌써 상해의 하층민들인 인력거군, 창녀, 도시빈민들의 생활을 묘사한 단편소설 「인력거군」, 「살인」, 「개밥」 등을 세상에 내놓아 당시 문단의 이목을 끌었었다.

주요섭은 1902년 11월 24일 평양서문 밖에 있는 신양리에서 출생하였다. 주요섭은 1915년에 숭실중학교에 진학하여 3학년 때에 일본 아오야마학원 중학부 3학년에 편입하여 공부를 하였으나 1919년 거족적으로 일떠섰던 '3·1'운동이 일어나자 곧 귀국하고 말았다. 일본에서 돌아온 주요섭은 한때 김동인 등과 함께 《독립신문》이라 이름 한 신문(프린트 인쇄본)을 내다가 출판법 위반의 죄목으로 10개월간 옥고를 치르기도 하였다.

1920년 주요섭은 상해에 이르렀다. 당시 그는 중국에 오자 소주의 안성중학교에 먼저 편입하였다. 얼마 후에 상해 호강대학 중학부 3학년으로 옮겼다. 그는 1927년 호강대학 영문과를 졸업할 때까지 상해에서 학교를 다니면서 창작활동을 하였다.

주요섭은 대학을 마치자 곧 미국 스타포드대학교 대학원에 가 입학한 후 석사과정을 마치고 교육학 석사학위를 받았다. 1929년 주요섭은 고국으로 돌아가 한때 《아이생활》과 《신동아지》 등에서 편집인을 지내다가 1934년에 중국 북경 보인대학교 교수로 초빙되자 다시 중국으로 왔다. 그 후 작가는 1943년 소위 '일제의 대륙침략에 협조하지 않았다'는 죄목으로 강제추방을 당하기까지 줄곧 중국에서 교편을 잡고 지내면서 소설 창작에서도 적지 않은 성과들을 거두었다.

작가 주요섭은 1921년에 발표한 단편소설 「추운 밤」에 앞서 단편소설 「깨여진 항아리」가 신문에 입상된 바 있지만 작가로 등단하기는 단편소설 「추운 밤」을 발표한 때로부터이다. 그 후 작가는 근 40편에 달하는 소설작품과 적지 않은 수필 그리고 시와 평론을 발표하였다.

1920년대 초, 작가 주요섭의 관심을 모으게 한 것은 상해 사회최하층에서 고역과 가난에 허덕이는 도시빈민들의 참담한 생활이었다. 작가는 이들에게 깊은 동정을 보내면서 그들을 형상화한 단편소설 「인력거꾼」(1925년), 「살인」(1925년), 「개밥」(1927년) 등과 같은 작품을 육속 발표하였다.

단편소설 「인력거꾼」에서는 주인공 아찡이 죽어가게 되는 사정을 하루의 일과에다 집약시켜 사실적으로 묘사하고 있다. 그는 어려서는 시골에서 남의 집 심부름을 하고 상해에 굴러들어 와서는 공장에서 일하였었으나 공장에서 해고당하자 하는 수 없이 인력거꾼으로 전락되었다. 그는 가족이란 없고 끌고 다니는 인력거마저도 자기 것이 아닌 외톨이에 알거지여서 매일같이 그렇게 부지런히 인력거 끌기에 나서도 부딪치는 생활난에서 벗어날 수 없었다. 인력거를 끄는 일은 중노동이어서 8년을 끌면 일반적으로 생명을 다한다는 말이 난 고되고 위태로운 일이었다. 죽는 길인 줄 번연히 알면서도 스스로 자진하여 인력거채를 메어야만 하는 인생의 비극, 작자는 이런 참담한 비운은 다들 빈곤에서 연유한다고 인정한 나머지 이 같은 빈곤의 악순환을 거듭하는 당시 사회의 암흑상을 파헤치고 있다. 아찡은 마침내 고된 일에 지쳐 병을 얻고 '수많은 아찡'들이 모여 가는 무료진료소를 찾게 되고 거기서 '예수를 믿는 한 신사'의 설교에 귀를 기울여야만 했다. 신사의 말에 의하면 지금 아찡이네들이 받는 고통은 아담과 이브가 지은 원죄 때문이란다. 그렇다면 왜 '금반지 끼고 인력거나 마차나 자동차만 타고 다니는 사람들은' 도리어 그런 형벌을 받지 않고 한평생 호강하며 잘 사느냐 하는 데서부터 아찡은 희미하게나마 빈부차이로 인한 사회의 부조리에 의문을 품게 된다. 아찡은 마침내 자기의 헐망한 방에서 인력거를 끌며 살아온 8년 동안의 쓰라렸던 일을 되새기며 참담히 죽어 갔다. 그의 죽음을 두고 작중에서는 다음과 같이 쓰고 있다.

'무얼요, 저 죽을 때가 다 돼서 죽었군요. 8년 동안이나 인력거를 끌었다니깐요. 남보다 한 일년 일찍 죽는 셈이지만 지난번 공보국 조사에 보면 인력거를 끌기 시작한지 9년 만에 모두 죽는다고 하지 않습니까?'

이에서도 당시 불합리한 사회제도가 빚어낸 죄악에 대한 작자의 신랄한 야유와 견책을 읽을 수 있다.

단편소설 「개밥」과 「살인」 역시 빈부의 차이로 하여 사회상에서 일어난 비극을 묘사하고 있다. 「개밥」에서는 잘사는 집의 어멈으로 일하는 여인의 조우와 비극을 다루고 있다. 집주인나리는 어떤 사냥꾼의 집에서 바둑이라는 서양개새끼 한 마리를 얻어온 것을 몹시 아껴서 사람조차 먹기 어려운 우유거나 흰밥에다 고기국물을 두어서 먹이게 하였다. 이것을 본 어멈은 '사람두 흰밥을 못 먹는데 웬 개에게 흰밥, 고깃국이라니!' 하고 언짢아서 늘 속으로 되뇌이군 한다. 그 어멈에게는 단성이라는 세 살 난 어린 딸애가 있었는데 먹을 것을 제대로 먹이지 못하여 뼈만 앙상하게 남았다. 어린 딸애가 굶어 죽어가는 판인데 개새끼한테 흰밥에 고깃국을 두어서 먹이니 기막힐 노릇이다. 그런데 고기만 먹는데 습관 되었던 그 개는 그 밥조차 처음에는 다치질 않았다. 어멈은 주인아씨가 개 앞에 한번 놓았던 밥은 내다 버리라고 하는 것을, 그 밥을 몰래 가져다가 어린 딸에게 주었다. 시간이 흘러 그 개가 차츰 밥에 습관 되어 잘 먹게 되는데서 어멈은 더는 그 개밥을 딸에게 가져다주지 못하게 된다. 그러자 딸은 점점 더 여위어갔고 얼마 전부터는 기침을 콜롱콜롱 하면서 심상찮게 앓기까지 하였다. 그 딸을 보는 어멈의 속은 실로 말이 아니었다. 어멈은 앓고 있는 딸애가 "엄마나 흰밥에 고깃국이나 좀 주렴." 하고 드는 청을 들어주기 위하여 그 개밥을 좀 떠내려다가 개가 달려드는 바람에 죽 그릇까지 깨고 그만 개에게 물린다. 이에 본능적 자위심과 복수심에 동한 어멈은 개와 한 덩어리가 되어 물어뜯었다. 그러다가 마당에 허옇게 얼어붙은 이밥을 긁어모아 집으로 뛰어 들어갔으나 단성이는 이미 숨을 거둔 뒤였다.

이에 미쳐버린 어멈은 딸의 이름을 부르며 피 묻은 치마를 펄럭이며 밖으로 달려간다. 소설은 버리라는 개밥을 몰래 가져다 딸에게 먹이던 데로부터 개를 물어뜯어 죽이고 미쳐버리기까지 한 어멈의 일거일동을 아주 생동하게 묘사함으로써 사회최하층에서 허덕이며 짓밟히다 나중에는 실신하지 않을 수 없는 당시의 현실을 신랄히 고발하고 있다. 작가는 작품에서 사람과 짐승이 먹을거리를 놓고 싸우는 그런 광경을 묘사하면서 가난과 허기에 지친 인간이 짐승과 같은 처지로 전락해버린 그 참상과 어멈의 반항의식을 신랄하게 파헤침으로써 현실의 암흑상을 예리하게 비판 타매하고 있다.

단편소설 「살인」도 상해를 무대로 하여 먹고 살기 위하여서는 몸을 팔고 모든 인간적인 굴욕을 참아내야만 하는 창녀 우뽀의 참담한 처지와 반항을 묘사하고 있다. 주인공 우뽀는 보리 서 말에 도로건축공사 십장인 서양 놈에게 팔리자 그놈에게 고용된 성격이 거칠고 무식한 노동자들의 시달림을 거쳐서 다시 돈 7원에 팔려 상해에 와 창녀가 된다. 그러나 이렇게 굴욕과 질곡 속에서 생명을 이어가면서도 무엇 때문에 이렇게 불행한 지도 생각조차 하지 않았다. 우뽀는 매일 몸을 팔며 동물처럼 되는대로 살아가다가 한 젊은 청년을 남몰래 사랑하며 속을 태웠다. 그러나 얼마 안가서 자기는 그런 청년과는 가까이할 수 없는 처지에 전락되었음을 깨닫자 절망상태에 빠진다. 이에 우뽀는 이때까지 자기의 피를 빨고 살을 먹는 기생집 마누라를 살해하고 자기는 더 깊은 구렁텅이에 빠진다. 단편소설 「살인」은 이와 같이 사회최하층에서 자기 몸을 파는 것을 연명의 수단으로 삼아야 하는 밑바닥 인생의 파멸에 이르는 불행과 반항의식을 심각히 파헤침으로써 당시 카프평론가들의 호평을 받은 바 있다. 작가 김기진은 이 작품을 최서해의 단편소설 「기아와 살육」과 함께 놓고 평가하면서 '기교나 유희의 세계에 안주한다든가 혹은 쓸데없이 관능적인 퇴폐한 기분 속에 방황, 침입하는 경향보다 백배나 더 유익하고 사람답고 진실하다고 하였다.」(『개벽』 1925년 9월호)

1920년대 빈민층의 처참한 빈곤상을 냉철하게 살피고 그들의 반항의식을 묘사한 주요섭의 상술한 작품은 조선의 신경향파문학에 동조하고 있다. 그러면서도 주요섭의 작품은 당시 신경향파 작품에서 흔히 볼 수 있는 도식적이거나 경직적인 경향과 수법을 탈피하여 비정하리만큼 암울한 현실을 파헤치고 있으면서도 그 밑바닥에는 또한 깊은 인도주의가 여울치고 있다.

이 시기 소설 창작에 나선 작가 최상덕도 20년대 소설문학에 적지 않은 성과를 더하여 주었다. 최상덕(1901-?, 호 독견, 필명 독고독)은 1901년 6월 15일 황해도 신천에서 출생하였다. 1921년 상해에서 혜령전문학교 중문과를 마치고 《상해일일신문》의 기자를 지냈으며 그 후 한시기는 조선서 간행한 《중외일보》의 학예부장으로 있으면서 소설 창작에 정진하였다. 한편 최상덕은 연극에도 관계하여 1929년 11월 '토월회'의 재기공연에 참여하였으며 또한 소설번역에도 나서서 소설 「한사람이 차지한 땅」(1926년), 「여학교 사건」(1928년) 등 적지 않은 작품을 번역하기도 하였다.

최상덕은 일찍 《상해일일신문》의 기자로 있을 때에 중편소설 「유린」을 신문에 연재하였었다는 기재5)가 있으나 지금 그 작품을 입수하지 못하여 딱히 확인할 수는 없다. 지금 볼 수 있는 그의 작품계보에 따르면 1925년에 발표한 단편소설 「정화(淨化)」를 첫 단편소설로 간주하게 된다. 작가는 이어 1926년에 「소작인의 딸」, 「유모」, 「부로(浮虜)」, 「책략」; 1927년에 「단발미인의 사(死)」, 「바보의 진노」; 1928년 이래에 「유린」, 「탁류」, 「사형수」 등 많은 단편소설을 발표하였다. 그리고 그는 1927년에 중, 장편소설 「승방비곡」, 「란영(亂影)」 등을 조선일보에 연재하여 좋은 평언들을 받았다.

단편소설 「유모」(1926년)는 당시 가혹한 수탈로 하여 도탄 속에 빠지게 된 일반농촌에서의 빈농민 박 서방과 그의 아내가 겪은 조우를

---

5) 『조선대표단편문학선집』 제10권 제371페이지.

사실주의적 수법으로 묘사하고 있다. 이 빈농내외는 일년 내내 뼈 빠지게 일하였으나 가을타작 후 진 빚을 다 물지 못하여 '집칸마저 집행을 맞고 하는 수 없이 무슨 막벌이라도 해먹을 작정으로' '큰마음 먹고 농촌 시변으로 들어갔다'. 그러나 막벌이조차도 박 서방을 기다리고 있는 곳은 없었다. 그 후 박 서방 내외는 일을 찾아 사처로 헤맨 결과 아내가 겨우 찾은 것은 젖먹이인 자기 아들은 암죽을 끓여 먹이면서라도 부잣집 아이를 위해 그 집 유모로 들어가는 것이었다. 그러나 그 부잣집에 간 후 박 서방의 아내는 늙은 집주인 영감 놈의 성화는 성화대로 받고 망신은 망신대로 당한 후 그 집에서 쫓겨나가지 않으면 안 되는 처지에 떨어지고 만다. 그들은 당장 밤으로라도 떠나가고 싶었으나 갈 데가 없는 것이 문제였다. 작중에서는 다음과 같이 묘사하고 있다.

글쎄…… 아범은 아무리 생각하여도 내일 일이 난처하였다. 주인마누라에게 들킨 것은 역시 치명상의 불행인 듯하였다. 그의 가슴은 또 다시 그믐밤같이 어두워졌다. 앞길은 불을 끈 듯이 캄캄하였다. 처마 끝을 헤매는 바람이 휙휙 소리와 함께 눈을 날리다가 파란 달빛이 드리운 뒤창을 부딪치고 있다.

이는 이 작품 중의 마지막 한 대목이다. 실로 당시 째지게 가난하였던 빈민들은 그 앞길이 가면 갈수록 '불을 끈 듯이 캄캄하였다.'

단편소설 「바보의 진노」(1927년)에서는 '법 없이도 살 사람'이라던 머슴 배 서방이 끔찍한 큰일―살인을 겪게 된 과정을 진실하게 묘사하고 있다. 종의 자식으로 태어난 복돌이는 '거친 음식을 돼지같이 먹고 소같이 일하고 명견(名犬) 같이 주인에게 충실하였다. 그는 마치 이 세 가지 사명을 다하기 위하여 세상에 나온 것 같았다. 그는 불평을 몰랐다.' 하여 배 서방은 '일년에도 머슴을 몇 차례씩 갈아내는 그 인품 사나운 김창봉네 집종으로 뼈 빠지는 줄을 모르고 일하였다. 상전에게 충실한 그는 상전의 '주선'으로 서른 살 되는 해에 겨우 장가랍시고 들어 배 서방이 되었다. 그 후 그는 더한층 상전에게 충실하였다. 상전에게 대한 모든 감사는 일 잘하고 말 잘 듣는 것으로 갚았다.' 이런 배 서방을 두고 동네사람들은 '법 없이도 살 사람'이라고 하였다. 다만 머리가 둔한 데다 배운 게 없어서 돈 셀 줄도 모르는 바보라는 게 흠이라면 흠이었다. 그런 배 서방이 난산으로 고통을 겪고 있는 아내를 보다 못해 주인내외에게 의사를 부르자고 간청해보았지만 번마다 교묘히 거절당하였다. 나중에 아내가 사경에 임하고 어멈이 '내일은 어찌됐든 어서 가 의사를 불러 뵙시다. 언제 쥔의 허가가 내리도록 기다린단 말이요?' 하고 재촉하는데다 오늘 주인네가 하는 일이 야속하게 생각되던 배 서방은 의사를 찾아가 주인내외가 의사를 부른다고 거짓말을 한다. 그런데 의사를 청하고 집에 달려와 보니 산모는 '눈을 허옇게 뒤어쓰고 영영히 가버린 뒤'였다. 이 광경을 '눈도 깜짝하지 않고 돌장승처럼 보고 섰던' 배 서방은 갑자기 이를 부드득 갈며 남이 잘 알아듣지도 못하는 소리를 버럭 지르며 헌 상 밑에 끼인 다듬이방망이를 들고 미친 듯이 문을 박차고 나갔다. 배 서방은 그 길로 안방으로 들어가 주인내외를 쳐 죽이고 어디론가 달아나버렸다.

작가 최상덕은 이와 같이 종과 상전 간에 생긴 모순갈등과 빈민층의 반항을 사실주의적으로 파헤치고 주인공 배 서방의 형상을 감명 깊게 묘사하였다.

1920년대에 진입하여 더욱이는 그 후반기에 연극 활동이 보다 활발하게 전개되었다. 그것은 이 시기 계급문화의 신속한 유입과 더불어 광범한 인민대중의 반제반봉건투쟁이 앙양되었던 사정과도 무관하지 않다. 그리고 살펴본데 의하면 20년대 초까지 만도 연극 활동은 그 대부분이 민족의 독립과 사회주의를 지향하는 진보적 청년들에 의하여 과외적으로 창작, 출연되었으며 전문적으로 극 창작과 연극 활동에 종사한 희곡가거나 배우는 없는 것으로 알려지고 있다. 그 후 1920년대 후반기에 이르러 용정 등지에 연극단체 '예우사', '연극호' 등과 문예동인단체 '문우회'와 같은 반과외단체들이 나타남에 따라 진보적인 과외극작가들이 나와 많은 극이 출연되게 되었다. 이를테면 화극 「파랑새」(1925년), 「수상한 청년」(1929년), 벙어리극 「이렇다!」(1927년) 등이다. 그러나 이런 연극은 거개가 사회적 활동의 수요로부터 창작, 공연된 것으로 다들 아마추어 수준에서 벗어나지 못하고 있었다.

오늘, 다시 연극 활동 중에서 산생한 극문학작품 또는 연극대본 등이 거의 산일된 상황 하에서 20년대 연극발전의 양상을 딱히 밝히기는 그 가능성이 매우 적다. 이에 당시 간행된 신문에서의 소식보도거나 또는 문헌의 기재, 그리고 지금까지 전해지고 있는 연극의 경개 등에 좇아 당시 연극 활동의 일각을 살펴보는 수밖에 없다. 먼저 당시 연극 활동 상황을 보도한 기재들을 들어본다.

상해에서 간행된 《독립신문》에 의하면 1923년 3월 1일 남경 한인기독여자청년회에서 '독립운동을 위하여 활동하다가 적에게 잡혀 곤욕당하던 광경으로써 각본을 만들어 연극을 하였다'고 보도하였고 또 1924년 1월 1일 원단에 상해예수교회에서 탄강절(誕降節)을 계기로 몇몇 청년들이 「탕자회개(蕩子悔改)」라는 정극을 공연하였다고 하였다. 그리고 1925년 7월 8일부 《독립신문》에는 「남경의 '3·1절'」이라는 표제로 글을 실었는데 이 글에 '독립운동을 배경으로 한 연극 「백년의 공」의 공연, 임창모, 오유정 등 제씨의 출연'이라고 적고 있다.

그리고 또한 자료의 기재에 의하면 1920년 남만주 길흥학교의 대강당에서 '안중근 의사가 하얼빈역두에서 이등박문을 저격[6]하는 내용을 담은 연극이 공연되었었다.

연변에서 간행된 《간도신문》 대정 15년(1926년) 3월 7일부 제3면에는 '시내 여자청년회의 여자들이 조직한 연극을 어제저녁 간도극장에서 공연하였는바 그 예제는-최후의 승리-순애의 희생 깬 목소리(3막)

---

6) 박영석 『한민족독립운동사연구』 제35페이지.

등으로서 순수 여학생들의 연극이었으므로 인기를 끌었다.'라고 보도하
였고 또 《간도일보》 대정 15년(1926년, 저자 주) 8월 1일부의 보도에
따르면 '걸만동의 극 성황, 걸만동 운동부 주최로 전번 달 7월 7일−8
일 이틀 밤 남양촌 보흥학교 교정에서 극단공연을 하였는데 입장자가
400여 명에 이르러 당지에서는 종전에 없는 성황이었다. 첫날의 예제는
비극 「선악의 결과」, 희극 「도박쟁이의 말로」, 이튿날의 예제는 비극 「
삼야종성(三夜鐘声)」과 희극 「조혼의 피해」였다.'라고 쓰고 있다.

　　그리고 이 시기에 상기한 바와 같은 진보적인 내용을 담은 연극을
출연하는 데는 거개 반동당국이거나 일제경찰들의 눈을 기이지 않으면
안 되었는데 동북지구 더욱이는 동만에서의 상황은 더욱 어려웠다. 그
것은 당시 간도에서 횡행하던 일제경찰은 민족적이거나 사회주의적인
내용을 다룬 연극은 죄다 '불온한 연극'이라고 치부하면서 그런 극의
공연에 관여한 사람은 체포하여 구류하고 처리하였기 때문이다. 《간도
신문》 1928년 4월 5일부에 보도된, 당시 연극공연에 참여한 우류일 등
4명에게 가한 박해사건 등은 이를 단적으로 실증하여주고 있다.

　　이 시기 연극 활동은 그같이 어려운 정치 환경 속에서도 조선민족
인민대중들 속에서 널리 일반화되었었다. 특히 조선민족이 집거하던
간도에서 연극공연은 더욱 활약적이었다. 1925년 용정대성중학교에서
는 문예단체 '문우사'를 뭇고 연극 「파랑새」를 공연하였는데 그 줄거리
는 대체로 다음과 같다.

　　어떤 강가에 자란 큰 나무 위에 파랑새가 둥지를 틀고 새끼들과
　함께 있는데 홍수를 만나 보금자리가 점점 물에 잠기게 된다. 파랑새
　는 하는 수 없이 새끼들을 날개 위에 앉혀가지고 구슬피 울어 예면서
　강가를 떠나지 않으면 안 되었다.

　　이 이야기가 보여주다시피 연극 「파랑새」는 동화적이며 의인화의 수
법으로써 사나운 홍수마냥 행패를 부리는 일제 놈들 때문에 하는 수

없이 정든 고향을 버리고 가는 조선민족인민들의 비참한 조우를 보여주고 있다.

그리고 1920년대 후반기에 무어진 과외극단 '연극호'에서는 연극 「이상한 청년(怪青年)」, 「학우지정(学友之情)」, 「흑림(黑林)의 주(珠)」, 「여심(女心)」 등을 출연하였다. 당시 창작, 공연된 「이상한 청년」의 이야기줄거리[7]가 지금도 전해지고 있다.

막이 오르면 늙은 양주가 등장하여 속삭이는 말이 밤마다 이상한 청년이 나타나기에 종로 네거리를 나다니기도 무섭다고 한다. 어느 날 밤 네거리를 쏘다니며 수색하던 순사들이 골목길에서 삐라를 붙이고 있는 '이상한 청년'과 마주치게 된다. 경찰과 청년은 격투를 한다. 그런데 '이상한 청년'은 유술을 써서 순사 놈을 땅바닥에 꼰져 박는다. 상처 입은 순사 놈이 권총을 빼들고 청년을 겨냥하고 쏘려는 찰나에 청년의 연인인 영자가 나타나 순사 놈의 손에서 권총을 빼앗고 그 순사 놈을 처단해버린다. 격투에서 승리한 이 청년남녀는 이렇게 말한다. "이런 곳에서는 살 수 없다. 우랄 산으로나 가자!" 극은 여기서 막을 내린다.

보다시피 연극 「이상한 청년」은 첨예한 극적 갈등으로 하여 매력적일뿐더러 그처럼 무시무시한 무단통치 하에서도 나라와 민족의 운명을 구하려고 원수들과 결사적으로 싸우는 혁명청년들의 형상이 더욱 감명 깊다.

장막극 「경숙의 마지막」은 1925년 좌우 시기에 왕청현 라자구와 훈춘 일대에서 공연되었다고 한다. 이 연극의 스토리는 다음과 같다.

병석에 누워 신음하는 경숙의 아버지에게 악질지주 김선달이 빚 받으러 온다. 그놈은 당장 딸을 팔아서라도 빚을 갚으라고 호령하면

---

7) 1920년대 후반기에 용정예술단에서 사업하던 진원묵(陳元黙) 노인의 구술에 준함, 진 노인은 연길시 소영촌에 거주하고 있음.

서 "내일 중으로 그 빚을 갚지 않으면 집을 차압하겠다."고 을러멘다.
그래놓고 집에 돌아간 지주 김선달은 빚대신 경숙이를 데려다 제 병
신아들을 장가들이려고 중매군인 이 영감을 경숙이네 집에 보낸다.
그런데 이때 경숙이네 집에서는 엎친 데 덮치기로 경숙이의 남동생
쇠돌이가 삯전을 받으며 기르던 송아지를 잃게 된다. 이렇게 상서롭
지 못한 일에 부딪친 경숙이네는 그 이튿날 빚 때문에 지주 놈에게
집을 차압당한다. 막다른 골목에 이른 경숙이는 병드신 아버지에게
약을 사 대접하고 집도 살리며 송아지 값도 치러주기 위하여 자기가
팔려가기로 작심한다. 드디어 정한 잔칫날이 돌아와 하는 수 없이 지
주 집에 시집간 경숙이는 그 첫날밤에 남몰래 집을 나와 강에 몸을
던져 한 많은 인생을 끝맺는다.[8]

보다시피 연극 「경숙의 마지막」은 주인공 경숙이의 비극적 형상을
통하여 야만적이고 비인간적 봉건지주계급의 착취적 본성을 신랄하게
폭로하였으며 이런 반동통치제도 하에서 신음하는 근로인민들의 비참
한 생활과 그로부터 야기되는 자연발생적인 저항을 묘사하고 있다.

이 시기 노동자와 농민들을 혹심하게 수탈하는 지주, 자본가와 일제
놈들의 착취적 만행을 폭로한 연극으로서 당시 용정광명중학교에서 무
어진 반과외적인 연극단체 '예우사'가 공연한 무언극 「이렇다!」가 있다.
이 연극은 그 내용이 긍정적인 동시에 형식 또한 야릇하여서 관객들의
공명을 자아냈다.

그리고 이 시기에 농민대중을 계급적으로 각성시키고 반동적 착취계
급에게 직접 총부리를 돌려 항거하며 투쟁에 궐기할 것을 호소한 연극
작품들도 나타났다. 그 실례로 1920년대 말에 연변의 세린하일대에서
공연되었다고 전해지는 연극 「어디로 갈 것인가!」와 같은 시기 장춘지
구 카륜일대에서 공연되었다는 「지주와 머슴」이 있다. 연극 「어디로
갈 것인가!」는 당시 지주토호의 등살에 도탄 속에 빠진 농민들이 쟁의

---

8) 『연변문학사초고』(1962년)에서 옮김.

를 일으키고 지주 집에 불을 놓은 다음 무장투쟁에로 나아가는 과정을 묘사한 장막극으로서 당시 관중들의 호평을 받았다고 한다.

1920년대 후반기부터 1930년대 사이에 창작, 공연되었다고 추정되는 연극 「아버지의 뜻을 이어」, 「혁명가의 아내」는 당시 반일투쟁의 필연성을 선양한 작품들이다. 연극 「아버지의 뜻을 이어」는 혁명을 위해 영용히 투쟁하다가 희생된 아버지의 유언을 받들고 지하조직에 참가하여 투쟁하는 아들의 형상을 통하여 승리의 그날까지 대를 이어가며 무장투쟁의 길에서 끝까지 싸워야 한다는 내용을 담고 있다.

이 시기에는 또 봉건적인 낡은 사상인습을 비판하고 근로인민대중들을 문화적으로 계몽시키는 데 이바지한 많은 연극들이 출현하였다. 그 가운데서 연변 각지에 널리 보급되고 공연되었던 문맹퇴치의 주제를 다룬 「야학으로 가는 길」(일명 「딸에게서 온 편지」)과 봉건적 민며느리제도와 조혼, 미혼의 악습을 풍자한 「풍수쟁이」 등이 공연되었다. 이런 작품들은 당시 광범한 인민대중들을 새로운 사상으로 교양하고 계몽시키는 데 이바지하였다.

상기 문맹퇴치와 문화적 계몽의 주제에 바쳐진 연극 가운데서 「야학으로 가는 길」은 비교적 오랫동안 공연된 연극작품이다. 이 연극은 해학적인 이야기로 그 줄거리를 구성하였다. 즉 시집간 외동딸에게서 보낸 편지를 받았으나 눈뜬 소경인 늙은 부모는 알아볼 수가 없어서 글 아는 사람을 찾아 이리저리 헤매다가 마침 길 가던 신사 한사람을 만나 기뻐하며 편지를 읽어달라고 간청한다. 멋지게 옷차림을 한 신사는 편지를 받아들었다. 편지를 들고 한참 올리 훑고 내리 훑고 하던 신사는 읽을 수가 없어서 어쩔 바를 몰라 하였다. 이렇게 안절부절못하는 신사의 모습을 유심히 지켜보던 두 늙은 양주는 자기 딸의 신변에 무슨 말하기 어려운 불상사가 생긴 줄로 알고 신사에게 다그쳐 묻다가 그만 통곡을 한다. 때마침 이곳을 지나가다 이런 광경을 보게 된 본촌의 야학선생이 무슨 일이냐고 물으면서 그 신사의 손에서 편지를 넘겨받아 두 늙은이에게 읽어주었다. 알고 보니 불상사가 난 것이 아니라 딸이 옥동자를 낳았다는 반가운 소식이었다. 기실 신사도 일자무식이여서 편지를 받아 쥐었으나 읽을 수 없어 안절부절 못하고 있었던 것이다. 이런 교훈적인 사실로 야학선생은 그들에게 글을 배워야 할 깊은 도리를 일깨워준다. 깊이 설득된 늙은 양주는 덩실덩실 춤을 추며 야학교로 가는데 극은 막을 내린다. 연극 「야학교로 가는 길」은 제 글도 모르는 것은 민족적 수치임을 유머적으로 조소하면서 문맹퇴치의 필요성을 생동하게 그려보였다. 이 연극은 대조와 오해적인 수법의 도입으로 하여 보다 희극성을 강화할 수 있었으며 관객들의 주의를 불러일으킬 수 있었다. 그러기에 이 연극은 그 후의 항일시기 나아가 해방 후에까지도 널리 공연되었다.

총적으로 1920년부터 1931년 '9·18'사변까지 혁명적 지식인들과 반일투사들 속에서 창작되고 공연된 연극들은 그 대부분이 당시 일제강점 하에 있는 조선민족근로인민들의 비참한 사회정치적 처지와 생활형편들을 진실하게 묘사한 동시에 반봉건반식민지 제도를 무자비하게 폭로하였으며 인민대중들이 민족적, 계급적, 현대문화적으로 각성하는 과정을 진실하게 전시하였다. 따라서 이 시기 중국조선민족 연극은 벌써 희극형태의 작품들이 있었을 뿐만 아니라 비극형태의 작품도 많이 나타났고 정극은 더욱 많았었다. 가극, 무언극, 동화극도 있었다. 그리고 그 내용이 풍부할 뿐만 아니라 연극형식 또한 다양하게 발전하기 시작하였음을 실증하여주고 있다.

제3절 신채호의 문학창작

신채호(1880-1936)는 조선민족해방운동의 선구자이며 탁월한 역사학자이고 또한 저명한 문학가이다.

신채호의 원명은 채호(寀浩)였는데 나중에 채호(采浩)로 고쳤다. 호는 단재(丹齋), 일편단심(一片丹心)이며 또한 무아생(无涯生), 금협산인(金頰山人), 한놈, 적심(赤心), 환진(幻塵), 연시몽인(燕市夢人) 등 여러 가지 필명과 별명이 있다.

신채호는 1880년 11월, 조선 충청남도 대덕군 산내면의 한 한사의 둘째아들로 태어났다. 가세가 기울어진데다가 8살 때에 아버지를 여읜 그는 편모의 슬하에서 아주 가난하게 지내였다. 그러면서도 그는 일찍 정언(正言)까지 지내다가 낙향하여 사숙훈장으로 있던 조부의 엄한 단속 속에서 글을 배우게 되었다. 그는 당시의 권문세가이며 개명적인 대학자이던 양원 신기선(陽園申箕善) 선생의 총애를 받게 되면서 양원서고의 장서들을 널리 섭렵하였다. 그는 또 신기선 선생의 추천을 받아 20살 때에는 성균관으로 들어가 박사를 지냈다.

신채호는 성균관에서 학문을 닦던 때와 그리고 문동학원(文東学院)의 강사를 맡았던 시기에 벌써 많은 정론과 격문을 발표하였다. 그는 1905년에 《황성신문》의 논설위원으로 초빙되었고 1906년에는 《대한매일신보》 주필의 중임을 맡아 나서서 당시의 진보적 논설진에서 아주 중요한 역할을 놀았으며 또한 자각적으로 민족독립투쟁에 뛰어들었다. 그는 민족독립운동의 비밀결사인 '신민회', '청년학우회' 등의 발기에 동참하여 지도조직자적 역할을 하였다.

1910년 4월 그는 청도에 이르러 일후의 민족독립투쟁방책을 토의하기 위하여 열린 회의에 참가한 후 러시아의 연해주로 갔다. 거기서 선후로 《해조신문》, 《청구신문》, 《권업신문》 등의 간행에 정력을 몰부었다. 1914년 그는 신정의 초청에 의하여 상해에 이르렀다. 얼마 후엔 남만에 가서 백두산과 고구려 옛터 등을 답사하였다.

1915년 신채호는 북경에 가 거주하였다. 그는 북경에서 많은 어려움을 겪으면서도 열심히 민족독립운동에 투신함과 더불어 문필활동에 진력하였다. 신채호는 1919년 4월부터 약 1년 동안에 상해에 가 조선임

시정부에 가담하였었으나 정견의 상이로 하여 그 이듬해 다시 북경으로 돌아왔다. 그는 1921년 1월에 잡지 《천고(天鼓)》를 간행하였고 '통일책진회'의 결성에 나서기도 하였다.

그는 민족독립운동에 늘 바삐 보내면서도 모든 곤란을 박차고 역사연구를 견지하였다. 이 시기에 그는 고심한 노력으로 『조선사통론』(1922년), 『조선상고사』(1923년 좌우) 등 역사거편들을 완성하였다.

신채호는 중국에 온 후부터 1920년대 후반기에 이르는 사이에 또한 자기 나름의 민족주의문학관에 토대하여 중국조선민족소설문학의 남상 「꿈 하늘」(1916년)을 비롯하여 소설 「백세노승의 미인담」, 「용과 용의 대격전」(1927년?), 시 「너의 것」(연대 미상), 「새벽의 별」(연대 미상) 등 주옥같은 작품을 적지 않게 창작함으로써 이 시기 조선민족문학에 광채를 더하여주었다.

그는 20년대에 진입하여 점차 무정부주의자들과 연계가 깊었을 뿐만 아니라 1927년에는 동방무정부주의연맹에 가담하고 이 연맹의 기관지 《동방》 등을 간행하였다. 신채호는 1928년 5월에 동방무정부주의연맹의 위촉을 받고 정치활동자금을 마련하기 위하여 일본에 갔다가 모지(門司)를 거쳐 대만 기륭항으로 가는 도중에 일본해상경찰에게 체포되어 2년 나마 미결수로 심문에 시달리다가 1930년 4월에 '10년형'을 언도받고 여순감옥에 갇히었다. 그는 옥중에서 갖은 고초를 겪으면서도 민족의 절개를 굽히지 않고 단호히 싸우다가 1936년 2월 21일 56세를 일기로 자기의 빛나는 일생을 마치였다.

신채호는 20세기 초엽으로부터 1920년대 중기에 이르는 사이에 문학창작과 문학비평에서 많은 성과를 거두었다. 그는 자주적이며 민족적인 문학관을 견지하였는데 그가 문학창작에 나선 것은 어디까지나 국민들에게 민족의 자신감과 자주정신을 고취함으로써 잃은 나라와 민족을 구원하는 위업에 이바지하기 위한 것이었다. 신채호는 1917년에 「문예계 청년에게 참고를 구함」이란 글을 발표하였다. 그는 이 글에서 민족주의를 근간으로 한 자주적인 문학관을 내세우면서 민족과 나라와 현실을 도피하고 연애작품을 쓰는 데만 골똘한 문인들의 소위를 신랄히 비판하였다.

신채호는 '민족을 구하자면 강도 일본을 구축해야 하고 일제를 타도하려면 민중 속에 가서 민중과 휴수(携手)하여 부절(不絶)하는 폭력'에 의지하여야 한다는 실천론적 견지를 극명하게 내세웠다. '예술주의 문예라 하면 현조선을 그리는 예술이 되어야 할 것이니 지금 민중에 관계가 없이 다만 간접의 해를 끼치는 사회의 모든 운동을 소멸하는 문예는 우리의 취할 바가 아니다.'[9] 이토록 신채호는 시종 우리의 문학은 심심풀이로가 아니라 인민을 비참한 운명에서 건져내는 예술을 창조하여야 한다고 하였다. 그의 이런 명백한 문학주장은 당시 시대적, 민족적 위기에 직면하여 사회혁명과 문학창작의 방향을 바로잡지 못하고 퇴폐주의와 감상주의에 빠져 헤매던 일부 작가들에게 유익한 계시를 주었다. 그러면서도 신채호의 문학관에는 자기인식의 한계로 하여 사회 윤리적 요소가 가첨되지 않을 수 없었는바 이는 그의 문예창작실천에 일정한 제약성을 피면하지 못하게 하였다.

신채호의 문학창작 중에서 시작품은 보다 중요한 자리를 차지한다. 그는 20세기 초엽으로부터 조선 《대한매일신보》 등에 시조와 한문시를 발표한 때로부터 20여 성상을 거치면서 많은 시편을 썼다. 하지만 여러 가지 원인으로 말미암아 1910년대 이후에 창작한 부분적 시편들, 이를테면 자유시 「한나라 생각」(1910년), 「너의 것」(연대 미상), 「금강산」(연대 미상), 「매암의 노래」(연대 미상), 「나비를 보고」(연대 미상), 「새벽의 별」(연대 미상), 시조 「61일 계단(戒壇)의 회고」(1922년 좌우), 한문시 「백두산길에서」(1914년), 「섣달 그믐밤에 벗을 만나 회포를 적음」(1922년), 「고향」(1920년), 「형님기일에」(1920년), 「계해년 10월 초이튿날」(1923년), 「무제」(1922년) 등 40여 편만이 우리들에게 전

---

9) 신채호, 『조선혁명선언』에서

해지고 있다.

　신채호의 자유시는 그 형식에 있어서 전통적으로 이어 내려오던 고정된 시 형식을 타파하였을 뿐만 아니라 그 내용에 있어서도 시대적 정신과 민족의 울분과 이상을 심각히 반영함으로써 자기의 특색을 보여주고 있다.

　우선 그의 시에서는 고국과 조선민족인민에 대한 불같은 사랑이 격정적으로 개방되고 있음을 간파할 수 있다. 이 주제에 바쳐진 시편들로는 「한나라 생각」, 「너의 것」, 「나비를 보고」 등을 들 수 있다. 아래에 자유시 「한나라 생각」을 들어본다.

> 나는 네 사랑 너는 내 사랑
> 두 사랑 사이 칼로 썩 베면
> 고우나 고운 핏덩어리가
> 줄줄 흘러 내려오리라
>
> 한주먹 텁석 그 피를 쥐여
> 한나라 땅에 골고루 뿌려서
> 떨어지는 곳마다 꽃이 피어서
> 봄맞이 하리

　이와 같이 시인은 진지하고도 해맑은 서정의 도움 밑에서 나라와 겨레에 깊은 사랑의 정을 절절히 쏟아놓고 있다.

　그리고 신채호의 시에서는 고국의 신생을 쟁취할 시인의 단호한 투쟁의지와 이상의 노래가 우렁차게 울려오고 있다. 이런 주제를 다룬 자유시들 가운데서 「새벽의 별」이 대표적 작품으로 알려지고 있다.

> 아까아까 온 하늘에
> 가득하던 동무들
> 동안이 멀다 한들

새벽이 차다 한들
이다지 엉성
벌써!

이는 「새벽의 별」의 첫 연이다. 시인은 달도 다 진 새벽, 그 많던 별무리가 사라져버린 엉성하게 된 하늘에서 반짝이는 남은 별들을 바라보면서 한때 나라의 운명을 두고 비분강개해하며 항전의 앞장에 나섰던 애국지사들이 일제의 잔혹한 탄압을 받자 모진 시련을 이겨내지 못하고 성스러운 싸움의 길에서 한 사람 한 사람 뒤로 물러서는 정경을 구슬프게 개탄하고 있다.

그러나 서정적주인공은 인차 마음을 가다듬어 하늘에서 유난히 반짝이는 별들로부터 계속 검질기게 투쟁을 견지하고 있는 반일지사들을 연상하면서 승리의 그날에로 가는 길이 멀고 험난할수록 굳은 신념과 불굴의 투지를 다져가고 있다.

달은 이미 졌다
해는 아직 멀었다
이때! 이때!
우리 곧 없으면
우주의 광명을 뉘 찾으랴?
어데서
……

산을 넘어 물을 넘어
홀로 가는 지사의 마음
우리 곧 아니면 동정할 이 누구냐?
까막…… 까막……
반짝……반짝……

이와 같이 시인은 반드시 오고야말 새벽─고국의 새 아침과 광명에 대한 확신과 사업에 대한 높은 자각을 읊조리고 나서 시의 마지막 연에 이르러서는 늘 바라고 기다리던, 영원히 꺼지지 않는 참된 자유와 행복의 상징인 '새벽의 별'을 따 내려다가 '우리 아기들'ー인민들의 품속에 골고루 안겨주려는 서정적주인공의 간곡한 염원과 고상한 이상을 자못 진지하게 토로하였다. 이렇듯 시 「새벽의 별」은 상상의 나래를 펼쳐 기발한 착상과 우아한 운율, 낭만주의적 격조로 시인의 웅심 깊은 시세계를 감명 깊게 노래한 시편이다.

　신채호는 자유시 창작과 더불어 한문시도 적지 않게 썼다. 지금까지 전해진 근 20편에 달하는 한문시들에서는 우국지사로서의 그의 비분과 절통의 정을 읊조리고 있다. 한문시 「백두산길에서」, 「가을밤에 회포를 적다」, 「형님기일에」, 「고향」, 「무제」 등은 겨레들을 한없이 그리며 망국노가 된 민족의 비참한 운명을 통탄하며 부른 노래다. 그중의 「백두산길에서」를 들어본다.

> 인생 40년 지루도 하다
> 병과 가난 잠시도 안 떨어지네
> 한스럽다 산도 물도 다 한곳에서
> 내 뜻대로 노래통곡하기도 어렵네
>
> (人生四十太支离,
> 　貧病相随暫不移,
> 　最恨水窮山尽処,
> 　任情歌哭亦難为。)

　작가 신채호는 자기의 문학창작실천 중에서 많은 산문과 소설작품을 창작하였다. 그의 문학 활동에서의 중요한 성과도 바로 산문과 소설 창작에서 집약적으로 구현되고 있다.

　그의 정론과 수필 창작은 1910년 중국에 이른 후 더욱이는 민족독립운동이 앙양되던 1920년대에 더욱 많은 성과를 거두었다. 그의 정론과 수필은 수상록, 단평, 문예비평, 서한 ……과 같은 퍽 다양한 형식을 취하였었다. 또한 이런 정론과 수필에서 그의 치솟는 정치적 격정과 고매한 민족적 정신, 치밀하고 드팀없는 논리, 해박한 지식과 예리한 필치를 족히 감득할 수 있다. 그의 정론과 수필 「선언」, 「낭객의 신년만필」, 「문예계청년들에게 참고를 구함」, 「문제없는 논문」, 「금전, 철포, 저주」, 「도덕」, 「이해(利害)」, 「신교육과 정육」, 「인도주의가애」, 「대흑호의 일석담」 등이 그 대표적인 작품으로 된다.

신채호의 정론은 대체로 선명한 정치적 내용을 담은 문예 산문의 성격을 띠고 있다. 그는 정론 「낭객의 신년 만필」에서 우리는 '심심풀이로서가 아니라 인민을 비참한 운명에서 건져내는 예술을 창조하여야 한다.'고 자기의 견지를 강조하였다. 그는 이와 같이 자기의 창작실천을 우리 겨레의 자주독립을 쟁취하기 위한 투쟁과 그것을 위한 전민적 계몽사업의 일환으로 간주하였다.

그의 정론과 수필에서는 우선 민족독립 투쟁과정에서 제기된 중대한 문제를 다루면서 자기의 모든 것을 이 성스런 투쟁에 바쳐야 한다는 자아적 견지를 내세우고 있다.

그는 「피의 인과」(연대 미상)에서 '결과 없는 피가 없다 하지만 그 결과는 종인(種因)대로 되나니 애명예(愛名譽), 애자손(愛子孫)의 뿌린 피에 어찌 애국의 과(果)가 맺히리오.'라고 하면서 '신성한 죽음은 시비도 잊으며 훼예(毁譽)도 잊고 오직 나의 사랑하던 바를 위하여 피를 머금고 칼이나 총머리에 엎어지는 죽음이니라.'라고 하였으며 또한 그는 항상 붓으로 '말속(末俗)에 분개하며 시론(時論)에 격한(激恨)하여 오직 민족을 위한 일이면 곧 도덕'(연대 미상)이라고 역설하였다. 그러면서 그는 「이해(利害)」(연대 미상) 에서 다음과 같이 지적하였다.

개신(个身)의 생존만 구하다가 전체의 사멸을 이루면 개신도 따라 사멸하나니, 그러므로 군자는 개신을 희생하여서라도 전체를 살려야

하며 구각(軀殼)의 생존만 구하다가 정신이 사멸되면 쓸데없는 일부의 「추피낭(臭皮囊)」만 남아 무엇이 귀하리오. 그러므로 열사는 적국과 싸우다가 전 국민의 백골을 태백산만치 높이 쌓아놓고 명예의 멸망을 할지언정 노예 되어 구생(苟生)함은 하지 안하나니, 구생은 생존이 아니니라.

이 예문에서 우리는 당시 민족독립투쟁의 전초에 서서 앞으로 내닫던 투사의 숭고한 사상과 굳은 신념을 넉넉히 읽을 수 있다.

다음, 그의 많은 정론과 수필에서는 낡은 제도에 대한 부정과 민족의 새로운 이상을 유기적으로 밀착시키면서 민족의 자유와 독립의 실현에 배치되는 노예주의의 봉건도덕관, 현실도피사상 등을 단호히 비판하고 타매하였다. 「대흑호의 일석담」(연대 미상), 「수양은 탁계(濁界)부터」(1925년) 「청년의 희생」(연대 미상) 등이 바로 이런 주제를 힘 있게 다룬 작품들이다.

그는 '불만의 현실―곧 최대의 위력을 가진 현실에서 도피하는 자는 은사(隱士)이며 굴복하는 자는 노예이며 격투하는 자는 전사이니 우리는 위의 삼자에서 그 하나를 선택하지 않을 수 없는 경우에 선줄을 자각'(「대흑호의 일석담」)하여 곧 '격투'의 길로 나아가라고 호소하고 있다. 그는 또한 「차라리 괴물을 취하리라」에서 선사(禪士)는 '죽을 때까지도 남이 하는 노릇을 안 하는 괴물이라 괴물은 괴물이 될지언정 노예는 아니 된다. 하도 뇌동부화(雷同附和)를 좋아하는 사회니 괴물이라도 보았으면 하노라.'라고 쓰고 있다.

이렇게 작가는 적들의 앞에 서서 죽을지언정 엎디어 비굴한 삶을 구걸하지 않는 강인한 성격을 숭상하고 고취하였다. 그리고 그는 현실을 도피하는 사상도 견결히 반대하였다. 신채호는 굴할 줄 모르는 강직한 투사로서 그에게는 그 어떤 노예적 근성이거나 아첨하는 태도가 추호도 없다. 그의 정론과 수필은 바로 이런 보귀한 정신과 성격의 집중적인 발현이다.

상기한 정론과 수필에서 구현한 고상한 지조, 호담한 기백, 선명한 형상성, 치밀한 논리, 신랄한 풍자, 생신한 언어 등은 사상가이며 작가로서의 신채호의 특색을 선명하게 보여주고 있다. 그의 정론과 수필은 이 시기 조선민족인민의 사상투쟁사와 문학창작에서 남다른 중대한 기여를 하였다.

신채호는 1910년대 후반기와 20년대 초에 단편소설 「꿈 하늘」을 비롯하여 역사소설 「백세노승의 미인담」, 「유화전」, 「건륭황제의 꿈」, 「일목대왕의 철퇴」 등의 창작을 뒤이어 1920년 후반기에 소설 창작에서 또 하나의 대표작으로 인정하는 단편소설 「용과 용의 대격전」(1927년?)을 썼다. 이와 같은 작품들은 심오한 사상과 낭만주의적 풍격을 깊이 있게 구현함으로써 이 시기 조선민족 소설문학 창작에 이채를 더하여주었으며 또한 그의 소설 창작의 최후를 장식하여주고 있다. 1920년대에 들어서면서 사회주의 등 여러 가지 새로운 사조의 전파와 더불어 날로 심화되어가던 반제반봉건적 민족해방투쟁의 현실은 신채호에게 매우 깊은 영향을 주었다. 이리하여 그는 기본적으로는 무정부주의와 인민주의적 견지를 지지하면서도 또한 날로 심입되는 현실투쟁 가운데서의 체험으로부터 몽롱하게나마 사회주의사조의 합리성을 추구하기도 하였다. 단편소설 「용과 용의 대격전」은 바로 1920년대의 새로운 사조의 영향 하에 씌어진 것으로 그 내용과 예술적 면에서 선행한 작품보다 새로운 특색을 보여주고 있다.

단편소설 「용과 용의 대격전」은 침략자 및 그와 결탁한 착취계급의 압박과 약탈자의 화신인 이른바 '천국'의 충신인 미리와 피착취계급의 이익과 힘의 상징인 드레곤 등 두 용의 대격전을 통하여 민족모순과 계급적 모순이 첨예화된 1920년대의 사회적 현실을 묘사하고 일본침략자와 착취계급의 반동적 본질과 그 멸망의 불가피성을 밝히었으며 민중혁명의 도래와 인민대중의 필연적 승리를 예시하였다.

「용과 용의 대격전」은 상제의 충신인 동양진수(東洋鎭守) 미리가 지국에 내려오는 것으로부터 시작된다. 그를 맞이하기 위하여 부자와 귀족들은 미리의 입에 맞도록 중국요리, 서양요리 등 갖가지 좋은 음식과 더불어 풍악까지 마련하여 놓았으나 헐벗고 굶주린 빈민들은 아무것도 없어 부자나 귀족들처럼 정성을 다하지 못한다. 미리가 내려오자 부자와 귀족들은 푸짐한 음식과 가무로 환대하지만 가난에 허덕이는 빈민들은 과중한 세금을 감하여주고 감옥살이와 철도자살이 없게 해달라고 애원한다.

빈민들의 '가련하고 모양 없는' 상차림을 보자 골이 잔뜩 난 미리는 '이놈들, 정성을 내지 않고 행복을 찾는 놈들 죽어보아라.' 하고 불호령을 내린다. 그러자 지상의 통치자들과 착취배들은 일시에 무고한 빈민들에게 마구 달려들어 닥치는 대로 짓밟고 학살한다. 이때 이런 아비규환에 빠진 지상의 참화를 보고 받은 '천국'의 상제는 빈민들을 무참히 참살한 미리에게 호된 책벌을 줄 대신 도리어 그의 '공로'를 치하하여 굉장히 큰 훈장까지 준다. 그리고 연회까지 성대히 베풀어 천국의 제신들과 지상의 괴물들을 불러들여 먹인 후에 공모하여 '민중진압책'을 꾸민다.

이렇게 상제와 미리가 민중을 탄압할 흉책을 꾸미고 있을 때에 지상에는 드래곤이 나타나 천국을 위협하며 상제의 반동사상을 선전하던 야소를 처단한다. 그리고 드래곤에 의한 민중의 규합과 폭동에 의하여 '천국'을 뒤엎어버린 새로운 지국이 일떠선다.

'지국'은 모든 기존 제도와 질서를 폐절하고 모든 것에 대한 공유권을 공포한 후 '천국'과의 교통차단을 선언한다. 이렇게 되자 '천국'은 일조에 위기에 처하게 된다. '천국'을 구원하려고 떠난 미리는 드래곤과의 대격전에서 패하여 죽으며 상제는 위기일발의 처지에 빠진 천국에서 도망쳐 나와 목숨을 건지려고 쥐구멍으로 들어가다가 쥐잡기에 나온 민중들에 의해 처단된다.

이와 같이 소설에서는 침략자와 통치계급의 소굴인 '천국'과 민중들의 나라인 '지국'과의 대치적인 정치적 환경을 조건부적으로 설정하고 거기다가 벌어지는 모순갈등과 인물들의 대립관계를 통하여 상제와 미리 그리고 드래곤 등의 형상을 창조하였다.

소설에서 묘사된 상제와 미리는 침략자와 통치계급의 대표이며 수호자이다. 상제는 '천국'에서 민중을 마음대로 탄압하고 착취하면서 민중들이 바치는 공물과 제물을 받아먹고 호화롭게 살아왔다. 민중들이 항거하여 폭동을 일으킬 때 상제는 그들을 진압하는 원흉으로 된다. 하지만 나중에 민중의 폭동에 의해 '천국'이 '지국'과의 교통이 단절되자 먹을 것이 없어 아사상태에 이른 상제는 바가지동냥을 떠났는데 거기서도 쫓기어 쥐구멍으로 들어가다가 때마침 쥐잡기에 나선 민중들에게 의해 잡히어 죽는다. 소설은 바로 이 상제의 형상을 통하여 반동적 통치세력의 흡혈귀적 본질, 추악한 몰골과 그 처참한 말로를 생동하게 보여주었다.

소설 중의 미리는 상제의 가장 충실한 측근이며 동방을 통제하기 위하여 미쳐 날뛰는 침략자의 상징으로서 도리어 상제보다 더 악랄하고도 교활한 형상으로 묘사되고 있다. 미리의 반동적인 몰골과 잔인하고도 교활하기 그지없는 본질은 그가 인출한 민중진압책에서 더욱 노골적으로 드러난다. 미리의 상주(上奏)를 다 듣고 난 상제는 '아이고 내 자식아, 나도 악독하지만 너는 나보다도 더 악독하고나. 네가 아니면 내가 어찌 이 자리를 보전하랴.'고 하면서 미리의 등까지 다독여준다.

소설은 이와 같은 묘사를 통하여 1919년 이후 일제 놈들이 한때 허울을 바꾸어 실시하던 이른바 '문화정치'의 실질을 속속들이 파헤침과 아울러 상전에 아부하여 못된 짓이란 못된 짓은 다하는 배족적 망나니들의 성격적 본질과 제반 죄악적 시책을 신랄하게 폭로하고 타매하였다. 미리는 그토록 잔인하고 교활하기 그지없었지만 종당에는 지상에서 일어나는 혁명을 탄압하고 '천국'을 지탱해가려다가 도리어 드래곤에게 짓부수어 귀가 떨어지고 눈이 빠졌으며 대갈통마저 빠개지어 아무 쓸모도 없는 용신묘의 토우상이 되고 만다.

소설에서 또한 드래곤의 내력과 소행에 대한 생동한 묘사를 통하여 미리와는 대치적인 민중의 힘과 이익 및 지향을 대표한 드팀없는 선구자로 생동하게 형상화하였다.

상술한 데서 볼 수 있는바 소설「용과 용의 대격전」에서는 당시 새로운 사회사조의 도움 밑에 그 시기 역사적 현실이 제기하고 있는 심각한 사회정치적 문제에 일정한 견지를 가진 낭만주의적 형상을 창조하였다. 이 소설은 선행 시기의 낭만주의소설「꿈 하늘」에 비하여 사회적 모순과 반동통치배의 본성을 파헤치고 비판함에 있어서 보다 더 심각하고 신랄하며 인민대중의 힘과 승리에 대한 확신을 예술적.형상으로 힘 있게 집약하였다. 이밖에 이 소설은 예술창조 면에서도 기발한 구상과 허구, 광활한 예술적 공간, 생동한 상징적 수법과 풍자적 수법, 세련되고 풍부한 인민적 언어의 구사 등으로 특징적이다.

소설「용과 용의 대격전」은 비록 상기한 바와 같은 성과를 거두었으나 일정한 제한성과 부족점도 동반하고 있다. 이를테면 긍정적 인물인 드래곤의 위력을 우의(寓意)적으로 시사하고 있을 뿐 첨예한 모순갈등에 의하여 전개되는 실제적 투쟁을 사실적으로 생동하게 형상화하지 못하고 있다. 그러면서도 이 소설은 1920년대의 불합리한 현실과 반동적 사회제도를 반대하는 인민대중들의 투쟁과 염원을 낭만주의적으로 묘사한 작품으로서 작가 신채호의 문학생애와 조선민족의 진보적 낭만주의문학 발전사에 한 페이지를 장식하여주었다.

제2장 1931년－1945년의 문학

제1절 '9·18'사변 후의 항일투쟁과 항전문화운동

중국의 동북을 침략하려고 오래전부터 음모를 꾸며온 일제는 일련의 사건을 조작하여 동북을 점령하기 위한 무력적 진공의 구실로 삼고 끝내 1931년 9월 18일 사변을 일으켜 동북에 대한 대규모적인 무장진공을 발동하였다.

일제는 무단적으로 동북을 강점한 후 식민통치를 실현하기 위하여 1932년 3월 1일에 '만주국'괴뢰정부를 세우고 동북 여러 민족 인민들에게 무단적 통치를 감행하였다.

일제는 조선민족인민들에 대한 통치를 강화하기 위하여 '9·18'사변 이전에 연변에 건설한 일본 영사관과 경찰기구의 기초위에서 1933년 이후에 또 남만과 북만 지구의 조선족이 집거하는 33개 소도시에 영사분관과 경찰서를 설치하였고 또한 괴뢰만주국 경찰대와 무장자위단을 대폭적으로 증가하였다.

그리고 일제당국은 '협조회', '특별공작반', '선무반' 등 특무조직을 내와 일제침략군의 '토벌'에 배합하게 하였으며 갖은 수단을 다 써가며 인민들의 항일무장투쟁을 탄압하고 반동적인 식민통치를 강화하였다.

일제는 비단 정치, 경제, 군사 등 면에서 뿐만 아니라 문화 분야에서도 반동적인 민족동화정책과 문화전제주의를 기탄없이 실시하였다. 그리고 일부 반동적인 역사학자들을 규합하여 조선민족과 동북의 역사를 외곡, 날조하면서 일, 조, 만, 몽 등 민족은 역사상 '동원분류(同源分流)로서 오래전부터 갈라놓을 수 없는 밀접한 관계를 가지고 있다.' '조선민족은 일본 대화민족의 한 지속이다.'라고 떠벌였으며 극력 일제의 '대동아공연권', '오족협화', '만선일체' 등 황당무계한 식민주의적 허언을 늘여놓으면서 역사를 날조하고 대중을 기만하였다.

일제는 1937년에 이른바 '황민화'운동을 벌리고 조선족인민들을 강요하여 일본천황의 '신민'이 되며 '아마테라스오미까미(天照大神)'를 신봉하게 하였다. 1938년에는 소위 일본어와 일본글만 쓰고 조선어와 조선글을 쓰지 못한다고 규정하였고 본 민족의 역사를 배우는 것마저 금지시켰다. 이어 1939년 1월에 일제는 '창씨개명령'을 반포하여 조선족인민들에게 자기의 성과 이름을 일본식으로 개변하도록 강요함으로써 조선민족으로 하여금 본 민족의 습관대로 성씨를 쓸 권리마저 박탈하려 시도하였다. 이밖에도 일제는 조선민족 가운데의 일부 문인들을 매수하여 괴뢰만주국의 전반 통치정책과 이념을 찬양하는 글을 쓰게 함으로써 조선민족인민들의 민족적 신념과 의지를 마비시키려 광분하였다.

이와 같이 일제가 미친 듯이 파시스트통치와 문화전제주의를 강요하는 형세 하에서 조선민족인민들은 일떠나 일제의 잔혹한 압박과 수탈을 반대하는 항일투쟁의 불길을 세차게 지폈다. '9·18'사변 후 조선민족인민들은 중국공산당의 영도 하에서 더욱 광범하게 항일민족통일전선을 뭇고 일제를 쳐 무찌르기 위한 투쟁을 힘차게 전개하였다. 이로하여 동북의 광범한 지역에서는 항일유격대와 유격근거지를 건립하고 항일무장투쟁을 벌렸으며 적점령구에서도 일제를 반대하여 여러 가지 형식으로 투쟁을 진행하였다. 1937년 '7. 7'사변 이후 중국에서 전국적으로 항일의 불길이 타오르자 조선민족인민들은 동북과 관내 광범한 지역에서 항일유격구(대)와 적점령구에서 항일전쟁을 더욱 폭넓게 벌림으로써 마침내 일제를 몰아내고 민족해방의 최후승리를 쟁취하는 길로 나아갔다.

'9·18'사변 후부터 1945년 8월에 이르기까지 조선민족인민들은 일제의 파시스트탄압과 문화적 유린에 반항하여 끈질기게 항전문화운동을 벌렸다. 적점령구의 조선민족인민들은 부동한 명목과 여러 가지 활동형식으로 민족문화를 수호하기 위한 투쟁을 적극적으로 벌려나갔다. 수많은 학교들에서는 당국의 눈을 기이며 민족의식을 지닌 진보적 교원들을 통하여 수업시간과 과외시간에 민족어문, 민족역사를 강의하고 민족의 자주독립사상을 선양하였다. 농촌들에서는 농한기를 이용하여 식자반과 야학을 계속 꾸렸으며 새로 교재를 편찬하여 학령전아동과 성인들에게 한글과 조선역사, 항일가요 등을 가르쳐주었다. 많은 조선민족학교의 교원과 학생들은 일제의 노화교육, 민족 차별시 및 무단적 폭정을 반대하여 부단히 동맹휴학을 단행하고 배족적 교원을 쫓아내고 반일삐라를 살포하는 등으로 반일투쟁을 견지하였다.

항일유격구(대)의 조선민족군민들은 어려움을 겪는 생활처지에서도 민족교육을 발전시키기에 힘썼다. 항일유격구(대)에서는 같지 않은 유형의 학교를 설립하고 조선민족의 역사와 문화 및 전시에 필수되는 기능을 전수하였다. 그리고 군민들을 도와 식자반과 야학을 꾸려 문맹을 퇴치하고 문화소질을 높이기에 힘썼다. 이 시기 항일유격구(대)에서는 또한 군민들의 전투적, 문화적 수요에 비추어 여러 가지 신문과 잡지 등을 간행하였다.

관내 의용군(대)과 광복군, 독립군 등에서도 일제와 무장투쟁을 하는 한편 여러모로 문화교육사업을 벌이였으며 당시 전투적 수요에 좇아 정치문화활동을 전개하였다. 그 과정에서 《조선의용대통신》, 《한국청년》, 《광복》을 간행하여 민족인민을 교양하고 반일사상을 선양하였으며 혁명가요를 창작, 보급하고 연극 활동을 널리 벌려 항일군민의 투쟁을 고무함으로써 항일투쟁에 유력하게 이바지하였다.

항일시기 문학 활동과 창작은 광범한 지역에서 같지 않은 형태로 전

개되었다. 아래에 그 지역적 공간과 전개양상의 부동함에 따라 적점령
구에서(괴뢰만주국치하) 전개한 조선민족작가들의 문학 활동과 창작,
그리고 동북항일유격구(대)의 문학 활동과 창작, 관내 조선의용군, 광
복군 등 군민들의 문학 활동과 창작 등으로 나누어 고찰한다.

제2절 조선족문단의 문학 활동

1930년대 초부터 1945년 광복에 이르는 사이에, 조선민족작가들이
처한 정치 문화적 환경은 시종 열악하였다. 더욱이는 30년대 중반기를
넘어서며 일제의 무단통치는 극에로 치달아 올랐으며 이에 따라 조선
민족문단에 대한 당국의 단속도 더 혹독하여졌었다. 당시 조선민족작
가들에게 허용된 경우는 단 한 가지, 일제에 경도한 어용문학의 길로
나가는 것 만이었다. 이와 같은 일제말기 역경적인 문화적 환경 하에
서 우리 작가들이 취한 행동양상은 그들의 의식성향의 부동함에 따라
서로 같지 않았다. 그 첫째 부류는 항일투쟁에 결연히 몸을 던진 저항
문인들이다. 이 저항문인 대열에는 주로 일제의 사나운 전시체제, 사상
탄압 속에서도 끝까지 민족의 기개를 굽히지 않은 항일투사들이 망라
된다. 그러나 우리 문단에서 철저한 저항문인으로 지칭할만한 작가는
그리 많지 못하다. 그리고 같은 저항문인 계열에 속한 문인이라 하더
라도 그들의 출신, 이념 등 기타 요소들의 차이로 말미암아 부동한 양
상을 보여주고 있다. 이 시기 저항문인의 계열에 설 수 있는 작가로는
윤동주, 강경애 등을 들 수 있다. 두 번째 부류는 민족적 양심을 소지
하고 있으면서 뚜렷이 자기를 드러내지 않은 상태에서, 그리고 우회적
인 방법으로라도 민족의 삶의 현장과 의식을 형상화하고자 애쓴 작가
들이다. 그들 중에서는 여러 모로 일제당국의 눈을 기이며 문학창작에

서 민족적 성격을 보지하기에 애쓴 작가들도 있고 또한 '민감한 영역'을 외면하고 생활세태나 애정문제……를 다루면서 현실과의 예각적 대응을 피하며 훗날을 기다리는 작가들도 있었다. 세 번째 부류에는 한때 민족적 의식을 뚜렷하게 드러낸 작품들을 써오다가 당국의 회유지책과 강압에 못 이겨 때로는 당시 국책을 선양하는 내용을 담은 작품을 내놓은 작가들이 망라된다. 그리고 다른 한 부류는 자기의 창작실천 중에서 한때 성과작도 냈지만 파시스트통치가 우심해지자 일제에 아부하여 황민문학의 역군으로 타락한 어용작가들이다.

이 시기 조선민족의 문학 활동은 일제의 문화전제주의 통치로 하여 모진 단속을 받지 않으면 안 되었다. 이때 강경애, 리주복, 안수길 등이 1933년에 용정에서 발족한 '북향회'의 동인지 《북향》도 4기를 내고 정간 당하였으며 당국의 문화경찰의 감시로 하여 일제와 현실에 배치되는 내용을 담거나 민족주의적 경향을 내비친 문학은 가차 없이 취체될 수밖에 없었다. 그리고 당시 우리 작가들은 문학원지가 없는 상황 하에서 괴뢰만주국통치의 기관지인 《간도일보》, 《만몽일보》, 《만선일보》[10]의 「문예란」 또는 당국에서 조직한 문학 활동 등을 역이용하면서 문학작품을 발표하는 수밖에 없었다.

조선족문단은 상기한 바와 같이 많은 어려움을 겪어가면서도 작가들은 여러모로 길항의 방법을 강구하기에 많은 힘을 기울이었으며 문학창작을 보다 보람 있게 진행하여 적지 않은 성과들을 거두었다. 이와 같은 문학적 업적을 거두게 된 것은 30년대 전후시기에 중국에서 등단한 작가들과 조선서 일제의 탄압에 시달리다 못해 그래도 문필활동을 견지하려는 한 가닥 희망을 품고 중국으로 들어온 작가들과의 합세와 무관하지 않다. 이 시기에 중국에서 문단에 나선 리학성, 박계주, 윤동주, 안수길, 김창걸, 윤영춘, 한찬숙, 리주복, 김국진, 천청송 등을 내놓

---

10) 1936년 8월 14일 《만몽일보》는 《간도일보》를 매수 통합함. 한해 후인 1937년 10월 21일부터 제호를 《만선일보》로 바꿈.

고도 30년대에 조선에서 들어온 강경애, 현경준, 박영준, 신서야, 김조규, 함형수, 류치환, 송철리, 리수형, 조학래, 리호남, 장기선 등 수십 명으로 헤아리는 작가와 시인들이 문학창작에 나섰다.

우리 작가와 시인들의 이와 같은 노력에 의하여 많은 작품들이 창작되었다. 1931년부터 1945년 광복에 이르는 사이에 저명한 여류작가 강경애의 「인간문제」(1934년)가 발표된 뒤를 이어 「선구시대」(현경준, 1939년), 「돌아오는 길」(현경준, 1942년), 「쌍영」(박영준, 1940년), 「개동」11)(렴상섭, 1937년?), 「북향보」(안수길, 1944년), 「벼」, 「새벽」(안수길, 1941년), 「제화」(황건, 1940년), 「류맹」(1940년), 「인생좌」(현경준, 1940년), 「심문」(최명익, 1940년) 등 10여 편의 중편소설, 그리고 많은 단편소설이 세상에 나왔다. 이 시기에 시문학창작도 활약적이여서 많은 시편들을 산출시켰다. 그리고 이와 같이 많은 작품이 나온 토대 위에서 소설선집 『싹트는 대지』(1941년), 중편소설 『마음의 금선』(현경준, 1943년), 단편소설집 『북원』(안수길, 1943년)과 시선집 『재만조선시인집』(1942년), 『만주시인집』(1942년), 산문집 『만주조선문예선』(1941년)이 출판되었다. 상기 작품들 중 부분적으로는 여러 가지 원인으로 하여 이런저런 문제점들을 안고 있지만 그 대부분은 민족적이며 진보적 성격을 구유한 작품들이다.

이 시기 연극 활동과 희곡창작은 일제의 문화전제주의 통제로 하여 큰 저애를 받았다. 이 시기에 공연된 것으로는 일제의 주구 김동환을 칭송한 연극 「김동환」이 있을 뿐이고 진보적 내용을 담은 연극은 전혀 출연되지 못하였다. 당시 지면을 통해 발표된 희곡도 아주 적었다. 지금 볼 수 있는 희곡작품으로는 장막극 「파천당」(리주복, 1936년), 「여명전후」(리무영 원작, 리갑기 개편, 1940년), 단막극 「곽첨지 사는 마을」(이헌, 1940년), 아동극 「리야왕」(김상덕, 1939년) 등이 있을 뿐이다.

---

11) 장편소설 「개동」은 당시 《만몽일보》에 연재되었으나 그 후 유실되어 지금 그 작품을 찾아내지 못하고 있음.

그중 비교적 구전한 형태의 작품으로 남아있는 단막극 「곽첨지 사는 마을」[12]은 19세기 말엽의 조선농촌을 배경으로 하고 있다. 이 극에서는 첨예한 극적갈등 속에서 마을의 지배자들인 백주사, 구장 등 부정적 형상을 그렸고 그들과 대립 면에 선 곽첨지와 치성 등 부동한 층차의 농민형상을 창조함으로써 19세기말 봉건통치에 의한 조선농민들의 빈궁화와 농촌의 영락상 및 봉건지배자들에 대한 항거의식을 그려보이었다.

작중의 주요인물 곽첨지는 당시 농촌에서 모순적인 농민성격의 구현자로 형상화되었다. 곽첨지는 근면하게 노동하고 집안을 엄하게 다스리는 보통농민이며 지배자들에 대한 증오와 항거로 불타고 있으나 종당에는 아들의 출세와 살길을 염려하여 타협하고 마는 인물이다.

그의 아들 치성이는 현실에 불만을 품고 반항하여 나섰지만 그의 반항은 몽롱한 것으로서 당시 현실에 대한 자발성적 항거의식을 구현한, 농촌청년의 형상이다.

이런 인물형상 외에도 지배자에 아부하여 농락을 일삼는 백주사와 구장 등 부동한 인물형상을 비교적 진실하게 묘사하였다.

단막극 「곽첨지 사는 마을」은 또 인물의 다양한 행동들을 하나의 장소에 집중시킴으로써 시공간의 집약성을 기하도록 하였고 극적갈등도 합리하고 첨예하게 보여주었다.

단막극 「곽첨지 사는 마을」에는 또 옳은 방향에 대한 무의식, 계급적 조화, 하나님에 대한 기대 등 오유적 경향 등도 동반하고 있다. 이것은 당시 시대와 현실에 대한 작자인식의 한계에 연유한 것이다.

---

12) 작지 이헌은 당시 희곡창작에 나선 신인으로 신원 미상.

제3장 시문학

　괴뢰만주국이 건립된 후 날따라 가심해진 식민통치는 시단의 자율적인 시 창작 활동을 점점 위축되게 하였으며 현실문제거나 민족주의적 경향을 다룬 시문학을 마구 억제하였다. 이런 비상적 상황 하에서 이 시기 시문학창작에서는 전시기 시문학과는 구별되는 시적 특성을 보여주었다. 그것은 시에서의 초현실적미의 탐구, 순수시에 대한 추구, 모더니즘의 수용 등에서 표현되고 있다. 하여 이 시기 시단에는 재래의 전통시에 맥을 잇는 사실주의 시적 경향이 의연히 주류를 이룸과 동시에 조선서 유입된 순수시와 모더니즘을 추구하는 경향이 또한 중요한 흐름으로 이루어졌다. 이 시기 시단에는 순수시, 모더니즘을 수용하게 된 것은 조선에서 모더니즘을 표방한 시인들의 이주와 더불어 우리 시단이 처한 전제주의적 시대상황과 관련이 있다. 그것은 당시 극에 치달은 식민통치와 문화전제주의의 탄압 하에서 간접적으로나마 현실을 부정하고 민족의식을 구현시킬 수 있었던, 모더니즘의 창작방법상의 이점을 이용하려는 시도와도 무관하지 않다. 이 시기 모더니즘을 표방한 동인 단체로는 리수형, 김복원 등 여러 시인들로 무어진 '시현실'이 있다. 그리고 순수시거나 모더니즘의 영향 하에서 모더니즘의 경향이나 형식적 요소를 수용, 탐색하면서 시작원리를 모색하여 시 창작 실천에 도입함으로써 시문학의 예술적 심화를 시도한 시인들은 더욱 많다.

　이 시기 시단은 그렇게 어려웠던 문화적 환경에서도 여러 시인들이

다양하고도 부단한 창작실천에 의하여 많은 시작들이 쏟아져 나왔다. 1942년에 이르러서는 만주국건국 10주년을 기하여 기념문집을 간행한다는 허울을 내걸고 선후로 앤솔러지 『만주시인집』(길림), 『재만조선시인집』(연길)을 출판하였다. 이 두 시집에는 이 시기 시 창작에서 활약한 19명 시인의 89편 시작을 수록하였는데 그중의 대부분 시편은 그 「서문」에서 밝힌 취지와는 판연 다른 민족적 성향에 토대 한, 항일시기 조선족시문학의 대표적 작품들로 되기에 손색이 없다.

1930년대로부터 광복에 이르는 사이에 보다 뛰어난 자기의 시작들로써 우리의 시문학의 발전에 이바지한 대표적 시인으로는 윤동주, 김조규, 리학성, 함형수, 류치환, 송철리, 천청송 등을 먼저 들게 된다.

제1절 윤동주의 시

시인 윤동주(1917-1945)는 일본제국주의의 민족적 기시와 탄압이 혹심한 정황 하에서도 시종 민족의 독립과 자유를 위하여 자기의 시와 삶을 바친 재능 있는 저항시인이며 인도주의시인이다.

윤동주(아명은 해환)는 1917년 12월에 길림성 용정시(당시의 화룡현) 명동촌에서 한 교원의 맏아들로 태어났다. 1931년 3월에 명동소학교를 졸업하고 그해에 달라자관립한족소학교 6학년에 편입하여 1년 동안 공부하다가 1932년에 용정에 있는 은진중학에 입학하였다.

1935년 9월 은진중학교 4학년 첫 학기를 마친 윤동주는 상급학교 진학을 위한 순조로운 조건을 마련하기 위하여 평양숭실중학교에 전학하여 3학년(하학기)에 편입되었다. 그러나 숭실중학교가 이른바 신사참배 거부문제로 하여 폐교되자 윤동주는 1936년 3월에 다시 용정으로 돌아와 광명중학 4학년에 편입하였다, 광명중학 시절에 그는 연길천주교회에서 발간하는 《카톨릭소년》지에 동주(童舟)란 필명으로 동시 「병아리」, 「빗자루」, 「무얼 먹고 사나」 등을 발표하였다. 1938년 2월에 광명중학을 졸업한 윤동주는 앞으로 의학을 전공하라는 아버지의 강요도 굳이 마다하고 그해 4월에 조선 서울에 가서 연희전문학교 문과에 입학하였다.

1942년 12월 연희전문학교를 마칠 때 시인은 졸업 기념으로 자기의 시집 『하늘과 바람과 별과 시』를 묶어 출판하려 하였으나 여러 가지 연유로 뜻을 이루지 못하였다.

1942년 4월 그는 진학을 목적으로 일본에 건너가 처음에는 동경의 입교대학 문학부 영문과에 입학하였다가 그해 10월에는 경도의 동지사 대학 영문학과로 옮기었다. 그러나 당시 민족적 기시로 충만 된 질곡적인 현실은 그에게 심각한 오뇌와 고통을 덮씌웠다. 이에 따라 그의 민족적 울분과 고독감은 절정에 이르렀다. 시인은 이때 경도에 유학 중인 학생들과 회합의 기회에 민족적 독립사상을 선양하고 여러모로 민족의식을 고취하려 시도하였다. 그런데 그만 그것이 이른바 죄가 되어 1943년 7월 19일에 일본경찰에게 체포되었다. 그 이듬해 3월 31일에 시인은 '독립운동'의 죄목으로 2년 실형의 언도를 받고 일본 후꾸오까형무소로 이감되어 모진 옥고를 겪었다. 그는 놈들의 취조 하에서도 하냥 민족적 절개를 굽히지 않고 민족적 자유의 날을 고대하다가 1945년 2월 16일에 애석하게도 28세를 일기로 장렬하게 희생되었다. 그의 시집 『하늘과 바람과 별과 시』는 그가 희생된 지 3년 되던 해인 1948년 1월에 서울에서 공개 출판되었다.

시인 윤동주의 창작생활은 그가 중학에 다니던 때인 1934년에 첫 서정시 「삶과 죽음」을 쓴 때로부터 시작된다.

1938년에 들어서면서 시인은 자기의 생활환경의 변화와 더불어 당착한 , 암담한 현실에 대한 인식이 진일보 심화됨에 따라 강렬한 민족의식을 짙게 담은 시편들을 많이 내놓았다. 그러나 이 시기에 이르러서도 시인은 식민통치를 저주하고 민족의 장래를 위하여 분진하면서도 세계관상의 제한성으로 말미암아 민족구원의 방도를 명확하게 찾지는 못하였다. 이로 하여 시인은 민족의 사명을 수행하지 못하는 자책감으로 자기를 불태우면서 늘 오뇌와 저주와 연민과 환멸이 서로 엇갈리는 모순 된 사상경지에서 헤매었다. 이런 사회적, 정치적 환경 하에서의 부단한 사색과 추구는 그의 인식을 심화시키고 그의 작품의 철학적 깊이를 더하게 하였다. 이 시기 시인의 사상과 염원과 미학적 추구는 바로 1938년으로부터 1942년에 이르는 사이에 창작한, 보다 자기의 얼굴을 드러낸 원숙한 시편들에 구김 없이 구현되고 있다.

시인 윤동주는 그런 험악한 현실 속에서도 적지 않은 시를 쓴 것으로 알려지고 있으나 그의 대부분 시고, 더욱이 일본에서 지낼 때에 탈고한 많은 시편들은 그가 옥고를 치를 때에 산일되었다. 그리하여 지금은 그의 후배에 의하여 수집된 110여 수를 수록한 시인 윤동주의 유고집 『하늘과 바람과 별과 시』를 볼 수 있을 뿐이다.

시집 『하늘과 바람과 별과 시』에서 시인 윤동주는 당착한 일제식민통치를 저주하고 비운에 모대기는 겨레를 개탄하면서 민족에 대한 자아적 반성과 참회의식, 굳은 민족의 지조와 순절정신, 미래에 대한 열렬한 동경, 속절없이 솟는 향토애, 사랑하던 이에 대한 다함없는 추억…… 그야말로 광범위한 생활적 내용을 다각적으로 다루었다. 그러면서도 그의 전반 시편의 밑바닥에 전일적으로 일관되고 있는 것은 민족에 대한 불같은 사랑이다.

그의 서정시 「서시」는 시인 윤동주가 1941년 11월 연희전문학교 졸업을 앞두고 펴낸 자선시집 『하늘과 바람과 별과 시』의 편집을 마무리하면서 읊조린 감명 깊은 시편이다.

죽는 날까지 하늘을 우러러
한점 부끄럼이 없기를

잎새에 이는 바람에도
나는 괴로워했다
별을 노래하는 마음으로
모든 죽어가는 것을 사랑해야지
그리고 나한테 주어진 길을
걸어가야겠다

오늘밤에도 별이 바람에 스치운다

이는 「서시」의 전문이다. 이 시에서 시인은 바람과 별, 하늘과 부끄러움, 죽음과 삶을 결합시키면서 고통속의 삶, 삶 속의 고통을 그리고 있으며 우리 민족의 절망과 희망을 내성적인 자기 응시로 이끌어내어 그것을 자연의 표상과 조화시켜 진실한 고백과 의식으로 표현하고 있는 것이 특징적이다.

이 시에서는 당시 암흑한 일제식민통치하에서의 조선민족이 처한 불우한 운명을 통탄하고 민족의 독립과 자유를 위하여 깨끗하게 살며 지어는 죽음도 마다하겠다는 웅심 깊은 사상과 격정을 구김 없이 토로하고 있으며 따라서 이 시에서는 실로 '손들어 표할 하늘도 없는' 그런 사람을 질식케 하는 암흑한 연대에 하냥 민족의 현실과 미래를 심려하는 서정적주인공의 티 없이 맑은 마음이 그대로 내비치고 있다. 이 시는 시집의 서문격으로 쓴 작품으로서 자연의 표상으로서의 상징 전부를 함축적으로 다루어 다른 모든 시와 내적 연관성을 가지고 있는바 이 「서시」는 그의 전체 시 정신을 요약한 것이라 할 수 있다.

「서시」의 시 정신으로 일관된 그의 시집 『하늘과 바람과 별과 시』에 수록된 시편들에 담은 사상내용을 구체적으로 보면 우선 일제식민통치하의 암흑과 질곡을 혐오하고 저주하며 수난에 허덕이는 민족의 비참한 조우를 통탄한 시편들이 퍽 많은바 「돌아와 보는 밤」(1941), 「무서운 시간」(1941), 「슬픈 족속」(1938) 등은 대표적인 시편이다.

　세상으로부터 돌아오듯이 이제 내 좁은 방에 돌아와 불을 끄옵니다. 불을 켜두는 것은 너무나 피로롭은 일이옵니다. 그것은 낮의 연장이옵기에―

　이제 창을 열어 공기를 바꾸어 들여야 할 턴데 밖을 가만히 내다보아야 방안과 같이 어두워 꼭 세상 같은데 비를 맞고 오던 길이 그대로 비속에 젖어있사옵니다.

　하루의 울분을 씻을 바 없어 가만히 눈을 감으면 마음속으로 흐르는 소리. 이제, 사상이 능금처럼 저절로 익어가옵니다.

　이것은 산문시 「돌아와 보는 밤」의 전문이다. 이 시에서 서정적주인공은 '세상으로부터 돌아오듯이' 좁은 방에 돌아와 '불을 켜두는 것'은 곧 '낮의 연장이옵기에 너무나 피로롭은 일'이라고 개탄하고 있다. 왜냐하면 일제통치하의 세상에서 맞는 낮은 비록 밝은 대낮이라 하더라도 그것은 탄압과 수탈과 상잔을 위하여 설치한 사형장이며 또한 모진 민족적 기시, 패륜과 패덕 등으로 충만 된 암흑한 세상이었기 때문이다. 이에 잠시나마 그런 암흑의 현실을 피하려고 돌아왔으나 이 시의 서정적주인공은 낮에 받은 충격으로 하여 하냥 혐오와 저주의 정을 새길 바이없어 고통 속에 모대긴다. 그러나 시인은 시대의 의식을 포기하지 않는다. 그는 그와 같은 역경에서도 미래에 대한 신념을 버리지 않고 자기를 격려 한다. 시의 마지막에 이르러 '하늘의 울분을 씻을 바 없어 가만히 눈감'고 사색에 잠기노라면 '사상이 능금처럼 익어가옵니다.'라고 하였는데 여기서의 '사상'이란 현실을 부정하고 민족의 자주적 독립을 실현하려는 민족의식과 굳은 결의일 것이다.

　서정시 「무서운 시간」에서의 시인의 울분과 오뇌는 더욱 가심화되고 있다. 이 시에서 시인은 '한번도 손들어보지 못한 나를/ 손들어 표할 하늘도 없는 나를/ 어디에 내 한 몸을 둘 하늘이 있어 나를 부르는 것이요' 라고 살아 몸 둘 곳 없고 죽어서도 누울 자리조차 없게 된, 망국노가 된 우리 겨레의 비참한 처지를 피눈물 나게 공소하면서 암흑한 현실을 부정하고 있다. 그리고 「슬픈 족속」, 「가슴」, 「장」과 같은 여러 시편에서도 고난의 심연 속에서 허덕이는 우리 겨레의 처참한 생활상과 비운을 다각적으로 전시하고 있다.

> 흰 수건이 검은 머리를 두르고
> 흰 고무신이 거친 발에 걸리우다
>
> 흰 저고리치마가 슬픈 몸집을 가리고
> 흰 띠가 가는 허리를 질끈 동이다
>
> —「슬픈 족속」

> 불 꺼진 화독을
> 안고 도는 겨울밤은 깊었다
>
> 재만 남은 가슴이
> 문풍지소리에 떤다
>
> —「가슴 2」

다음, 윤동주의 시 창작에서 민족의 자유를 쟁취하기 위한 시인의 웅심과 이를 저애하는 암흑한 현실과의 심각한 모순을 해결할 바이없어 늘 고뇌에 잠겨 방황하던 모순 된 실존적 존재에 대한 자아성찰과 참회의식을 반영한 시 「자화상」(1939년), 「참회록」(1942년) 등이 이목을 끌고 있다.

> 산모퉁이를 돌아 논가 외딴 우물을 홀로 찾아가선
> 가만히 들여다봅니다
>
> 우물 속에는 달이 밝고 구름이 흐르고 하늘이
> 펼치고 파아란 바람이 불고 가을이 있습니다

그리고 한 사나이가 있습니다
어쩐지 그 사나이가 미워져 돌아갑니다

돌아가다 생각하니 그 사나이가 가엾어집니다
도로 가 들여다보니 사나이는 그대로 있습니다

다시 그 사나이가 미워져 돌아갑니다
돌아가다 생각하니 그 사나이가 그리워집니다

우물 속에는 달이 밝고 구름이 흐르고 하늘이
펼치고 파아란 바람이 불고 가을이 있고
추억처럼 사나이가 있습니다

─「자화상」

이 시에서는 보다 심각한 시대적 인식으로부터 일제의 통치하에서 욕된 목숨을 부지하는 서정적주인공의 친절한 내심적 고통과 자책과 울분의 심경을 그대로 구김 없이 해부하여 보이고 있다.

시 「참회록」도 상기한 「자화상」과 마찬가지로 그와 같은 암흑한 현실 하에서 아무런 가치도 없는 좌절된 삶을 자책하고 참회한 무게 있는 시편이다. 강렬한 민족의식을 지닌 시인은 이 시를 통하여 '파란 녹이 낀 구리거울 속에/ 내 얼굴이 남아있는 것은/ 어느 왕조의 유물이기에/ 이다지도 욕될까/ 나는 나의 참회의 글을 한 줄에 줄이자/ 만 24년 1개월을/ 무슨 기쁨을 바라 살아왔던가'고 갸륵한 뜻도 꿈도 없이 버둥대며 지내온 자신을 자책과 회한에 몸부림치면서 개탄하고 있다. 따라서 이런 시편들에서는 도덕적 자아의 정취를 지향하는 시인의 끈질긴 노력, 고상한 윤리의식과 결백한 심정을 읽을 수 있다.

그러나 자기에 대한 그의 이런 성찰과 참회가 결코 자포자기는 아니다. 강렬한 민족의식의 소유자였던 시인은 결코 자아성찰과 참회에만 머무르지 않았다. 그의 많은 시편들에서는 자기를 바쳐서라도 '주어진 길'—민족구원의 길을 걷고야 말리라는 불같이 뜨거운 마음과 저항정신 그리고 단호한 결의를 토로하고 있는데 이에 바쳐진 「십자가」(1941년), 「간」(1941년) 등 시작품들이 그의 시 창작에서 이채를 돋우고 있다.

시 「간」에서는 자기를 바쳐서라도 민족의 비극을 종말 짓고 자유를 줄 수 있다면 자기는 '불 도적한 죄로 목에 맷돌을 달고/ 끝없이 침전하는 프로메테우스'의 뒤를 달갑게 따르리라 맹세하고 있다. 시 「십자가」에서는 이와 같은 고상한 지조와 신념, 순절정신을 더욱 깊이 있게 파헤치고 있다.

쫓아오던 햇빛인데
지금 교회당 꼭대기
십자가에 걸리었읍니다

첨탑(尖塔)이 저렇게도 높은데
어떻게 올라갈 수 있을까요

종소리도 들려오지 않는데
휘파람이나 불며 서성거리다가

괴로웠던 사나이
행복한 예수 그리스도에게
처럼
십자가가 허락된다면

모가지를 드리우고
꽃처럼 피어나는 피를
어두워가는 하늘 밑에
조용히 흘리겠습니다

시 「십자가」는 시인의 숭엄한 내심세계를 가장 심각하게 펼쳐 보인 시편이다. 이 시의 서정적주인공은 숭고한 민족적 이상을 실현하기 위하여서라면 선뜻 나서서 예수 그리스도마냥 십자가에 못 박혀 피를 흘리는 고행을 달갑게 치르겠노라 선언하고 있다. 시인은 끝내 놈들의 형무소에서 장렬한 희생으로써 더욱 절절한 진가의 시편을 엮어놓았다.

윤동주의 시에서 또 중요한 자리를 차지하고 있는 것은 드팀없는 미래지향 의지와 반드시 도래할 새 시대에 대한 신념을 읊조린 작품들이다. 그는 암흑의 장막 속에 잠긴 밤중마냥 암담한 현실 속에서 살았으나 하냥 미래에 대한 굳은 신념으로 불태우면서 겨레의 가슴속에'새봄을 당겨올' 이상의 불씨를 묻어주었다. 암흑의 뒤엔 여명이 뒤따르고 어둠 속에는 광복이 잠복해있으며 절망의 뒤에는 희망의 새움이 싹트고 있다. 이는 곧 민족애로 불타는 시인 윤동주의 사상변증법과 미래지향적 역사의식이며 삶의 신조였다. 그로 하여 그는 새로운 이상의 나래를 펼치면서 새 시대에로의 소망을 읊조린 「새로운 길」(1938년), 「봄」(1942년?), 「쉽게 씌어진 시」(1942년), 「길」(1941년), 「또 다른 고향」(1941년), 「새벽이 올 때까지」(1941년)와 같이 많은 시작품들을 내놓았다.

> 내를 건너서 숲으로
> 고개를 넘어서 마을로
>
> 어제도 가고 오늘도 갈
> 나의 길 새로운 길
>
> 민들레가 피고 까치가 날고
> 아가씨가 지나고 바람이 일고
>
> 나의 길은 언제나 새로운 길
> 오늘도……내일도……

내를 건너 숲으로
고개를 넘어서 마을로

―「새로운 길」

봄이 혈관 속에 시내처럼 흘러
돌, 돌, 시내 가차운 언덕에
개나리, 진달래, 노오란 배추꽃

삼동을 참아온 나는
풀포기처럼 피어난다

즐거운 종달새야
어느 이랑에서나 즐거웁게 솟쳐라

푸르른 하늘은
아른아른 높기도 한데……

―「봄」

상술한 시에서 보여준 시심은 실로 맑고도 깨끗하며 부드럽기만 하다. 이 새로운 길과 맞이할 새봄은 우리 민족 앞에 놓일 새로운 앞날에 대한 상징이다. 이 시편들에는 또한 진취적 기상이 잘 드러나 있으며 그 시적 정서가 강할뿐더러 그 운율도 아주 힘차고 명랑하다.

끝으로, 그의 시편 중에는 또한 「별 헤는 밤」(1941년), 「또 다른 고향」(1941년)과 같은 진한 서정으로써 어머니, 고향, 지난날의 그리움을 다감하게 읊조린 시편들이 있는가 하면 옛 벗과 사랑하던 연인을 그린 「사랑스런 추억」(1942년), 「소년」(1939년)등 아름다운 시편들도 있다. 이런 시편들은 이름 없는 들풀 한 포기에까지 사랑의 손길을 뻗치고 영원한 임을 사무치게 그리며 모든 차별과 개인적 탐욕이 사라진 사랑과 평화의 현실적 공간을 염원하는 시인 윤동주의 인도주의정신을 집약적으로 드러내고 있다.

고상한 윤리의식과 미래지향적 의식, 시대사명감과 민족적 연대의식에 바탕을 둔 저항정신, 자아성찰과 참회와 밀착된 결백한 심정, '부끄러움'의 미학, 뜨거운 인도주의 등을 자기의 사상적 특질로 하고 있는 윤동주의 시문학은 예술형식상에서도 자기의 독자적인 풍격을 나타내고 있다.

윤동주의 시는 전체적으로 보아 낭만주의적인 서정시의 범주에 속하지만 그의 시는 자기 나름대로 상징시의 성격을 개성적으로 파악하고 적용한 것이 특징적이다. 물론 이런 시들에서 시인 윤동주가 상징의 원초적 특질을 이해한 기초 위에서 그것을 시 창작 과정에 직접 수용했다고는 간주할 수 없으나 그의 시문학엔 자못 자연스럽게 표출된 상징적 표현들이 시의 기본적인 골격을 이루고 있다. 이를테면 그의 대표작으로 인정되는 「또 다른 고향」, 「서시」, 「간」, 「십자가」, 「별 헤는 밤」 등을 살펴보면 그의 시는 예민하고도 섬세한 감각과 언어의 다의성에 바탕을 둔 상징적 표현에 의하여 독특한 세계를 이루고 있음을 알 수 있다.

윤동주 시문학의 상징적 표현에는 자연의 표상으로서의 상징적 표현, 시대적 및 역사적 상황으로서의 상징적 표현, '부끄러움', '밀실', '거울'의 심상으로 재표되는 소외와 갈등의 상징적 표현, 이웃에 대한 연민과 사랑을 소재로 한 상징적 표현 등이 망라되고 있다. 예컨대 자연이 표상으로서의 상징적 표현을 보면 윤동주의 시문학에서 「하늘」, 「별」의 심상을 통해 시인이 추구하는 이상세계를 상징적으로 표현하고 있는가 하면 '바람'의 심상은 '빛'과 '어둠'의 심상과 유기적 관계를 이루면서 존재의 이원적 갈등 사이에서 방황하는 시인의 섬세한 의식과 현실세계에서 부딪치는 시련을 상징적으로 암시하고 있다. 그러나 '바람'은 다시 자유의 의미와 연결되면서 시인이 희망하고 있는 근원적

목표가 '진정한 자유의 구현'에 있음을 상징적으로 시사해주고 있다. 시인 윤동주는 이런 상징적 표현을 빌어 시의 형상성, 함축성, 생동성, 암시성, 다의성을 살린 것이 자못 인상적이다.

윤동주 시문학의 다른 하나의 형식적 특색은 그의 시가 대부분이 산문시적인 형태를 구비하고 있다는 점이다. 윤동주는 시 전반을 통하여 그가 노리는 정신적 분야를 총체적으로 표현하는 데 정열을 몰부었다. 매 시어의 탁마윤색보다는 자연스럽게 발로된 일상적 언어의 활달한 전개를 통하여 진솔한 표현을 꾀하고 있는 것이 특징적이다. 시인 윤동주는 시적기교의 측면보다도 그의 '시 정신'을 자연스럽게 표출하는 데 주력한 탓으로 그의 시에는 인위적으로 조작된 심상에 의한 세련된 형식미를 수용하지 않은 자취가 흔히 엿보인다. 시인의 형식적 균세와 조화를 찾기 전에 먼저 그의 진지한 시 정신을 말해가는 것이 필요할 경우에 가장 알맞은 형식이 산문시 또는 산문적 형태의 서정시라면 그는 곧바로 그 형식을 택했다고 말할 수 있다.

이밖에도 윤동주의 시가 보여주고 있는 산문적이면서도 결코 산문 아닌 자연스러운 운율구사는 민요적 음조와 서양시 운율의 모방 사이에서 방황했던 당시의 시풍에 참신한 기분을 던져주고 있다.

윤동주의 시문학은 해방 전 조선민족시문학의 최후를 아름답게 장식한 시문학이며 시대의 문학적 사명감과 독자적인 예술적 추구로 조선족시문학을 한결 높은 단계에로 끌어올린 시문학으로서 우리 조선민족문학사에 빛나는 한 페이지로 남아있을 것이다.

제2절 김조규, 리학성의 시

시인 김조규(1914-1990)는 일제의 식민통치하에서 줄곧 겨레와 운명을 같이하면서 그중에서 유발된 정서를 시적으로 형상화하고 미적으로 승화시키기에 진력한 시인이다.

김조규는 1914년 1월 20일에 평안남도 덕천군에서 태어났다. 그는 향리에서 소학교를 마치고 평양숭실중학교를 거쳐 숭실전문학교를 다녔다. 1937년 일본유학을 시도하였으나 성사하지 못하였다. 그것은 그가 전문학교시절 학생운동에 앞장선 데서 불온학생이란 낙인을 찍히운 탓으로 도강증을 낼 수 없었기 때문이었다.

그 후 그는 성진보신학교에서 일년 남짓이 교편을 잡다가 '일경의 감시망에서 벗어나려' 1938년에 중국으로 이주하였다. 그는 조양천농업중학에서 영어과를 가르치는 한편 시 창작에도 열심하였다. 1942년에는 『재만조선시인집』을 펴내어 출판함으로써 조선민족의 시가발전에 남다른 기여를 하였다.

1943년 말 시인은 《만선일보》의 편집기자로 갔다가 1945년 3월경에 고향에 돌아가 은거생활을 하던 중에 해방을 맞이하였다.[13]

김조규는 시 「연심」, 「검은 구름이 모일 때」가 1931년에 선후로 《조선일보》와 《동광》에 입선되면서 본격적으로 시 창작의 길에 들어서게 되었다. 그는 이어 시 「폐허에 비친 가을 석양이여」(1931년), 「회향곡」(1932년), 「고향에 숨은 노래」(1933년), 「누이야 고향 가며는」(1933년) 등을 발표하였다. 시인의 이런 초기 시작에는 짙은 실향의식이 주조를 이루고 있다. 시인에게 있어서 그같이 아름답고 순박하고 정에 넘치는 원초적인 공간이었던 고향과의 결별, 그 공간에 대한 사무친 그리움은 그로 하여금 감상적인 정서를 인발하게까지 하였다. 그리고 이 시기 그의 시작에서는 또한 보다 깊은 역사의식에 토대하여 조국의 상실과 자율적인 삶을 유린당한 현실의 비극을 깊이 있게 파헤치고 다가올 '새벽노을'을 확인, 구가하고 있는 것이 특징적이다. 시 「삼춘읍혈(三春泣血)」(1934년), 「호수」(1943년), 「겨울」(1935년), 「한 식료품상

---

13) 광복 후 시인은 조선평양예술대 교수, 《조선문학》 주필 등 요직에 있다가 1990년 12월 3일에 서거하였다.

점 앞에서」(1936년) 등이 그 대표적 작품들이다.

시인 김조규는 1937년 교편을 잡고 있던 시기에 '단층(斷層)', '맥(貘)'의 동인으로 활동하던 시기에 모더니즘의 기법을 수용하여 전위적 성격을 지닌 시편들을 적잖게 발표하였다. 이를테면 시 「오후 두 시의 산곡」(1937년), 「북으로 띄우는 편지」(1937년), 「묘(猫)」(1938년), 「오후」(1938년), 「피곤한 풍속」(1939년)이 그 좋은 예로 된다. 이런 시들은 식민지시대 지식인의 자아의식을 내면세계로부터 관찰하는 심리주의적 경향을 보여주고 있다. 그리고 이런 시들에서 창조한 이미지들은 바로 시인의 내심에 자리 잡고 있는 의식의 단면에 다름 아니다.

1939년 간도에 이주한 시인은 일제에게 고국을 빼앗기고 이국타향에서 허덕이는 겨레의 삶의 현장을 목도(目睹)하고 민족의 아픔과 어려움을 몸소 겪은 실제체험에 토대하여 이 고장 겨레의 비참상을 리얼하게 파헤친 시작을 적잖게 내놓았다. 이 시기 시는 지식인의 고뇌와 좌절감에 대한 심리적 고통을 다룬 그의 이전의 시와는 다른 풍격을 보여주고 있다.

이 시기에 그의 시작에는 삶의 터전을 일제에게 빼앗기고 쫓겨나 북행하지 않으면 안 되었던 겨레의 참담한 수난상과 타향에서 체험한 속마음을 파는 실향의 아픔을 다룬 시편들이 상당한 비중을 차지하고 있다.

> (전략)
> 아 고향도 이제 등 뒤에 멀어진다
> 어릴 때 범나비 쫓아 오르던 언덕엔
> 낙엽이 찬바람에 울리라
> 나도 나의 벗들처럼 돌아오지 못하는
> 유랑의 고혼으로 광야에 묻힌다 해도
> 노을은 무덤위에 붉게 비쳐주려니
>
> 두만강 수난의 기슭이여 잘 있으라

이제 내가 디딜 새 지면에
어쩌다 활짝 핀 들장미라도 있어
나를 맞아줄 지 누가 알랴

아, 돌아올 기약도 막막한
추방당한 길손의 나그네 길에
비록 거품처럼 사라질 꿈이라 해도
희망을 버리지 말자 말해주는
물소리 높은 강언덕에
내 마지막 인사를 보낸다

-「두만강」(1939년 회녕에서)

안개 짙은 밤
나는 그늘진 나의 청춘을 안고
북행열차에 실려
도망치듯 고향을 떠났노라
(중략)

차바퀴소리 요란한걸 보니
두만강 다리를 건너는가보다
벌써 대지는 얼어
북만에 대지는 얼어
북만에 눈발이 섰다는데
홋적삼 토스레로 이제
대륙의 칼바람을 어이 견뎌낼 것인가
(하략)

-시「북행열차」(1941년 조양천에서)

이런 시들에서는 일제에게 쫓겨나 정든 고국강산을 등지고 '오라는
글발도 없고/ 기다리는 사람도 없는/ 밤과 밤을 거듭한' 수렵지대로 정

처 없이 흘러가야 하는 당시 우리 겨레가 처하였던 참담한 운명에 대
한 생생한 묘사를 통하여 겨레의 수난상을 깊이 있게 파헤치고 있다.

고향 사투리가 듣고 싶어
오가는 사람들로 붐비는
저녁 정거장으로
내 창랑(踉蹌)이 나아오다

예서 고향이
몇 천 몇 백리이뇨?
남행열차에 탄 길손이 부러워라
보내는 사람도 없는데 손을 들어
멀리 사라지는
푸른 신호등을 바래주노라

인생은 뭇자국 어지러운
3등 대합실
행복보다도 불행으로 가득 찬
3등 대합실

(할머니 그 늙으신 몸에
북행열차를 더 타시렵니까?)
눈물의 북쪽 만리 아하하
쫓기우는 족속이여
(중략)

아, 언제 닥칠지도 모를
그 무서운 폭압의 채찍이 내리기 전
나도 어디든지 떠나야 할 것 아닌가
한마디 고별의 인사도 없이
밤차에 숨어

　　　밤차에 홀로……

　　　　　　　　　　　　　　　　－시 「3등 대합실」의 부분

　　이 시는 시인이 1941년 가을 조양천에서 실향의 서러움을 읊조린 시
편이다. 쫓겨 온 이곳은 북쪽이며 타향이다. 마지막 연에 나오는 바와
같이 고향은 언제고 폭압이 내릴지 모르는 불안과 고통의 공간이다.
그러나 우리 겨레들에게 갈 곳이라고는 산 설고 물 설은 만주 외에는
없다. 그리고 그곳으로 가는데도 '불행으로 가득 찬' 3등 칸에 실려 한
마디 고별인사도 할 수 없이 떠나야 하는 기구한 처지, 그것은 곧 당
시 겨레의 망국노적 운명의 축영이다.
　　그의 또 다른 산문시 「카페 '미스 조선'에서」는 비운에 허덕이는 나
어린 처녀의 기구한 조우와 처절한 삶에 대한 구체적인 묘사를 통하여
고국상실의 비통의 정을 읊고 있다.

　　(전략)

　　너의 양 길손 흰 저고리와 다홍치마는 '하나꼬' 라는 낯선 이방 이
름과는 조화되지 않았으니 너의 검은 머리채 속에는 네가 잃어버린
것 그러나 잊을 수 없는 모든 것이 그대로 깃들어 숨쉬고 있는 것이
아니냐?……
　　(중략)

　　그리고 그리고 한마디 물음에도 빨개지던 네 얼굴을 후려갈기던
집달리의 욕설, 끌려가던 돼지의 비명, 아버지의 긴 한숨과 어머니의
통곡소리……아아 채 여물지도 못한 비둘기 할딱이는 네 젖가슴을 우
악스런 검은 손에 내맡기고 너의 정조를 동전 몇 닢으로 희롱해도 너
는 울지도 반항도 못하고 있고나.
　　술상 건너 깨여지는 유리잔과 정력의 낭비와 난폭한 욕설, 순간에
서 영원한 쾌락을 찾는 환락의 일대 광란 속에서 시드는 너의 청춘을

구원할 생각도 없이 웃음과 애교로 생존을 구걸하고 있으니 슬프다. 유리창은 어둡고 밤은 깊어가고 거리에는 궂은비 주룩주룩 서럽게 내리는데 '누나가 보고 싶어 누나가 보고 싶어' 네 어린 동생의 영양실조의 눈동자가 창문에 매달려 들여다보는데도 너는 등을 돌려대고 내게 술잔을 권하고 있으니.

아아 버림받은 인생은 내가 아니라 '하나꼬' 너였고나. '미스 조선' 너였고나.

이 시에서는 '어머니의 자장가와 봄나물과 흙냄새, 처마 밑의 지지배배 제비둥지……' 등 아름다운 추억을 남긴 정답던 보금자리를 빼앗기고 그것을 잊을 수 없어 못내 그리는, 그리고 한마디 물음에도 얼굴이 빨개지는 순진한 처녀가 정조를 유린당하고도 '웃음과 애교로' 응부하며 삶을 이어나아가야 하는 '미스 조선'은 당시 외세에 짓밟힌 고국 다름 아니다.

산문시 「전선주」에서도 서사적 내용을 재치 있게 도입하여 당시 유랑민으로 전략된 겨레의 비극적 현실과 지향을 깊이 있게 파헤치고 있다.

(전략)
한밤에도 너는 잠들지 않고 윙윙거리는 뜻을 모를 서리를 창문 덧문 굳게 빗장한 내 사색의 성채(城砦) 안에서도 들을 수 있었다.

눈보라 기승치는 이런 밤이면 으레 밀림에선 총소리가 울리고 우등불이 타올랐으니 매 맞아 죽은 아버지와 굶어죽은 어머니와 불타죽은 동생의 원한이 그 불길 속에 황황 타고 있음을 말없는 천년 원시림인들 어찌 모르랴? 거목들은 어깨를 비비며 불길을 일으키고 말라시들은 낙엽은 그 몸을 불에 던지고 나뭇가지들은 하늘높이 불꽃을 내뿜는 그 소리를 전선주 너는 통신하며 밤새 윙윙거리는 게 아니냐?

총을 멘 그의 아들딸들이 잃어버린 고향땅의 한줌 흙을 가슴깊이 소중히 간직하고 조상네 옛 기억을 찾아 선혈로 흰눈을 물들이며 백

두산 밀림 속을 걸어가고 있으니 전선주, 너는 그 속 전하려 대륙을
바느질하며 강과 언덕 건너고 넘어 끝없이 뻗어가는 것이구나.

여기에서는 엄연한 실제사실로 당시 이주민의 수난에 찬 삶을 실감
있게 보여주고 있을 뿐더러 외세의 무단적 탄압과 수탈에 반기를 들고
그런 비극적 운명을 만구하기 위하여 백두산 밀림 속을 누비며 일제와
의 백병전에 나선 겨레의 승리의 신념과 지향이 여울치고 있다.

김조규는 자기의 시 창작에서 모더니즘과 그 기법을 적극적으로 수
용, 실험하는 자세를 취하였으며 또한 그 과정에서 절망적, 퇴폐적 정
서거나 난해성을 추구하는 등 소극적 경향을 외면하고 자기 나름으로
모더니즘의 경향과 시작원리를 탐색하고 운용함으로써 이 시기 조선족
시문학의 지평을 높인 시인이다. 그리고 중국 이주 후 겨레들의 처참
상을 목도하고 수난의 체험이 더해지면서 그의 시작에는 리얼리즘적인
것이 보다 많이 가첨되었음도 간과할 수 없다.

리학성(1907-1984)은 일찍 20년대로부터 시 창작에 나선 이래 적지
않은 시작으로써 조선민족의 시문학발전에 기여한 저명한 시인이다.

리학성은 1907년7월 러시아 울라지보스또크의 신한촌에서 한 한의의
아들로 태어났다. 워낙 그의 일가는 화룡현 강장동에서 살았었으나 빈
궁에 못 이겨 행여나 생활난을 피면할 수 있겠는가 하여 신한촌으로
이주하였다. 그러나 그 고장에 가서도 그의 가정은 살기 어려워 나어
린 그는 1910년 봄에 부친을 따라 화룡현 서호로 다시 오게 되었던 것
이다. 그는 마을에서 어릴 적부터 한학자인 조부와 부친의 가르침 밑
에서 한학을 배웠으며 그 후 소학교를 거쳐 동흥중학에 들어갔으나 학
비난으로 1924년에 학교를 중퇴하였다. 마을로 돌아온 그는 집에서 농
사일을 돕다가 소학교 훈도를 지냈다. 1936년 연길에 이사 온 뒤 신문
배달업을 하다가 《조선일보》 간도지사의 일을 맡아보았다. 나중에 5조

선일보》 등이 폐간되자 실직당하고 어렵게 도일(度日)하던 때에 해방을 맞이하였다.

리학성의 초기작품으로는 1921년 용정 '신유시사'의 모임에서 지은 「모춘(暮春)」(1923년)[14]이 첫 한문시로, 1924년에 《간도일보》에 발표한 서정시 「생명의 예물」[15]이 첫 자유시로 전해지고 있다. 그리고 이때로부터 1930년대 전반기에 이르는 사이에 출간된 《민성보》에 발표한 서정시 「임 찾는 마음」[16](1938년)과 「눈」(1930년)이 있다.

시인의 해방 전 시 창작에서의 전성기는 1940년대 좌우 시기로 간주된다. 이 시기에 시인은 《만선일보》, 그리고 《조선신문》과 잡지 《조광》 등에 적지 않은 시작을 발표하였다. 지금 전해지고 있는 그의 주요작품으로는 「척촉화(躑躅花)」(1935년), 「바위」(1935년), 「금붕어」(1939년), 「월야범종(月夜梵鐘)」(1938년), 「샘」(1938년), 「혈흔에 핀 꽃」(1940년), 1942년 연길에서 출판된 『재만조선시인집』에 수록된 「나의 노래」, 「5월」, 「낙엽」, 「별」과 한문시 「선경대」(1936년), 「석양」(1943년), 「늙은 어부」(1943년) 그리고 서정시 「모아산」(1944년), 「역마차」(1945년)와 「북두성」(1945년)……이 있다.

1931년 '9·18'사변 후 일제식민통치의 기반 밑에서 조선겨레의 민족성이 유린되고 날로 이지러져가는 그런 위기적 관두에 시대의 대언자로서 민족의 넋을 부르는 것은 드틸 수 없는 시인의 시대적 사명이었다. 이에 시인은 민족의 숭고한 정신과 품성을 노래하는 많은 시편을 세상에 내놓았는데 지금 전해지고 있는 서정시 「척촉화」, 「모아산」, 「새 화원」 등을 그 대표작으로 들 수 있다.

서정시 「척촉화」는 1936년 일제 놈들이 조선인민의 민족성을 부정, 밀살하기 위하여 악착하게도 소위 '황민화운동'을 조선민족인민들에게

---

14) 이 시를 발표할 때 이수용이라는 증용명을 씀.

15) 리월촌인이란 필명을 씀.

16) 이월초인이란 필명으로 발표.

강요하던 시기에 발표한 작품이다.

>   봄은 파일고개도 넘어
>   탐탁한 척촉꽃이
>   하염없이 지길래
>   시드는 꽃송이에
>   내 진정한 이야기를 부치오

이렇게 서두를 뗀 이 시편에서는 이어 척촉화와 대화하며 그 가운데서 상징적 형상 척촉화의 심원하고도 고상한 품성을 돋쳐내었다

>   오! 전설의 나라 척촉아
>   이제 성장을 버린 너는
>   여름철에
>   백합꽃을 부러워할 테냐
>   가을철에
>   산국화도 부러워할 테냐
>   －아니오
>   －아니오
>   그렇길래
>   나는 너의 짧은 청춘을 사랑했다.
>   나는 너의 타는 정열을 사랑했다

여기서 노래한 척촉화를 고국이거나 겨레 또는 심미적 이상의 상징으로 보아도 좋을 것이다. 서정적주인공은 사랑하는 척촉화와 그같이 다감하게 속삭이면서 '보통 말로는 이야기할 수 없는 그런 말로써 진리를 밝히었다.'[17] 이로써 이 시에서 창조한 이미지는 우리 겨레들에게 '생활의 노래와 길동무로, 투쟁의 고무자로'[18] 되었던 것이다.

---

17) 《문학과 예술》, 1985년 5호.

이 시는 그 뜻이 심원하고 정서가 다감하며 그 격조가 높은 등으로 이채적인 시풍을 보여주고 있다.

아래에 시 「혈흔에 핀 꽃」(1940년)(후에 「새 화원」으로 개제)을 더 들어 보자. 시의 허두에서는 핏자국으로 얼룩진 곡절 많고 한 많던 생활을 다음과 같이 집약적으로 전시하고 있다.

> 북천에 오로라 드리우면
> 싱싱한 광야를 헤치며
> 섬어하던 미친 벗이 있었다
>
> 애꿎이 일월을 등지고
> 상화에 사는 동안
> 피는 말러 화석된 벗이 있었다
>
> 벽 위에 고민을 손톱으로 오려
> 세월을 쫓던
> 낙치(落齒)한 늙은 벗이 있었다
>
> 몇 번 쇠 그물을 뛰쳐나
> 지상지하에서 싸우던
> 구사일생의 정한한 벗이 있었다

이와 같이 상징적으로 구상화된 시적경지는 이 시를 감상하는 이들에게 많은 것을 상기시키면서 철리적 사색에로 이끌어간다. 실로 이와 같은 죄악적인 현실은 사람들의 저항을 인기시키며 또한 그와 같은 현실에 대한 저주가 심각할수록 새로운 미래에 대한 동경은 더욱 열렬해진다. 시는 이어 다음과 같이 읊조리고 있다.

---

18) 《문학과 예술》, 1985년 5호.

때는 회한의 그림자를 감추고
역사는 위치를 바꾸었다.
잃어진 생리를 얻어

빼앗긴 청춘을 찾아
인생의 대하에 내리거니
인간의 밀림에 들거니
……

옛 화단에 어서 나가 씨를 뿌리자
그리고 봄을 불러 꽃을 피우리라
꽃을 피우리라

　　숭고하고 심원한 사상 감정으로 충일된 그 시행 속에서는 '역사'는 이미 위치를 바꾸었으니 새로운 앞날은 기필코 다가오리라는 경건한 신념과 이를 나가 맞이하기 위하여서는 모두들 서둘러 일어서야 한다고 정열적으로 호소하고 있다. 이 시의 밑바닥에는 바로 민족의 자주 독립에 대한 서정적주인공의 열렬한 지향과 염원이 깔려있으며 또한 그로 하여 이 시에 담긴 시인의 이념과 미학적 추구가 그처럼 힘 있게 안겨오는 것이다.
　　1940년대에 진입하여 그같이 열악한 문화적 환경 속에서도 시인은 문화경찰의 눈을 속여 가며 민족의식을 선양한 시편들을 창작하기에 심혈을 기울였다. 이 시기에 발표된 서정시 「별」, 「낙엽」과 「북두성」 등은 그 좋은 실증으로 된다.

　　별은
　　함박꽃처럼 피어나는 호젓한 이 밤에
　　만년몽에 파묻혀서
　　황홀한 신화를 속삭이느니

> 이제 별은
> 나의 가슴속 적은 호수에도
> 푸른 향수(鄕愁)를 물고 내려 고이 잠든다
> 고이 잠든다

이것은 시 「별」의 마지막 연이다. "시 「별」에서 우리는 그런 느낌을 받는다. 곧 향수(鄕愁)란 어휘가 밤과 호응됨으로써 그 향수는 밤의 어두움 속에 절멸해버리는 것이 아니고 황홀한 신화를 속삭이며 시인의 가슴속 호수에 고이 잠드는 시상을 만든다. 그리고 가슴속 호수에 잠드는 그 별은 어느 날 다시 만년몽의 신화로 깨여날 암시를 준다. 향수에 찬 마음으로 이역의 밤하늘을 응시한 시인의 정감이 자기 초월의 세계에로 진입하는 시행 속에서 독자가 다시 발견하는 것은 그러한 시대의 어두운 역사의 현장을 벗어나려는 가녀린 의지이다. 그리고 퇴행적 회상이 아니라 유원하고 적료하고 정다운 별 속에 향수를 푸르른 꿈으로 치환하려는 자기 인식이다."[19] 바로 이와 같이 이 시에서는 일제식민통치하에서의 어둠의 역사를 버리고 자기 회복의 길로 나아가는 미래의 지향을 낭만적으로 노래하고 있다.

서정시 「북두성」은 캄캄칠야 어둠이 지새는 전야인 1945년 늦은 봄에 읊조린 시로서 이 시기 시인의 격조 높은 시풍을 잘 구현한 대표작 중의 하나로 된다.

시인은 이 시를 읊을 때의 정경을 다음과 같이 피력하였다. '하늘높이 떠있는 북두성을 정다운 눈매로 바라보며 위대한 이상을 그리는 심정으로 하나하나 별들을 헤아리고 있다. 순간 자기도 모르게 그 무리에 끼워 떠오르는 생각을 멀리 달릴 때 뭇별들은 다 경경히 북두성을 향하고 있음을 보게 되었다. 이 경상은 나로 하여금 피눈물로 차 흐르던 세월은 곧 지나가고 말라빠진 대지에는 봄날이 깃들 것이라는 것을

---

19) 오양호 저 『한국문학과 간도』 제108페이지. 1988년 4월 문예출판사.

굳게 믿게 하였다.'[20]라고 하여 이제 일어날 격변에 고무되어 다음과 같이 솟구치는 격정을 쏟아놓았다

> ······
> 그윽이 피어오르는 자연(紫烟)속에
> 천문이 움직이다
> 신화가 바서지다
>
> ······
> 구름을 밟고 기러기 나간 뒤
> 은하를 지고 달도 기울어
>
> 오, 밤은 상아처럼 고요한데
> 우러러 두병(斗柄)을 재촉해
> 아세아산맥 너메서
> 이 강산 새벽을 소리쳐 일으키다

이와 같이 시 「북두성」은 리학성 전 시기의 시 작품들에 비하여 민족승리의 사상이 더욱 명석하고 정서가 격정적이며 명랑하다. 상술한 시작품들에서 보여주는 바와 같이 시인의 해방 전 시작은 대체로 민족적이며 낭만주의 색채가 짙은 것이 특징적이다. 그리고 그의 시에서는 상징주의적이며 은유적인 기법들을 재치 있게 운용함으로써 자기 나름의 시풍을 보여주고 있다.

이밖에도 시인은 중국의 한문시에서의 시의 의경(意境)설, 격률시 작시법, 비흥법······등에서 여러 가지 장점들을 선택, 섭취하며 아름답고 함축성이 있는 언어의 세련 등에서 근엄하고 고심한 노력들을 기울려 우리 조선민족의 시가발전에 유조한 경험들을 남겨놓았다.

---

20) 『중국소수민족작가약전』 제128페이지, 1982년 청해출판사.

제3절 함형수, 류치환의 시

함형수(1914-1946)는 시종 조선민족인민과 함께 수난을 겪으면서 민족의 정서와 지향을 담은 이채적인 시편들로 이 시기 시단을 장식한 시인이다.

시인 함형수는 1914년 함경북도 경성의 한 빈한한 가정에서 태어났다. 그는 향리에서 소학교를 마치고 경성고보에 진학하였다. 재학 시 1929년 11월 광주학생운동을 지지 성원하는 시위에 나간 것이 죄가 되어 당국에 구속되었다가 간신히 놓여나왔다. 그 후 시인은 1935년에 서울에 가 중앙불교전문학교 문과에 진학하여 공부하는 한편 시 창작에 정진하였다.

그러나 얼마 후 시인은 생활난으로 하여 학업을 그만둔 뒤 서울에서 전전하다가 1937년 말에 가족과 함께 중국으로 이주하였다. 그는 선후로 도문광동학교와 안도현의 여러 소학교들에서 훈도를 지내다가 광복을 맞았다.

광복 후 함형수는 관내에서 나온 조선의용군부대에 들어갔다. 그러나 그는 입대 후 정신장애로 오는 질환에 걸려 1946년 봄에 퇴대하고 요양차로 고향에 돌아갔었으나 얼마 안가서 서거하였다.

함형수가 시단에 본격적으로 나서기는 1935년에 시 「마음의 단편」이 《동아일보》에 입선되면서부터이다. 그 후 그는 서정주, 오장환 등과 함께 《시인부락》의 동인으로 활동하였는데 시작에서 생명력의 고양에 치중하는 경향을 보여준 대표적 시인 중의 한사람이었다. 그가 동인지 《시인부락》 창간호(1936년 11월)에 발표한 시 「해바라기 비명(碑銘)」은 '《시인부락》의 선언문과도 같은 구실을 하였다.'21)는 평언을 받을 만큼 당시 시단에서 유표가 났다.

---

21) 조동일 저 『한국문학통사』, 제5권, 제406페이지.

　1937년 말 시인은 중국에 온 후 소학교훈도로 삶을 지탱해가며 그 어려운 여건 하에서도 초지를 굽히지 않고 시 창작에 진력하였다. 전하는데 의하면 시인에게는 써놓고도 세상에 내놓지 못한 작품이 퍽 많았으나 거개 산실되어 지금 찾아볼 수 있는 것은 그중의 적은 부분이다.

　그의 이 시기 시작에서는 일제의 야만적 식민통치로 하여 조성된 참담한 현실을 저주하고 회한에 찬 삶을 통탄한 시편들이 중요한 자리를 차지하고 있다.

　　나는 이 괴로운 지상에서
　　살기만은 조금도 희망치는 않는다
　　어떠한 달가운 행복과 쾌락이
　　나를 붙들고 놓지 않는다 해도
　　그러나 나는 저 아득한 하늘을 쳐다볼 때
　　마음은 슬퍼지고 외로움으로 눈물이 자꾸 난다
　　저 나라에서도 나는 또 여기서처럼 이렇게 고독할까 봐

　　　　　　　　　　　　　　　　－시 「비애」의 전문

　불행한 운명과 참담한 삶의 현장에 직면한 서정적 자아는 지금 여기서처럼 마음이 슬퍼지고 눈물이 나는 현실이 '저 나라'에 가서까지 재연된다면 죽을 수조차 없다는 절망의 정서를 터뜨리었다. 이것은 그가 그래도 행여나 하고 온 만주현실에 대한 부정이며 역경에 처한 민족의 운명에 대한 통탄이다.

　이제 그의 시 「귀국」을 더 들어본다.

　　그들은 묻는다 내가 갔었던 곳을
　　무엇을 하였고 무엇을 얻었는가를
　　그러나 내 무엇이라 대답할고
　　누가 알랴 여기 돌아온 것은 한개 덧없는 그림자뿐이니

> 먼―하늘 끝에서
> 총과 칼의 수풀을 헤엄쳐
> 이 손과 이 다리로 모든 무리를 무찔렀으니
> 그것은 참으로 또 하나의 육체였도다
> 나는 거기서 새로운 언어를 배웠고 새로운 행동을 배웠고
> 새로운 나라와 새로운 세계와 새로운 육체와를 얻었나니
> 여기 돌아온 것은 실로 그의 그림자뿐이로다

이 시는 고향을 떠나 타향살이로 나날을 보내던 지난날을 돌이켜보면서 그 허무함을 읊조리고 있다. 시에서 '귀국'은 어느 나라를 두고 하는 말인가? 현실은 이러한 모호한 시적 표현을 가능하게 하는 불안과 혼란의 공간이다. 이는 모든 성취와 행위가 허상이라는 상징적의미를 부여한 것으로서 작중에서의 그림자의 귀국은 존재의 부정을 뜻한다. 이를테면 돌아가야 할 나라는 현실적으로 그 어디에도 존재하지 않으며 막상 '고향'에 돌아갔어도 또 다른 고향을 생각할 수밖에 없어서 절망, 방황하지 않으면 안 되는 것이 당시 중국조선민족의 역사적 현실이었다.

그의 시작에는 또 당시 사회제도와 무관하지 않은 현실의 부조리와 모든 가치체계를 혼돈, 전도하게 한 모랄의 폐단 등을 기탄없이 폭로 비판하고 그것에 대한 혐오의 정과 극복의 의지를 토로한 작품들이 중요한 자리를 차지하고 있다. 그의 시 「가족」, 「개아미와 같이」 등에서는 대중에게 고통과 불행만을 안기며 삶의 비극을 조성케 한 암흑한 현실을 폭로, 냉조(冷嘲)하고 있으며 이런 현실에 대한 거부의식은 그의 전반 시작에 일관되어있다. 시 「정오의 모랄」은 현실의 세계를 혼돈, 모호하게 하는 모랄의 폐단을 철저하게 비판하고 있다.

> 모랄은 웃는다 모든 눈물 뒤에서
> 모랄은 운다 모든 웃음 뒤에서

모랄은 노한다 맷돌방앗간에서도
모랄은 눕는다 곡마단 로-프에도
모랄은 노래 부르는 두꺼비냐
모랄은 노래하지 않는 꾀꼬리냐

혹은
모랄은 계란 속의 도시계획
-계란을 삼킨 D양의 주둥아리

눈을 뜨면 나의 책상 위
그라스킆 속에서 시름꽃이 운다
그라스킆 위에서 구름이 돈다

……

눈을 감으면
한없이 한없이 물러서는 초점과
무한히 벌어지는 시야와
수없이 수없이 교차되는 에-테르와

오 어디에서도
무수히 무수히
지절거리고
불평하고
쌓이고
밀려드는

모-랄 모-랄……

　　이상은 시 「정오의 모랄」 중의 전후 부분을 발취한 것이다. 이 시에
서는 수많은 모순과 대립, 역사와 현실, 인간의식 그 속에서 모랄은 은
폐되어있다는 존재론적 인식의 문제를 역설하고 있다. 모랄은 인간이

인간을 위해 고안해낸 것이지만 거꾸로 인간의 생활과 세계를 역으로 지배한다. 시인은 이렇듯 인간을 지배하고 구속하는 관념인 모랄로부터의 해방과 자유를 역설적으로 고취하였다.

이 시의 시적방법은 문명비판과 역사전개에 대한 부정의식을 작품 속에 담으려는 의도의 실현을 가능하게 한다. 시는 제국주의침략과 무턱대고 서구에 경도하는 동양세계의 경향, 외곡 된 근대화의 결과로 발생된 종교, 학문, 도덕 같은 모든 가치체계의 전도와 타락, 그로 인해 빚어진 모든 현실을 부정하고 있는바 그 초점은 '운다/ 웃음 뒤에', '계란 속의 도시계획'처럼 현실의 세계를 혼돈케 하는 모랄의 폐단과 모순 나아가 근대의 파국적 측면을 보다 적나라하게 비판하는 데 있다.

그의 시작에는 암흑한 현실에 대한 강렬한 거부와 더불어 참된 삶을 되찾아오려는 미래 지향의지를 표출한 작품들이 적지 않다. 당시 모진 압박과 수탈로 하여 참담하게 삶을 영위하던 암흑한 연대에 있어서 그런 미래 지향의식은 실로 보귀한 것이었다. 아래에 그의 시 「나의 신은」을 들어본다.

> ......
> 영원사역에 떨어진 포로수와도 같이
> 불타는 정열과 굳세인 의지와 양심과 열성과
> 최후의 희생까지를 바쳐서 섬길지라도
> 오히려 우리를 의심하고 채찍질하는
> 나의 신은 그런 엄격한 신이리라
>
> 지상에서 사는 온갖 것의 향락과
> 지상에서 사는 온갖 것의 자랑과
> 지상에서 사는 온갖 것의 가치와
> 지상에 있는 온갖 모든 것을 가지고도 바꿀 수 없는
> 나의 신은 그런 고귀한 신이리라

　　해와 달과 별과
　　동물의 계열과
　　식물의 종류와
　　인류의 역사와 이 모-든 것을
　　단 한번에 분노로써 재가 되게 할 수 있는
　　나의 신은 그런 공포의 신이리라

　이 시는 극한적인 상황 하에서의 현실에 대한 부정과 더불어 현실을 건질 가상적 주체로서의 신에 대한 갈구가 절박하게 표현되고 있다. 이 시에서 명시되고 있는 신은 암흑 속에서 실오리 같은 희망을, 쇠약한 육체와 패배한 정신에 '또 하나의 문을 가리키는' 자비의 존재이며 온갖 정열과 양심, '최후의 희생까지'도 마다하지 않는 엄격한 신이다. 그러나 이 지상에서 그 어떤 사랑과 가치로도 비교될 수 없는 고귀한 이 신의 존재는 마지막 연에서 '공포의 신'으로 완전히 부정되고 있다. 여기에서 신은 모든 생성과 생명력의 근원인 창조자이자 동시에 창조된 모든 것을 소멸할 수 있는 파괴의 존재라는 역설에 주목하게 된다. 바로 '단 한번의 분노로써 재가 되게 할 수 있는 나의 신은' 이미 흑백이 전도되고 생성이 차단된 현실을 일거에 부정하고 갱신할 수 있는 신, 그것은 시인의 이상 다름 아니다.

　일찍 《시인부락》의 동인으로 활동하였던 시인은 1940년 12월에 초현실주의를 표방한 '시 현실'의 동인으로 가담한다. 시인이 이와 같이 시 창작에서 모더니즘을 수용하게 된 것은 당시 일제침탈의 가심화와 문화전제주의의 단속이 극에 달한 특수한 사회상황과 무관하지 않다. 이 시기에 시인은 시 창작에서 간접적으로나마 현실과의 길항에 유조한, 모더니즘기법 등을 이용하기에 많은 탐색을 거듭하였다. 그는 시작에서 문명비판을 중시하고 근대적 감각이 주는 유표로운 표현에 밀착시켜보려는 모더니즘의 미적 자아의식을 추구하였으며 암시성, 모호성, 다의성을 포괄한 상징주의의 관용적 기법을 받아들이었다. 그리고 시 창작에서도 때로는 띄어쓰기와 행갈이를 무시하고 어려운 한자어와 외래어를 사용하며 기이한 시적형태를 보여주고 있는데 이런 면에서는 모더니즘의 전위적 성격이 보다 명확하게 드러나 있다. 그러나 이 시기 그의 시 창작 실천을 전일적으로 볼 때 그런 전위적 성격을 다분히 지닌 작품은 적은 비중을 차지하고 있다. 그는 이 시기에도 늘 기교위주의 순수시에 집착한 시문학을 반대하여 형식에 구애받지 않고 내심적 정감을 그대로 발로시킴으로써 내면의식의 자연적 표출을 꾀하였다. 그의 시에서는 왕왕 깊은 뜻과 풍만한 서정을 구체적 형상의 뒤에서 읽게 하였으며 또한 다양한 기법으로써 추상적인 사변을 자연스럽게 구상화하기도 하였다.

류치환(1908-1967)은 자기 나름의 특징적인 시편들로 우리 시문학을 장식한 저명한 시인이다.

류치환은 1908년 조선 경상남도 충무시에서 출생하였다. 일찍 1922년에 일본에 건너가 중학교를 다니다가 돌아와 1926년에 동래고보에 편입, 그 이듬해에 연희전문학교에 입학하였으나 학업을 계속하지 못하고 중퇴하였다. 그 후 한때 평양에 가 사진업을 하였으며 1939년 말에는 가족을 이끌고 흑룡강성 연수현에 이주하여 한 농장을 경영 관리하다가 1945년 6월에 옛 고향으로 돌아갔다.[22] 류치환은 1931년에 시 「정적(静寂)」을 《문예월간》에 발표하면서 시단에 나섰다. 이때로부터 그는 육속 욕된 삶을 거부하고 삶의 의미를 추구한 시작품을 발표하여 시단의 주의력을 모았으며 1937년에는 기타 동인들과 함께 문예지 《생리》를 간행하기도 하였다.

그 후 중국으로 이주한 시인은 분망히 보내는 와중에서도 시 창작에 정진하여 많은 시편들을 내놓았다. 이 시기에 쓴 시편들은 그 후에 출

---

22) 한국에 돌아간 후 선후로 대구여고, 경주여교 교장으로 지냄, 한국시인협회 회장 등을 역임. 1967년에 윤화로 사망.

판한 자선시집 『생명의 서』(1947년 행문사 출판)에 수록되어있다.

중국이주 후 발표한 시에는 고향 상실자의 비애를 읊조린 것들이 많다. 살길을 찾아 이주하였어도 적막하고 참담하기만 했던 삶을 맞이한 이주민들에게 있어서 고향을 그리는 정은 더욱 절절하였다.

> 향수는 또한
> 검정망토를 쓴 고양이런가
> 해만 지면 은밀히 기여와
> 내대신 내 자리에 살짝이 앉나니
> 마음 내키지 않아
> 저녁상도 받은 양 밀어놓고
> 가만히 일어 창에 가 서면
> 푸른 목색의 먼 거리에
> 우리 아기의 얼굴 같은 등불 두엇!

−「향수」의 전문

시인 류치환에게 있어서 고향은 '양지바른 뒷산 푸른 송백을 끼고/ 남쪽으로 트인 하늘은 깃발처럼 다정한'(시 「귀고」에서) 곳이었으며 순박하고 토속적인 정서를 간직한, 문명에 침해당하지 않은 사람들이 오순도순 따뜻한 정을 나누며 살아가는 공간이었다. 그런데 찾아온 그 고장은 너무나도 낯설고 삭막하고 매정한 공간이었다. 이때에 당하여 다시 되돌아가고 싶어도 갈수 없는 자신의 처지, 이럴 때마다 고향에 대한 그리움과 회한, 자책의 정은 그를 못 견디게 하였다. 향수를 읊조린 그의 시의 밑바닥에는 이런 질곡에로 몰아넣은 일제식민통치에 대한 저주와 패배자가 된 자기에 대한 자책과 회한의 정이 깔려있다.

그리고 시인 류치환을 더욱 가슴 아프게 한 것은 가는 곳마다에서 멸시와 증오를 받아야 하는 우리 민족이 처한 망국노적 처지였다.

호나라 호동에서 보는 해는
어둡고 슬픈 무리를 쓰고
때 묻은 얼굴을 하고
옆대기에서 단과를 바수어 먹는 니ー야여
나는 한궈런이요
할어버지의 할아버지 적 물려받은
도포 같은 슬픔을 나는 입었소
벗으려도 벗을 수 없는 슬픔이요
ー나는 한궈런이요
가라면 어디라도 갈
ー꺼우리팡즈요

ー「도포의 전문」

　　일제통치의 등살에 못 이겨 슬픈 결의를 품고 산 설고 물 설은 이 고장에 왔으나 우리 겨레는 당지 원주민에게서까지도 '한궈런(韓国人)', '꺼우리팡즈(高麗棒了)'로 기시를 받을 때마다 고향상실ー민족상실의 아픔을 더욱 절감하게 하였다.

　　시인은 가슴을 파고드는 향수와 가증한 원수 일제 앞에 노예로 '자인'하지 않으면 안 되는 때에 이런 수모로 하여 절망의 경지에 이를 때도 있었다. 그러나 그 어떤 역경 하에서도 그는 욕된 삶을 단호히 거부하고 삶의 의미를 추구하였다. 아래에 이런 주제를 다룬 그의 대표적 시편 「생명의 서」를 읽어본다.

뻗쳐뻗쳐 아세아의 거대한 지벽 알타이의 기맥이
드디어 나의 고향의 조그마한 고흔 구릉에 다었음과 같이
내 오늘 나의 핏대 속에 맥맥이 줄기 흐른
저ー미개쩍 종족의 울창한 성격을 깨닫노니
인어조우는 원시림의 안개 깊은 웅혼한 아침을 헤치고
럴깊은 나의 조상이 그 광막한 투쟁의 생활을 초창한 이래

패잔은 오직 죄악이었도다—
내 오늘 인지의 축적한 문명의 어지러운 강매에 서건대
오히려 미개인의 몽매와도 같은 발발한 생명의 몸부림이여
머리를 들어 우러르면 광명에 표묘한 수목위엔 한점 백운!
나절로 삶의 희열에 가만히 휘파람불며
다음의 만만한 투지를 준비하였었나니
행여 어느 때 회한 없는 나의 정한한 피가
그 옛날 과감한 종족의 야성을 본받아서
시체로 엎드린 나의 척토를 새빨갛게 물들일지라도
아아 해바라기 같은 태양이여
나의 좋은 원수와 대지 위에 더 한층 강렬히 빛날지니라

시에서 읽게 되는 바와 같이 생명과의 결연한 대결을 통해 삶의 의
의를 추구하고 있음을 감지하게 된다. 그 '광막한 투쟁의 생활을 초창
한 이래 패잔은 오직 죄악이었도다'라고 하면서 시체로 엎드린 나의
척토를 새빨갛게 물들일지라도 '더 한층 강렬히 빛날지니라'라고 비장
히 외치고 있다.

내 죽으면 한개 바위가 되리라
아예 애련에 물들지 않고
비와 바람에 깎이는 대로
억년 비정의 함묵에
안으로 안으로만 채찍질하여
드디어 생명을 망각하고
흐르는 구름
꿈꾸어도 노래하지 않고
두 쪽으로 깨뜨려져도
소리하지 않는 바위가 되리라

—「바위」의 전문

여기서 바위는 그에게 있어서 생명의 이상적인 결집체이다. 시인은 그의 생명인 바위를 통하여 죽음이라는 허무의 세계를 극복하려 한다. 이「바위」에서 보인 의지의 견고함, 영원함과 불변성에서 일제의 학정에서도 꿋꿋하게 지조를 지켜마지않는 시인의 심지를 읽게 된다.

'청마(류치환) 시의 가장 본질적인 특징은 허무의 의지이다. 그의 허무는 정신편력과 병행해서 다양하게 변모하는 모호성을 띠고 있다. 이것은 죽음에 대한 그의 태도에서 출발하는데 이때의 죽음은 두 가지 의미를 가진다. 한편으로는 일제말기의 극한 상황이라는 역사적 차원과 결부되어 그의 시적 자아는 자학적 분노와 이성적 생명의지를 보여준다. 이 자아는 결국 인간사와는 무관한 비인격적인 만남으로써 범심론적 자연애의 종교적 자아로 승화되며, 여기서 청마의 태도는 반인간주의로 일관된다. 다른 한편으로 인간의 숙명적 조건인 죽음은 역설적으로 인간존재에 대한 연민과 애수를 낳는다.'[23]

'청마의 시는 소재를 사회현상에서 취득하는 특징도 보여주고 있으나 단순한 현실주의의 관점이 아니라 인간존재의 초월의 세계에 대한 보다 근원적인 탐색을 필요로 한다.'[24]

제4절 송철리, 천청송의 시

송철리의 신원에 대한 기록은 아직 발견하지 못하였다. 그가 발표한 시작을 미루어보아 그는 1930년대 후반기에 시단에 등단한 것으로 추단된다. 그의 시작은 '담백한 형상화와 고요한 서정성으로 특징지어지며 그를 재치와 품위를 갖춘 독창적인 시인으로'[25] 평가하고 있다.

---

23) 권영민, 『한국근대문인대사전』, 아세아문화사 출판, 제745페이지.
24) 권영민, 『한국근대문인대사전』, 아세아문화사 출판, 제746페이지.
25) 김호웅 저, 『재만조선인문학연구』, 제49페이지.

　송철리의 시는 특징적인 자연물에 기탁하여 상징적인 이미지를 창조
하고 그 속에 짙은 향수를 담고 있다. 그 시적 구성이 치밀하고 시어
가 세련된 것이 특징적이다.
　그럼 먼저 향수를 노래한 시「오열」을 읽어본다.

　　　　산 몇 넘었던고
　　　　물 몇 건넜던고
　　　　험로 수천 리
　　　　후조처럼 찾아와 보니
　　　　꿈에까지 그리던 옛 보금자리
　　　　꿈에만 그릴 수 있게 될 줄
　　　　내 어이 알았으랴!
　　　　내 어이 알았으랴!
　　　　밤 심산같이 고요한데
　　　　마음 도심처럼 소란타
　　　　잎 뜨는 숲 속 버리고
　　　　꽃피는 섬까지 찾아 옮겨간 파랑새
　　　　공작은 놀든 곳에 깃 남기는데
　　　　그는 '로―즈'와 '키―쓰'튼 곳에
　　　　꽃잎 하나 남기잖었고나
　　　　이럴 줄 희미하게 짐작했거니
　　　　내 왜 왔던고?
　　　　내 왜 왔던고?
　　　　냉기 스미는 주막에서
　　　　외로이 등불 돋우는 마음
　　　　이 무거운 밤 밀리기 전
　　　　도적인양 사라져야 하는 나그네
　　　　아―
　　　　밤 심산같이 고요―한데
　　　　마음 도심처럼 소란타

　여기서 옛 보금자리라고 했을 때는 옛 고대국들이 웅비했던 고구려나 발해의 고토를 말한다. 이러한 보금자리를 찾아 파랑새처럼 험한 길 달려온 시인의 숨결은 워낙 가쁘다. 헌데 정작 와보니 공작도 놀던 곳에 깃을 남기건만 민족의 찬란한 역사가 역력히 남아있어야 할 이 만주 땅엔 '꽃잎 하나' 남아있지 않다고 한다. 너무나 황당하고 허무한 현실이라 시인의 가슴은 심산의 고요한 밤이건만 도심처럼 소란스러워진다. 시인의 격한 심정이 짧은 시구 '내 왜 왔던고?/ 내 왜 왔던고?'와 같은 반복어법에 의해 더욱 급하게 우리들의 가슴에 와 닿는다. 이러한 안타깝고 절박한 향수와 상사(想思)의 감정은 가사 '떠나간 사람아'와 '묻지 마라 내 사정'에서 더욱 절절하게 표현되고 있다. 그리고 기대와 현실의 차이에서 오는 허무함과 배신감이 가라앉은 모양으로 '북쪽하늘엔 별도나 서글퍼'에 와서는 상실과 환멸을 싸늘한 기분으로 읊조리고 있다.

　　　　마음에 차-단 은하(銀河)가 고여
　　　　몸에 차-단 은하가 구비쳐
　　　　두 눈만 열면 차-단 은하가 넘쳐
　　　　철철철 소리치며 흐를 듯한 밤이다

　　　　옛날은 부서진 기둥인데
　　　　추억은 깨여진 난간이어서
　　　　피 묻은 손으로 놓아도 놓아도
　　　　오작(烏鵲)의 다리는 허물어지고

　　　　꽃버선 계집애야!
　　　　너는 베틀을 버리고
　　　　제비나라 대궐 속에서
　　　　빠알간 새열귀 같은 구름만 꿰고 있느냐
　　　　북쪽하늘엔 별도나 서글퍼
　　　　외로운 꿈이 오들오들 떠는 밤이다

시인은 가슴에 넘치는 객수와 향수를 밤하늘에 하염없이 흐르는 은하수에 비유하면서 다시 돌아갈 수 없는 고향과 되찾을 수 없는 인생의 꿈을 두고 가슴을 앓고 있다. 전설에 기탁한 시적이미지, 차디찬 은하가 밤하늘에 철철철 흐르는데 외로운 자아는 의지할 데 없이 오돌오돌 떨고 있다. 그리고 '옛날은 부서진 기둥인데 추억은 깨여진 난간이어서 피 묻은 손으론 놓아도 놓아도 오작의 다리는 허물어지고'와 같은 시행은 시인의 튼튼한 시적 수양을 보여주는 동시에 이 시기 시문학이 창조한 명구(名句)의 하나로 되고 있다.

송철리는 이처럼 상실감으로부터 오는 격한 흐느낌, 쓸쓸한 향수와 고독의 시적 형상화를 거쳐 마침내 은둔 내지 표일(漂逸)의 경지에 이르고 있으니 그러한 시가 바로 「도라지」와 「5월」, 「산양지」, 「낙향」 같은 시이다.

> 햇볕이 병아리 솜털처럼 보드라운 산양지에
> 다방머리 도토리나무 한 그루
> 도토리나무 아래 옴폭 파놓은 흙봉당 자리는
> 에미를 따라왔던 귀여운 산양(山羊)의 새끼
> 뒹굴며 재롱부리다 간 곳이라오
> 도토리나무 비늘에 얽힌
> 하이얀 등털(背毛)이 말해주는 듯
> 한낮의 산양지는 향그럽소

—「산양지」의 전문

만주의 험악한 현실을 두고 환멸과 향수에 젖어 몸부림치던 시인은 마침내 '햇볕이 병아리 솜털처럼 보드라운 산양지'를 찾았고 마치 어린 새끼 산양처럼 뒹굴며 재롱부리다가 고요히 잠들려고 한다. 하기에 그는 「5월」에서는 초록물결 짙어가는 5월의 들판에서 '풀잎피리라도 하나 살짝 따 물고/ 호돌대는 어린 사슴처럼' 어디든지 가고 싶다고 했고

「낙향(落鄕)」에서는 '이제 근심걱정 모두 이슬에 담아 지워버리고 내 저－황소다려 풀이나 뜯으리/ 내 저－황소다려 풀이나 뜯으리' 하고 노래했던 것이다.

상기한 그의 시에서 보여주다시피 송철리는 자연물을 통해 시적 자아를 표현하였으며 정제된 시적 언어와 구성을 통해 시적 이미지를 창조함으로써 함축성 있게 정서를 토로했다. 그리고 '옛날은 부서진 기둥인데/ 추억은 깨여진 난간이어서/ 피 묻은 손으로 놓아도 놓아도/ 오작(烏鵲)의 다리는 허물어지고'와 같은 시련에서 보다시피 송철리는 고사운용, 반복법과 대구법에 의한 의경의 창조 등 중국한시문학의 영향을 많이 받았음을 볼 수 있다.

천청송은 일찍 '북향' 시절부터 용정에서 문단에 나선 시인이다.

그는 1915년(?)에 용정 공농촌에서 출생하였다. 1930년대 초에 용정광명학원 사범부에 입학하였다. 그는 재학 시에 당시 용정에서 발족된 '북향회'의 활동에 참가하였으며 1935년에는 《북향》지 편집원을 지냈다. 1937년 광명학원 사범부를 졸업하고 한시기 안도명월구소학교에서 교편을 잡다가 1940년대 초에 길림에 이주한 후 사무원을 지내면서 시 창작에도 나섰다. 광복 후 연길에서 문학 활동에 참가하다가 조선으로 갔다.[26]

전해진 자료에 의하면 1930년대 전반기부터 시작품을 발표한 것으로 알려지고 있으나 본격적으로 시단에 나선 것은 《북향》지에 시 「꿈 아닌 꿈」(1936년 3월), 「웃음의 철학」(1936년 8월)이 발표되면서부터이다. 그 후 시인은 당시의 《만선일보》에 「이역의 밤」, 「무제」, 「무심초」, 「무지개 벋친다는 섬」 등 여러 편의 시작을 발표하였으며 1942년에 선후로 간행된 앤솔러지 『만주시인집』과 『재만조선시인집』에 시 「선구민」, 「고화」, 「두메」, 「무덤」, 「서당」 등을 발표하였다.

시인 천청송은 흔히 현재의 생활보다도 추억의 대상으로서 과거의

---

26) 그 후의 행적 미상.

시간과 공간을 그리고 자 하였다. 하기에 그의 시는 향수의 미학으로 특징지어지며 옛 고향마을의 풍경이며 친구들이 많이 등장한다. 시 「이역의 밤」에서는 호궁소리 애닯게 들리는 고요한 밤, 향수에 젖은 서정적주인공의 심경을 읊고 있다. 여기에는 고향을 그리는 심상으로 별이요, 달이요 하는 자연물이 나오지 않는다. '답사리 우거진 담 밑에서 숨바꼭질하던 흩어진 동무들이 보고 싶'고 기약을 어기고 시집간 순이가 원망스러우며 먼 동리에 개 짖는 소리가 은은한 가운데 할머니의 이야기를 듣던 시절이 부럽단다. 그립던 얼굴 못 잊을 추억의 장면과 함께 향수는 뚜렷한 형상으로 남는다.

시 「닭 잡아먹던 집」은 추억의 편린들을 시적 자료로 삼지 않고 닭 잡아먹던 집에 얽힌 하나의 사연을 통해 영락되고 파산된 조선개척민들의 생활을 보여주면서 해학적인 시어로 향수를 달래고 있다. 이 시를 그대로 읽어본다.

> 닭 잡아먹던 옛 일은
> 아리따운 한 폭의 그림이 되고 말았구나
> 오랑캐령이 병풍처럼 둘러 안고
> 멀리 아리사의 푸른 하늘을 바라다볼 수 있는 곳
> 이 지역이 고향을 잃은 사람들의 보금자리였다
> 거친 풀밭에 피는 한 송이 박꽃
> 토실토실 피어나는 순이는
> 참으로 못 잊게스리 예뻐졌다
>
> ……
>
> 오색무지개 벋친다는 마을 우물에 물이 마르고
> 탐스럽게 부풀어가는 순이의 젖가슴이
> 뚱뚱보 맹가네 집으로 가마타고 갈 줄이야
> 이 빠진 호물딱 할멈 말씀마따나
> 젊은 사나이들 모여들던 순이네 집은
> 우리들이 닭 잡아먹은 후 기어코 집터가 비었다

이 시에 실려 있는 이야기는 한 가정의 피눈물 나는 수난사이다. '멀리 아라사의 푸른 하늘을 바라다볼 수 있는' 국경지대에 자리 잡은, 고향을 잃은 사람들의 보금자리, 삶의 터전을 닦은 마을엔 정가로운 우물이 있고 어여쁘고 탐스러운 처녀 순이가 있어 가끔 마을의 총각들이 순이네 집에 모여들어 닭도 잡아먹으며 삶을 즐겼던 곳이다. 허지만 인젠 순이는 맹가라는 중국인 지주에게 시집가고 우물도 마르고 집터도 비였단다. 하지만 그토록 사모하던 처녀가 살던 집을 닭 잡아먹던 집으로 자칭하고 분명 울며불며 팔려갔을 순이를 가마 타고 갔다고 했다. 마지막 행에서도 시인은 흥분하지 않는다. 그 주인 없이 스러져간 집을 호물때기 할멈의 입을 통해 아스라한 옛말처럼 돌려놓았다. 전반 시에 알게 모르게 시의 자조(自嘲)와 어처구니없는 현실에 대한 역설적인 비판이 어리어있다. 그리고 이 시에서도 순진하고 어여쁜 시골처녀 순이를 거친 풀밭에서 피어난 박꽃에 비유하고 있지만 「두메」나 「서당」 같은 시에서도 두메산골 고향에 대한 특징적인 묘사를 통하여 시인의 향수를 한결 실감이 나게 표현하고 있다.

두메의 봄은 짧다

내 살던 곳은
겨울이 없어도 괜찮았다

사슴뿔 솟는 샘엔
이쁜 색시 얼굴 돋고

뒤고개는
양춘삼월에도 한눈을 이고 앉았겠지

내 향수도
차가운데

이런 밤엔 으레 뻐꾸기가 울었다

-「두메」의 전문

'사슴뿔 솟는 샘엔/ 이쁜 색시 얼굴 돋고 // 뒤고개는/ 양춘삼월에 도 한눈을 이고 앉았겠지', 얼마나 아름답고 신기한 두메산골의 봄 경치인가! 어둠이 깔린 이국땅에 이처럼 아름다운 우리말의 보석이 마치 밤하늘의 별처럼 반짝인다는 것은 참으로 희한한 일이다. 또 시 「서당」에서 나어린 아이들이 공부하기 싫어해 훈장님의 훈계를 받고 있는 때 슬그머니 사잇문만 훔쳐보는 장면도 희극적이지만 그러한 총각 놈을 보고자 사잇문에 처녀들이 옥수수처럼 열렸다고 한 묘사는 또한 얼마나 생동하고 해학적인가? 시인 천청송은 「우감록」이란 시에서 '철인(哲人)은 모름지기 명상의 나래를 접고 차라리 산골농부에게 철리를 부를지니라.'[27]고 했다. 그의 시가 바로 그러한 경지에 이르고 있으니 그에게 있어서 향수는 가장 친근하고 그의 시가 바로 그러한 경지에 이르고 있으니 그에게 있어서 향수는 가장 친근하고 숫저운 형상적 화폭으로 표현되며 또 갈피갈피에 울 수 없는 비극-눈물어린 웃음을 깔아놓는다.

---

27) 천청송 「우감록」, 《만선일보》, 1940년 5월 7일 제4면.

제4장 소설문학

1930년으로부터 1940년대 초에 이르는 시기는 우리의 작가들이 일제의 통치하에서 모진 어려움을 겪던 시기이다. 그러나 우리의 대부분 작가들은 그와 같이 험악한 정치적 환경 속에서도 의연히 일제의 문화전제주의와 반동적 민족동화정책을 반대하여 항전문화운동을 벌리는 한편 열심히 소설 창작에 나섰다. 이 시기 소설 창작에 정진한 작가들로는 저명한 여류작가 강경애와 더불어 현경준, 김창걸, 안수길, 황건, 박영준, 최명익, 김광주, 신서야, 한찬숙, 김국진 등이 있다.

당시 작가들이 소설작품을 발표할 수 있는 원지는 극히 적었다. 그중 진보적인 문학 간행물로는 《북향》과 소년지 《카틀릭소년》이 있었으나 그 지면이 너무 작았으며 그것마저도 1935년부터 1936년에 이르는 시기에 몇 호를 내고 폐간 당하였다. 당시 신문이라야 장춘에서 내는 괴뢰만주협화회의 기관지 《만선일보》가 있을 뿐이었다. 작가들은 다양한 방법으로 반동당국의 눈을 기이며 상기 잡지와 신문 그리고 조선에서 출간되는 간행물에 작품을 발표하였다. 그리고 때로는 작가들이 나서서 자금을 모아 소설작품집을 내기도 하였다. 당시 간행된 소설선집 『싹트는 대지』(1941년), 안수길의 소설집 『북원』(1943년) 등이 그 예로 된다.

이 시기 소설문학에서 다룬 주제들은 아주 다양하였다. 그중에서는 우선 일제와 '만주국'의 통치하에서 농민대중을 비롯한 사회최하층에서 허덕이는 근로인민들의 비참한 생활과 민족적 및 계급적 압박에 대한 저항을 묘사한 작품들이 퍽 많은 비중을 점하고 있었다. 강경애의 장편소설 『인간문제』를 위시하여 김창걸의 단편소설 「무빈골의 전설」, 「수난의 한 토막」 안수길의 단편소설 「새벽」, 현경준의 단편소설 「사생첩」, 신서야의 단편소설 「추석」 등이 이런 주제에 바쳐진 이 시기의 대표적 작품들이다. 이런 작품들에서는 대체로 곡절적인 사건과 인물들의 수난의 생활화면을 통하여 당시 사회의 주되는 모순에로 육박하면서 인간의 운명을 짓밟은 모진 정치적 압박과 악랄한 수탈을 깊이 있게 고발하였으며 인민대중으로 하여금 승리를 쟁취하는 길로 나아가도록 고무하였다.

이때 발표된 많은 소설 가운데는 또한 여러모로 일본제국주의 '대륙정책'과 '황민화운동'의 반동적 실질을 까밝히고 그에 끝까지 저항하기 위하여 조선민족의 얼과 기개를 선양함으로써 민족적 기질을 상실치 말도록 은근히 주의를 환기시킨 작품들이 나타나 당시 문단의 이목을 끌었다. 단편소설 「낙제」(김창걸), 「개아들」(김창걸), 「축구전」(강경애), 「벼」(안수길) 등이 그 좋은 예로 된다. 이런 작품들에서는 강한 민족의식에 토대한 진정한 민족의 얼과 기백을 구유한 성격들을 묘사하는 데 치중하고 있다.

이 시기 소설의 계보에는 또 부패할 대로 부패한 암흑한 현실 하에서 타락한 하층지식인이거나 소시민들의 고뇌와 번민 그리고 모진 세파에 여지없이 유린당한 여인들의 처참한 운명을 진실하게 묘사한 작품들이 적잖게 나왔다. 이를테면 황건의 「제화」, 최명익의 「심문」, 김창걸의 「청공」 등과 같은 작품들이다. 이런 작품들에서는 당시 사회가 초래한 부조리와 처참성을 심각히 폭로함으로써 현실을 고발하고 사람들에게 많은 것을 사색하게 하였다.

그리고 이 시기 소설문학에서는 작가들의 의식성향과 문예사상이 상의함에 따라 사실주의, 자연주의, 낭만주의, 상징주의, 모더니즘 등 문예사조와 다양한 창작방법에 대한 수용에서도 부동한 양상을 보이었다. 그렇지만 이 시기 소설문학 실천에서 주류적으로는 비판적사실주의 창작방법을 택하였음은 이 시기 소설 창작에서 업적을 이룩한 여러 작가들의 창작실천이 충분히 설명해주고 있다.

이 시기 괴뢰만주국치하 조선민족 소설문단에서 자기의 창작성과를 뚜렷이 떠올림으로써 보다 넓은 공명대를 취득한 작가들로는 여류작가 강경애와 더불어 현경준, 김창걸, 안수길, 황건, 박영준 등이 있다.

제1절 강경애의 소설

강경애(1906-1944)는 용정에서 소설 창작에 정진한 이래 민족적 비극이 첨예화되던 식민지 조선과 간도에서 자신이 겪은 체험에 토대하여 1930년대 조선민족인민들의 불우한 생활을 폭넓은 구상과 치밀한 묘사로 진실하게 형상화함으로써 독특한 문학적 풍격을 과시한 사실주의 작가이다.

강경애는 1906년 4월 10일 황해도 장연의 한 가난한 농민의 가정에서 태어났다. 소박하고 정직한 농민이었던 그의 부친은 그가 4살 나던 해 가을에 한 많은 세상을 하직하였고 어머니는 그 이듬해에 재가하게 되어 그는 의부아버지와 그의 소생들 속에서 모진 학대와 멸시를 받으면서 살아나갔다. 강경애는 10살이 되어서야 소학교에 들어갔으며 열두 살 되던 때부터 계부가 보다 놓아둔『춘향전』,『삼국지』,『옥루몽』등을 닥치는 대로 읽었다. 15살 되던 해에 그는 계부가 타계하게 되자 의부집의 질곡적인 생활에서 벗어나게 되었으며 그 후 형부의 도움을 받아 18살 나던 해에 평양숭의여자학교에 적을 두게 되었다. 그의 이 여학교 시절은 그가 작가로 장성하는 과정에서 중요한 의의를 가지는 시기였다. 당시 조선에는 새로운 사조의 영향 하에서 노동운동과 더불어 일제를 반대하는 학생들의 운동이 활약스러웠다. 이때 강경애는 그가 3학년 때에 일어난 동맹휴학운동에서 선두에 섰었는데 그것이 그만 죄목이 되어 학교에서 출학 당하였다. 이 체험은 그 후 그로 하여금 '기쁘고 희망에 불타는 새로운 길'을 찾아 앞으로 나아가게 하는데 도움을 주었다. 학교에서 출학당한 그는 고향에 돌아가 '홍풍야학교'를 설립하고 교편을 잡으면서 붓을 들었다. 그리고 이 시기에 문학지 《금성(金星)》을 간행하고 있던 작가 양주동과의 만남은 그로 하여금 문학적 지향을 더욱 굳게 하였다.

1929년 겨울에 그는 용정에 들어온 후 직업도 없이 어려운 생활을 하기도 하고 임시로 교편을 잡기도 하였다. 그는 이때로부터(그 사이 결혼차로 반년 남짓이 고향 장연에 가있은 일이 있지만) 1939년에 이르기까지 줄곧 용정에서 문학창작에 심혈을 몰부었다. 그는 1931년 자서전적인 색채가 짙은 중편소설 「어머니와 딸」(1931년), 단편소설 「부자」(1931년) 등을 발표한 뒤를 이어 장편소설 「인간문제」(1934년), 중편소설 「소금」(1934년), 「장산곶」(1936년), 「마약」(1937년) 등 이채적인 작품들을 발표하였고 1933년에 용정에서 발족된 '북향회' 동인에 가담하여 많은 활동을 하였다. 그러다가 작가는 1939년에 이르러 전부터 있은 고질이 악화되어 고향에 돌아가 치료를 받았으나 효험을 보지 못하고 1944년 4월 26일 38세를 일기로 빛나는 일생을 마치었다.

강경애는 1931년 첫 소설 「어머니와 딸」을 발표한 이래 당시 제기된 사회적 문제들을 짙은 서정성과 세밀한 필치로써 묘사한 단편소설 「축구전」, 「원고료 200원」, 중편소설 「소금」, 장편소설 「인간문제」…… 등 역작은 비단 이 시기 소설문학에서 중요한 자리를 차지할 뿐만 아니라 해방 전 조선문학의 업적을 과시한 대표적 작품으로 간주되고 있다.

단편소설 「축구전」(1933년), 「채전」(1933년), 「원고료 200원」 등은 용정생활에서 얻은 소재와 인물들에 토대하여 구상한 작품들이다. 그 중 「축구전」은 당시 조선민족운동을 탄압하는 일제당국에 항거하여 나서는 학생들의 투쟁을 사실주의적으로 묘사하였다. Y시의 P학교에서는 1년 전에 일제의 검거선풍에 적지 않은 혁명청년들이 구속당하였다. 그러나 송호를 위시한 학생들은 대중의 혁명적 기세를 고무하고 자기들의 힘과 단결력을 시위하기 위하여 가난에 시달리면서도 ××회사에서 주최하는 축구대회에 출전한다. 축구시합에서는 비록 우월한 여건을 가진 적수들에게 졌으나 그들은 앞으로 펼칠 투쟁을 위하여 즉시 대열을 지어 기세를 떨치며 시위행진을 단행한다. 작가는 이때의 정경을 다음과 같이 묘사하였다.

> 그들은 순간에 어떤 힘을 불쑥 느끼며 축구장으로 달려왔다.
> 벌써 동무들은 행렬을 지어 한끝은 시가로 향하였다.
> 행진곡이 쾅쾅 울린다. 얼핏 바라보니 승호가 깃발을 쥐고 앞
> 장섰다.
> 행진! 그 뒤로는 군중이 물밀듯 따라섰다.
> 마치 넘어가는 햇빛에 P학교의 깃발이 피같이 붉었다.

단편소설 「채전」도 그의 초기작품의 특색을 잘 보여준 작품으로서 남새밭 주인 놈과 그에게 고용된 일군들과의 갈등을 깊이 있게 묘사한 작품이다. 남새밭 주인 놈은 배추밭부침이 지나자 자기가 고용하던 노동자들을 해고시켜 버리려고 흉계를 꾸민다. 고용주의 흉계를 낌새챈 노동자들은 자기들의 요구조건을 내걸고 끈질기게 싸워 승리한다. 소설에서 묘사한 남새밭 노동자들의 투쟁은 비록 자행적으로 일어났지만 단합하여 일떠나 싸우면 승리를 쟁취할 수 있다는 신념을 더욱 굳게 하였다는 점에 그 의의가 있다.

강경애의 창작에서 자기에 대한 성찰은 일관되고 있다. 단편소설 「원고료 200원」(1945), 「유무」(1934), 「동정」(1934) 등은 작가의 자아 성찰의 자세를 드러낸 우수한 작품들이다

단편소설 「원고료 200원」은 자기가 몸소 겪은 사실에 근거하여 창작함으로써 자기의 내심세계를 깊이 있게 펼쳐 보여주었다. 이 소설은

이때까지 가난하게 살아온 '나'가 D신문에 장편소설을 연재하여 그 원고료로 200원을 받게 되자 그것을 어떻게 쓸 것인가 하는 문제를 에워싸고 일어난 갈등을 서간체 형식으로 쓴 작품이다. '나'는 일생 동안 처음 만져보는 거금이라 먼저 생각한 것은 평소에 갖기를 원하던 털외투며, 목도리며, 구두며, 금반지, 금시계 등이다. 그런데 남편과 이 돈을 어떻게 써야 할지를 상론하자 남편은 뜻밖에도 출옥 후 앓고 있는 용호를 입원시키고 수감 중인 홍식의 부인을 돌보아주어야 하지 않겠느냐는 의견을 내놓았다. 너무나도 뜻밖의 소리이기에 할 말을 찾지 못하고 멍해있던 '나'는 그만 어린애마냥 울음보를 터뜨렸다. 그러자 화가 난 남편은 '나'의 뺨을 후려치고는 "너도 요새 소위 모던걸이라는 두리화냥년이 되고 싶은 게구나……금시계, 금강석반지에 털외투 입고 입으로만 '아! 무산자여'라고 부르짖는 그런 문인이 되고 싶단 말이지." 하면서 '나'를 밖으로 내쫓았다. 북국의 찬바람 속에서 '나'는 많은 것을 생각하면서 자성을 하였다. 그리고는 돌아가 그 돈을 남편의 동지이자 '나'의 동지인 그들에게 쓰기로 작정하였다. 아래에 K에게 보낸 편지내용 중의 한 단락을 읽어본다.

지금 삼남의 이재민은 어떠냐? 그리운 고향을 등지고 쓸쓸한 이 만주를 향하여 몇 만의 군중이 달려오고 있지 않느냐. 만주에 와야 누가 그들에게 옷을 주고 밥을 주더냐. 그러나 행여 고향보다는 나을까 하고 와서는 처자는 요리간에 혹은 부호의 첩으로 빼앗기고 울고 불고 하며 이 넓은 벌을 헤매지 않느냐. 하필 삼남의 이재민뿐이냐. 요전에 울릉도에서도 수많은 군중이 남부여녀대하여 원산에 상륙하지 않았더냐. 하여간 전 조선의 빈한한 군중은 아니 전 세계의 무산대중은 방금 기아선상에서 헤매고 있는 것을 너는 아느냐 모르느냐……

여기서 우리는 '나'의 사상적 경지를 들여다보게 된다. 그리고 이로부터 불운에 처한 민족을 먼저 생각하는 작가 강경애의 깊은 마음과 승고한 품격을 가늠하게 된다.

중편소설 「소금」(1934년)은 조선민족인민들의 처참한 생활을 동정하고 항일유격대에 대한 신뢰의 정을 내비친, 이 시기에 있어서는 보기 드문 작품이다. 이 작품의 중심에는 남편을 따라 고향을 등지고 두만강을 건너와 지주의 땅을 부치며 생활고에 시달리는 봉임의 어머니가 하늘같이 믿던 남편마저 잃고 서있다. 봉임 어머니는 겨우 지주의 집에서 심부름을 하면서 연명해나갔으나 그만 아들 봉식이가 공산당에서 활동하다 체포되어 사형 당하였다는 이유로 쫓겨나 떠돌이 신세가 되었다. 어머니는 먹고 살아나가기 위하여 소금밀수꾼들 속에 끼어들어 밤길을 나들었다. 이때 어머니는 적들의 기만선전을 듣고 공산당을 나쁜 무리로만 간주하였었으나 이런 곡해는 깊은 밤중에 산중에서 공산당을 직접 만나본 후에야 풀리었다. 당시 만난 공산당이라고 하는 사람들은

"여러분! 당신네들이 웨 이 밤중에 단잠을 못자고 이 소금 짐을 지게 되었는지 알으십니까?"

쇳소리 같은 웅장한 음성이 바람결을 타고 높았다 떨어진다. 그들은 옳다! 공산당이구나! 소금을 빼앗기지 않겠구나. 저들에게 뭐라고 사정하면 될까 하고 두루 생각하였다. (중략) 봉임의 어머니는 '싼드거우' 있을 때 봉임을 따라 학교에 가서 선생의 연설을 듣던 것이 얼핏 생각히우며 흡사히도 그 선생의 음성 같았다. 그는 머리를 번쩍 들며 저편을 주의해보았다. 다만 철 같은 어둠만이 가로막힌 그 속으로 음성만 들릴 뿐이다. 그는 얼른 우리 봉식이도 저 가운데나 섞이지 않았는가 하였으나 그는 곧 부인하였다. 그리고 봉식이가 보통아이와 달라 똑똑한 아이이니 절대로 그런 축에는 섞이지 않았을 것이라고 단정하였다.

봉임의 어머니는 그들이 사리에 맞게 많은 사람들이 고생하는 까닭을 일깨워주는 데서 깊은 감명을 받고 여러모로 생각을 굴린다. 그 뒤로부터 그는 마침내 공산당은 좋은 사람이라는 것을 깨닫게 된다. 그

뒤 봉임 어머니는 갖은 고생 끝에 지고 온 소금을 밀매하려다가 순사에게 잡혀갈 때에도 자기를 구해줄 사람은 그 어느 밤중에 산정에서 만났던 그 총을 멘 사람들일 것이라고 생각하면서 두려움 없이 앞으로 걸어 나갔다.

중편소설 「소금」은 일제치하 암흑한 현실을 깊이 있게 고발하였을 뿐만 아니라 다시 민족해방을 위하여 항쟁에서 일떠선 항일부대들의 소행을 확인, 긍정하고 광범한 민중을 항일투쟁에로 이끈 작품으로서 작가의 이 시기 작품 가운데서 한낱 대표적 작품으로 간주되고 있다.

「소금」은 일제 문화경찰의 검열로 하여 항일유격대의 형상과 산정에서 겪던 일들을 더는 구체적으로 묘사할 수 없었다(이 작품은 당시 문화경찰에 의하여 소설 마지막 부분에서의 20여 자가 삭제 당하였다.). 그러면서 당시 그같이 무단적이고 참혹하였던 정치 환경 하에서 이런 중대한 사회적 문제를 다룬 그 점에서만도 큰 의의가 있다.

작가 강경애는 1934년에 이르러 대표작 『인간문제』를 발표하게 되면서 조선 문단에서 성숙된 여류작가로 등단하였다. 장편소설 『인간문제』에서는 1930년대 조선농촌사회의 첨예한 모순과 처참한 생활상, 그리고 압박과 수탈을 반대하는 인민대중의 투쟁과 더불어 그들의 의식의 변화와 장성 과정을 폭넓게 형상화하고 있다.

'인간사회에는 늘 새로운 문제가 생기며 인간은 이 문제를 해결하기 위하여 투쟁함으로써 발전될 것입니다. 대개 인간문제라면 근본적인 문제와 지엽적문제로 나누어볼 수 있는 것이니 나는 이 작품에서 이 세대에 있어서의 근본문제를 포착하여 이 문제를 해결할 요소와 힘을 구비한 인간이 누구며 또 그 인간으로서의 갈 바를 지적하려고 노력하였습니다.'

이는 작가가 『인간문제』를 내면서 쓴 「자서」 중의 한 대목이다. 이 작자의 말은 곧 이 장편의 주제에 대한 집약적인 개괄이라고도 말할 수 있다. 작자는 이 작품을 통하여 부조리로 충만 된 일제식민통치하의 착취제도를 뒤엎을 혁명의 동력은 어느 계급이며 이 계급의 기본대중은 어떠한 방법으로 투쟁에 나서야 하는가에 대하여 예술적 해답을 주려고 하였다.

장편소설 『인간문제』는 1930년대 전후시기에 부딪친 심각한 경제공황과 일제의 혹심한 수탈로 하여 농민들의 생활이 여지없이 파괴됨에 따라 많은 농민들이 물밀듯 도시에로 들어가고 농촌과 도시들에서는 당국의 강압과 착취를 반대하는 노동인민들의 쟁의가 빈번히 일어났던 시기를 사회적 배경으로 삼고 있다.

작가는 당시 사회적 현실을 심각하게 묘사하기 위하여 보다 전형적 의의가 있는 1930년대 좌우 시기 사회 각 계층의 인물들을 등장시키고 있다. 이를테면 첫째, 선비, 간난이를 비롯한 용연동네 농민들과 인천부두 노동자, 방직공장 여성노동자들의 형상군, 정덕호, 신임군수 옥점이 등 착취계층의 인물들, 유신철이를 대표로 하는 소자산계급지식인들 그리고 태수, 철수 등과 같은 선진적인 인물들이다.

소설 『인간문제』에서는 상기한 부동한 계급과 계층의 인물들의 활동무대를 원(怨)의 전설이 깃든 용연동네와 첨예한 기본적 모순으로 인한 투쟁이 날로 성숙되어가던 산업도시 인천항구로 정하였다. 이런 환경에서 전개되는 이야기의 줄거리는 대체로 두 부분으로 이루어지고 있다. 원에 대한 전설로부터 시작된 소설은 전반부에서 지주이고 면장인 정덕호의 수탈과 압박 속에서 신음하는 용연동네 농민들의 비참한 운명과 울분과 항거정신을 보여주고 있다. 소설의 후반부에서는 부두노동자가 된 첫째와 방직공이 된 선비의 투쟁생활과 운명선을 따라 산업도시 인천을 무대로 비인간적인 노동을 강요당하는 노동자들의 참담한 처지를 보여주면서 점차 각성하고 장성하여 조직적으로 파업을 단행하는 그들의 투쟁과정을 형상화하였다.

소설 『인간문제』에서는 많은 인물을 창조하는 과정에서 특히 한 평범한 농촌청년이었던 첫째, 선비 등을 온갖 생활의 시련과 갈등 속에서 노동자들의 앞장에 선 투사적 인물로 일반화하였다.

작품 중의 주요인물 첫째는 어렸을 때부터 자기가 땀 흘려 가꿀 수 있는 밭이 있어서 농사지어 굶지나 않고 살았으면 하는 것이 평생소원이었다. 그러나 그는 이런 최저의 요구마저 실현할 수 없어 굶주림 속에서 허덕이었다. 그러던 첫째가 한번은 개똥이네 타작마당에서 마을의 젊은이들과 함께 지주가 수탈해가는 볏섬을 실은 달구지를 부셔버리는 싸움에 나섰다. 이로 하여 그는 일제를 등에 업은 정덕호 놈의 작간으로 마을농민들과 함께 경찰에 구속되어 단단히 욕을 본 뒤에 소작을 부치던 얼마 안 되는 땅뙈기마저 빼앗기고 말았다. 하여 더는 이 마을에서 살수 없게 된데다 이 서방의 권고도 있고 하여 돈벌이가 된다는 공장에 들어가기 위하여 인천지대로 간다. 그 후 그는 부두노동자가 되었는데 이는 그의 인식을 개변시키는 데 좋은 계기가 되었으며 마침내 일제를 반대하는 투쟁에 나선다. 그는 조직의 지령에 좇아 원수 놈의 삼엄한 경계망을 뚫고 삐라를 살포하는 어려운 일들을 하는 과정에서 부두노동자조직의 중견으로 장성한다. 첫째의 형상적 의의는 한 보통청년농민이 엄혹한 투쟁의 시련 속에서 선각적인 노동자로 자라나 부두노동자들의 파업투쟁을 조직적으로 실천하는 인물로 일반화한 데 있다.

작품 중의 선비의 형상도 아주 생동하게 부각하였다. 선비는 아름답고 마음씨 고우며 순박하나 세상물정은 전혀 모르는 처녀였다. 그는 영세한 빈농민의 딸로서 바로 자기의 아버지를 죽인 지주 정덕호 놈의 집에서 부엌데기로 일하면서 갖은 수모와 멸시를 받았을 뿐만 아니라 농락당하기까지 한다. 그는 나중에 이중삼중으로 자기를 얽맨 굴레를 박차고 새 삶을 찾기 위하여 인천으로 갔다. 그는 그곳에서 그보다 먼저 온 간난이의 인도를 받아 방직공장노동자로 되었으며 첫째의 영향과 간난이의 구체적으로 되는 지도 밑에 조직적 투쟁에 헌신하는 길에 들어선다. 그 후 조직의 지령에 의해 간난이가 공장을 떠난 뒤로는 간난이가 하던 사업을 선비가 이어받고 실천에 나선다. 그는 여러모로 시련을 겪으면서도 단호히 투쟁을 견지하다가 고된 노동에서 얻은 병으로 하여 비극적으로 그 최후를 맺는다. 이와 같이 선비의 형상은 갖은 학대와 멸시로 충만 된 질곡 속에서 시달리던 한 농촌처녀가 어떻게 곡절적인 길을 걸으며 조직적 투쟁의 앞장에 선 투사로 장성하였는가를 감명 깊게 묘사하였고 또한 자본주의적 수탈의 잔혹성을 신랄히 폭로하고 있다.

다음, 작품은 상기한 첫째거나 선비들과는 달리 한시기 혁명을 부르짖으면서 사회적 투쟁에 급진적으로 나섰으나 일제의 탄압이 혹심해지자 마침내는 투항 변절하여 일제의 앞잡이로 배족의 구렁텅이에 굴러떨어지는 한 급진적지식분자의 성격적 특질을 깊이 있게 묘사함으로써 이 시기 일부 소자산계급지식인들의 전형형상을 생동하게 부각하였다.

그리고 소설에서는 당시 농촌에서 흔히 볼 수 있는 악덕 지주 정덕호와 같은 추악한 몰골을 심각하게 묘사하였다. 지주 정덕호 놈은 용연마을농민들을 압박 착취할 뿐만 아니라 패덕과 사기로 꽉 찬 배족적인 친일분자로서 소설은 1930년대 농촌의 악덕지주의 전형적인 심태와 죄악을 깊이 있게 파헤치고 있다.

장편소설 『인간문제』는 예술적으로 선명한 특성을 보여주고 있다. 작가는 엄숙한 사회적 문제를 그같이 폭넓고 치밀한 구성으로써 생동하게 전시하였으며 인물형상창조에서도 해당 인물의 특징적 성격을 내면 심리적 세계에 대한 치밀한 묘사로써 진솔하면서도 깊이 있게 형상화하였다. 언어구사 면에서도 생신하고도 간소하며 세련된 특성을 구현하고 있다.

장편소설 『인간문제』는 당시 참담하였던 사회적 여건과 작가자신의 인식상의 제한성으로 하여 이런저런 미흡점을 남기고 있다. 그럼에도 불구하고 이 작품은 강경애의 전반 창작에서 고봉을 이루고 있는 성과작이며 또한 30년대 조선문학의 업적을 과시한 우수작품의 하나로 되어 조선현대문학사에서 중요한 한 페이지를 차지하고 있다.

제2절 현경준, 김창걸의 소설

작가 현경준(1909-1950)은 1909년 조선 함경북도 명천군에서 태어났다. 그의 호는 금남이며 김향운(金鄕云)이란 별명을 가지고 있다. 1925년 고향에서 소학교를 졸업하고 경성고보에 다녔다. 3학년 1학기 때에 여름방학이 끝나자 학교에 가지 않고 그 길로 청진과 웅기를 거쳐 시베리아로 가 방랑하였다. 그는 '방랑은 청춘의 생명이며 인생행로의 첫 출발'이라고 간주하였다. 그는 시베리아에서 2년간을 방랑하다가 고향으로 돌아왔다. 18세의 한창 젊은 나이에 지낸 방랑생활은 이 정열적인 문학청년에게 많은 체험과 계시를 주었다. 그 후 그는 평양숭실중학을 거쳐 일본관서대학에 다니던 때에 사상사건에 연루되어 졸업을 하지 못하고 당시의 간도로 왔다. 그는 자기가 중국으로 오게 된 연유를 다음과 같이 피력하였다. '생활이 없는 작품! 이처럼 부당한 말이 어데 있는가? 이에 감연히 궁허한 깍대기 속에서 뛰쳐나와 내 앞에 새로 벌린 생활의 길을 찾아 이 만주로 온 것이다.' 그는 간도에 온 후 1937년부터 도문 백봉국민우급학교에서 교편을 잡다가 1940년 8월 《만선일보》에 가 약 반 년간 기자를 지냈다.[28]

작가 현경준은 1934년 9월 자기의 첫 중편소설 「마음의 태양」이 입선되면서 본격적으로 문학창작의 길에 나선 이래 장편소설 「선구시대」(1938년?), 「돌아오는 인생」(1942년), 중편소설 「격랑」(1935년), 「류맹」

---

28) 광복 후, 작가는 조선으로 가 조선문학가동맹 함경북도위원장, 함경북도예술단 단장을 지내면서 문학창작에 정진하여 많은 작품을 냄. 그 후 1950년 10월 전선으로 취재의 길에 나섰다가 전사하였음.

(1939년), 「인생 좌」(창작연대 미상), 단편소설 「오마리」(1939년), 「젊은 꿈의 한 토막」(?), 「흘러가는 인생」(?) 「사생첩」(1940년), 「길」(1941년) 등 많은 작품을 발표하였다.

그의 초기작품들은 작가의 소년시절의 방랑생활에서 얻은 체험을 시대의 격랑 위에 얹어서 다분히 경향파적인 사상과 내용을 담고 있다. 그의 초기의 작품으로서 널리 알려진 중편소설 「격랑」, 단편소설 「오마리」, 「별」 등이 그 대표적 예로 된다.

중편소설 「격랑」에서는 북부조선의 한 어촌을 배경으로 하고 공장주 덕재와 서기원을 일방으로 하는 유산자와 춘보, 태순, 동호, 쌍둥이 등 빈한한 어민들을 일방으로 하는 무산자들 사이에 일어난 갈등을 고발하고 빈한한 어민들의 저항과 자행적인 투쟁을 묘사하고 있다. 작품 중에서 보여주다시피 악질적인 공장주 덕재는 바다에 나간 어민들에게 고기를 더 많이 잡게 하여 보다 많은 돈을 벌기 위하여 어민들의 생사 안위를 아랑곳하지 않고 제때에 통보하여야 할 태풍경보를 깔아둔다. 그 결과로 청년어민 쌍둥이와 처음으로 바다에 나간 유복이가 조난당하여 죽는다. 후에 공장주 덕재가 사전에 알려야 할 태풍경보를 깔아둔 사실이 탄로 나자 분개한 어민들은 덕재를 때려죽이라고 울부짖으며 공장으로 달려간다.

단편소설 「오마리」에서는 형보, 경덕, 병호, 순동이 등 강릉 오마리 사공들이 고기잡이로 생계를 유지하기 위해 바다에서 헤매다가 나중에는 일본경비대에 잡혀가기만 하면 큰일 난다는 것을 알면서도 놈들을 기이며 국경선을 넘어 밀어(密魚)를 떠나는 이들의 비참한 처지와 그들이 겪은 어려움, 내심의 고통 등을 진실하게 보여주고 있다.

그의 단편소설 「별」에서는 해는 못 되어도 별은 돼야겠다고 결심한 한 교원의 생활을 다루면서 당시 허망하고 참담한 현실 하에서의 한 지식인의 고민과 불만을 묘사함으로써 당시 사회에 대한 거부의식을 보여주고 있다. 작품에서 교원은 학급에 들어가 수업할 때 한 학생이 일어나 '버는데 따르는 가난은 없다'는 속담을 들면서 자기의 부모님들은 그렇게 죽기내기로 버는데도 왜 그냥 죽물도 못 먹는 신세가 되고 좌수네 댁은 고이 앉아 놀면서도 흰밥에 소고기를 먹을 수 있는가 하는 질문에 확답을 주지 못하여 고민한다. 그리고 그는 또 월사금을 내지 못하고 학교를 중퇴하지 않으면 안 되는 가난한 학생들의 딱한 처지를 몹시 가슴아파한다. 그러던 중 그의 학생인 학수와 사랑하는 처녀인 현옥이가 부딪친 생활난에 어찌할 길이 없어서 고향을 떠나자 더욱 심한 자극을 받게 된다. 그래서 그는 검은 것을 희다고 흰 것은 검다고 외곡 되게 배워주는 비리적 교육상황과 암흑한 현 사회를 부정하고 타매한다. 그리고 앞으로는 검은 것은 검고 흰 것은 희다고 배워주리라 결심하면서 그렇게만 교육을 도모하면 자기도 별이 될 것이라고 생각을 굴린다.

이렇게 현경준의 초기작품에선 사회상의 비리와 사회최하층에서 허덕이는 노동인민들의 수난과 질곡적인 생활현장을 진실하게 파헤침으로써 이 시기에 있어서의 '유능한 경향파작가'[29]라는 평언을 받았다.

작가 현경준이 중국에 이주한 이래 내놓은 소설작품 중에는 조선민족인민들의 이주 과정과 정착 과정에서 부딪친 수난의 여정을 다룬 것이 많은 비중을 차지한다. 당시 일제가 더는 만구 할 수 없는 멸망의 길에 들어서면서 이른바 황민화운동을 억지로 추행하여 그 어떤 문필 자유도 없던 그런 무단통치하에서도 작가 현경준은 민족의 동질성과 의지와 미래지향의식을 선양하기 위하여 많은 작품들을 썼다. 중편소설 「류맹」, 「마음의 금선」, 단편소설 「사생첩」, 「길」 등이 그 대표적 예로 된다.

《만선일보》에 연재한 장편소설 「선구시대」(1938년?)는 조선민족농민들의 이주하고 정착하는 과정을 다룬 거편으로 알려지고 있다. 그러나 당시 이 작품을 게재하였던 《만선일보》가 산실되어 유감스럽게도

---

29) 조재영 편, 『간도유랑 40년』 제95페이지, 조선일보사 출판.

이 작품 전부를 다 읽을 수 없는 것이 유감이다. 지금 전해지고 있는 몇 회분에서 보면 작품 「선구시대」에서는 이주 초기 한족악질지주의 수탈과 통치로 하여 인기된 조선민족농민들과 악질지주 간의 갈등과 투쟁을 보여주면서 그 어떤 어려움이 있어도 이겨내어 이 고장에 새로운 향토를 건설하여야 한다는 미래 지향의지를 역설하고 있다.

단편소설 「사생첩(写生貼)」은 조상의 뼈가 묻혀있고 정든 마을이 있는 고향을 떠나 살길을 찾아 중국으로 들어오는 이주민들의 수난의 한 토막을 리얼하게 묘사한 역작이다. 그 가운데의 한 이야기를 들어본다. 당시 중국으로 이주하여오는 이민은 맨 먼저 국경역인 도문역에서 짐검사를 받는 과정에서 세관원과 역원들의 시달림을 받아야 하였다. 그런데 솔가 이주하는 이 집 세대주는 엎친 데 덮치기로 일자무식이므로 차표사기꾼들에게서 도문까지 오는 차표를 밀산 가는 표로 잘못 받은 때문에 이 가정일행은 오도 가도 못하는 난감한 처지에 빠지게 된다. 이런 때에 음흉하기 그지없는 인신매매업자는 와중에 끼어들어 '선심'을 쓰며 그들을 데리고 가 이 집 딸을 팔아넘겨서 밀산 가는 노비를 '해결'하게 한다. 나중에 밀산행 기차에 탄 아버지는 기차가 떠나려 움직이자 벌떡 일어서며 '내 금순이를 도루 찾아오너라. 나는 내 고장으로 도로 가겠다.……'라고 외치면서 몸부림친다. 이를 바라보고 있던 아들의 눈에서도 눈물이 흘러내렸다. 이 작품에서는 바로 이와 같이 당시 삶을 부지하기 위하여 눈물을 휘뿌리며 낯 설은 중국으로 이주하는 우리 겨레들이 겪은 비극의 몇 단면을 예술적으로 보여줌으로써 이 시기 조선민족의 이주의 수난사를 집약적으로 묘사하고 있다.

작가 현경준이 1940년에 창작한 중편소설 「류맹」은 작자의 대표작뿐만 아니라 당시 문단에서 높은 평언을 받은 작품이다. 중편소설 「류맹」은 처음 조선의 《인문평론》에 발표하였다가 다시 《만선일보》에 게재하고 그 후 신영철 등에 의하여 펴낸 작품선집 『싹트는 대지』에 수록되었다. 1943년에 이르러서 작가는 이 작품을 다시 수정 보충하여 「마

음의 금선」으로 개제하여 출판하였다. 이렇게 게재된 「마음의 금선」에
는 「잃어진 세월」과 「향수의 노래」 두 장이 첨가되고 새로운 인물들을
등장시키고 있는데 여기서 형상화한 인규의 형상은 자못 중요한 위치
를 차지하고 있다. 여기서 우리는 「류맹」과 후에 첨삭을 거친 「마음의
금선」을 망라하여 봄으로써 이 작품의 주제와 작가의 창작의향을 보다
깊이 있게 살펴볼 수 있다. 이 작품 중에서는 괴뢰만주국이 소위 '왕도
낙토', '인재재활용' 등을 표방하면서 금연보도소를 꾸리고 아편중독으
로 하여 타락한 인재들을 다시 인간적으로 살려내어 사회에 나서게 하
려는 용심을 묘사하고 있다. 이 '작품의 경우는 그 내용면에서 항일적
이라기보다는 다분히 일제식민지정책에 호응하는 성향을 띠고 있어 문
제점으로 지적되고 있다.'30) 이를 당시 만주라는 특수한 시대적 배경과
이주민들의 생활현실 나아가 작중인물들의 성격을 깊이 있게 살피고
천착하는 것은 자못 필요하다.31)

중편소설 「류맹」에서 거론된 문제란 작중인물인 명우의 형상을 두고
논하면서 이 작품은 괴뢰만주국의 시책에 영합의 자세를 보이고 있다
는 점이다. 그런데 이 작품 중에서 주목하여야 할 것은 명우 이 한 형
상에 머무르지 말고 전반 작품의 분위기와 명우 대 규선, 득수, 명보,
성오 등 성격과의 대조관계를 잘 살펴보아야 할 것이다. 우선 이 작품
의 전반 분위기를 보면 활기란 전혀 없고 침침하기 그지없으며 당국에
서는 그처럼 떠들어대면서 아편중독자, 밀수꾼들을 보도소를 거쳐 새
사람으로 만든다고 하지만, 그 보도소 교육에서 얻어진 성과는 실로
미미하다. 그리고 작품 중에서 언론자유라고는 전혀 없는 상황 하에서
우회적으로라도 당시 조선민족의 실생활의 한 단면을 증언하여보려는
노력을 볼 수 있다. 더욱이 「류맹」의 수개, 보충작이라 할 수 있는 「마

---

30) 채훈 『재만한국문학연구』.

31) 근년에 『유맹』의 수개작으로 단정되는 『돌아오는 인생』이 발견되면서 이들 작
품의 친일성향에 대하여 다시 거론되고 있다. 이제 심입된 고증과 연구를 거쳐
적중한 평언을 내와야 할 것이다.

음의 금선」에서는 끝까지 자기의 초지(初志)를 굽히지 않는 인규 등의 인상적인 형상을 통하여 작가의 의식성향과 현실에 대한 자기 나름의 시점을 보다 명현하게 보여주고 있다. 종래로 조선민족의 생활현실 속에 몸을 담그고 조선민족과 회로애락을 같이하였던 작가 현경준은 당시 참혹한 문화환경과 언론자유라고는 깡그리 말살된 상황 하에서 그래도 우회적으로라도 민족의 삶의 현장을 사실적으로 묘사하려고 노력하였음을 간과할 수 없다. 현경준은 1940년 한 작가에게 보낸 편지에서 '사(死)의 집속에서 캄캄한 그믐달을 헤엄치면서도 오히려 내일의 빛을 엿보고 참다운 인간성을 살인수에게서 찾아낸 도쓰또옙스끼의 그 열정과 진지한 태도에 오인(吾人)은 다시금 자아를 돌아보자고 나는 힘차게 부르짖고 싶습니다.'[32]라고 쓰고 있다. 현경준의 이와 같은 언론은 당시 작가의 의식성향을 가늠하고 「류맹」 등 일련의 작품을 읽는 데 일정한 도움을 줄 것이다.

이 시기 작가 현경준의 문필활동 가운데는 일부 문제점과 더불어 당시 작가의 인식 한계도 보여주고 있다. 이를테면 그가 기자로 《만선일보》에 몸 담그고 있을 때 취재하여 쓴 「장고봉전적견학기」[33] 등이 그 예로 된다. 작가는 이 기사를 쓴 뒤 더는 기자생활을 하는 것이 저어되어 《만선일보》에서 얼마 안 있다가 단연 사표를 내고 말았다.

그의 생애와 창작활동을 전일적으로 고찰할 때 그는 민족적 양심을 잃지 않고 갖은 방법을 다하여 조선민족의 생활과 지향을 진실하게 증언하여보려고 진력한 작가이며 그 과정에서 괄목할 만한 창작성과를 이룩하여 우리 조선민족의 소설문학발전에 상당한 기여를 함으로써 조선민족의 문학사에서 자기의 위치를 굳힌 재능 있는 작가이다.

김창걸(1911-1991)은 1930년대 후반기부터 창작활동을 벌린 조선민

---

32) 「작가 안수길에게」, 《만선일보》, 1940년 8월 8일.
33) 《만선일보》, 1940년 9월 6일.

족의 저명한 소설가이다.

김창걸(필명으로 황금성, 추소, 강철 등이 있음)은 1911년 12월, 조선 함경북도 명천군의 한 농민가정에서 태어났다. 1917년 그가 여섯살 되던 해에 가난에 부대끼던 그의 가정은 중국 길림성 용정현 지신구 장재촌으로 이주해왔다. 김창걸은 명동소학교를 마치고 15살 되던 해(1926년)에 용정의 예수교 장로파에서 꾸리는 은진중학교에 입학하여 1년 동안 공부하다가 1927년 3월에 학교당국의 반동적인 종교교육을 반대하여 일어난 동맹휴학에 중견이 되어 단호한 투쟁을 벌인 후 학우들과 함께 마르크스주의의 영향이 깊이 미쳤던 대성중학교로 전학하였다. 대성중학교에서 그는 혁명적 조류에 휩쓸려 들어갔고 지하혁명당에 가입하여 선전고동사업을 하였다. 그는 또한 진보적 교원들의 지도 아래 조선의 '신경향파'문학과 '카프'문학의 애독자로 되어 많은 작품을 탐독하였다.

1928년 10월 그는 모진 경제난으로 학비를 댈 길이 없어 대성중학교를 중퇴하고 부모를 도와 낮이면 농사를 짓고 밤이면 마을의 야학교에서 교편을 잡았다. 이때에 그는 또 명동촌을 중심으로 하여 조직된 혁명청년단체에 가입하여 대중적 선전활동을 맡아하였으며 얼마 후에는 조직의 지시에 따라 돈화에 옮겨가서 지하당조직의 비밀간행물 《마르크스주의》와 속보 《선봉》의 간행사업을 하였다. 그 뒤 피치 못할 사정으로 하여 조직과의 연계를 잃은 그는 마치 부모를 잃은 고아와 같은 경지에 빠져 외로운 몸이 되었다. 이때로부터 그는 홀몸으로 방랑생활의 길에 들어섰다. 그는 동북 각지, 소련 울라지보스토크를 중심으로 한 연해주 그리고 조선 각지를 떠다니는 사이에 때로는 남의 논밭을 돌며 품팔이꾼으로, 때로는 공장에서 막벌이꾼으로 일하면서 사회의 밑층에 깔린 근로인민들의 생활 속에 깊이 들어갔다. 산전수전 다 겪으며 지내온 다년간의 방랑생활은 그로 하여금 노동인민을 한없이 동정하게 하였으며 착취자와 온갖 불의를 증오하게 하였다.

1934년 명동에 있는 집으로 돌아온 그는 이 고장에서 농사를 짓기도 하고 소학교 교원, 점원, 사무원노릇을 하기도 하면서 문학창작에 힘썼다.

김창걸은 1936년에 처녀작 「무빈골전설」을 쓴 때로부터 자기의 창작생애를 시작하였다. 그는 이때로부터 1943년까지의 사이에 「암야」를 비롯한 근 30편에 달하는 단편소설과 수십 편의 시, 수필, 평론 등을 발표하였다.

그 후 일제 놈들의 파시스트통치가 더욱 우심해지고 작가들에게 어용문인으로 나설 것을 강요하자 김창걸은 1943년에 이르러 단호히 붓을 꺾고 창작자유를 안아다줄 새 사회의 탄생을 고대하였다.

1936년부터 1943년에 이르는 8년 동안의 창작활동에서 김창걸이 거둔 주요한 성과는 단편소설 창작에서 집약적으로 나타나고 있다. 이 시기에 창작된 그의 근 30편에 달하는 단편소설은 당시 현실에 대한 작가의 진실한 감수에 기초하여 사실주의적 창작방법으로 20세기 초엽으로부터 30년대에 이르는 조선민족인민들의 비참한 생활처지를 진실하게 전시함과 아울러 일제통치하의 암흑 속에서 새날을 지향하는 민중들의 투쟁염원과 동경을 생동하게 반영하였다.

그의 단편소설계보에서는 농민들을 비롯한 노동인민들의 비참한 생활과 민족적 및 계급적 압박에 대한 그들의 반항정신을 묘사한 작품들이 절대적인 비중을 차지하고 있다. 그 대표적 작품으로는 「암야」(1939년), 「무빈골 전설」(1936년), 「수난의 한 토막」(1937년), 「두 번째 고향」(1938년), 「낙제」(1939년), 「범의 굴」(1941년), 「밀수」(1941년)를 들 수 있다.

작가의 대표작으로 인정되는 단편소설 「암야」에서는 일제식민통치하에 있는 1930년대 농촌에서 근본적으로 대립된 지주계급과 농민계급 간의 불조화적 모순관계를 심각히 제시하면서 당시 농촌현실의 본질적 측면을 진실하게 보여주었는바 소설은 죄악으로 충만 된 사회를 무자비하게 폭로, 타매하면서 또한 그런 역경 속에서도 자기의 생활을 끈질기게 헤쳐 나가는 농민들의 굳은 의지와 간곡한 열망과 동경을 심각히 반영하였으며 농촌청년남녀들의 순진하고도 깨끗한 사랑과 그들의 승리를 찬미하였다. 단편소설 「암야」는 그것이 거둔 사상 예술적 성과로 하여 작가의 창작생애에서 하나의 이정표로 되고 있을 뿐만 아니라 조선민족소설문학에서도 자못 중요한 자리를 차지하고 있다.

단편소설 「무빈골 전설」은 첨예한 사회 현실적 모순갈등의 전개 속에서 이주 초기 조선민족농민들의 비참한 생활처지와 조우를 심각히 보여준 작품이다. '회녕 근방 산골에서 살다 살다 못해 기사흉년에 어쩌다 죽지 않고 요행 목숨이 붙어난' 작중의 주인공 김 서방과 그의 아내 박성녀는 그래도 살아보겠다고 간도 땅에 이주하여온다. 황량하나 넓고 비옥한 이 변강지대는 그들 양주에게 재생의 희망과 새로운 힘을 준다. 그들 부부는 '어쨌든 억세게 벌기만 하면 땅이 있으니 살아갈 수 있지 않을까…… 몇 해만 고생하면 살림도 펴일 것이다. 고생 끝에 락이 오는 법이니까.' 하고 생각하면서 먼저 이곳에 와 자리 잡은 이웃의 도움을 받아가며 몸을 내번지고 억척스레 일에 달라붙는다. 그러나 세도를 부리며 이 지대를 좌우지하는 악질지주 무빈 놈의 수탈과 압박을 피하지 못한다. 하여 김 서방은 그놈의 지팡살이꾼으로 전락되며 가난과 병에 쪼들리어 무빈 놈에게 억울하게도 많은 빛을 진다. 그후 악착하고 음특하기 그지없는 무빈 놈은 김 서방더러 빚 대신 젊은 아내를 내놓으라고 강요한다. 그러나 죽을지언정 굴욕을 당하지 않으려는 김 서방은 대항하다가 무빈 놈의 총에 맞아죽고 그의 아내 성녀도 목을 매여 자결한다. 소설의 마지막에 이르러 원통스럽게 죽은 김 서방은 다시 생불(生佛)이 되어 무빈 놈을 죽이고 그놈의 모든 것을 훼멸시킨다.

단편소설 「수난의 한 토막」에서는 '철모르던 시절부터 농사일에 잔뼈가 굳은' 주인공 영삼이는 곧은 마음으로 곰상곰상 일만 잘하면 살 길이 있으리라고 생각하면서 아껴 모은 돈을 밑천삼아 겨우 꼬부랑송아지를 한 마리 장만하고 그 송아지를 키워 농사를 늘이려 작심한다. 그러나 영삼이는 그 송아지로 하여 큰 화를 입는다. 그 고장의 송주사 따위는 그 송아지의 표적이 맞지 않는다고 생트집을 잡고 작간을 부리는 바람에 영삼이는 억울하게도 모진 수난을 당한다. 영삼이는 놈들을 한없이 저주하며 '언제나 바른 세상이 ……음, 이를 악물고서라도 살아서 …… 그런 세월이' 오게 하기 위하여 반일부대로 가야겠다고 결의를 다진다.

그리고 단편소설 「두 번째 고향」에서도 주인공 경철이가 살길을 찾아 이 고장으로 들어오게 되는 눈물겨운 과정, 간도 땅에 들어와서 겪는 모진 시련, 나아가 망국노의 운명에서 벗어나기 위하여 학교생활과 실제투쟁에서 진리를 터득하고 용약 반일혁명투쟁에 투신하는 곡절적인 노정을 아주 감명 깊게 묘사하였다.

그의 단편소설 계보에는 일제를 반대하고 민족정신을 선양한 작품들이 아주 중요한 위치를 차지하고 있다. 이런 주제를 다룬 단편소설 「낙제」(1939년), 「스트라이크」(1938년), 「범의 굴」(1941년), 「개아들」(1943년), 「피의 교재」(?) 등은 비교적 성공적인 작품들이다.

단편소설 「스트라이크」는 종교의 허울을 쓰고 일본제국주의의 침략을 합리화하면서 영원히 망국노로 전락되게 하려는 극히 반동적 설교를 신랄히 폭로 규탄한 작품이다. 이 소설은 민족적 기백이 있는 최성회, 여창순 그리고 K와 '나' 등 인상적인 인물들을 창조하였는데 그중에서도 최성회의 형상이 한결 더 감명 깊게 부각되었다.

최성회는 비단 제국주의침략을 비호하는 종교의 배신자일 뿐만 아니라 또한 민족적 존엄과 지조를 수호하기 위해서라면 자기의 모든 것을 마다하고 투쟁의 앞에 서는 젊은 투사이다. 리 목사가 성경수업시간에 이 세상은 소위 하나님이 정한대로 되어간다는 유심론적 논리에 좇아 조선 사람은 태초에 하느님께 죄를 지은 탓으로 나라를 빼앗기고 고생한다느니 뭐니 하고 뇌까리자 이에 격분한 최성회는 조선민족으로서의 민족적 모멸감에 몸부림치면서 단호히 반격하여 나서며 동무들을 선동, 조직하여 투쟁의 길에로 이끈다.

민족의 정기가 맥맥이 흐르는 최성회의 숭엄한 형상과 영웅적인 소행에서 우리는 진정한 민족의 얼과 기백을 직감하게 되며 온갖 불의를 저주하는 진보적인 조선민족청년의 강직한 성격을 보게 된다.

단편소설 「개아들」은 신랄한 풍자적 필치로써 일제의 민족동화정책에 대한 비분을 토로한 작품이다. 이 소설의 주인공 전형(全兄)은 온갖 불의를 보고서는 참지 못하는 '직방배기' 성미의 소유자로서 일제놈들을 눈에 든 가시처럼 증오하며 일제의 '황민화'정책을 반대한다. 하여 그는 '개아들'이라 창씨하는 것으로써 '창씨개명령'을 풍자하고 저주하며 이르는 곳마다에서 일본 놈들을 골려준다. 나중에 그는 야수같은 일본 군경놈들에게 잡혀 감옥살이를 하며 감옥에서 불치의 병을 얻어 저주로운 이 세상을 하직하게 된다.

이 소설은 주인공의 형상을 빌어 일제에 대한 증오심을 토로하였고 일제의 '황민화운동'에 피눈물 나는 공소를 하였으며 창씨하면 민족의 얼을 잃은 왜놈—개아들이라고 대성질호하면서 민족적 기개를 지켜 나설 것을 호소하고 있다.

그의 단편소설의 계보에서는 진보적 지식인들의 생활을 묘사하고 그로부터 혁명사상을 선양한 작품들이 또한 이채를 띠고 있다. 단편소설 「그들이 가는 길」(1938년)을 비롯하여 「강 교장」(1942년), 「건설보」(1940년), 「개아들」(1943년) 등이 그 대표적 작품이라고 할 수 있다.

단편소설 「그들이 가는 길」은 무산계급혁명가로 성장하는 지식인의 형상을 부각한 특색 있는 작품이다. 소설에 나오는 최기창은 '선죽교' 선생으로부터 '민중의 기' 선생으로 전변되었는데 '선죽교'란 자기의 얼을 지킨다는 데서 배일사상을 의미하고 '민중의 기'란 사회주의혁명을 의미하는 상징적 표현들이다. 소설 중의 다른 한 인물 임창진은 '요보'라고 하면서 야료를 부리는 일본 놈들에 대한 반일사상으로부터 '프롤

레타리아문화운동’으로 넘어갔는데 ‘요보’란 반일사상의 전이이고 ‘프롤
레타리아문화운동’이란 무산계급혁명을 가리킨다. 또 다른 한 인물에
한해서는 소련 연해주로 들어가는 것으로써 사회주의혁명의 길에 들어
섰다는 것을 암시해주었다. 소설은 결말에서 이 세 사람은 ‘꼭 같은 길’
을 걷고 있는데 그것은 역사적해명도 사회과학적 해명도 필요 없으며
‘알고도 말 못할 벙어리가슴’이라고 하면서 혁명의 길로 나아갔음을 밝
혀주고 있다.

이밖에도 김창걸은 당시 암흑한 사회제도 하에서의 부패한 생활세태
를 파헤치고 모리배의 기풍을 신랄하게 타매한 「세정」(1940년)과 종교
의 허위성을 여지없이 까밝힌 「부흥회」(1939년), 그 어느 하루도 번한
날이 없이 만단곡경을 다 겪으면서 고생 속에서 허덕지덕 지내온 농촌
여성의 피눈물 고인 반생을 진실한 생활의 화폭으로 펼쳐놓은 「밀수」
(1941년)와 같은 우수한 단편소설들을 세상에 내놓았다.

위에서 보여주다시피 작가 김창걸은 자기의 창작실천 중에서 시종
사실주의적 창작방법에 충실하고 민족에 대한 고도의 사명감으로 자기
를 불태우면서 엄숙한 태도로써 조선민족인민의 생활과 운명을 보다
진실하게 반영하기에 자기의 심혈을 몰부었다. 그의 단편소설 창작은
전일적으로 볼 때 그 소재가 퍽 다양할 뿐만 아니라 시대적 색채가 짙
고 예술적면에서도 자기의 특성을 보여주고 있다.

그의 단편소설들을 보면 인물형상 창조에서 직설적인 방법을 아주
적게 썼으며 또 지루하게 집중적으로 소개하는 식의 수법을 외면하였
다. 말하자면 그의 소설들은 인물의 활동과 인물 간의 관계 및 얽음새
의 전개에 있어서 디테일의 진실성을 기함으로써 인물들의 성격을 생
동하게 부각하고 있다. 또한 섬세한 심리묘사, 행동묘사와 인물 간의
생동한 대화 등으로써 등장인물의 개성적 특징을 선명하게 돋쳐내고
있다. 단편소설 「암야」와 「수난의 한 토막」, 「두 번째 고향」에서 창조
한 주인공들이 그 좋은 예로 된다.

작가 김창걸은 단편소설 창작에서 유머와 풍자적 수법으로 인물형상을 생동하게 부각하였으며 더욱이는 추악한 인물과 사물들을 신랄히 타매하였다. 예를 들면 소설 「그들이 가는 길」 등에서는 다양한 유머적 필치와 가벼운 아이로니를 자연스럽게 도입하여 인상 깊은 인물을 창조하였는가 하면 단편소설 「강 교장」과 「개아들」 등에서는 신랄한 풍자로써 추악한 낯바대기들을 여지없이 타매하였는데 이는 아주 인상적이다.

김창걸 단편소설에서의 언어구사도 아주 특색이 있다. 그는 인물들이 늘 쓰는 소박하고도 간결하며 형상성이 강한 구두어에 기초하여 생동한 언어를 제련해내기에 힘썼다. 그리고 경쾌한 감을 자아내게 하는 유머, 풍자와 야유가 내포된 생신한 언어를 펵 자연스럽게 사용함으로써 독자들에게 별미를 안겨주고 있다

제3절 안수길, 황건 등의 소설

안수길(1911-1977)은 광복 전 조선족의 문단에서 중요한 자리를 차지하는 작가중의 한사람이다. 그는 조선 함흥에서 출생하여 그곳에서 소학교를 다니다가 1924년에 용정소학교로 전학하였다. 그 후 그는 함흥고보, 서울경신학교, 경도 양양중학교 등을 거쳐 1931년 초에 와세다대학 사범학부 영어과에 입학하였다. 그런데 안수길은 당시 부친의 병환과 학비난 등 피치 못할 사정으로 하여 용정으로 돌아왔다. 1932년부터는 금광촌인 팔도구소학교에 가 1년 남짓이 교편을 잡다가 다시 용정으로 와 《북향》을 간행하는 한편 문학 활동을 널리 전개하였다. 그는 이 시기에 단편소설 「적십자병원장」, 「붉은 목도리」, 「장」, 「함지쟁이 영감」 등을 창작하였다. 그중 앞의 두 편은 《조선문단》에 당선되

고 뒤의 두 편은 《북향》지에 발표하였다. 그리고 그는 《북향》에 중국의 저명한 문호 노신의 단편소설 「고향」을 번역하여 게재하고 또한 러시아의 문학대가 도스토예프스키의 작품과 문학이론을 소개하였다. 이렇게 문단에 나선 작가는 《간도일보》, 《만선일보》의 기자를 지내면서도 창작에 진력하여 단편소설 「새벽」, 「벼」 등 12편 작품을 수록한 소설집 『북원』을 출판하였으며 1944년에 이르러서는 장편소설 『북향보』를 《만선일보》에 연재하였다. 1945년 6월 작가는 건강이 좋지 않아 요양차로 조선으로 돌아갔다.[34)]

상기 작가 안수길의 광복 전 행적과 문학편력으로 보아 그가 문학청년으로 재화를 펼치던 시절은 거개 중국조선민족의 문화중심지인 용정에서 보냈다. 그로 하여 그의 광복 전의 대부분 작품 중 간도에 들어와 삶을 영위하는 조선족농민대중의 이주 초기 생활과 운명을 다룬 작품들이 절대적 비중을 차지한다. 작가는 창작에 대하여 다음과 같이 말하고 있다.

'초기의 작품집 『북원』에 수록되어있는 「새벽」, 「벼」, 「목축기」 등등 해방 전 재만 시절의 소설은 거의 전부가 동만주 지방에 살고 있는 우리 농민들의 생활을 발굴해 '어떻게 살아왔느냐', '어떻게 살 것인가'를 생각해본 것이고 그 무렵의 장편 「북향보」도 거기에 기초를 두고 쓴 최초의 이야기였다.'[35)]

하여 작가 안수길이 소설 창작에서 거둔 주요한 성과도 이주 초기 조선족농민들의 현실과 생활을, 다시 말하면 '어떻게 살아왔느냐'를 역사적 견지에서 응혼(雄渾)한 사실주의적 기법으로 화폭화 하기에 진력하는 데서 거두고 있다.

작가 안수길의 해방 전 소설은 그가 작중에서 묘사하고 있는 시대와 제재내용에 비추어 대체로 중국군벌통치 시기 갓 이주하여온 조선민족

---

34) 광복 후 북조선으로부터 남한으로 가 문학창작에 종사하다가 1977년에 서거.
35) 안수길 수필집, 『맹아주 한 포기』, 문예창작사 1977년 출간.

농민들의 생활상과 일제식민통치 시기 조선민족인민들의 현실생활을 다룬 작품으로 나누어 고찰할 수 있다.

우선 1920년을 전후하여 일제의 잔인한 탄압과 모진 수탈로 하여 생활이 파멸되고 쫓겨나게 된 농민들이 이 고장에 갓 이주하여 겪은 참담한 생활현장을 리얼하게 파헤친 역작으로 단편소설 「새벽」, 「벼」, 「원각촌」, 「새마을」 등을 들 수 있다. 이런 소설들에서는 군벌통치하에서 당국의 관리, 지주, 육군, 순경 등과 지어는 호적(마적)에 이르기까지 한동아리가 되어 암흑세력을 이루고 있는 현실 하에서, 이놈들의 무단적인 박해와 가혹한 수탈로 하여 허덕이고 있는 이주 초기 조선족농민들의 참상과 그와 같은 역경 하에서도 삶을 영위하여 나가는 농민들의 의지를 형상화하고 있다.

그중 단편소설 「새벽」에서는 잔혹한 수탈로 하여 살길이 없어서 쪽박만 차고 간도로 들어온 한 농민가정의 조우를 통하여 조선족농민들이 이주 초기 모진 수난에 허덕이던 생활과 지주의 땅을 부치면서 점차 지주 놈들의 종신적 노예로 전락되어 갈수록 심산인 비참한 운명을 묘사하고 있다. 「새벽」에서 등장하는 '나'의 일가는 처음 이주하여 의지가지없는 형편에서 자주 호가네 지팡살이(소작농)를 하지 않으면 안 되었다. '나'는 농사를 짓기 위하여 지주 호가에게서 살림집을 세내고 소를 윤두 맡고 한 해 동안 식량을 꾸어먹어야 했다. 그리고는 가을에 가서 꾼 돈과 양식에다 변리를 더해 갚아야 했다. 이 시기 농촌에서의 지주들의 고리대착취는 아주 혹독했는데 당시 현금의 고리대율은 60%를 초과하였으며 봄에 식량이거나 종자 한 되를 꾸면 가을에 가서는 두되를 갚아야 했고 또한 시세가 오를 때에 꾼 것을, 양식 값이 내릴 때 가을에 갚은 경우에는 그 갑절을 내야 하였다.

일년 내 고되게 일하여 농사를 지었으나 다 가져다 바치고 나면 한 해농사를 헛 지은 것으로 되고 새해농사를 지으려면 또 변리돈을 내오고 장리쌀을 맡아야 하였다. 이렇게 소작농으로 살다나면 농민들은 꼼

짝 못하고 지팡주(지주)의 종신노예로 전락되는 비참한 운명을 피면할
수가 없었다.

이와 같이 험난한 생활현실에 직면한 우리 농민들은 죽기내기로 일
하면서 한 가닥 살길을 열어보려고 애썼다. 빚을 갚고 볼모로 잡힌 누
이를 찾아내오기 위하여 '나'의 아버지는 총살당할 그런 위험도 마다하
고 소금밀수에 나섰다. 그러나 이 마을에 둥지를 틀고 앉은 나쁜 놈들
은 어렵게 사는 농민들을 돌보아줄 대신 봉건통치배들과 결탁하여 농
민들을 더욱 역경에로 이끌어만 갔다. 지주의 양아들이며 마름인 박치
만은 숙성해가는 나의 '누이'를 빼앗아다가 자기 첩으로 삼으려는 속심
으로 소금밀수에 나선 아버지를 남몰래 집사대와 연통하여 집포하여
가게 한다. 이렇게 일을 만들어놓고는 그 아버지를 내오는데 물어야
할 벌금을 선심을 쓰는 듯이 자기에게서 다 꾸어가게 하고 그 꾼 돈을
갚을 수 없는 지경에로 몰아넣은 다음 그 빚 대신으로 어린 '누이'를
끌어가려 하였다. 지주의 마름 박치만의 이런 음흉한 계책이 실현되기
에 이르자 '누이'는 끌려가기 전야에 자결하고 어머니는 그만 실성하게
되는 비극이 일어났다. 이 가정은 네 식구인데 그중에서 한 사람이 죽
고 한 사람은 미쳐서 일대 참변을 당하는 참담한 경지에 빠져 더는 어
찌할 수 없는 가엾은 신세가 된다. 그리고 이런 막다른 골목에 들어섰
어도 어디다 고발할 곳도 없다. 기껏해야 분김에 마름놈 박치만 놈에
게 한매 안겼다가 도리어 그놈들에게 더 얻어맞아 정신을 잃고 쓰러지
는 그런 난감한 국면이 이어질 뿐이었다.

이주 초기에 조선민족농민들은 또한 반동군벌정부의 민족기시 정책
의 직접적인 박해를 받았다. 1920년대에 봉건군벌정부에서는 동북지역
에 이주하여온 조선농민들을 일제의 앞잡이로, 적화(赤化)의 실마리로
그리고 사단을 일으키는 화근으로 간주하면서 마구 박해하고 구축하는
만행을 기탄없이 감행하였다. 단편소설 「벼」에서 묘사한 바와 같은, 매
봉툰에서의 갓 이주한 조선족농민들에 대한 원주민들의 습격사건은 바

로 당시의 반동군벌정부의 반동적인 민족기시정책과 민족적인 편견이
빚어낸 전형적인 예로 된다.

　단편소설 「벼」에서는 매봉툰 농민들이 10년이란 긴 세월의 보람찬
분투와 노력으로 하여 마을의 호총도 늘어나고 살림도 펴 밥술이나 뜰
수 있게 되니 자식들의 교육이 염려되었다. 작품은 후대들의 교육을
도모하기 위한 노력과 그 과정에서 부딪친 어려움에 대하여 묘사하고
있다. 이주민들은 자기들의 '2세를 북돋고 그 장래를 키워'주며 민족의
얼이 있는 후계자로 되게 하기 위하여 우선 있는 힘을 모아 학교를 세
우기에 이른다. 그러나 조선민족의 이주민들을 구축하기에 혈안이 된
반동군벌정부는 아예 학교경영을 허가하지 않을뿐더러 군대를 파견하
여 학교에 불을 지르고 총부리를 이주민들에게 들이댄다. 그러나 매봉
툰 농민들은 군벌의 총부리 앞에서 '우리가 피땀으로 풀어놓은 이 논
바닥에 꼼짝 말고 이대로 엎드린 채 이곳에서 모두 같이 죽자……'는
구호를 높이 부르며 논판에서 한 발자국도 물러서지 않는다. 작품 중
에서는 이와 같이 그 어떤 강포 앞에서도 굴하지 않고 자기 손으로 이
룩해놓은 농토와 마을을 지켜내려고 피어린 투쟁을 처절하게 지속하는
사건을 전시하고 있다.

　이주 초기 농민들의 생활을 제재로 한 소설 중에는 농민으로부터 도
시빈민으로 전락된 부류의 사람들의 참담한 처지를 묘사한 소설, 이를
테면 단편소설 「새마을」, 「장」, 「차중에서」와 같은 작품들이 있는데 그
중 대표적 작품으로는 작자가 단편소설 「새벽」의 속편으로 간주한 「새
마을」을 들 수 있다. 이 소설에서 묘사한 창복이네 가정은 억지혼인의
강요로 하여 누이가 자살한 지 4개월 만에 용정으로 이사하여 품팔이
에 나선다. 농사 외에 다른 재간이 없는 창복의 아버지는 온돌장이인
고씨의 조수질을 하며 연명해나간다. 온돌 일은 겨울이면 할 수 없고
다른 계절이라 하여도 일거리가 매일 있는 것도 아니어서 생활은 늘
어려웠다. 이리하여 창복의 아버지는 어린 창복이를 사환꾼으로 들여

보냈는데 창복이가 짐을 나르다가 그만 잘못하여 물건을 깨뜨리는 바람에 주인에게 뺨을 맞고 해고까지 당하다보니 이 가정의 '생활은 말이 아니었다.' 거기에다 창복 어머니의 병은 제때에 치료하지 못하여 점점 악화되어갔다. 혹심한 가난은 아버지로 하여금 푼돈이라도 얻어써볼까 하여 자기 집에다 투전꾼을 넣고 방세와 개평을 얻어내는 비법적인 일까지 하기를 서슴지 않았다.

이같이 당시 가난에 허덕이는 이주민들은 째지게 가난한 생활에서 좀 벗어나보려고 도시에로 진출하였으나 당시의 봉건군벌통치하에서는 갈수록 심산인 비참한 운명에서 벗어날 수 없었다.

총적으로 보면 안수길은 사실주의기법 그리고 다양한 제재와 인물형상 등을 통해 중국에 이주했던 초시기 조선민족농민들이 이곳에 와 처한 참담한 현실 하에서 모질게 겪은 수난의 역사를 진실하게 형상화함으로써 봉건통치제도의 암흑을 고발하는 한편 그런 삶의 현장에서 살 길을 헤쳐 나가는 조선민족의 본질적 성격과 투지와 미래 지향의지를 생동하게 펼쳐놓았다. 이는 작가 안수길의 단편소설 창작에서 거둔 가장 중요한 성과이며 조선민족 사실주의문학 발전에 대한 기여이다.

이상에서 보여준 바와 같이 작가 안수길은 그의 광복 전 소설 창작에서 당시 조선족농민들의 수난의 생활사를 역사적 연계 속에서 다각적이고도 생동하게 묘사하고 있다. 그러나 또한 여러 가지 문제점도 동반하고 있다. 이 시기에 작가는 우선 당시 일제와 괴뢰만주국의 체제에 순응하는 자세를 취하고 있으며 그런 토대 위에서 당시의 현실을 묘사하고 있기에 많은 문제점을 발로하고 있다. 이를테면 단편소설 「벼」에서는 일제를 봉건군벌의 탄압, 구축의 만행으로부터 이주민을 구해주는 구세주격으로 묘사하고 있으며 단편소설 「토성」에서는 일제와 괴뢰만주국의 식민지정책이 이주농민에게 가져다준 수난과 어려움을 보여줄 대신 일제의 식민지정책과 만주국을 미화하여 마치 이주농민의 '왕도낙토'처럼 묘사하고 있다.

안수길의 해방 전 단편소설은 상기한 바와 같은 성과가 있는 한편 또한 일제와 괴뢰만주국의 체제에로의 순응을 전제로 한 토대 위에서 조선민족이 '어떻게 살 것인가'를 제시하려 하였는데 이는 근본적으로 조선족인민의 지향과 상위되는 것이다. 당시 우리 민족 앞에 놓인 가장 중요한 문제는 일본제국주의를 타도하고 민족의 자주독립을 실현하는 것이었다. 그래서 당시 일본제국주의 침략자에 대한 태도 여하는 바로 조선족의 본질적 성격을 재검증하는 시금석으로 되었었다.

황건(1918-?, 본명 황재건)은 1918년 4월 28일에 조선 함경남도 갑산의 한 가난한 농가에서 태어났다. 보성고보를 졸업하고 전북사범강습과를 거쳐 1935년에 일본명치대학경제학과에서 수학(1년간)하였다고 한다. 그 후로 전북 무주에서 2년간 교원생활을 하였으며 1941년 무렵부터 약 1년간을 《만선일보》의 편집 기자를 지냈다. 그는 1944년 말에 고향에 돌아가서 해방직전까지 산간벽지에 은거하여 양을 방목하면서 지냈다고 한다.[36]

그가 소설 창작에 나선 것은 1939년 말 즈음으로 짐작된다. 그의 해방 전 대표작 「제화」는 1940년에 창작한 것으로서 그 후 소설선집 『싹 트는 대지』에 수록되었다. 이밖에도 그에게는 「기적」, 「지연」 등 여러 편의 작품이 있다.

그의 중편소설 「제화」는 신경에서 회사에 다니면서 문화운동에 열을 올렸던 한 지식청년의 좌절과 이제 중풍으로 세상을 하직하게 될 어머니, 그리고 가장 사랑하는 기주가 조선에 나간 다음 그와 만나지 못하게 된데 대한 그리움, 그리고 고향에 대한 사무친 향수 등 없어진 것과 없어져가는 것에 대한 그리움 등을 상징적 수법으로 형상화한 심리소설이다.

---

36) 광복 후 황건은 조선작가동맹위원장을 지냈으며 많은 수작을 내 김일성훈장까지 수상한 것으로 알려지고 있음.

주인공 '나'는 조선에 있을 때는 이상에 불타던 청년이었다. 3년 전 다른 벗들이 현해탄을 건너가거나 산으로 들어가거나 해서 다 흩어진 상태에 처해있을 때 만주로 건너간 친구들의 주선으로 외로운 어머니와 32살 난 누이를 데리고 만주국 신경으로 왔다. 뜻 맞은 친구들이 다시 모여 '문화청년회'를 꾸리었는데 태규, 필수 그리고 처녀 기주 등이 그 성원들이었다. 그런데 그 후 이 모임도 이런저런 사연으로 내분이 일어나 필수와 태규가 싸우고 그 싸움을 두고 '나'와 기주는 안절부절 못하였는데 마침내는 실리적으로 절망상태에까지 이른다. 비록 그것이 도대체 어째 절망하는지 그 연유가 아리송하지만…

주인공 김직은 어머니가 병석에 눕게 되자 자식으로써 더없이 불효하다고 느끼고 어머니께 자기에게 베푼 극진한 사랑과 그에 대한 절절한 정을 다음과 같이 토로하고 있다.

"언제나 술만 먹고 말없이 마처져 가는 아들자식에 대한 근심으로 하여 생긴 것임에 틀림없다. 엄마는 말하지 못하며 말할 까닭도 없지만 나는 너무나 잘 알고 있었다. 전날 그래도 나는 엄마가 살아계시는 동안엔 엄마를 언제고 기어이 마음껏 즐겁게 하여 드리리라. 진실로 엄마가 고대하는 엄마의 자식이 되어드리리라. 언제나 마음먹어 왔었다. 허나 이제는 끝이 아닌가. 이렇게 된 후에 아무런 말이면 무슨 소용이 있으랴. 이 크나큰 회한을 나는 어떻게 하면 메울 수 있을 것인가. 그가 이제껏 보여주신 애정을 비록 조금이라도 나는 어떻게 하면 갚을 수 있을 것인가. 아득하였다."

여기에서 병마에 시달려 신음하는 어머니는 일제의 유린 하에 신음하는 조국의 상징에 다름 아니다. 서정적주인공은 어머니를 '언제고 기어이 마음껏 즐거웁게 하여 드리고' '이제껏 부어주신 애정을 비록 조금이라고 나는 어떻게 하면 갚을 수 있을 것인가' 하고 자기가 못 다한 데 대한 회한을 구김 없이 털어놓았는데 우리는 이와 같은 상징적 표현에서도 민족과 고국에 대한 드팀없는 신념을 읽을 수 있다.

이와 같은 민족과 고향에 대한 절절한 사랑의 표현은 주인공 김식이가 아늑한 밤 흐르는 낙숫물소리를 들으며 깊은 향수에 젖어 읊조리다시피 자기의 마음을 쏟은 독백에서도 드러난다.

"……나는 드디어 달빛 고요한 그 옛 고향 강변에로 돌아온 것 같다. 일찍이 이곳에서 나서 열 서넛까지도 나는 이곳에서 자랐었다. 우중충하게 둘러선 높은 뫼, 깊은 품을 굽이쳐 흐르는 강…… 윙―윙 처량히 외치는 저 강물소리를 나는 얼마나 그려왔던 것인지 모든 과거의 품을 떠나 방황턴 날의 어지러움을 나는 뼈아프게 기억하고 있다.

나는 돌아왔다. 네 일찍이 아무 것도 생각한 바 없었고 따라서 잊은 것도 없음을 나는 새로이 깨닫는다. 어렸을 때 네 품을 떠나던 그 꼭 같은 마음으로 나는 네 품에 다시 안기리라, 오오 나의 어머니! 나의 고향아!"

이에서도 역력히 볼 수 있는바 이 소설은 애국애족의 정으로 불타는 한 지식청년이 일제치하 만주국의 암울한 현실에서 좌절의 고배를 마신 뒤 절감하게 된 현실제도에 대한 회의와 부정과 그리고 강렬한 민족의식을 깊이 있게 보여주고 있다.

이 작품의 이러한 주제의식은 또한 기주와 '나'가 본 승무라는 춤을 감상하는 장면에서도 상징적으로 드러나고 있다.

이 소설은 심리주의적 수법으로써 일제의 무단통치가 극에 치달았던 시기에 당국의 시책에 순응한 작품들과는 달리 당시 강렬한 민족의식을 지닌 한 지식인의 복잡한 내심세계에 대한 천착을 통하여 참담한 현실에 실망하고 나아갈 길이 묘연한 그들의 오뇌에 찬 삶의 현장을 핍진하게 형상화한 것이 특징적이다.

작가 박영준(1911년~1976년)은 1911년 조선 평안남도 강서군에서 출생하였다. 그의 호는 민우 서령이며 박영준(朴映浚)이란 익명을 쓰기도 하였다. 작가는 광성고보를 거쳐 1934년에 연세전문학교문과를 졸업하였다. 작가는 일찍 조선에서 단편소설 「모범경작생」(1934년)이 《조선일보》에 입선된 뒤를 이어 단편소설 「아버지의 꿈」(1935년), 「목화씨 뿌릴 때」(1935년), 「쥐구멍」(1935년) 등과 장편소설 「1년」(1934년)을 지상에 발표하였다. 이런 소설들은 거개 조선농민의 궁핍과 영락, 피폐되어 가는 농촌현실을 리얼하게 화폭화 하였기에 그를 농민작가라고 불렀다.

1934년에 작가는 중국 용정에 이르러 동흥중학교에서 1년 남짓이 교편을 잡으면서 동인 《북향회》의 문학 활동에도 참가하였다. 그 후 작가는 조선으로 나갔다가 1938년에 다시 중국 반석에 이주하여 한 중학교에서 교직에 몸담고 있으면서 소설 창작에 정진하였다. 그가 발표한 주요작품으로는 단편소설 「아름다운 길」(1938년), 「중독자」(1938년), 「무화지」(193?년), 「의수(義手)」(1939년), 「밀림의 여인」(1941년)과 장편소설 「쌍영(双影)」(1939년) 등이 있다.

단편소설 「중독자」는 모든 것이 금전에 의해 지배되던 일제식민통지 사회에서 허덕이는 작중의 주인공 김상헌이 자기 아내에게 배반당하고 실망 끝에 만주로 굴러들어와 방랑하다 마침내 아편 중독자로 전락 되고 마는가를 한낱 발랑기 형식으로 엮고 있다. 이 작품에서는 주인공 김상헌이 목도하고 당하고 생각한 이런저런 사실과 심리충돌 등에 대한 묘사를 통하여 비리로 충만 된 괴뢰 만주국의 한 측면을 파헤쳐 보여주고 있다.

작중의 김상헌은 아버지께서 물려준 재산이 있을 때에는 내노라고 지냈다. 사치한 응접실이 달린 호화로운 집을 쓰고 살았으며 당시 하층사회 사람들은 가지기 어려운 축음기며 사진기까지 갖고 있었다. 그래서 김상헌은 자기의 넉넉한 재력에 혹한 명희를 아내로 맞이하였는데 돈주머니가 거덜 나자 명희는 그만 그를 탁 차버리고 달아나버렸다. 이렇게 되자 방랑길에 나서게 된 김상헌은 그 어떤 포부도 없이 가지고 다니는 사진기로 사진을 찍어주어 받은 몇 잎 안 되는 돈으로 근근득식하며 평양시, 하얼빈, 해륜, 신안진과 그 부근 농촌을 떠돌아다니었다. 그는 방랑의 길에서 뜻하지 않은 일에 당하기도 하고 모진 고생을 겪기도 한다. 그러다가 하숙집에 들었는데 그 집에서 일하며 모진 천대를 받는 가엾은 처녀와 하룻밤 정을 나누고 자책하기도 하지만 그는 자기 삶을 더는 지탱할 길이 없게 되자 '아편밀매소'로 발길을 옮기었다. 작중의 주인공 김상헌이 방랑길에서 겪은 사실과 목격한 이모저모는 비리로 검출된 괴뢰만주국 현실의 단면도에 다름 아니다.

단편소설 「밀림의 여인」은 암흑기로 일컫던 1940년대에 발표한 작품이다. 이때는 멸망의 운명을 만구 할 수 없게 된 일제가 단말마적으로 최후의 발악을 하던 가장 암흑한 시기였다. 작중에서는 이런 시기에 전투 중에서 다리에 총상을 입고 일군에게 잡힌 항일유격대의 여전사 순이를 '교화'하여 일제에게 귀순시키는 과정을 세밀하게 묘사하고 있다. 작품은 공산당을 공비로 몰며 일제의 침략전쟁을 극도로 미화한 작품이다. 그리고 또한 작가의 의식성향의 변화를 단적으로 보여준 작품으로서 한낱 한다하는 어용작가로서도 해내기 어려운 일을 해내어 당국의 치하를 받기도 하였다.

소설의 주인공 순이는 아버지가 악질지주인데다가 첩까지 맞아드린 것을 보자 15세 때에 분김에 집을 뛰쳐나왔다가 소위 '공비'에게 잡혀 10여 년의 유격대생활을 하다보니 그의 생활과 의식상에서 근본적인 변화가 일어났다. 그래서 처음 잡혀왔을 때는 '정상적인 생활에 적응하지 못하였다. 그러던 순이가 '나'의 설복교육과 보살핌에 감화되어 현실생활에 점차 순응하여 나중에는 자기가 배반하였던 아버지를 자기 절로 찾아가게까지 되었다.'

이 소설에서 화자인 '나'는 순이를 하루빨리 귀순시켜 자기 가족을 찾아가게 하고 시집을 보내야겠다는 일면으로 관심과 동정을 몰부었다. 그러면서도 '나' 자신은 정부의 시책을 잘 터득하지 못하여 있는 힘을 다 내지 못한다고 자책하면서 '순이의 '새 생활'을 재촉하는 듯이 달음질했다.' 이에서 보다시피 작가의 기본적 입장을 일제의 편에 서서 그들의 침략을 미화하고 항일을 위하여 산속에서 풍찬노숙하며 희생도 마다하고 투쟁하는 항일유격대를 더없이 모독하였다.

이 작품을 두고 부동한 견해들이 제기되고 있다. 그런데 작중에서의 심리묘사 등 예술적기법이거나 언어구사의 생신성 등에서 취할 바는 있겠지만 작품주제의 반동성, 친일적 성향 등은 더 논할 여지가 없다.

작가는 1939년에 이르러 장편소설 「쌍영」을 전후 편으로 나누어 《만선일보》에 연재하였다. 이 작품에서는 여주인공 최해련의 기구한 운명과 고난의 일생을 다루고 있다.

이 시기 그의 작품들은 농촌생활을 생동하게 묘사한 작가 초기작품과는 달리 흔히는 도시 '소시민층의 생활상과 애정, 윤리 등과 관련된 주제를 다루고 있는 것이 특징적이다. 그의 이 시기 소설 창작은 당시 무단적인 사회정치 문화환경과 그리고 작가의 의식성향의 변화와 갈라놓을 수 없다.

제5장 동북항일유격구와 관내
반일군민들의 문화

제1절 동북항일유격구의 문학

항일무장투쟁시기에 동북지구 항일유격근거지와 항일유격대에서 널리 창작, 보급되었던 항일가요는 당시 가열처절하였던 역사적 현실을 구가하고 광범한 군민을 거족적인 항쟁과 승리에로 부름에 있어서 중대한 기여를 하였다.

이 시기 사상 고동적 무기로서의 역할을 훌륭하게 수행한 항일가요는 그 대부분이 전문적으로 창작에 나선 작가, 예술가들에 의해 창작된 것이 아니라 항일전쟁의 치열한 불길 속에서 손에 무장을 들고 싸우던 혁명투사들의 집단적인 힘과 예술적 재능에 의해 창작되고 다듬어졌다. 이런 항일가요는 선행한 가사형태의 시가와 창가, 민요의 전통과 선행 시기 조선민족 악곡의 곡조를 계승하면서 시대와 현실 요구에 좇아 새롭게 창조한 것으로서 조선민족시가 발전사에서 한낱 중요한 의의를 가지고 있다.

철저한 민족해방의 사상과 강렬한 저항정신을 그 기초로 한 이 시기의 항일가요는 변화 다단한 항일투쟁의 수요에 자기의 초점을 맞추고 여러모로 시대정신을 격조높이 구가하였다. 따라서 이 시기의 항일가요들은 비록 하나의 항일적 정서로 통일되고 있지만 그 소재와 주제는 자못 다양하다.

이 시기 항일가요에서 우선 우리의 이목을 끄는 것은 일제의 무단적인 침략죄행을 폭로, 단죄하고 망국노로 전락된 민족의 비참한 운명을 통탄하며 반제투쟁과 민족해방의 사상을 선양한 가요들이다.

> 1931년 9월 18일
> 일제 놈이 만주를 강점하였다
> 대포와 비행기며 기관총으로
> 넓은 만주 피바다로 물들이었다
>
> 압박착취 강탈을 당하다 못해
> 일어나는 3천만의 반일의 고함
> 만주벌판 몇 천리를 진동하면서
> 거족적인 반일전쟁 막은 열렸다
>
> ……
>
> 일어나라 3천만의 노력대중아
> 우리 앞에 무서운 것 그 무엇이랴
> 굳고 굳은 반일전선 힘 있게 맺어
> 자유정권 건립하려 힘껏 싸우자.
>
> ─「9·18사변가」에서[37]

> 일제 놈들의 말발굽소리 더욱 요란타
> 만주벌과 넓은 천지 횡행하면서
> 살인방화 착취약탈 도살의 만행
> 수천만의 우리 대중 유린하도다
>
> 나의 부모 너의 동생 그대의 처자

---

37) 일명 「반 토벌가」라고도 함.

놈들의 총창 끝에 피 흘렸고나
나의 집과 너의 집, 놈들의 손에
잿더미와 황무지로 변하였고나

......

일어나라 단결하라 노력대중아
굳은 결심 변치 말고 살길을 찾아
붉은기 아래 백색공포 뒤엎어놓고
승리의 개가 높이 만세 부르자

ㅡ「반일가」에서

1932년 4월 6일에
대감자의 반일전쟁 개막되었다

......

대두천의 불길은 하늘에 닿고
덕원리의 농촌은 재터뿐이다

무죄 양민 주검은 들에 널리고
왕청벌엔 인적이 고요하구나

동북 땅에 살고 있는 중한대중아
일치단결 일어나서 싸워나가자

ㅡ「인민의 처지」에서

　이런 가요들은 시종 일제에 대한 끝없는 증오심과 적개심, 제국주의와의 비타협적인 투쟁정신으로 일관되어있으며 어떤 역경 속에서도 드팀없이 높은 민족적 각성과 투쟁의식을 가지고 일제를 반대하여 단호히 투쟁하며 그 투쟁 속에서 혁명의 승리를 이룩하리라는 굳은 결의를 보여주고 있다.

다음으로 이 시기의 항일가요 중에는 항일무장투쟁에로 전민을 동원하기 위하여 노농연맹을 기본적 토대로 하여 이루어진 각 계층 인민의 항일민족통일전선을 노래하고 이런 통일전선 결성의 긴박성과 그 의의를 선양한 노래들이 퍽 중요한 자리를 차지하고 있다.

> 병사는 칼 빼들라 선봉전에서
> 노소도 소원대로 총동원하라
> 원수들을 쳐 없애는 최후결전에
> 한마음 한소리로 모여들어라
>
> ―「통일전선가」에서

> 만주의 벌판에 불이 붙는다
> 만주의 뫼봉우리에 불이 붙는다
> 시뻘건 화염이 치솟는 그 속에서
> 반일하는 대중의 함성이 인다
> 나가라 싸우라 항일의 병민들
> 모두다 전선에 나가 싸우라
>
> ―「총동원가」에서

이런 가요들에서는 일제를 반대하는 전제적 조건하에서 계급, 계층, 성별, 신앙을 가리지 않고 전 민족적인 통일전선을 결성하려는 전체 민중의 의지를 아주 선명하게 표명하고 있으며 한결같이 혁명의 새 시대가 도래하였음을 알리는 열정적인 기백과 반제투쟁에 궐기할 데 대한 강렬한 호소가 일관되어있다. 또한 이런 주제에 바쳐지는 노래들, 예를 들면 「민족해방가」, 「노동자가」, 「농민혁명가」, 「혁명곡」, 「여자투사가」, 「소년투사의 노래」들에서는 노동자, 여성, 청년, 학생, 소년 등 부동한 계층의 구체적인 대상과 각이한 요구에 비추어 항일통일전선의 사상을 선전하고 있는 것이 특징적이다. 그리고 이런 노래들에서는 협애한 민족주의의 울타리에서 벗어나 각 민족 간의, 더욱이는 조한민족 간의 단합과 투쟁에서의 통일성을 강조하면서 '일어나라 압박받는 조중민족아', '반일전에 뭉쳐나서라'고 호소하고 있다.

이런 항일민족통일전선의 전략적인 사상에 대한 구가는 선행 시기 가요들에서 볼 수 없었던 것으로서 그만큼 참신한 사상내용을 이 시기 가요에 부여하였는바 이는 자못 중요한 의의가 있다.

이 시기에 창작된 항일가요들 중에는 또한 민족과 계급의 해방을 위하여 몸 바쳐 굴함 없이 싸운 항일투사들의 숭고한 사상과 고결한 품성을 구가한 노래들이 많은 비중을 차지하고 있다. 이런 노래들에서는 포연탄우로 휩싸였던 생사적 투쟁마당에서 앞으로 전진 하면서 오로지 민족과 계급의 해방을 위하여 투쟁과 승리의 낭만 속에서 삶의 진가를 찾는 서정적주인공—항일투사들의 숭고한 정신세계를 진실하게 형상화하고 있다. 항일가요 「혁명군의 노래」, 「혁명군인 되련다」, 「혁명의 길」, 「끓는 피는 더 끓어」, 「연길감옥가」, 「추도가」가 그 대표적인 작품들이다.

> 우리 가슴에 붙는 불로 낡은 사회 태우고
> 팔다리에 흘린 피로 새 역사를 써놓자
> [후렴]: 결사전을 하려고 오늘 우리 일어나
>   몸과 마음 단련하여 혁명군인 되련다
>
> 장엄하게 동터오는 새 세상의 붉은 빛
> 원수들은 넋을 잃고 가을 풀잎 되리라
> [후렴]

—「혁명군인 되련다」에서

이런 가요에서는 항일무장투쟁의 정당성을 깊이 자각하고 주동적으

로 투쟁마당에 떨쳐나선 혁명군들의 드높은 긍지감과 굳은 결의를 읽
게 된다.

남북만주 설한풍 휩쓰는 산중에
결심 품고 떠다니는 우리 혁명군
천신만고 모두 다 달게 여기며
피와 땀을 흘린 자 그 얼마더냐

몽골사막 지동치 듯 거세찬 바람
사정없이 살점을 떼여갈 때에
삼림 속에 눈 깔고 누워 잘 때면
끓는 피는 더욱더 뜨거워진다

지친 다리 끌고서 보보행진도
주린 배를 졸라매고 힘을 돋운다
무정하다 세월은 흘러가는데
목적하는 혁명사업 언제 이룰까

－「혁명군의 노래」에서

보다시피 이 가요는 원수와의 피어린 투쟁과정을 시적 정황으로 설
정하고 나서 항일무장투쟁의 어렵고 중첩되는 난관과 준엄한 시련 속
에서도 조금도 낙망하거나 굴하지 않고 오히려 혁명적 신념을 굳게 다
지고 낙관적으로 살며 싸워가는 항일유격대원들의 불굴의 투지와 영웅
적 투쟁모습을 감명 깊게 구가하였다. 이런 노래에서 투쟁의 간고성,
감정체험의 격렬성, 절박성을 강하에 울려주기 위한 감정조직과 언어
표현, 운율조직을 깐지게 짜고 든 것은 이 노래의 높은 사상예술성을
담보하는 데 효과적으로 이바지하였다.

이 시기에 또한 항일전쟁의 가열한 전투에서 원수들의 철창 속에서
단두대에서 굴함 없이 싸워 민족적 정기를 떳떳이 떨친 항일투사들의

숭고한 형상을 통하여 그들이 지닌 강의한 혁명정신과 백절불굴의 투지를 노래한 작품들도 많이 창작되었다. 항일가요 「연길감옥가」, 「추도가」, 「유격대추도가」 등이 바로 그 대표적 작품으로 된다.

바람세찬 남북만주 광막한 들에
붉은 기에 폭탄 차고 싸우던 몸이
연길감옥 갇힌 뒤에 몸은 여위여도
혁명으로 끓는 피야 어찌 식으랴

……

너희는 짐승 같은 강도 놈이다
우리는 평화사회 찾는 혁명군
정의의 총칼은 용서 없나니
정당히 판결하라 죄인이 누구냐를

팔다리에 족쇄 차고 자유 잃은 몸
너희 놈들 호령에 굴복할소냐
오늘 비록 놈들에게 유린당하나
다음날엔 우리들이 사회의 주인

일제 놈과 주구들아 안심 말아라
너희 세력 강하다고 뽐내지 말라
70만 리 넓은 들에 적기(赤旗) 날리고
열린다 감옥 문 자유세계로!

이는 「연길감옥가」에서 발취한 몇 대목이다. 이 가요에서 보는바와 같이 원수들의 악독한 고문과 박해는 투사의 몸을 여지없이 짓밟고 피투성이로 만들었으며 투사는 육체적 고통 속에서 죽음의 순간이 다가왔음을 느낀다. 그러나 투사들은 좀치도 비관하지 않을뿐더러 도리어 자호(自豪)한다. 그의 온 넋을 지배한 것은 겨레 앞에 이 몸을 바쳐 싸우리라 다진 맹세였다. 하여 그는 비록 육체적 생명은 이지러져도 자기의 정치적 생명을 지킴으로써 민족적 절개를 절대로 굽히지 않으리라는 불타는 투지와 신념에 가득 차있다. 가요에서 서성적주인공―투사의 이러한 혁명적 신념과 강의한 의지는 생명의 마지막 순간을 체험하는 그의 내면세계의 개방을 통하여 숭고한 높이에서 부각되고 있다. 따라서 서정적주인공의 몸에서는 혁명사업에 대한 충성, 불굴의 투지, 원수에 대한 치솟는 분노와 적개심, 미래에 대한 낭만 등이 빛발치고 있는 것이다. 또한 항일투사들의 숭고한 형상을 칭송한 부류의 가요들에는 일제와의 혈전에서 희생된 투사들의 장렬한 최후와 혁명정신의 불멸의 의의를 가송한 여러 편의 「추도가」들이 망라되고 있는데 이런 가요들의 밑바닥에는 몸은 비록 죽었으나 혁명정신은 살아있다는 굳은 신념이 깔려있다. 이런 「추도가」들은 비록 비장한 시적 정서를 강하게 보여주면서도 그 밑바닥에 전투적 열정과 혁명적 낭만을 안받침하면서 항일투사들의 숭고한 정신세계를 깊이 있게 구가하고 있다.

이밖에도 당시 산생한 항일가요군 가운데는 10월 사회주의혁명과 국제적 친선을 노래한 「10월 혁명의 노래」, 「메데가」, 「10진가」와 같은 가요들이 있으며 또한 항일투사들의 정서적 생활을 다감하게 보여준 「유희곡」, 「사랑의 축복」 등과 같은 작품도 많이 창작되었다.

20세기 30년대와 40년대 전반기 항일무장투쟁의 장엄한 현실과 참된 혁명투사들의 숭고한 정신을 노래한 혁명 가요는 30년대 이전 시기의 시가문학과 근본적으로 구별되는 사상 예술적 특성을 가지고 있다.

이 시기의 항일가요는 항일무장투쟁 및 항일민족통일전선과 인민정권에 대한 사상을 정확하게 노래하였다. 이런 가요들은 당시 사회정치적 생활에 있어서 가장 기본적인 문제를 강렬한 정서적 흥분 속에서 적시적으로 노래하였다. 따라서 가요작품들은 인민대중들을 철저한 혁명의식과 계급의식으로 무장시키는 데 이바지하는 혁명적 내용으로 일관되었는바 그 사상적 지향이 명백할 뿐만 아니라 전투적인 기백, 선동성, 호소성이 강한 것이 특징이다.

이 시기의 항일가요는 조선민족의 시 가사에 있어서 처음으로 참다운 항일유격대원들을 서정적주인공으로 내세우고 그들의 숭고한 사상감정과 성격미를 노래하였다. 항일가요의 서정적주인공들의 성격 속에는 혁명에 대한 끝없는 충실성, 혁명사업에 대한 긍지와 자부심, 불요불굴의 혁명적 낙관주의, 필승의 신념이 깊이 있게 일반화되었다.

이 시기의 항일가요는 혁명적 사실주의 창작방법에 입각하여 그 시대의 시대적 본질을 진실하게 반영하면서 혁명적 낭만성을 두드러지게 보여주었다. 혁명적 낭만성은 항일가요의 높은 시 정신을 특징짓는 중요한 징표의 하나이며 기본특성이다. 항일가요에 일관되어있는 혁명적 낭만성은 그 시대의 거창한 현실과 그 창조자들인 항일투사들의 사상미학적 이상을 자기의 바탕으로 하고 있다.

항일가요는 풍부하고 심오한 내용을 인민군중이 누구나 다 이해할 수 있고 알기 쉬운 다양한 형식으로 일반화하고 있다. 이런 가요들은 죄다 절가로 되어있으며 대체로 후렴을 가지고 있다. 절가형식은 항일가요의 사상내용을 심오하고 명백하고 조리 있게 표현하는 데 이바지하고 있다.

항일가요는 조선민족의 전통적 악곡 및 현대적 악곡과 결부된 시가형태로서 그 시적 운율과 음악적인 성격이 매우 정제되어 가창성이 강한 것이 특징적이다.

항일가요의 시적표현은 작품의 사상내용을 진실하게 묘사하고 묘사대상에 대한 표상의 선명성을 기하기에 진력하였다. 항일가요는 조선어의 특성에 따라 비유와 형용어, 상징법과 과장법, 감탄법과 전도법, 대조법과 수사학적질문법 등 다종다양한 수법들을 빌어 사상적, 시적 감화력을 높이었다.

항일가요에는 사상내용을 모호하게 하는 표현이나 까다로운 문구들이 없으며 모든 가요에서 조선말어휘와 인민대중이 늘 쓰는 구두어를 기본으로 하고 있다. 항일가요의 언어는 정서적으로 예리화 되었고 평이성, 소박성, 정론성과 선명성이 강하다. 또한 항일가요는 이런 언어를 바탕으로 하여 밝고 명랑하고 전투적인 시적 운율을 멋지게 살리고 있다.

이와 같이 이 시기의 항일가요는 상술한 사상 예술적 특성을 보여주면서도 또한 역사적 원인과 창작자들의 인식의 제한성으로 하여 일정한 미흡점들을 동반하고 있다. 이를테면 어떤 가요들은 정치성이 강하나 예술성이 결핍하며 어떤 가요들은 정치적 도해에 그쳐 개념화, 도식화에로 흐르고 있다. 이는 당시 급격히 변화하는 무장투쟁의 수요에 신속히 순응해야 할 환경 속에서 창작자들이 사상적, 예술적 면에서 충분히 심사숙고하고 탁마 가공할 시간적 여유를 가질 수 없었던 사정과도 관련된다.

항일무장투쟁의 심화발전과 더불어 동북의 항일유격구(대)들에서는 유격대원들과 민중들에 의해서 대중적인 연극 활동이 다양한 형태로 활발하게 전개되었다. 항일유격근거지의 인민정권과 각 민중조직들은 여러 형태의 연예단체들을 무어가지고 부대와 민중들 속에서 연극공연활동을 널리 벌이었다. 이 시기 유격대의 전투승리와 명절, 기념일을 계기로 출연한 여러 가지 연예공연과 유격근거지와 구국군, 반일부대 속에서 진행한 순회공연, 학교들에서의 연예공연은 그것을 말해주고 있다.

이 시기에 공연한 대부분의 연극작품은 항일투쟁에 직접 참가하였던 군민들에 의하여 엮여졌다. 극본 창작자들은 항일가요의 창작자들과 마찬가지로 가열한 전투 뒤의 여가나 행군길, 그리고 무시로 옮겨지는 숙영지의 우둥불가에서 상상과 연상의 나래를 펼쳐 작품을 구상하고 창조하였다. 이뿐만 아니라 연예대의 과외배우들은 연극을 하다가도 원수들이 덮쳐들면 분장한 그대로 전투마당에 뛰어들어 싸웠으며 전투가 승리한 다음 다시 돌아와 연극을 계속하기도 하였다.

항일유격근거지에서 극작품들은 항일무장투쟁에서 제기되는 문제들을 형상의 힘을 빌어 적시적으로 풀어주었고 항일투쟁의 매 시기마다의 본질적 특성을 일반화하였으며 다양한 사회계층의 전형을 창조하였다. 이런 극작품들은 한결같이 첨예한 민족적, 계급적 모순을 극적갈등으로 설정하였고 그 등장인물이 적고 사건선이 명료하고도 직선적이며 무대장치가 간소한 것이 특징적이다. 또한 그 형식에 있어서도 다양한 양상을 보여주었는바 정극이 있는가 하면 비극이 있으며 풍자극이 있는가 하면 경희극도 있었다. 그 편폭에 따라 보면 장막극과 단막극이 있는 것은 물론 촌극, 대화극이 있었으며 연기수단에 따라 보면, 가극, 유희극, 무용극, 무언극 등이 있었다. 이런 작품들은 자기의 사상 예술적 특성으로 하여 유격대와 인민들에게 큰 영향을 주었으며 그들을 일제를 반대하는 무장투장에로 이끌었다.

항일무장투쟁시기, 특히는 1930년대 전반기에 극작품이 많이 창작 공연되었는데 당시 공연된 작품들로는 「굶주린 사람들의 탄식」, 「굿과 약」, 「홍수」, 「깨여진 죽사발」, 「유언을 받들고」, 「엿물벼락」, 「개싸움」, 「혼나간 오장」, 「춘보와 길남이」, 「10월의 결의」, 「용진」, 「고아의 기쁨」, 「아버지와 남편을 찾는 사람들」, 「한 고학생의 가정」, 「미련한 순사」, 「웃는 집에 복이 온다」, 「한길」, 「이 원수를 갚으리」, 「결의형제」 등이 있다. 그중에서도 장막극 「혈해지창」, 「싸우는 밀림」, 「4. 6제」, 「유언을 받들고」, 「굿과 약」이 당시 관중들의 넓은 공명대를 형성하였었다. 그런데 적지 않은 공연대본들이 험난하였던 그 투쟁환경에서 산실되어 거개의 작품들의 내용은 물론 그 창작연대마저도 똑똑히 밝힐 수 없다. 하여 지금까지 전해지고 있는 극히 개별적인 작품과 일부분 극작품의 이야기 줄거리를 통하여 당시 극문학의 일모를 보는 수밖에 없다.

단막극 「4. 6제」는 1931년 가을 기세 드높이 전개되었던 '추수'투쟁을 배경으로 하고 있는데 그 내용줄거리는 다음과 같다.

헐벗고 굶주림에 허덕이던 농민들은 보리라도 풋바심하여 한때 배 불리 먹어보자고 보리가을에 나선다. 그런데 이것을 안 악랄한 지주 놈들은 보리밭에 덮쳐들어 베여 묶어세운 보리를 단채로 앗아가려 날뛴다. 이때 일찍 공장에서 파업투쟁과 '5. 30폭동'에도 참가한 적 있는 노동자였던 농민협회 회장 강수가 나서서 '4. 6'제를 실시하자는 구호 하에 지주 놈들과 감조감식투쟁을 벌린다. 악패지주 달삼은 그 지방의 경찰서장 놈을 등에 업고 머슴과 소작인들을 더욱 혹독하게 굴면서 농민들의 요구를 들어주기는커녕 의연히 '반작제'를 견지하며 더더욱 악랄하게 농민들이 생산한 농작물을 앗아갈 음모를 꾸민다. 지주 달삼네 집에서 머슴을 사는 박돌이를 통하여 이런 음모를 낌새 챈 강수는 농민들을 이끌어 지주 놈과의 투쟁을 한결 더 세차게 벌려간다. 나중에 막다른 골목에 이른, 극도로 격노한 강수를 비롯한 농민들은 지주 놈의 낟가리와 집에 불을 질러놓고 집단적으로 항일유격대를 찾아 산으로 들어간다.

이와 같이 단막극 「4. 6제」에서는 빈한한 농민들과 악질지주 간의 대립과 투쟁을 주요갈등으로 하여 지주와 통치배들의 잔혹성과 기편성을 적나라하게 폭로, 규탄하였으며 감조감식투쟁의 실천 속에서 계급적으로 각성한 농민들이 항일의 성전에 궐기하게 되는 성스런 투쟁모습을 보여주었다.

장막극 「싸우는 밀림」(전 5장, 까마귀 작)은 일제와의 투쟁이 백열화되던 1938년 이른 봄에 항일유격구에서 일어난 투쟁생활을 진실하게 다루었다. 이 극작품은 첨예하고도 복잡다단한 항일무장투쟁의 전형적인 장면을 통하여 항일의 전초에서 싸우는 투사들과 인민대중의 영웅적 형상을 진실하게 부각하였다.

이 극의 중심에는 모 항일연군의 부상당한 군수부장 박민과 그의 아내 계순을 등장시키고 있다. 박민은 놈들과의 싸움에서 성한 다리가 썩어나는 것을 통조림통으로 만든 톱으로 잘라내지 않으면 안 될 그런 역경 속에서도 항상 일제와의 투쟁사업을 앞세우면서 해산기가 임박한 계순이마저 인민대중을 항전의 길로 조직하기 위한 지하투쟁에 파견한다. 대중 속에 들어가 대담하고도 지혜롭게 투쟁과 사업을 벌려나가던 계순은 해산한지 얼마 안 되어 그만 비굴한 배신자의 밀고로 일제 놈들에게 체포된다. 그러나 계순은 그 어떤 모진 고문과 혹형 하에서도 굴함 없이 혁명자의 기백을 떨치면서 희생당하는 최후의 시각까지 투쟁을 멈추지 않는다. 그리고 이 작품에서는 박민과 계순이의 형상과 더불어 혁명사업을 위하여 모든 위험을 무릅쓰고 항일연군의 투쟁을 일심으로 돕다가 놈들과의 백병전에서 장렬하게 희생되는 왕로인(한족)의 형상을 부각하였는데 아주 인상적이다. 이밖에도 용감하고 슬기로운 항일연군의 습격전에 의해 일본 국기를 끌어안고 자살하는 가와모도 중위 등 부정적 형상을 핍진하게 묘사하였다.

이 극본은 바로 이런 인물형상과 그 대립적 투쟁을 통하여 항일연군 전사들의 혁명적 영웅주의정신과 필승불패의 위훈 및 고상한 품성을 구가하였고 공동한 이상을 실현키 위한 투쟁 가운데서 피로써 맺어진 조·한 두 민족의 단결을 찬미하였으며 일제침략자의 야수적 만행과 필패적 운명을 제시하였다.

지금 전해지고 있는 장막극 「싸우는 밀림」은 그것이 인쇄본인 것이 아니라 초고로 된 필사본이다. 하여 이 작품은 극본으로서의 완정성이 부족하다. 그리고 작중에서의 인물형상의 창조, 구성과 언어구사 등 면에서도 이러저러한 미흡점들을 가지고 있다. 그러나 이 작품은 당시 항일투쟁의 중요한 화폭을 극적으로 생동하게 펼친, 이 시기의 극문학의 성과를 과시한 보기 드문 역작이다.

극 「혈해지창(血海之唱)」(2막 3장, 까마귀 작)은 1937년에 항일문예전사들의 집단적 노력에 의하여 창작된 성과작이며 항일전쟁 시기 극문학에서의 대표적 작품이다. 문학사 자료에 의하면 「혈해지창」은 네 가지 부동한 대본(또는 내용경개)이 전해지고 있는데 여기서는 연변대학의 '조선족문학자료 수집조'에서 1959년에 수집한 「혈해지창」(연극대본)을 소개한다.

이 극은 1937년 음력 8월 14일 하루 사이에 벌어진 사건을 통하여 30년대 후반기 항일무장투쟁의 본질적인 한 측면을 반영하고 있다.

> 피바다 북간도야
> 우리네 상처받은 가슴속에
> 어둠을 뚫고 들려오는
> 노래를 듣노니
> 백성들이여
> 이것이 혈해지창의 연극이노라

—「혈해지창」 중에서

이와 같은 비장한 정서로 충만 된 서시의 랑송에 뒤이어 막이 열리면 산 아래 초가들이 옹기종기 놓였고 뒷산으로 오르는 꼬불꼬불한 길이 보이며 마을 앞으로 시내가 흐른다. 전면에는 큰 나무가 전폭을 차지하고 있는데 그 아래에서는 일에 지친 농민들이 모여 험악한 세상을 한탄하면서 쉬고 있다. 이때 항일유격대의 정찰원 뻐꾹새는 정보도 수집하고 민심도 알아보기 위하여 밭머리쉼을 하고 있는 농민들한테로 다가가서 이야기를 나눈다. 바로 이때 김 영감의 딸 분희는 점심그릇을 쥐고 다급히 달려오며 아버지를 부른다. 분희를 뒤쫓아 오던 황지주의 아들 황자는 마구잡이로 분희를 제 '색시'로 데려가겠다고 하면서 김 영감을 위협한다. 김 영감은 황자를 얼려 넘기려고 자기 옆에 서있는 뻐꾹새를 가리키며 자기의 사위라고 한다. 황자 놈은 뻐꾹새가 수상함을 느낀 나머지 군경들을 데려다가 뻐꾹새를 잡아가려고 호각을 불며 다급히 달아난다. 이 위기일발의 고비에 뻐꾹새는 육혈포로 황자 놈을 쏘아 눕히고 농민들을 피하게 한 후 그곳을 떠난다.

제2막의 막이 열리면 놈들의 총탄에 부상당한 뻐꾹새는 추격을 받아 깊은 밤중에 원두막에 사는 빈한한 쏭마마(한족)네 집 마당에 이르러 쓰러진다. 원두막에서 나온 쑹마마는 동정을 살피다가 쓰러져있는 뻐꾹새를 발견하고 아들 왕펑을 불러다 집안으로 업고 들어가서 뻐꾹새의 상처를 싸매준다. 부상을 입어서 자기가 수집한 정보를 유격대 본부에 전하지 못해 안타까워하는 뻐꾹새의 심정을 알게 된 왕펑은 그 과업을 자기에게 맡겨달라고 자진해 나서면서 '저를 믿으십시오.(팔을 걷어 상처자리를 보이며) 놈들에게 얻어맞은 이 상처를 보십시오. 나는 이 원수를 갚아야겠습니다.'라고 한다. 쑹마마도 아들의 정의적 행동을 지지해 나선다. 뻐꾹새의 부탁을 받은 왕펑은 유격대를 찾아가려고 금방 밖을 나서는데 뻐꾹새의 뒤를 추격하던 헌병, 경찰, 자위단 놈들에게 붙잡혀 다시 들어온다. 놈들은 쑹마마더러 유격대원을 내놓지 않으면 아들 왕펑을 총살하여버리겠다고 공갈하나 쑹마마는 종시 입을 열지 않는다. 이렇게 되자 놈들은 쑹마마에게 모진 매를 댄 나머지 왕펑을 죽여치우겠다 하면서 잡아간다. 왜놈들이 왕펑을 끌어가자 쑹마마는 기절하여 '왕펑아!' 하고 외친다. 뒤에서 이 참혹한 정경을 다 목격한 뻐꾹새는 놈들이 물러가자 나와서 '어머니!' 하고 부르며 쑹마마의 품에 쓰러진다. 이때 암전되면서 제2막 제1장이 끝난다.

제2장에 이르러 쑹마마의 보살핌으로 상처를 다 처치한 뻐꾹새가 북두칠성이 기울어질 무렵 쑹마마와 다시 만날 시간을 기약하고 그곳을 떠난다. 뻐꾹새는 그 길로 산속에 들어가 대오를 거느리고 쑹마마네 집으로 달려온다. 뻐꾹새와 그 대원들이 놈들을 처단하고 쑹마마네 집에 이르니 원수 놈들과 비타협적인 투쟁을 전개하던 쑹마마와 왕펑은 이미 놈들에게 처참하게 살해되었었다. 이에 뻐꾹새와 유격대원들은 너무 비분하여 흐느껴 운다. 뻐꾹새는 쑹마마와 왕펑의 시체 위에 붉은기를 덮으면서 끝까지 싸울 결의를 다지는 때에 비장한 추모의 노래 속에서 막이 천천히 내린다.

「혈해지창」은 비장하고도 격동적인 사건들과 첨예하고도 긴장한 극적갈등을 통하여 일제침략으로 하여 피바다로 된 당시의 참혹한 현실을 반영하면서 극악무도한 일제와 그 주구들의 죄악적 본질을 폭로, 규탄하였고 피바다 속에서도 항일무장투쟁을 견지해나가는 중화민족의 영웅적 모습을 서사시적 화폭으로 일반화하였으며 조한 민족 간의 피로써 맺어진 혁명적인 친선단결을 격조높이 구가하였다.

「혈해지창」의 중심에는 뻐꾹새, 쑹마마, 왕핑의 형상이 놓여있다. 작품의 주인공 뻐꾹새는 '후리후리한 키에 우렁우렁한 목소리를 가진' 유격대 정찰원이다. 일찍 혁명투쟁의 도가니 속에서 혁명투사로 육성된 그는 농민들에게 지주, 자본가들의 착취적 본성을 밝혀주고 빈궁의 근본적 원인을 캐어주며 혁명의 씨앗을 심어주고 민중을 각성시킨다.

뻐꾹새는 발악하는 원수들 앞에서 긴요한 고비일수록 결단성이 있으며 기민하고 용감하게 싸운다. 황지주의 아들 황자가 뻐꾹새의 수상함을 알아채고 군경을 데려다가 그를 체포하려고 호각을 불며 달아나는 위급한 고비에 황자를 육혈포로 쏘아 눕히고 "여러분 어서 피하십시오. 뒷일은 내가 책임지겠습니다."고 하는 처사는 상술한 성격적 특징을 잘 보여주고 있다. 뿐만 아니라 뻐꾹새의 이런 처사는 위기일발의 시각에도 대중들의 생명안전을 먼저 돌보고 그것을 위해 자기희생적으로 싸우는 혁명자의 고귀한 정신적 기질을 웅변적으로 말해주고 있다.

또한 뻐꾹새는 항일조직이 준 어려운 과업을 성과적으로 수행하기 위하여 일시적인 감정충동을 억제하고 이지적으로 처사할 줄 아는 혁명적 투사이다. 그는 친형제처럼 믿고 함께 싸우려던 왕핑을 잡아가는 원수들을 눈앞에 보았을 때 당장 요정 내려는 격렬한 감정 속에 사로잡힌다. 그것은 동지에 대한 인간으로서의 자연스런 감정의 발로이며 후다운 동지애의 표현일 뿐만 아니라 간악한 원수에 대한 증오심의 표현이다. 그러나 그는 결코 자기가 맡은 반일과업마저 잊어버리고 원수 앞에서 망동하는 것이 아니라 치미는 충동을 가까스로 억제함으로써 이지적으로 처사한다.

유격대 정찰원 뻐꾹새는 그 어떤 역경 속에서도 혁명승리에 대한 확고한 신념을 가지고 싸워나가는 혁명적 낙관주의자이다.

이와 같이 「혈해지창」은 항일투사의 형상을 진실하고도 생동하게 창조하였을 뿐만 아니라 또한 이 작품의 다른 주인공 쑹마마의 형상을 보다 성공적으로 부각하였다.

쑹마마는 쓰라린 생활고를 겪은 농촌의 어질고 순박한 한족어머니이다. 쑹마마는 혁명군을 지지하여 싸우다 죽은 남편의 사상영향과 어려운 생활의 실제로부터 착취제도와 일제침략자들의 죄악적 본질을 더욱 똑똑히 깨닫게 되며 천대받고 가난한 모든 사람들이 민족을 불문하고 한데 뭉쳐 싸워야 한다는 혁명의 진리를 터득하게 된다. 따라서 쑹마마는 부상당한 항일유격대원 뻐꾹새가 어려운 임무를 왕핑에게 맡길 때 "그 애한테 부탁하오. 그 애도 무산자의 아들이요."라고 하면서 아들의 행동을 적극 지지해 나선다. 또한 그는 왜놈군경들이 숨겨둔 유격대원을 내놓지 않으면 극진히 아끼는 아들 왕핑을 총살하겠다고 위협 공갈할 때 애초엔 착잡한 생각에 갈마들었으나 종당에는 이지를 회복하고 단호히 모르쇠를 놓음으로써 유격대원을 구원한다. 그는 자기의 혈육인 왕핑이 놈들의 총에 맞아 살해되자 그 시체를 안고 몸부림치면서도 아들의 죽음과 항일무장투쟁의 연대성을 자각한다. 이처럼 작품은 어질고 순박하기만 하던 한 한족어머니가 피눈물 나는 생활의 시련과 현실투쟁의 영향 하에 혁명의 진리를 깨닫고 어엿한 혁명투사로 성장되는 과정을 진실하게 전형화 하였다.

「혈해지창」에서는 왕핑의 형상도 생동하게 창조하였다. 왕핑은 잔인한 원수들 앞에서 태연자약하였으며 원수들을 증오하고 경멸하며 혁명동지를 구원하려고 떳떳이 몸 바쳐 싸운 혁명적 청년의 영웅적형상이다.

작품은 쑹마마 일가의 생활과 투쟁과 운명을 중심으로 한 극적 형상을 통하여 당시의 인민대중이 생활의 모진 시련 속에서 점차 혁명을 인식하고 투쟁의 길에 나서는 과정을 형상적으로 생동하게 반영하였으며 또한 쑹마마 일가와 뻐꾹새의 관계를 통해 민족단결의 주제를 힘 있게 밝히었다.

「혈해지창」은 내용적 면에서 뿐만 아니라 그 예술적면에서도 성과를 거두었다. 이 작품은 혁명적 사실주의창작방법에 입각하여 진실성의 원칙을 고수하였다. 작품은 1930년대 후반기의 참혹한 현실과 이에 대한 부동한 계층의 각이한 생각을 진실하게 표현하였으며 인물형상 창조에 있어서도 인물을 터무니없이 이상화한 것이 아니라 인물의 성격발전의 논리에 맞게 창조함으로써 독자와 군중들에게 친절감과 진실감을 안겨준다.

또한 이 작품은 비장한 분위기 속에서 쑹마마 일가의 비극적 장면을 대담하게 건드리면서도 그 뒤에 혁명적 낭만성을 안받침 함으로써 혁명적 사실주의의 위력을 효과적으로 담보하였다.

「혈해지창」은 갈등이 첨예하고 긴장하며 동작성이 강하고 극적 분위기가 짙다. 작품에서 시간적, 공간적 전환이 타당하게 처리되었기 때문에 사건전개가 자연스럽고 순통하며 층차가 분명하고 이야기선, 행동선이 뚜렷한 것이 특징적이다. 또한 작품의 구성에 있어서 대조와 대응의 수법을 기묘하게 사용하였다.

「혈해지창」은 언어구사에 있어서도 그 특색을 보이고 있다. 대화가 평이하고 생동하며 독백이 서정적이고 솔직하고 심각하며 표현력이 풍부한 구두어를 골라 쓰기에 모를 박았는가 하면 생동한 비유와 과장, 반의어와 상징 및 완곡어법 등을 대사에 도입하였으며 고전명작의 언어와 조상들의 언어표현 형식을 적절하게 채용함으로써 민족적 색채를 짙게 하였다.

「혈해지창」은 상술한 바와 같은 사상 예술적 성과로 하여 이 시기 중국조선민족 극문학발전사에 있어서 자못 뚜렷한 자리를 차지하고 있다.

동북항일유격구에서는 또 당시 간행된 신문과 잡지, 이를테면 《반일보》, 《전투일보》, 《서광》, 《투쟁》, 《3·1월간》, 《화전민》 등에 실린 문예성을 띤 정론, 격문, 통신, 서간, 수필 등이 적지 않았다. 지금까지 전해지고 있는 산문작품으로는 격문 「반일투사동무들아 함께 싸우자」
(1936년), 「강도 왜놈의 통치에 신음하는 소년들에게 격함」(1937년), 수
필 「적진에서 보내온 한 정치위원의 편지」(1936년) 등이 있는데 우리
는 이런 제한된 작품과 편단을 통하여 이 시기 동북항일 유격구 내의
산문문학의 일모를 엿볼 수 있다. 아래에 그중의 몇 단락을 들어본다.

　　망국노란 더러운 이름을 벗기 위하여 과감하고 힘찬 싸움을 전개
하는 투사동무들은 추위와 괴로움을 헤아리지 않고 산을 넘고 들을
건너 두 주먹을 부르쥐고 ……싸움을 하지 않으면 안 된다.……
　　여름에는 숲 속에서 찬비와 찬이슬을 맞고 겨울에는 땅속과 눈 위
에서 일상생활을 하고 있다. 동무들이 우리도 동일하게 개놈들의 강
탈에 집과 밭, 돈, 곡식을 모조리 빼앗기고 각골한 생활에서 신음하고
아우성을 치면서 눈물 흘리는 우리 아닌가! 그러면 우리도……놈들의
대전의 화염 속에 밀어 넣으려는 기만정책을 여실히 폭로하면서, 바
삐 우리 대내에 편입하여 싸우는 가운데서 망국노라는 더러운 이름을
벗어야 한다. 우리의 자유와 평화는 투쟁에 있다. 힘 있게 싸우자!

　　　　　　　　　－격문 「반일투사동무들아 힘 있게 싸우자」에서[38]

　　해는 벌써 서산에 넘어가고 마을 집집 굴뚝에서 연기가 불쑥불쑥
나는데 나는 고픈 배를 띠 졸라매고 아니 나가는 걸음으로 집 마당까
지 오니 집안에서는 어린 동생들의 우는 소리가 난다. 가만히 서서
들으니 뜨거운 가슴은 터질 지경이다. 어린 동생들은 강냉이죽 더 달
라고 발버둥친다. 나는 배고픈 것과 종일토록 일한 몸으로 뼈가 찌긋
찌긋해나는 것을 참고 문을 열고 들어가니 동생들은 울음을 멈추었
다. ……냉수 같은 물에 시래지(시래기) 둥둥 뜬 것을 밥 말아 먹고
좀 앉아있으니 벌써 배는 또다시 고팠다.
　　온종일 노동하고 잠자리를 찾아 누우니 빈대, 벼룩이 설렁거려 잘

---

38) 『항일무장투쟁에서 창조한 혁명적 문학예술』, 제106페이지, 평양과학출판사,
　　1960년 7월 출판.

수 없고, 일하던 맵시로 그냥 누운 모양, 우마동양(同樣)으로 생활하고 있다.

화전민 소년들아!……우리 화전민 소년들은 먹이에 굶주림과 배고픔의 고통을 받으면서 있는데도 '삼림보호구' 개들은 자기들의 세금과 부역에 순응하지 않으면 축출령을 내리지 않는가.……

우리도 잠자지 말고 일어나서 과감한 반일투쟁을 전개하자. 서만주에서 활동하는 동무들은 삼림 속에서 새를 온돌로 삼고 잠조차 새우고 있지 않는가!

─격문 「강도 왜놈의 통치에 신음하는 소년들에게 격함」에서[39]

이런 격문에서는 민족의 비운을 통탄하면서 망국노의 운명에서 벗어나기 위한 성스런 투쟁에 한결같이 궐기하라고 격정적으로 호소하고 있다. 더욱이 격문 「강도 왜놈의 통치에 신음하는 소년들에게 격함」은 당시 화전농 소년들의 비참한 생활상을 형상적으로 전시하였을 뿐만 아니라 선명한 대조 속에서 당시 사회의 비리를 파헤치었으며 청소년들을 투쟁에로 힘차게 부르고 있다. 이밖에도 서간체수필 「적진에서 보내온 한 정치위원의 편지」에서는 일제의 '대토벌'을 멋들어지게 격퇴한 장관적인 일각을 선명한 화폭으로 펼쳐 보이면서 사기충천 하는 유격대원들의 투쟁모습을 정서적 흥분 속에서 구가하고 있다.

제2절 관내 반일군민들의 문학

1930년대 후반기에 특히는 '7. 7'사변 이후, 제2차 국공합작의 실현과 더불어 항일민족통일전선의 형성과 진일보의 확대는 전국인민의 투쟁

---

[39] 『항일무장투쟁에서 창조한 혁명적 문학예술』, 제106페이지, 평양과학출판사, 1960년 7월 출판.

을 크게 고무하였으며 전국범위 내에서 항일투쟁의 일대 앙양을 가져 오게 하였다. 이런 정세 하에서 계림, 중경, 서안, 무한, 태항산 등지에 있던 10여만 조선민족군민들은 공동의 원수 일제를 무찌르기 위한 항 일투쟁의 세찬 불길 속에 뛰어들었다. 이들은 조선의용대, 조선의용군, 광복군 등을 조직하여 자기의 혁명 활동을 벌렸다. 그들은 이때 《조선 의용대통신》, 《민족해방》(원 《조선청년》), 《전고》, 《한국청년》 등 근 20종으로 헤아리는 간행물을 내고 있었는데 이에는 시와 소설, 산문 등 다종다양한 형식의 작품들을 게재하였다. 그리고 조선민족전사들로 조직된 각종 '선전대', '전지공작대', '조선의용군연예대' 등 직업적인 문 예공연대와 더불어 과외로 조직된 공연대들에서는 가무와 다양한 형식 의 극을 공연하여 항일투쟁에 이바지하였다.

항일혁명부대들에서는 '문학작품현상 모집활동'도 벌려놓고 대원들을 자기의 장끼에 따라 시도 쓰고 산문도 쓰게 하였다. 그때 지도부에서 는 동지들이 써낸 작품을 평의를 거쳐 1등, 2등, 3등을 내오고 1등 작 품에는 상 대신에 붉은 별을 달아주었다. 그때 동지들이 쓴 시와 산문 은 그 얼마나 혁명적 격정으로 충만 되고 그 얼마나 기세가 높았던가! 전쟁 시기여서 작품을 인쇄하지 못하는 것이 퍽 유감스럽다.[40] 그리고 이때 태항산 모 부대에서는 '행군노정'에서 벽보활동을 전개하였는데 그 이름을 「곰방대」라 달았다. 「곰방대」 벽보는 16절로 벤 유광지에다 행군 도중 15분간 휴식할 때 새로운 소식이나 전사들의 감회를 써서 돌려보았다.…… 벽보 「곰방대」는 진정 행군의 길동무로 되었으며 부 대 내의 미담, 미덕을 노래하는 돌림신문으로도 되었다. 부대가 태항산 을 떠나 청장하를 건널 때였다. 이때 리윤영이란 대원은 정든 근거지 를 떠나기 아쉬워하는 자기의 심정을 다음과 같이 읊었다.

지나온 길 돌아보니 흰 구름 가리웠네

---

40) 『중국의 광활한 대지 위에서』, 연변인민출판사, 1987년 3월 출판.

오지산도 마음 있어 우리를 바래누나
아마도 감자 동무의 눈물가린 수건이리[41]

이렇게 관내에 있던 조선민족군민들은 항일투쟁에 적극 뛰어들어 일제와 싸우면서 문예활동을 활발하게 벌이였다. 이때 이 지역에서 창작된 작품들은 그곳의 언어적 환경으로 인하여 직접 조선문으로 발표된 것은 퍽 적었다. 막상 조선문으로 창작된 작품이라 하더라도 왕왕 한어문으로 번역하여 게재하였다. 이런 문예작품 가운데서 가장 압도적인 비중을 차지한 것은 시가와 연극이었고 산문도 적지 않았다. 그리고 소설작품도 출현하였었으나 그 수량이 적은데다 나중에 산실되다보니 지금에는 그 작품들을 찾을 길이 없다.

관내의 조선의용군, 광복군들이 활동하던 지역에서 창작된 가요에서는 일제의 죄악을 폭로, 단죄하며 항일군민들의 사상 정신적 풍모를 구가한 것이 가장 중요한 위치를 차지한다. 혁명가요 「최후결전」(석정 작사), 「의용군행진곡」(리덕산 작사), 「어둠을 뚫고」(김학철 작사), 「광복군항일전투가」(송호성 작사), 「민족해방가」(작자 미상), 「자유는 빛난다」(작자 미상), 「선봉대가」(리두산 작사) 등이 바로 이런 주제에 바쳐진 대표적 작품들이다. 그중의 일부분 작품을 들어보면 다음과 같다.

포연탄우 떠도는 땅에
지루한 어둠이 샌다
천년 압제에 시달린
겨레의 영혼 일어나라
노예의 잔여를
……

－「어둠을 뚫고」에서

---

41) 유동호 『태항산에서의 조선족문예활동』, 《문학예술연구》, 1982년 제4호.

동아의 노예들 단결하여 일떠나
다같이 쳐부수자 일본군벌
우리는 동아의 참다운 주인공
다 앞으로 동무들아!

조선의 형제 대만의 동포
그 압박 또 어찌 받을소냐
혁명의 깃발 높이 추켜들고
다 앞으로 동무들아!

―「전가」에서

이와 같이 상기한 노래에서는 자기의 처지와 운명에 대한 계급적 자각에 기초한 항일투쟁에로의 궐기를 호소함과 아울러 원수격멸의 투지와 혁명승리에 대한 굳은 확신을 힘 있게 일반화하였다.

사나운 비바람 치는 길에서
다 못가고 쓰러지는 너의 뜻을
이어서 이룰 것을 맹세하노니
진리의 그늘 밑에 길이 길이 잠들어라
......

―「조선의용군추도가」에서

더럽힌 동방하늘 전운을 뚫고
광명은 불꽃같이 굽이쳐 빛나
뛰노는 가슴파도 쇠북 치나니
사무친 원한 풀러 나가자
[후렴]우리 자유 우리 행복 우리나라
이 주먹 이 총칼로 빼앗아오자
......

―「진군가」에서

이런 가요들에서는 조선의용군들의 강의한 의지와 백절불굴의 투쟁정신을 구가하였으며 굴함 없이 싸우다 희생된 투사들에 대한 추모의 정을 표현하였다. 그리고 「의용군추도가」와 같은 그 시적 정서는 비록 비장한 색채가 강하지만 시 형상 전반에서 전투적 기백과 혁명적 낭만이 도도히 여울치고 있는 것이 특징적이다.

이밖에도 당시 조선민족인민이 처한 망국노적 운명을 통탄하고 고국의 고향산천에 대한 절절한 그리움을 노래한 「망향가」, 「그리운 조선」, 「고향이별가」 등이 부대와 대중들 속에서 널리 애창되었으며 연안의 대생산운동과 그 운동에 뛰어든 군민들의 정서를 반영한 「호미가」(류동호 작사), 「미나리 타령」(집체작)과 같은 가요들도 전사와 인민들의 사랑 속에서 불리워졌다.

관내의 반일부대 내에서는 상기한 가요 외에 시집 『자유의 노래』(프린트본, 작품을 찾지 못하고 있음)를 인쇄해내였고 적지 않은 자유시들이 창작되어 간행물에 발표되었다. 지금까지 전해지고 있는 시편들 중에서 민족의 부흥을 갈망한 서정시 「조국을 부흥의 길로」(려전, 1940년), 「너 또 왔는가-3·1절을 기념하여」(리두산, 1940년), 「광복」(진구, 1941년), 망국노가 된 절통의 정과 민족의 재생을 쟁취하고야 말 결의를 읊조린 「압록강」(백치, 1941년), 「어머니를 그리며」(운청, 1940년)와 중조 인민 간의 친선을 구가한 「양자강」(김유, 1941년) 등이 감명적인 시편들로 알려지고 있다. 그리고 산문작품도 이 시기에 창작되었는데 조선청년들의 불우한 처지를 반영한 「적지에서 보내온 한 청년의 편지」(작자 미상, 1940년), 「망명생활-최근 적진에서 뛰쳐나온 한 청년의 자술」(김태성, 1941년)이 그 대표적인 작품들이라고 할 수 있다.

그리고 이 시기에 상해, 북경 등 지역에서 활약한 작가 김광주, 주요섭 등도 적지 않은 좋은 작품들을 발표하였다.

작가 김광주(1910-1973)는 1930년대 초에 중국에 온 후 광복을 맞을 때까지 줄곧 문학 활동을 진행하였다. 그는 1933년에 상해에서 동인지

《보혜미언》을 발간하고 또 《보해미언연극사》도 꾸렸다. 작가는 이 시기에 일본군국주의 탄압 하에서의 지식인들의 생활고와 시대적 불안을 묘사한 단편소설 「남경로의 창공」(1935년), 「북평서 온 영감」(1936년), 화류계에 몸을 던진 여인들의 비참한 처지와 내심의 고통을 파헤친 단편소설 「예지(野鷄)-이쁜이의 편지」(1936년) 등 특색이 있는 작품들을 세상에 내놓았다.

단편소설 「예지(野鷄)」-이쁜이의 편지」는 이뿐이가 명숙에게 보내는 서한체 형식으로 어쩔 수 없어서 상해에까지 팔려들어와 기생으로 전락되어 몸을 팔며 살아가는 피눈물 고인 삶을 실토하는 일인칭체로 엮고 있다.

이쁜이와 명숙이는 한고향인 밤나무골에서 어릴 적부터 같이 노닐며 자랐고 소학교도 같이 졸업하고 서울 S여학교까지 다녔다. 그러던 어느 날 오빠가 비명에 가는 바람에 이쁜이는 2학년까지 다니다 학교를 중퇴하고 50이 멀지 않은 어머니를 부양하였다. 그는 밤나무골 구장영감이 뚜쟁이처럼 와서는 부면장의 첩으로 들어가라는 것을 죽기를 맹세하고 대답하지 않았다.

함께 60원 여비까지 보내주면서 길림에서 그다지 멀지 않은 따란툰(大藍屯)에 오면 사립유치원 교원노릇을 할 수 있다고 하기에 망아니 삼춘의 흉계에 빠져 들어왔다가 어머니를 여이고 이뿐이는 중국 사람에게 팔리워 가 강간당하기까지 한다. 그때로부터 이쁜이는 만주바닥을 굴러다니다 상해에까지 흘러가서는 돈 500원을 받고 5년 동안 유곽에서 고기덩이를 파는 예지(野鷄)의 신세가 된다. 이렇게 기생으로 굴러 떨어지게 된 이쁜이는 "나의 몸은 썩을 대로 썩고 짓밟힐 대로 짓밟혔다."고 하면서도 "자기는 무슨 짓이라도 해서 내 몸을 빼내고 말겠다."고 하면서 입을 옥물고 "돈으로 계집의 몸을 저며가는 사내놈들, 나도 돈으로 사랑을 살 것이고 남편을 살 것이다. 누가 나더러 남의 아내 될 자격이 없다고 할 것이냐? 정말 귀여운 아들딸을 두 팔에 하

나씩 안고 하루라도, 다만 한시라도 에미 노릇을 하다 죽고 싶다."고
절규하였다.

소설은 이쁜이의 기구한 운명을 부잣집 딸인 명숙이와의 대조 속에
서 펼쳐 보임으로써 더욱 그의 비극성적 처지를 더욱 짙게 보여주었
다. 그리고 서한형식을 취함으로서 그의 비참한 운명과 처절한 절규를
더욱 실감적으로 받아드리게 하였다. 그리고 이와 같은 소설에서는 중
국적인 생활과 기풍이 역연하게 풍기고 있는바 이는 다년간 그가 중국
의 사회적 현실과 그 최저 층에서 허덕이는 인물들과의 생활 속에서
체득한 깊은 체험과 갈라놓고 볼 수 없는 것이다.

이 시기에 공연된 극작품들로는 민족의 독립과 해방을 쟁취하기 위
하여 싸움터로 나가는 젊은 일대를 형상화한 단막극 「서광」(김학철,
1941년)과 「두만강변」(집체작, 1944년), 항일투사들의 피어린 투쟁과
그들의 고귀한 품성을 노래한 「태항산에서」(진동명, 1942년), 일제의
탄압과 약탈에 항거하여 일으킨 농민들의 쟁의와 그들의 열망을 반영
한 「조선의 딸」(의용군선전대, 1943년), 국민당과 그 주구들의 매국적
인 추악성을 폭로한 「승리」(작자 미상, 1942년)와 「황군의 꿈」(김창만,
1943년), 반일투쟁에 단호히 나선 의용군용사들을 찬양하고 우경기회
주의 투항행위를 신랄하게 폭로, 규탄한 「북경의 밤」(집체작, 1944년)
등이 있다. 이중에서도 장막극 「강제징병」, 「태항산에서」, 풍자극 「황
군의 꿈」이 관중들 속에서 넓은 공명대를 획득하였다.

3막 4장으로 된 장막극 「강제징병」은 서울 남대문역에서 조선의 한
어머니가 사랑하는 외둥이를 징병에 내보내는 정경을 다룬 것이다. 작
중의 홀어머니는 유복자인 외둥이를 애지중지 귀엽게 키워서 대학에까
지 보냈다. 자기는 험한 세상에서 온갖 천대와 수모를 받아가며 손발
이 닳도록 남의 집 삯일을 하면서도 아들이 대학을 마치고 나오기만
하면 남부럽지 않게 살수 있으리라는 일루의 희망을 걸고 모든 풍상을

다 이겨나간다. 그런데 뜻밖에 세상 뜨신 이 애 아버지의 제삿날에 아들은 갑자기 일제의 강제병으로 뽑혀 끌려 나간다. 기적을 울리며 떠나는 기차는 어머니와 아들을 멀리 떨어지게 한다. 바람에 머리카락이 볼품없이 흩어진 어머니는 목메어 아들을 부르다가 실신한다. 어머니는 정거장에 나와 있는 일제 놈들에게 마구 달려들어 놈들을 쥐어뜯는다. 제2막과 제3막에서는 강제로 끌려갔던 외둥이가 일본부대에서 도망쳐 나와 항일의 길에 들어선다. 이것은 지금까지 전해지고 있는 극 「강제징병」의 이야기 줄거리이다.

장막극 「태항산에서」는 1941년에 있은 호가장전투를 역사적 배경으로 하여 쓴 것인데 이 극의 줄거리는 다음과 같다.

막이 오르면 항일부대용사들이 한창 노래와 춤으로 즐기고 있다. 이때 돌연 상급으로부터 전투에 투입하라는 긴급지시가 내린다. 병사들은 상급의 지시에 좇아 용감하고도 기승스럽게 적의 봉쇄선을 꿰뚫고 적후에 들어가 적을 무찌른다. 그런데 대오 내에 몰래 잠복해있던 배신자가 일제와 내통하여 적군들을 끌어들이자 우리의 전사들은 불의의 습격을 받게 된다. 이에 우리 전사들과 놈들 간에는 가열처절한 백병전이 벌어지는데 이 싸움에서 우리의 전사들이 많이 희생된다. 살아남은 전사들은 희생된 동지들을 추모하며 선열들이 다하지 못한 위업을 이어 끝까지 싸울 것을 굳게 다지는 때에 막이 내린다.

1940년 여름 서안과 중경 등지에 설립된 '전지공작단' 등 연예단들에 의하여 단막극 「국경의 밤」(집체작, 1941년), 「조선의 한 용사」(박동운, 한유한 작, 1940년), 가무극 「아리랑」(한유한, 1940년)이 공연되어 일대 성황을 이루었었다고 당시의 《대공보》는 보도하면서 여러 편의 관후감과 평론을 발표하였다. 그중에서도 단막극 「조선의 한 용사」가 관중들의 주목을 받았다고 하는데 그 이야기 줄거리는 다음과 같다.

극중의 주인공은 민족심과 항일의식을 지닌 일본헌병대의 조선통역관이다. 그는 직무의 편리를 이용하여 헌병대장을 감쪽같이 속여 넘기면서 체포당하여 옥에 갇혀있는 항일유격대원들을 많이 구원해낸다. 그러던 어느 날 그 지대에서 이름난 한 유격대장이 불행하게도 체포된다. 극중의 주인공은 유격대장을 구원하기 위하여 유격대장과 접근하였으나 유격대장은 이 헌병대통역을 믿을 수 없기에 좀치도 곁을 주지 않았다. 그 뒤 일제헌병대에서 유격대장을 사형에 처하게 되는 전날 이 주인공은 하는 수 없이 기회를 타 이 유격대장 앞에서 일본헌병대장을 까눕힌다. 이에 진상을 알게 된 유격대원은 주인공과 함께 그곳에 갇힌 유격대원들을 구원하고 또한 헌병대의 무장과 기밀서류들을 몽땅 내다 말에 싣고 항일유격대로 돌아와 광범한 군민의 열렬한 환영을 받는다.

제6장 1945－1949년의 문학

제1절 항일전쟁 후의 새로운 정세와 문학 활동

1945년 9월 3일 항일전쟁이 승리하자 조선족인민들은 장기간 지속되었던 일제의 식민통치에서 해방되었다. 민족의 재생을 안아온 연변, 하얼빈, 심양, 통화 및 목단강지구 등의 모든 조선족집거구들에서는 항일전쟁의 승리를 열정적으로 환호하였으며 중국공산당에서 제기한 '국내평화를 공고히 하며 민주를 실현하고 인민의 생활을 개선시키며 평화, 민주, 단결의 토대위에서 전국의 통일을 실현하며 자주 독립적이며 부강한 새 중국을 건설하자'는 정치적 주장을 적극적으로 호응하여 나섰다.

그러나 항일전쟁이 승리한 직후에 조선족이 집거하는 동북의 정세는 매우 복잡하였다. 연변과 흑룡강 등지에서의 괴뢰만주국정권은 이미 전복되었으나 국민당은 항전승리의 전취물을 탈취하기 위하여 국민당 지방조직을 건립하고 반혁명무장을 조직하여 반혁명활동을 미친 듯이 감행하였다. 국민당은 특무들을 파견하여 일본침략군과 괴뢰군의 잔재세력을 규합하고 토비무장을 끌어 모아 해방구에서 자기들의 지반을 닦고 파괴와 노략질을 일로 삼았다. 그리고 장개석은 미제국주의의 부추김 밑에 군대를 동북에 이동시켜 심양 이남의 성진과 교통요도를 점령하고 계속 북진을 시도하였다.

이와 같은 정세 하에서 중국공산당은 동북을 장기적으로 투쟁을 견지할 수 있는 공고한 근거지로 창설하는 것을 급선무로 내세웠다. 이에 동북민주연군에서는 여러 민족 인민들을 발동하여 인민정권과 인민무장을 건립하고 지주와 한간을 청산 투쟁하였으며 적위잔재세력을 숙청하는 투쟁을 힘차게 벌이었다.

1946년 6월 국민당이 '정전협정'을 무치하게 찢어버리고 전면적인 내전을 발동하자 조선민족인민들은 민주정권건설과 토지개혁을 승리적으로 밀고나감과 아울러 제3차 국내혁명전쟁에 용약 뛰어들었다. 당시 조선민족군민들은 '일체는 전선의 승리를 위하여'란 당의 호소를 받들고 참군과 전선지원의 열조를 일으켰으며 두려움 모르는 혁명정신과 영웅적 기개를 떨치어 용감하게 싸움으로써 빛나는 공훈을 세웠으며 형제민족인민들과 더불어 제3차 국내혁명전쟁의 개선가 속에서 중화인민공화국을 일떠세웠다.

항일전쟁의 승리로 하여 중국에서의 일제의 식민통치가 결속되자 조선족인민들은 오매에도 그리던 자기의 이름과 말과 글을 되찾았으며 조선족인민의 염원과 의지대로 문화사업을 발전시킬 수 있는 자유와 권리를 취득하였다. 이에 고무된 조선족인민들은 도시와 농촌에서 더 없는 열성으로 민족적인 문화 계몽운동을 힘차게 벌렸으며 또한 대중적 문화교육사업을 널리 전개하였다.

조선족인민들은 이 시기에 이르러 자기의 민족문화를 대폭적으로 발전시키기 위하여 당의 배려 하에서 많은 소학교와 중학교를 꾸리고 조선족인민의 문화교육 발전사에 있어서 획기적 의의를 가지는 자기의 대학－연변대학(1949년 4월)을 창건하였다. 이렇게 학교교육을 대폭적으로 늘이는 한편 대중적 사회교육 사업을 벌이기 위하여 열성적으로 야학교와 문맹퇴치반, 독보조, 문화구락부를 꾸렸다. 이와 더불어 조선족 집거구에서는 신문, 출판 사업을 바싹 틀어쥐었는바 이때 수많은 신문과 잡지들이 간행되었다. 이 시기에 영향력이 컸던 조선문 신문으로는 《연변일보》(연길), 《인민신보》(목단강), 《민주일보》(하얼빈), 《단결일보》(통화), 《건군》(164사) 등이 있었고 잡지로는 《불꽃》(연길), 《민주》(연길), 《연변 문화》(연길), 《문화》(연길), 《건설》(목단강), 《효종》(녕안) 등이 선후로 발간되었다.

이 시기에 문화운동의 앙양 속에서 대중적인 문예활동도 발랄하게 전개되었다. 조선족인민들이 집중된 도시와 농촌, 그리고 공장, 광산, 상점, 중학교들에서는 극단, 연극사, 문공대와 같은 전문적이거나 반전문적인 문예공연단체들이 세워졌고 부대에서도 조선족들로 구성된 전문 문예단체들이 많이 나타나 활약하였는데 그중에서 '이쓰크라극단', '길동군구문공단', '양양극단', '166사선전대', '연변문공단', '송강로신예술극단', '송강군구 제3지대선전대', '164사선전대', '이홍광지대선전대' 등이 영향력이 컸다.

조선민족문학은 항일전쟁이 승리한 후에 새로운 정세와 새로운 문화운동을 시대적 배경과 생활적 토양으로 하면서 자기발전의 나래를 펼치었다.

동북 각지에 산재해 있은 조선민족문인들은 민족문학발전을 추동하기 위하여 자기 지방의 실정에 따라 자발성적으로 각이한 문학단체들을 꾸렸다. 그 대표적인 것으로는 '간도문예협회'(연길), '동북신흥예술협회'(목단강), '중소한문화협회'(연길), '노농예술동맹'(도문) 등을 들 수 있는데 이런 문예단체들에서는 문예평론회, 작품감상회, '문예연구회의 밤' 등과 같은 모임을 가지거나 '신춘문예현상모집' 등 활동을 벌이어 문학창작의 발전을 다그쳤다. 이런 문예단체들은 또한 점차적으로 전국의 문예운동과의 밀접한 연계 속에서 발전하였는바 1948년 3월에 심양에서 열린 '동북문예공작자회의'와 1949년 7월에 북경에서 개최된 '중화전국 제1차 문학예술일군대표대회'에 자기의 대표를 파견하였으며 그 회의정신을 참답게 전달하고 학습하였다. 그리고 모택동의 「연안문예좌담회에서 한 연설」에 대한 학습을 하였다. 이 시기에

목단강에서 간행되던 《인민신보》에서는 '동북신흥예술협회'의 추천
하에 1946년 9월초부터 10월말에 이르는 사이에 도합 25회에 걸쳐「
연안문예좌담회에서 한 연설」을 번역하여 게재하였고 연변에서도 이
학습을 지도하기 위하여「중국문예의 새로운 방향」등 단행본을 출판
하였다. 이는 조선민족문단에서 올바른 문예방향을 견지하고 문학창
작자들의 문예사상을 바로잡고 그 소질을 높임에 있어서 중요한 역할
을 하였다. 따라서「연안문예좌담회에서 한 연설」의 조선족문단에로
의 전파는 조선족문학발전사에 있어서 자못 중요한 의의를 가지고 있
다. 이밖에도 상술한 문학단체들에서는 조선의 문학과 더불어 중국현
대문학과 세계문학의 성과를 힘써 번역하고 소개하였는바 이를테면
중국의 노신, 곽말약, 모순, 조수리, 류백우……러시아의 레브 톨스토
이, 벨린스키, 영국의 셰익스피어 등 저명한 작가, 평론가들의 작품을
번역하여 출판하였다. 이는 조선족문학창작의 번영과 발전에 큰 영향
을 주었다.

이 시기에 조선족인민의 문화번신운동과 대중적인 문예활동의 수요
로부터 노래보급과 연극 활동이 광범한 군중 속에서 널리 진행되었다.
이 시기 인민들이 즐겨 부른 노래로는 선행시기의 항일가요도 많았지
만 또한 일제의 기반에서 해방된 인민들이 자체로 창작하여 부른 가요
「토지 얻은 기쁨」,「전선지원의 노래」,「방어공사의 노래」,「우리 패장
동무」,「핑탕국의 노래」등이 있다. 이 시기의 대중적 연극 활동은 당
시의 현실투쟁과 배합하여 활발하게 전개되었는데 이런 활동 가운데서
많은 극작품들이 창작, 공연되었다. 당시 연변의 정황만을 보더라도
'해방 후부터 건국 전까지의 기간에 공연한 극본들을 초보적으로 조사
한데 근거하여 종합해보면 모두 86편이나 된다.'[42]

당시 우리의 문단에는 다양한 문학형식으로 창조한 적지 않은 시와

---

42) 홍성도, 원주삼;『해방 초기 연극운동의 초보적 고찰』, 《문학예술연구》, 1982년
    제4호 제56페이지.

연극, 산문과 소설들이 출현됨과 더불어 문학평론활동도 전개되었다. 하지만 이 시기의 정상적인 문학평론활동은 설인의 서정시 「밭둔덕」에 대한 비판으로 말미암아 저애를 받게 되었다.

설인의 서정시 「밭둔덕」은 시인이 1949년 6월의 어느 날 할아버지를 따라 조밭 김을 매다가 쉴 짬에 밭둔덕에 앉아 활기 띤 새 농촌의 모습을 보고 감격되어 창작한 작품이다.

서정시 「밭둔덕」은 해방 후 날따라 변모되는 농촌생활의 일각을 다정다감한 서정 속에서 읊조리었다. 물론 이 작품을 완전 완미한 작품이라고는 할 수 없지만 그 주제나 사상 감정은 포만하고 건전하다.

하지만 《동북조선인민보》에서는 1948년 겨울부터 전국적으로 벌어진 이른바 소군에 대한 비판운동에 배합하기 위하여 1949년 7월 16일부터 그해 11월 5일까지 근 4개월 동안에 걸쳐 지상토론, 좌담회 등 형식으로 서정시 「밭둔덕」에 대한 비판운동을 벌리었다. 이 이른바 비판운동에서는 문예문제를 정치문제로 인상시키면서 서정시 「밭둔덕」의 성과를 전적으로 부정한 나머지 그에 터무니없는 누명을 들씌웠다. 이는 《동북조선인민보》 문예부간과의 명의로 1949년 11월 5일에 발표한 「시 「밭둔덕」에 대한 결론」이란 글에서 집중적으로 표현되었는바 이 글은 시 「밭둔덕」에 대하여 다음과 같이 지적하였다.

'자연을 묘사하는데 그저 무비판적으로 순간적인 인상을 가지고 전편을 대체하고 말았다. 작품에는 마치 영화촬영사가 촬영기를 여기에 퍼뜩 돌리는 식으로 그저 자연을 찍어 넣기만 하였다.

아직 농민의 감정을 완전히 바탕잡지 못하고 한낱 리설인 동무의 소자산계급 지식분자의 감정으로 이 작품을 창작하였다는 것을 논증할 수 있을 것이다.'

조선민족문단에서 처음으로 되는 이 '좌'적인 비판운동은 시인 설인을 타격하였을 뿐만 아니라 조선민족문인들의 창작적극성에 손상을 주었으며 정상적인 문예평론 활동에 영향을 끼치었다.

제2절 이 시기 문학창작

이 시기에 조선족작가들은 새로운 시대적 요구와 인민대중의 지향에 부응하여 각이한 양식과 형태의 문학작품을 창작하였다. 그중에서도 가사를 망라한 시문학과 극문학이 두드러진 성과를 달성하였다.

현실의 급격한 변화에 민감한 시문학은 이 시기에 활기를 띠면서 발전하였다. 리욱, 윤해영, 채택룡, 김례삼, 설인, 김태희, 김순기, 임효원 등을 비롯한 시인들은 시대와 발걸음을 같이하면서 많은 서정시와 가사를 창작하였으며 이런 서정시 창작의 번영과 더불어 종합시집『태풍』(1947년), 리욱의 시집『북두성』(1947년)과『북륙의 서정』(1949년) 등이 출판되었다.

이 시기의 시가문학은 시종 시대의 전초에 서서 해방된 인민들의 민족적 감격과 희열, 당과 모 주석에 대한 경모의 정을 토로하였고 근로인민들의 창조적 노력과 토지개혁, 정권건설 등 각항 민주개혁을 뜨거운 심장의 열도로 긍정하였으며 제3차 국내혁명전쟁을 격조높이 구가하였다. 이 시기 시가작품들은 그 주제와 소재 범위가 확대되고 감정적 색채가 명랑하며 다양한 것이 특징적이다. 이는 근로인민들의 생활에서 일어난 심각한 변화와 더불어 이 벅찬 현실을 다각적으로 반영하려는 시인들의 정열적인 시도와 갈라볼 수 없다.

이 시기의 시문학에서 일제의 통치를 뒤엎고 해방을 맞은 근로인민들의 벅찬 감격과 가슴속 깊이 솟구치는 희열을 격정적으로 구가한 작품들이 중요한 자리를 차지한다. 이에 바쳐진 대표적인 시작품들로는「그날의 감격은 새로워」(리욱, 1948년),「도문강」(리욱, 1947년),「환호성」(설인, 1945년),「해방」(채택룡, 1945년),「승리의 감격」(김순기, 1948년),「나가자 해방의 길로」(장해심, 1948년),「해방의 봄맞이」(작자, 연대 미상) 등이 있다. 시인 리욱은 서정시「그날의 감격은 새로워」에서 오매에도 그리던 해방을 맞는 민족적 감격의 날을 '천지가 새로운 이 크낙한 날', '새로 맞는 애인', '오래간만에 돌아온 아들'이라고 하면서 목메어 외치고 있다. 시인 설인은 바로 이런 북받치는 정감을 서정시 「환호성」에서 진지한 서정으로 다음과 같이 구김 없이 터져놓고 있다.

들린다 만세소리
터졌다 환호성이

일본천황이 떨리는 목소리로
두 무릎 꿇었음을 선포하자
'왜놈은 망하고
우리는 해방되었다'

얼싸안고 얼싸안고
갈린 목소리로 부르는 만세소리
얼마나 부르고 싶었더냐, 바랐던 것이냐
빼앗겼던 조국을 다시 찾은 이 만세소리가

......
억지로 쓰게 하던 뾰족모자 전투모
흐르는 강물에 와락 벗어던지며
부여안고 뚝뚝 뛰며 부르는
마을젊은이들의 우렁찬 만세소리

만세소리 울려 퍼져 산울림 되고
환호성은 메아리로 하늘땅을 뒤흔들듯
실로 땅속에서 뜬눈으로 묻힌 순국의 열사들도
이 시각 꿈틀 다시 돌아누웠으리랴!

아,
아프고 쓰리던 한 많던 매듭이
영영 풀리던 날

잊지 못할 8월 15일이여!

이와 같이 이 시는 당시 희열로 충만 된 조선족인민들의 감격과 긍지와 승리를 열성껏 노래하였다.

이 시기의 시문학에서는 공고한 동북근거지의 창설을 위한 토지개혁운동과 인민정권, 인민무장의 건설 및 그 거창한 투쟁 속에서 인민들의 솟구치는 감격과 희열을 구가한 작품들이 이채를 띠고 있다. 가사 「동북인민행진곡」(윤해영, 1945년), 서정시 「토지 얻은 이 기쁨 쏟아 쏟아」(김진, 1948년), 「석양의 농촌」(리욱, 1948년), 「젊은 내외」(리욱, 1948년), 「내 땅에 내 곡식」(채택룡, 1948년), 「밭가는 봄」(김례삼, 1948년), 「번신한 철령하」(임효원, 1947년), 「건설의 혈조」(김창석, 1947년), 가사 「주구청산가」(박노을, 1947년), 「고향의 진달래」(작자 미상, 1947년), 「림강의 봄」(작자 미상, 1948년) 등이 바로 이런 주제를 다룬 작품들이다.

동북의 새벽하늘 동이 트는 대지에
새로운 역사 싣고 종소리는 울린다
모여라 동북인민 우리들의 일터로
희망의 아침이다 새 깃발을 날리자

무도한 제국주의 침략자의 쇠사슬
인류의 적이란다 우리들의 원수다
피압박 약소민족 자유해방 위하여
정의의 칼을 들고 너도 나도 싸우자

선구인 혁명자의 원한 서린 붉은 피
저녁노을 지평선에 송화강도 붉었다
잊으랴 경신토벌 '9·18'의 혈제를
복수의 날이 왔다 백년 한을 갚으리

흥안령 부는 바람 흐린 안개 가시여
송화강 힘찬 줄기 나갈 길이 보인다
새로운 민주주의 우리들의 노선에
발맞춰 건설하자 새로운 동북을

이는 「동북인민행진곡」의 전문이다. 이 작품은 동북조선족인민들이
굳게 뭉쳐 선열들의 뒤를 이어 힘차게 싸워 철저한 민족해방을 쟁취하
며 새로운 동북을 건설하려는 웅심을 격조높이 노래하였는바 당시 우
리의 군민 속에 널리 보급되었다.

가을바람이 높은 하늘 사이로 새어드는 듯
가을절기는 대지를 뒤덮는다

······

부드러운 아침 햇발은
무서리 녹여 아롱지고
무겁게 수그러진 벼이삭들은
풍년을 더한층 익혀내는 듯
가지마다 콩꼬투리 얼키설키 매달려
가을은 풍양(丰穰)으로
맥박처럼 들레인다

이 얼굴 저 얼굴이 웃음에 피어
이 가슴 저 가슴은 기쁨에 부풀었다

해방 세 돌을 맞이한 이 땅 이 평원엔
하늘과 땅과 사람들이
한갓 승리로만 물결치어……

평생에 가져보지 못하던 이 밭 이 논배미가

내 땅이 될 줄이야 내 땅이 될 줄이야
갈퀴 같은 손아귀에 낫 들어 가을하러
핏줄 서린 팔뚝을 크게 내저으며
……

이는 김진의 서정시 「토지 얻은 이 기쁨 쏟아 쏟아」에서의 몇 대목
이다. 여기서는 악질지주를 청산하고 토지를 분배받은 농민들의 행복
과 기쁨, 자랑과 긍지를 격조높이 구가하였다. 시인 리욱은 그 많은 시
편에서 한뉘 머슴살이에 시달리던 농민이 '해방 세 돌을 맞아/ 갓 서
른에 장가들어/ 옥동이 낳은 해 지난봄에/ 밭짓을 타고'(시 「젊은 내
외」, 1948년) 신바람이 나서 일하는 그들의 행복을 찬미하였으며 그는
또한 서정시 「석양의 농촌」(1948년)에서 토지개혁에 의해 환발(煥發)
된 인민들의 창조적 노력을 열렬히 긍정하면서 날로 변모되는 조선족
농민들의 생활을 다음과 같이 다감하게 노래하였다.

……
무시 무시 몸서리치던
왕가지팡 틀림없건만
꿈이런 듯
토지분배
신세고친 농민들의 웃음꽃이
마을마다 호함지게 피는구나

……
저기 바라뵈는 논밭에는
풍년이 풍년을 실어오고
저기 바라뵈는 마을에는
인정이 인정을 끌어오나니

비둘기 빙빙 날아도는 지평선

그 위에 흐르는
퉁경소리
노랫소리
퉁소소리에
내 가슴은 몰래 흐뭇한데

이제
평화로운 마을에 피어나는 푸른 연기에
뉘엿뉘엿 석양은 더욱 붉어
토지의 새 주인들이
대지 어머니의 커다란 가슴팍에
오붓하게 안기누나

이런 시편들에서는 토지개혁의 거대한 역사적 의의에 대한 형상적인 확증, 날로 변모 발전되는 농촌 새 생활에 대한 열렬한 포옹과 더불어 새 시대, 새 생활에 대한 감격의 정과 미래에 대한 낭만이 여울치고 있다.

제3차 국내혁명전쟁에서 문학이 놀아야 할 사명과 과업을 깊이 자각한 조선족시인들은 전선과 후방에서 무한한 헌신성과 희생정신을 발휘하여 혁명전쟁을 진행하는 거창한 현실을 반영하고 군민들의 무비의 용감성과 대중적 영웅주의, 숭고한 사상 정신적 풍모를 노래한 시작품들을 많이 창작하였는데 이런 작품들은 이 시기의 시문학을 아름답게 장식하고 있다. 이에 속하는 대표적 작품들로는 「지뢰수 조성두 용사」(리홍광지대선전대 집체작, 1947년), 「토비 숙청가」(리홍광지대선전대, 1947년), 「동북인민자위군송가」(윤해영, 1946년), 「양자강가에 봄이 오면」(설인, 1949년), 「어머니시여 돌아오셨구려」(설인, 1948년), 「존귀한 희생」(리욱, 1949년), 「승리의 전선으로」(김창석, 1948년), 「승리의 날 고백하려네」(전복순, 1948년), 「담가대」(김례삼, 1948년), 「편지」(임효원, 1947년), 「농촌의 밤」(최형동, 1948년) 등을 들 수 있다.

리홍광지대선전대에서 작사, 작곡한 「지뢰수 조성두 용사」는 당시
부대와 인민들 속에서 널리 애창된 노래이다.

무너진 포대에는
어젯밤에 그 동무가
위대한 승리는 가슴에 품고
히쭉 웃는 얼굴에 지뢰를 안고
용감하게 돌진하여 포대와 함께
산화한 동무의 피어린 자국
무너진 포대에서 고이 잠든 동무야
웃어다오 오늘은 동무 원수 갚았다
너의 죽음 혁명승리 초석이었고
헐벗은 자 해방의 어머니였다
들어다오 맹세한다
그의 정신 본받아
동무한테 지지 않게
오늘도 싸움터로 적을 찌르러

보다시피 이 노래는 지뢰로 적의 포대를 폭파한 조성두 용사의 영웅
적 위훈과 멸적의 불타는 결의를 시적으로 일반화하였다. 장해심의 서
정시 「전우의 영령 앞에서」는 시인의 비장한 주정토로로 원수와의 싸
움에서 희생된 전우에 대한 절절한 추모의 감정과 그의 혁명정신을 본
받아 영웅적으로 싸워 전국해방의 꽃다발을 안아올 굳은 결의와 필승
의 신념을 감명 깊게 노래하고 있다.

아 전우야 나의 전우야
안심하고 고이고이 잠들라
너의 가슴 이제 더워질리 없어도
이름 없는 이 고지 위에
너를 묻고 떠나는 내 가슴속에는

분노의 불길이 이글이글 타오르거니
멀지 않아 전국해방의 꽃다발을
너의 무덤에 안기어주마!

　또한 서정시 「양자강가에 봄이 오면」(설인, 1949년), 「새 중국의 깃
발」(리욱, 1949년), 「깃발의 대열」(장해심, 1949년) 등은 한결같이 제3
차 국내혁명전쟁을 찬미함과 아울러 승리의 감격과 바야흐로 탄생될
새로운 공화국에 대한 동경을 읊조리고 있다. 이를테면 시인 설인은
「양자강가에 봄이 오면」에서 항일전쟁과 제3차 국내혁명전쟁의 빛나는
승리를 격조높이 구가하면서 시의 마지막 부분에 이르러 바야흐로 다
가올 새 중국의 탄생의 거창한 앞날을 다음과 같이 감명 깊게 노래하
고 있다.

　　　이 나라에 봄이 오면 꽃피는 봄이 오면
　　　양자강가에도 봄은 진정 찾아오리니
　　　오래 두고 신음하던 동토는 화창이 풀려 대해에
　　　흐를 것이고
　　　궂었던 비바람의 하늘도 맑게 개여
　　　휘영청 낯색을 보이리라

　　　그러면 이 나라
　　　매 맞아 멍이 졌던 인민의 등허리도 퍼질 것이고
　　　주름잡혔던 어머니의 양미간에도 웃음이 올 것이며
　　　동결되었던 아가씨의 얼굴에도 웃음꽃 피리니
　　　종다리도 새 보금자리에서 노래 다시 아름다우리라

　　　오오
　　　저기 양자의 강가에 봄이 온다
　　　곤륜의 지붕에도 5억의 가슴가슴에도
　　　끝없는 내일과 악수하는

실로 기나긴 수천 년 무거운 쇠사슬 끊어버리는
우리들의 봄이
저기 파도와 같이 늠실늠실 걸어온다
(우리는 또 그예 가져와야 하리니……)

이 시기 시인들은 현실생활에서 일어난 거대한 사변을 구가함과 더불어 흘러간 세월에 예민한 눈초리를 돌리면서 비운에 빠졌던 조선민족 인민의 지난날의 눈물겨운 역사와 시련에 찬 험난한 투쟁생활을 진실한 화폭으로 펼쳐 보인 시들을 적지 않게 창작하였다. 그중에서 서정시 「혁명가의 아내」(신활, 1946년), 「옛말」(리욱, 1948년), 「이 밤이 새면」(설인, 1948년), 「밀행」(김례삼, 1948년) 등이 독자들에게 깊은 인상을 안겨준 작품들이다. 리욱의 「옛말」에서 겨레의 처절한 수난의 생활을 역사적이며 서사적인 생활의 화폭으로 펼쳐보였다면 신활의 「혁명가의 아내」에서는 사랑하는 남편을 항일투쟁에 내보내고 이제나 저제나 남모르게 임을 기다리는 아내의 애타는 정을 절절하게 읊조리고 있다.

고량(수수)밭 지나 역까지 20리길
떠나는 남편을 보낸 지도 그 몇 해
눈보라치는 세린하골에 겨울을 보낼 때마다
소식이 그리워 잠 못 이루었소

옥수수죽 한 그릇도 더웁게 앞에 놓으면
생각은 어느덧 먼 곳으로
지금쯤 어느 산협에서 굶지나 않는지
목 메인 생각에 가슴이 뭉클했소

……
앞산 고개 넘는 옆으로 가로놓인 오솔길에
사람의 그림자만 얼른거려도

울타리나 마당 앞 백양나무가지에 까치만 울어도
그리 쉽게 안 돌아올 줄 번연히 알면서도
마음은 남모르게 기다렸소

깊은 밤 회오리바람이 윙윙 우는 밤
건너마을 호개 짖는 바람에 잠을 깨던
또다시 놈들의 경찰이 오는가 하여
고스란히 한밤을 그냥 지냈소

……
눈물대신 슬그머니 웃는
그는 혁명가의 아내
남모르게 내일을 기다리는
그는 혁명가의 아내였소

　이렇게 혁명의 길로 떠난 남편을 애타게 그리는 아내의 회포를 통해
그의 숭고한 품성을 보고도 남음이 있다. 또한 그런 수난사에 대한 진
지한 회고로부터 일제를 더욱 저주하게 되며 무수한 혁명가 그리고 그
들의 아내들의 혈한과 고통으로 바꾸어온 오늘을 더욱 소중히 여기게
한다.

　이밖에 이 시기 시단에는 소련홍군에 대한 경모의 정을 토로한 시편
과 애정윤리소재를 다룬 시편들도 발표되었는바 서정시 「장교와 늙은
이」(임효원, 1947년), 「어머니」(설인, 1949년)가 그 좋은 예로 된다.

　상술한 바와 같이 이 시기 시가문학에서 다룬 주제는 다각적이고도
다양하였다. 암담하였던 일제식민통치의 기반에서 벗어나 민족적 재생
을 목격한 시인들은 민족적 감격과 승리의 낭만으로 가슴을 들먹였다.
이로 하여 이 시기 시가창작에는 새로운 현실생활에 대한 끓어 넘치는
흠모와 칭송의 정을 담은 장중한 송가가 중요한 자리를 차지하였으며
또한 이와 같은 시편들은 인민들의 영웅성에 대한 긍정과 찬양의 열도

가 높고 서정적 색조가 맑고 명랑하며 전투적 기백이 담긴 주정토로가 강렬하고 시적 묘사가 박력이 있다. 물론 이 시기의 시가문학은 창작 환경과 시인들의 변화된 현실에 대한 인식의 제한성 및 예술경험의 결핍으로 말미암아 이러저러한 미흡점들을 보여주고는 있지만 다른 한편 조선족시문학의 새로운 경지를 개척함에 있어서 기특한 성과를 달성한 것만은 사실이다. 이와 같은 성과는 건국 후의 당대 시가문학의 번영과 발전을 위하여 토대를 닦아주었다.

이 시기 극문학은 항일전쟁승리 후의 새로운 정치적 환경과 대중적인 문화번신운동의 열조 속에서 급속히 발전하였다. 조선족작가들은 흘러간 역사와 변화된 새로운 현실에 기초하여 조선족인민들의 영웅적 투쟁모습을 형상화한 많은 극본들을 창작하여 무대공연을 보장하였다. 이 시기에 이르러 단막극의 활발한 창작과 더불어 장막극의 창작도 이채를 보이기 시작하였다.

항일전쟁이 승리한 후 연길일대에서는 장막극 「호가장전투」(김혁, 1946년), 「북경의 밤」(길림군구 정치부문공단 공연)43), 「풍장」(박노을, 1946년), 「승리의 혈사」(김평, 천일, 신영준, 1946년), 「인민무장」(신활, 1948년), 「꼬맹이참군」(고철, 1947년), 「파몽기」(맹심, 1946년), 「안중근」(김진문, 1946년), 가극 「승리 향해 진군하자」(차창준, 홍성도, 1947년) 등 극작품들이 공연되었는데 이런 작품들은 당시의 조선족연극예술의 무대에서 커다란 반향을 일으켰다.

목단강지구에서 공연된 극작품으로는 장막극 「밀림의 고백」(리한룡, 1947년), 「너?! 이놈」(신룡검, 김태희, 1947년), 「새 결의」(리한룡, 신룡검, 1947년), 단막극 「봉기」(김태희, 1947년), 가극 「북방에 종이 운다」(권영일 각본, 김종화 작곡, 1947년) 등이 있으며 이밖에 제3지대선전대(하얼빈)에서 장막극 「태항산의 혈적」(최채, 1947년), 「우리의 맹세」

---

43) 이 극은 1940년에 조선의용대에서 창작, 공연되었다.

(장만련, 1948년), 리홍광지대선전대(통화)에서 장막극 「리홍광」(최아림, 진덕명 등, 1947년), 「적의 심장 속에서의 투쟁」(지봉래), 「민주연군이 오던 날」(최정연 등, 1947년), 「영광방」(선전대 집체작, 1948년). 장막가극 「폭파수 조성두 용사」(최득화, 1947년)와 같은 극작품들이 공연되었다.

이 시기의 극문학작품들은 토지개혁을 비롯한 각항 민주개혁의 실시가 가지는 거대한 의의와 그로 하여 펼쳐진 거창한 현실을 다양한 극적 갈등과 인간관계를 통하여 제때에 민감하게 반영하였으며 제3차 국내혁명전쟁에서 조선민족군민이 발휘한 무비의 영웅성과 완강성을 극적으로 일반화하였으며 항일시기의 역사적 사실을 소재로 하여 조선족인민의 빛나는 혁명전통과 투쟁역사를 형상적으로 보여주고 있다. 이런 작품들 중에서 당시 관중의 절찬을 받은 대표적 작품으로는 「승리의 혈사」, 「밀림의 고백」, 「너?! 이놈」, 「인민무장」, 「승리 향해 진군하자」, 「폭파수 조성두 용사」 등을 들 수 있다.

장막극 「승리의 혈사」는 항일무장투쟁 시기의 '해란강대혈안'을 소재로 한 작품이다. 일본제국주의가 1932년과 1933년에 용정시 해란구 화련리 일대에서 94차의 '토벌'을 감행하여 1천 7백여 명의 혁명자와 무고한 인민군중들을 살해하고 수십 개의 부락을 폐허로 만든 한차례의 대참안을 '해란강대혈안'이라고 한다. 항일전쟁승리 후에 이 '혈안'에 참여했던 조선족중의 주요흉수 18명이 인민의 법망을 벗어나지 못하고 모두 체포되어 처단되었다. 1946년 10월 3일 오전 10시부터 3일간 연길시인민광장에서 열린 '해란강대혈안청산대회'에서 만여 명 군중이 모여 피해자가족들의 공소를 들었으며 흉수들을 심판하였다. 연길의 이쓰크라(불꽃)극단은 이 청산대회가 열린 기간에 이 '대혈안'을 다룬 장막극 「승리의 혈사」를 창작하여 무대에 올려 관중들에게 깊은 인상을 남겼다. 당시의 한 신문은 이 극본의 공연을 두고 '피의 원한을 그린 「승리의 혈사」 상연'이라는 표제아래 '10월 30일 저녁 6시부터 3일간 시내

스탈린극장에서 유가족 및 일반시민을 초대하여 화련리일대에서 빚어 낸 지난날의 혈투사를 묘사한 김평, 천일, 신영준 세 동무의 집체작인 연극 「승리의 혈사」를 이쓰크라극단에서 공연하였다고 보도하였다.[44] 하지만 항일전쟁승리직후에 넓은 공명대를 획득했던 이 극본은 가석하 게도 산실(散失)되어 그 이름과 줄거리만이 전해지고 있을 뿐이다.

1947년에 목단강인민극장에서 극작가 리한룡이 창작한 장막극 「밀림 의 고백」이 공연되었는데 이 극본도 ‘해란강대혈안’을 다루고 있다. 작 품은 일제침략자들이 천인공노할 ‘대혈안’을 빚어낼 때 일제 놈들에게 달라붙어 수많은 혁명자와 군중을 투옥, 학살하던 림남두 일파를 역사 의 심판대에 등단시키고 있다. 두 손에 혁명선열들의 피가 묻은 림남 두 놈은 교활한 수단을 다 써가며 자기의 정체를 속이고 혁명 간부대 오에 혼입하여 또다시 인민들을 혹사하고 수탈한다. 이때 ‘해란강대혈 안’시에 모진 박해를 입어 죽게 된 심영복이가 림가 놈 등의 죄악을 적어서 유리병 속에 넣어 밀림 속 땅 밑에 깊이 파묻어두었던 것이 나 중에 심영복의 아내 경애에 의하여 알려지게 된다. 이로 하여 림남두 등 13명이나 되는 악질분자들의 정체가 백일하에 드러나게 되어 광범 한 인민대중에게서 엄정한 재판을 받게 된다. 이 작품은 림남두 등 반 면인물들의 형상을 진실하고도 심각하게 부각함으로써 일제와 그 주구 들의 추악한 죄악상을 무자비하게 폭로, 단죄하였으며 원수들에 대한 인민들의 불타는 증오심과 복수심을 통쾌하게 반영하였다. 당시 열렬 하게 전개되고 있던 악질지주와 한간, 주구 놈들을 청산하는 인민대중 의 혁명투쟁과 밀접히 배합된 이 작품은 조선족이 집거하고 있는 여러 지방들에서 공연되어 일대 성황을 이루었다.

1947년 4월 목단강시 조선족민주동맹문공단에서 공연한 장막극 「너?! 이놈」이 많은 관람자들의 절찬을 받았다. 작자는 3막으로 된 이 극의 내용경개를 극본 서두에서 다음과 같이 집약하여 소개하고 있다.

---

44) 《인민일보》(연길), 1946년 11월 2일에 게재.

때는 1937년, 원산에 거주하는 리동철은 흥남공장 노동자의 선각자로서 일제의 약탈을 반대하고 무산노동대중의 행복을 쟁취하고자 비밀리에 활동을 시작하였다.

사회주의운동의 선진분자들과 긴밀히 연계된 동철의 거동을 살핀 주구 남원수는 한편으로 동철의 누이동생 련숙이를 농락하면서 다른 한편으로는 동철이를 체포, 투옥되게 하였다. 동철의 아우 수현이는 허무주의자로서 타락의 고민 속에서 헤매다가 형이 잡혀가는 마당에서 현실의 처참한 본질성을 발견하고 수색중인 경관을 살해한 후 북만으로 도주한다.

련숙이는 반생을 주구 남원수에게 여지없이 유린당하였다. 일제세력이 만주에까지 뿌리깊이 박혔을 때 남원수도 부귀영달의 허욕으로 하얼빈에 왔다. 남편 원수의 죄악을 비로소 알게 된 련숙이는 그 당시 동철의 애인이었던 춘실이의 정체를 알게 되었고 아울러 유랑생활에 시달리고 있던 수현이도 만나게 된다. 이리하여 사건은 최고도에 이르는바 련숙이의 실책으로 수현이는 사망되고 련숙이는 투옥된다.

'8. 15'의 종소리의 함께 시간은 새로워지며 공장의 역사도 전환되었다. 과거에 고통을 받던 피압박민족, 약소 민족은 총궐기하였다. 홍군의 위대한 혜택에 중국과 조선의 해방은 약속되었다. 정의감이 있는 자들은 솔선하여 전선으로 나가고 련숙, 춘실 등도 역시 인민을 위해 복무하는 사업에 뛰어든다. 극악무도한 남원수는 자기 죄행을 엄폐하면서 교묘한 술책으로 가면을 쓰고 인민의 간부로 등장한다. 이것은 간악한 인간으로서 불가불 걷지 않으면 안 될 경우에 하는 당연한 발악의 표현인 것이다.

일찍 남원수의 독수에 피해당했던 인민의 일군 리동철이와 일생을 흡혈당한 누이동생 련숙이의 뜻밖의 상봉의 눈물겨운 장면에서 남원수의 죄행도 낱낱이 폭로되어 마침내 역사의 심판대 위로 끌려가게 되었으니 이로써 이 사건은 설움 속에 기쁨으로, 눈물 속에 웃음으로 끝을 맺었다.

상기한 바와 같이 이 작품은 첨예하고도 복잡한 극적갈등과 정황 및 계기들을 통하여 리동철을 비롯한 정면인물의 형상과 남원수를 두목으로 하는 반면인물의 형상을 생동하게 부각하였다. 그중에서도 주인공 리동철의 형상은 보다 성공적으로 창조되었다. 작품은 이런 인물 형상들과 사건전개를 빌어 일제의 식민통치에 대한 조선민족인민들의 하늘에 사무치는 원한과 단호한 반항정신을 구김 없이 보여주었으며 또 혁명사조의 영향 하에 각성한 인민들이 당의 영도 하에 일제를 타도하고 자유와 해방의 길을 찾게 되는 간거한 투쟁노정을 심오하게 일반화하였으며 일제 및 그 주구들의 추악한 본질과 그자들의 멸망, 혁명투쟁의 필연적 승리를 형상적으로 보여주었다.

이 극작품은 인물들의 복잡한 인생행로와 투쟁과정을 비교적 정교하고 명료한 극적 구성과 이야기 줄거리를 통하여 선명하게 반영하고 극적 갈등과 정황 속에서 개성적 성격을 진실하게 부각하였으며 대사가 생동하고 민족적 색채가 짙은 특성을 보여주고 있다.

「인민무장」(신활)은 1948년 초봄에 연길에서 공연된 장막극으로서 이 작품은 토지를 분여 받은 조·한족인민들의 생산투쟁의 열조를 일으킴과 더불어 인민무장을 조직하여 쳐들어 온 국민당군대들을 무찌르고 빛나는 승리를 취득한 이야기를 다루고 있다.

한마을에 사는 박달과 왕거(王哥)네를 비롯한 조·한족농민들은 토지개혁운동을 거쳐 오매에도 그리던 땅을 분여 받고 충천하는 열정으로 생산투쟁을 힘 있게 다그치고 있을 때 그 부근에 있던 국민당군대들이 돌연적으로 마 단장의 지휘 하에 마을로 쳐들어와 노략질하며 인민들에게 야수적 만행을 감행한다. 이에 격노한 인민대중은 인민해방군의 지지 하에 자위무장을 조직하고 국민당반동파와 과감히 투쟁하여 빛나는 승리를 취득한다.

이 작품은 제3차 국내혁명전쟁시기 조·한족이 집거한 농촌에서 조직된 인민무장과 그들이 영용한 투쟁을 진실하게 반영하였으며 박달, 왕거, 림우, 철식과 같은 부동한 농민형상을 생동하게 묘사하였으며 조·한족인민들 사이에 맺어진 민족우의와 단결의 주제를 두드러지게 하였다. 이 극은 인물성격의 여러 측면들을 다양하게 천명하고 부각하였으며 당시 인민대중들에게 널리 불리고 있던 대중가요들, 예하면 「해방의 봄맞이」, 「농민가」, 「인민무장의 노래」와 그리고 작가가 창작한 가요를 작품의 내용과 구성에 맞게 자연스럽게 인입함으로써 예술적 감화력을 한결 더 높이고 있다.

이 시기에 산문, 단편소설도 일정하게 창작되어 당시의 간행물에 발표되었다. 그중 지난날 조선족항일투사들의 영웅적인 모습과 품성을 노래한 단편소설 「담배국」(김학철, 1946년), 민족해방의 희열과 새 생활에 대한 진지한 열망을 반영한 단편소설 「전선」(리한룡, 1947년), 「고백」(리한룡, 1947년), 자기의 일체를 성스런 인민해방전쟁에 바치기 위하여 선열의 뒤를 이어나가는 영철이와 옥련이의 숭고한 형상을 부각한 「그들의 길」(김창호, 1948년) 등이 대표적인 작품으로 알려지고 있다.

김학철의 단편소설 「담배국」은 비단 이 시기 작가의 성과작뿐만 아니라 또한 당시 조선족 소설 창작에서의 대표작으로 공인되고 있는 작품이다.

이 소설은 치중해서 평범한 전사 문정삼의 형상을 성공적으로 창조하였다. 문정삼은 '조선의용군 제×대에서 소문난 느리배기이며 게으름뱅이었다'. 그래서 그는 군사훈련에서도 잘못하여 남달리 '전쟁할 때'라는 아름답지 못한 별명을 얻게 되고 자기 직책을 수행하는 과정에서 엄청난 과실을 빚어내어 전 의용대에서 소문났었다. 그러나 그는 혁명에 무한히 충성한 전사였다. 그는 '인류의 불행에 대하여 뜨거운 동정의 눈물을 뿌리였고' 자기로서는 '열성을 다하여 맡은 바 직무에 충실하려고 애를 썼다.' '행군 도중에서만도 치중대에서 한번, 취사대에서 또 한번, 거의 불가항력적으로 저지른 과실에 대하여 책임을 느끼고 또 자극을 받은 문정삼이는 비상한 결심으로 연락원의 임무를 수행하려고 뼈물었다. 명예회복, 설치 이 두 단어가 잠시도 그의 머리에서 떠나지를 않았다.' 그는 생활과 성격상에서 크나큰 결함이 있으면서도 항일투쟁에서는 생사도 마다하면서 열성을 다하였다. 이와 같이 소설은 사실주의창작방법과 유머적인 묘사수법에 의거하여 평범한 전사의 단순성과 천성적 결함 뒤에 숨은 내면세계의 미를 심각하게 발굴하였다.

부 록

중국 조선민족문학 발전개관

중국의 조선민족은 유구한 역사와 찬란한 문화를 가지고 있는 선진민족이다. 지금 근 200만에 달하는 중국의 조선민족은 주로 길림, 요녕, 흑룡강 세 개 성에 분포되어있다.

역사적 기재에 의하면 조선민족의 선조들은 일찍 조선반도와 동북지역에서 오랜 역사 시기에 걸쳐 생활하면서 부동한 사회발전단계를 거쳤다. 그러다가 장기간의 역사적 변천과정에서 대륙에 거주하던 그중의 대부분이 조선반도로 남천하였으며 남은 일부분은 기타 민족들과 함께 생활하는 가운데서 점차 동화되었다. 그 후 조선민족이 다시 중국 동북지역에 이주하기 시작한 것은 17세기 초엽이고 이주민이 보다 많이 들어와 정착하기는 19세기 중엽부터이다. 이주하여온 조선민족은 이 고장 기타 민족들과 함께 중국의 동북변강을 개척하고 건설하였으며 장기적으로 제국주의침략을 물리치고 봉건통치제도를 뒤엎는 투쟁에 참가하였다. 이렇게 조선민족은 평탄치 않은 역사적 행정에서 자기의 피땀으로 중화민족의 역사에 빛나는 한 페이지를 장식하였다.

중국의 조선민족과 조선반도의 조선인민은 본시 동일민족으로서, 장기간 부동한 역사발전단계를 함께 걸어오면서 힘써 자기의 문학을 가꾸어 풍부한 문학유산을 남겨놓았다. 중국 조선민족은 18세기, 보다 분명하게는 19세기 말로부터 본 민족의 문화전통과 문학유산에 토대하여 중국 조선민족의 생활과 밀착된 자기 나름의 새로운 문학을 창조하기

시작하였다. 그러면서도 중국 조선민족문학은 자기발전의 전반행정에
서 조선인민과 동일민족으로서의 공통한 지향, 장기적인 역사적 연계,
그가 처한 지리적 환경 등의 특수한 인연관계로 하여 조선문학의 영향
을 많이 받았을 뿐만 아니라 때로는 함께 문학창작을 진행하기도 하였
다. 이런 밀착된 역사과정에서 취득한 풍부한 문학성과들은 이미 조선
민족의 공통한 유산으로 되고 있다.

중국 조선민족문학은 또한 중국에서의 한족을 위시한 다른 민족의
문학과 세계 진보적 문학의 우수한 성과들을 부단히 섭취하면서 민족
적 특색을 보다 짙게 구현한 독자적인 문학으로 발전하였다.

본문에서는 지금까지 수집된 일부 문학 자료와 이미 취득한 연구 성
과들에 의거하여 19세기 말엽부터 1990년대에 이르기까지의 중국 조선
민족문학발전의 행적과 그 과정에서 취득한 문학성과들을 근대와 현
대, 당대의 세 부분으로 나누어 윤곽적으로 살펴보려 한다.

1

19세기 중엽으로부터 많은 이주민들이 황막한 중국 동북지방에 들어
온 후 기타 민족들과 함께 생활하면서 민족문학을 발전시키기 위하여
피타는 노력을 기울였다. 하지만 초기 이주민중의 절대부분이 극빈상
태에 처한 농민들이었고 본 민족의 문필가와 출판기관을 가지지 못한
등 제반 여건의 제한으로 말미암아 자기의 문학 활동을 발랄하게 전개
할 수 없었다. 그 뒤 20세기에 들어와 새로운 사회정치적 환경에서 일
어난 조선 애국문화 계몽운동의 영향과 흥기된 문화교육사업에 힘입어
조선민족의 문학 활동도 날로 심입 전개되게 되었다.

이 시기 조선민족문학의 새로운 성격적 특징은 우선 그 주제내용이
제국주의와 봉건주의를 반대하고 중세기적인 권위와 관습을 타파하며

'민권옹호'와 '자유평등', '문명개화'를 주장하는 자산계급민주주의를 기본으로 한데 있다.

이 시기 문학의 새로운 성격적 특징은 또한 시대의 전초에 선 신형의 전형적 형상을 묘사한 데서 집약적으로 표현되고 있다. 이때 작품의 중심에 등장한 긍정적 주인공들은 많은 경우 민족해방의 성스러운 위업에 떨쳐나선 항일지사들이거나 중세기적인 몽매와 무지를 반대하고 자유와 평등, 민권옹호, 문명개화 등의 근대적 의식을 고취한 선각자들이었다.

이 시기 문학실천에서는 사회의 초미의 문제에 중시를 돌리고 민족적 현실에 토대한 생활의 논리와 언문일치원칙 등에 좇아 인민대중의 시대적 의식과 지향을 진실하게 묘사하려는 노력들을 보이고 있는 것이 또 하나의 특징이다.

이 시기에 새로운 시대적 요구와 조선민족의 사상 미학적 수요에 따라 일련의 새로운 형식이 산생되었으며 기존의 문학형태들도 새로운 내용을 담으면서 계속 발전하였다.

근대 조선민족문학에 있어서 시가문학은 다른 장르보다 더 풍부한 성과를 거둔 분야이다. 그중에서도 창가가 퍽 많이 창작, 보급되었으며 보다 큰 영향력을 산생하였다.

근대적인 반일문화 계몽운동의 조류 속에서 성행된 창가는 민족의 독립적 염원과 개화의 의지를 대언하면서 시대적 사조를 여러모로 선양하였다.

이제 이 시기에 널리 불리었던 창가들을 그 주제별로 나누어보면 우선 중세기적 몽매와 질곡에서 한시 빨리 벗어나 날로 문명개화하는 시대적 조류에 따를 것을 권유하는 내용을 담은 것이 중요한 자리를 차지하고 있다. 창가 「학도가」, 「권학가」, 「수학가」와 각지 사립학교교가, 그리고 여성해방, 남녀평등, 혼인자유 등을 노래한 「동심가」, 「자유가」,

「여자는 근본」, 「사랑의 축복」 등이 그 예증으로 된다.

이 시기에는 또 비운에 처한 민족을 구원하고 자주독립을 이룩하기 위하여 떨쳐나설 것을 호소한 창가가 널리 보급되었다. 창가 「3월가」, 「독립운동가」, 「복수설치가」, 「절개가」, 「작대가」, 「동원가」, 「소년모험행진가」 등과 「용진가」를 비롯한 여러 수의 「독립군가」를 그 대표적 작품으로 들 수 있다.

이밖에 불우한 운명에 허덕이는 조선민족의 고국상실과 망향의 한을 달랜 「망향가」, 「도강가」, 「사향곡」, 「나비가」 등도 광범한 인민대중 속에서 보다 넓은 공명대를 획득하였다.

이상에서 밝히다시피 이 시기 창가는 시대적 조류에 따르면서 민족독립과 개화의식을 신속하고도 열렬히 선양함으로써 당시의 문화 계몽운동과 반일투쟁에 유력하게 이바지하였다. 그리고 그 예술형식과 기법에서도 시대적 사조와 조선민족의 심미적 정서에 맞는 참신한 형식과 표현수법들을 도입함으로써 조선민족시가의 혁신과 발전에 기여하였다.

이 시기에 이르러 창가의 창작보급과 더불어 시조와 한문시도 적지 않게 창작되었고 현대자유시도 나타나기 시작하였다. 그러나 여러 가지 원인으로 말미암아 적지 않은 작품들이 인멸되다보니 지금까지 남아있는 작품은 많지 못하다. 그리고 현존하는 일부 시편들은 당시의 우국지사거나 진보적인 지식인들에 의하여 지어진 것으로 추단할 수 있으나 그 작자들을 똑똑히 밝힐 수는 없다.

이 시기에 창작된 시조작품 중 현존한 것으로는 「류화절(柳花節)」, 「청년아」, 「장부사」, 「갑중검」, 「벽공월(碧空月)」, 「지사음」 등이 있다. 이런 시조에서는 민족의 운명에 대한 작자들의 깊은 심려와 절절한 염원을 감명 깊게 토로하고 있다. 그중 시조 「류화절」에서는 역사적 전환기의 거세찬 시대적 조류를 봄소식에 비기면서 봉건적 몽매 속에서 깨여나지 못하고 있는 겨레의 현 상태를 개탄하며 하루속히 개화발전의 길로 나갈 것을 간곡히 바라는 정을 감명 깊게 읊조리고 있다. 그리고 1919년 '3·1운동' 전야에 지은 것으로 추정되는 「갑중검」, 「장부사」는 고시조의 풍격을 본받아 창작한 작품들이다. 민족적 향기가 짙은 이런 시조들에서는 정중하고도 심오한 서정세계를 통하여 민족의 정기를 한몸에 지닌 우국지사들의 충정과 비장한 결의를 읽을 수 있다.

이 시기에 한문시도 많이 창작되었다. 한문시 「월강곡」과 「기다림」[1]은 청조정부가 봉금정책을 엄하게 실행하던 시기에 중국으로 이주해오던 우리 겨레들의 비참한 처지를 읊조린 의의 있는 시편들이다. 이런 시편에서는 19세기 이조 봉건통치의 혹정과 계속되는 기근에 못 이겨 살길을 찾아 강을 건너간 임을 애타게 기다리며 혹여나 임의 신변에 불상사나 생기지 않았나 하여 애간장을 태우는 농촌여인의 순정을 절절하게 토로하고 있다.

1910년대에 들어서면서 저명한 시인 김택영, 신규식 등에 의하여 한문시 창작이 전개되었을 뿐만 아니라 반일투사들과 초야에 묻힌 문필가들도 한문시를 적지 않게 지었다.

저명한 시인 김택영(1850년-1927년)은 훌륭한 역사학자이고 근대 조선민족 문학을 더욱 높은 차원에로 끌어올린 탁월한 문호이다. 그는 한문시 창작에서 출중한 문학적 재예를 보여주었을 뿐만 아니라 전기(伝記), 수필 등 산문창작과 선진적 사실주의 미학이론의 연구 그리고 조선민족문학의 성과를 소개하는 등 국제적 문화교류에 있어서도 빛나는 업적을 이룩하였다. 김택영의 대부분 작품은 1911년 이래 여러 번 재판한바 있는 그의 문집 『소호당집』[2]과 『차수정잡수』[3]에 수록되어있

---

1) 이 두 수의 시는 한문시다. 1910년대에 조선문으로 번역되어 사립학교 교과서에 수록, 그러나 지금에 이르기까지 그 원문을 찾지 못하고 있음.

2) 『소호당집』(제1판)은 1911년에 출판된 『창강고』(전 14권 6책)이다. 그 후 『소호당집』으로 개제하여 네 번 재판하였다. 제5판 중편(重編) 『소호당집』(전 15권 7책)은 1924년 7월에 출판되었다.

3) 『차수정잡수』 통주 한묵림서국에서 간행, 출판 연대 미상.

다. 한문시 「의병장 안중근이 나라 원수 갚았다는 소식 듣고」(1990년), 「어허, 애달파!」(1910년), 「중국 의병사에 대한 느낌」(1911년), 「루에 올라서」(창작연대 미상), 「조공정의 노래」(1921년) 등이 그의 대표적 작품들이다. 이 시편들에서는 민족에 대한 진지한 사랑과 일제 및 그 주구에 대한 증오와 중조인민 간의 두터운 친선의 정 등을 심각히 보여주었다. 그의 시는 함축성과 여운이 풍부한 것이 특징적이다. 시 형식에 있어서는 율시, 절귀, 고시가 절대다수를 차지하고 있다. 김택영은 조선민족의 한문시의 제재와 주제영역을 확대하고 생활세태에 대한 구체적 묘사 등으로써 새로운 시풍을 개척한 탁월한 사실주의 시인이다.

저명한 시인 신규식(1880년-1922년)은 일찍 민족독립운동에 나선 선구자이며 교육가이고 문필가로서 그 명망이 높았다. 그는 중국에 온 후 손중산 선생이 영도한 신해혁명에 참가하였으며 저명한 시인단체 '남사'에 가입하여 활동하면서 많은 훌륭한 시편들을 발표하였다. 그에게는 시집 『아목루(儿目泪)』(일명 『예관시집』)와 장편정론 「통언」(일명 「한국혼」4))이 있다. 시집 『아목루』에는 시인이 1909년부터 1922년에 이르기까지의 사이에 창작한 160여 수의 율시와 산문시들이 수록되어 있다. 『아목루』라는 제목이 말하여주고 있다시피 이 시집은 나라를 빼앗긴 '소년의 피눈물'로 엮어진 고통과 울분의 호소로서, 자유, 민주에 대한 열렬한 지향과 더불어 불굴의 투지를 불러일으키고 있다. 시 「려순에서 처형당한 이를 애도하여」(1910년), 「보검」(1911년), 「남사에 드리는 글」(1915년), 「연시조약이 체결되었다는 소식을 듣고」(1921년) 등은 그 대표적 작품들이다. 그의 시는 서정과 정론적 성격을 다분히 띠고 있고 진실하고도 호방한 것이 특징적이며 5언 및 7언의 절귀, 율시가 대부분이다.

그리고 이 시기의 반일투사들인 유린석(의암), 이상룡(석주), 이정

---

4) 『한국혼 및 아목루』는 신규식 탄생 60주년을 기념하여 1939년에 중경에서 출판됨.

등도 적지 않은 훌륭한 시편들을 남기었다. 그중에서 유린석의 시 「원통의 눈물」(1911년), 「의를 위해 몸 바친 의사를 추모하여」(1912년), 안중근의 「장부가」, 장지연의 「상해로 향하다」, 김승학의 「이준을 애도하여」, 김중건의 「백두산유정」, 김좌진의 「조국 향해 진군」 그리고 이정의 「진중음」(1920년)과 같은 작품은 보다 큰 영향력을 일으켰다.

1910년대 중기에 들어서면서 새로운 주제의식과 시형식이 결합됨으로 하여 지난날의 가사거나 창가 등과는 다른 현대자유시가 출현하기 시작하였다. 이를테면 신채호의 「너의 것」(1910년대 중기), 「맴의 노래」(1910년대 중기), 「새벽의 별」(1910년대 후기) 등과 일부 시 창작자들이 창작한 「아, 경술 8월 29일」5)(해일) 「새빛」(류영)6)과 같은 시편들이 그 좋은 설명으로 된다.

조선민족의 소설문학은 20세기 초에 이르러서까지도 제대로 발전하지 못하고 있었다. 이 시기에 간혹 산출된 작품으로, 일부 가문에서 오래 전부터 전해지는 구전설화에 토대하여 씌어진 소설들이 있었다. 그 한 례로 민간문인 권재용(호 흑석)이 부친의 구술에 좇아 필사 정리한 우화체로 된 소설 「두꺼비전」을 들 수 있다.

1910년대에 들어서면서 시대의 발전과 더불어 근대적 성격을 띤 소설과 여러 가지 형식의 산문작품들이 출현하였다. 조선의 신소설은 이곳 소설문학에다도 크나큰 영향을 주었다. 이 시기에 출현한 신채호의 단편소설 「꿈 하늘」(1916년), 「류화전」(창작연대 미상), 「백세노승의 미인담」(창작연대 미상), 공월의 「피눈물」(1919년) 등은 당시 소설 창작의 지평을 집약적으로 보여주고 있다. 이 시기의 소설들은 민족독립 자주의식을 고취하였으며 그 구성에서도 고대소설의 틀을 벗어나 시대적 현실에 토대하여 생활을 진실하게 묘사하고 있다. 그리고 문체에서

---

5) 상해 《독립신문》, 1919년 8월 29일 제1면.
6) 상해 《독립신문》, 1920년 3월 1일 제1면.

도 언문일치의 원칙을 관철함에 있어서도 새로운 발전을 보여주고 있다. 하지만 이런 소설들은 그 내용과 구성 그리고 형상화의 수법, 언어 구사 등에 있어서 고대소설의 틀을 아직 철저히 벗어나지는 못하였었다. 그러나 이런 소설들은 현대소설에로 발전하는 행정에서 개척적 의의를 가지고 있었다.

소설 창작과 더불어 이 시기에 우후죽순처럼 나타난 반일민족주의단체거나 진보적인 지식인들에 의하여 꾸려진 간행물들에는 창의문, 취지서, 성토문, 장편정론 등이 적지 않게 발표되었다. 예하면 1910년 남만주에서 결성된 반일민족주의단체 '경학사'가 창립될 때 살포한 「경학사취지서」(이상룡 집필), 이 시기에 발표된 유린석의 저술 「우주문답」, 자룡담과 김정규가 오록정에게 보낸 「관리에게 드리는 글」, 1915년에 신정이 남사에 올린 「동사여러분께 드리는 글」과 같은 격문, 호소문, 수필 등과 장편정론 「통언」(한국혼), 김택영과 신채호의 다양한 형식의 산문들이 있다. 이상에서 볼 수 있는 바와 같이 이 시기 산문들은 주로 반일에 앞장선 선각자들에 의하여 씌어졌는바 이러한 격문과 정론 등 산문은 그 주체의식이 명백하고, 격정적이며 선동력이 강한 것이 특징적이다.

이 시기에 신파극과 근대적 연극이 출현하였다. 구전된 자료에 의하면 당시 일본에 가서 유학한 문예청년들이 이 고장에 와서 당지의 문예청년들과 함께 일본, 조선에서 성행하던 신파극 또는 근대적인 연극 형식을 본떠서 자체로 극본을 창작하여 공연하였다고 한다. 일찍 이 시기에 연극을 직접 보았다는 이들의 회고담[7]에 따르면 1914년을 좌우하여 용정, 연길 그리고 기타 도시와 농촌에서 연극 활동이 벌어짐에 따라 민권자유, 남녀평등, 자유혼인, 미신타파와 같은 주제를 담은 「신

---

[7] 일찍 민족독립운동에 참가하였으며 건국 후 연변대학 역사학부에서 교편을 잡았던 지희겸 교수의 회고담.

가정」, 「미신타파」 등 극들이 공연되었다. 그리고 또한 역사적 기재[8]에 의하면 1915년 4월 10일부터 17일 사이에 길림시 조선족중학생들이 일제의 야만적 침략죄행을 폭로 단죄한 기동선전극 「원흉」을 공연하였으며 이 시기에 반일단체와 사립학교들에서도 연극 활동을 널리 전개하였다. 하지만 당시에 공연된 연극대본이거나 연극공연상황을 밝힌 자료들을 입수하지 못하였기에 이 시기의 극문학 발전면모를 보다 자상히 고찰할 수 없는 것이 유감스럽다.

이 시기에 서사문학과 더불어 구전민요와 설화들을 비롯한 구전문학이 많이 창작 보급되었다. 민요 「북간도 벌판」, 「신아리랑」, 「부모처자다 이별하고」,「이사길」, 「광복군아이랑」, 「의병대가」와 민담 「용천골」, 「롱드레촌」, 「무빈골」, 「삭발갱이」, 「포태마을의 이야기」, 「물」, 「은혜」, 「소가죽 한 장만큼」 등이 그 예로 된다. 이런 구전문학작품들에는 조선민족인민들의 생활투쟁과 열망과 추구가 진실하게 반영되었으며 저항, 비판적인 성격이 강한 것이 특징적이다.

이 시기 구비문학창작에서 또 하나 특기해야 할 사실은 『백두산민담집』(1898년), 러시아작가 가린 수집, 러문잡지 《미르보쥐이》에 발표,(1904년에 단행본으로 발행), 『장백산강강지략』(1908년 청나라문인 류진봉 채집 정리), 『초등소학수신서』(1914년 계봉우 개편) 등 3부의 민간설화집이 활자본 혹은 프린트본으로 출간된 것이다. 52편의 조선족설화를 수록한 『백두산민담집』은 두만강, 압록강 양안과 백두산지역에 살고 있던 조선족민중들의 구술에 의해 채록하고 해외에서 발행한 근대 최초의 조선민담집이라는 점에서 획기적 의의를 갖고 있으며 『장백산강강지략』은 '한인(韓人)' 구술이라고 밝힌 20여 편의 조선민족관계 백두산전설을 수록하고 있어 세인의 주목을 받고 있다. 프린트본 『초등수학수신서』는 리동휘, 계봉우 등 근대계몽교육가들이 애국계몽을 목적으로 편찬한 최초의 우화집으로서 이 시기 조선민족민중 속에

---

8) 길림시 조선족문화관에서 조사한 문헌자료에 따름.

서 유전되고 있던 민간우화들의 실태를 보여주고 있다는 점에서 시사하는 바가 매우 크다.

이 시기 문학은 당시 우리나라 사회발전의 역사적 제반여건과 창작자들의 인식의 제약성으로 말미암아 이러저러한 결함들이 있었음에도 불구하고 그 반제반봉건적인 성격과 예술적성과로 하여 당시 조선민족인민의 생활과 미학적 요구를 반영함에 있어서 그리고 중국 조선민족문학의 새로운 발전에 있어서 커다란 기여를 하였다.

2

현대 중국 조선민족문학은 1920년 전후 시기로부터 1949년 중화인민공화국의 창건에 이르는 시기에 그 복잡다단하고도 치열한 반제반봉건투쟁의 사회적 현실 속에서 발전하였다. 이제 특정한 이 시기 문학을 시대적 현실과 문학발전의 실정 등에 비추어 1920년−1931년, 1931년−1945년, 1945년−1949년의 세 개 시기로 나누어 고찰한다.

1) 1920년대에 들어서면서 10월사회주의혁명과 기타 선진적 문화사조의 영향 하에 일어난 '3·13'반일민중운동과 '5·4'애국문화운동에 힘입어 조선민족은 그 같이 험악한 정치 환경 하에서도 민족의 선구자들과 조기 마르크스주의 단체의 영도 밑에 반제반봉건적인 신문화운동을 널리 벌이었다.

이 시기 문학은 급격히 변화하는 현실생활에 반제반봉건과 민족해방의 기치를 더욱 철저하게 내세웠으며 반동통치를 뒤엎고 새로운 사회제도를 건설하려는 인민대중의 염원과 동경을 진실하게 반영하였다. 또한 이 시기 문학은 지난날의 민족문학의 전통을 참답게 계승하고 조선민족의 현실생활을 진실하게 재현하는데 많은 성과들을 거두었다.

   역사적 기재에 의하면 이 시기 문학비평활동도 비교적 활약적이었다. 1920년대에 간행된 《독립신문》, 《민성보》 등에서 문학의 본질에 대한 토론들이 비교적 높은 차원에서 진행되었었다. 이를테면 1928년에 있은 '문예연구회'와 '문우회'의 활동, 그해에 문학의 본질, 문학유산 계승 등 문제를 에워싸고 진행된 '백악산인', '황무촌' 등과 '북극성', '문봉' 등과의 논쟁은 그 좋은 실증으로 된다.

   이 시기에 새로운 투쟁현실을 진실하게 반영한 시가와 소설, 연극 등 다양한 양식의 작품들이 쏟아져 나왔다. 그중에서도 자유시 창작이 활약적이었으며 한문시, 시조 등도 많이 창작되었으나 지난날 모진 세파에 그 대부분 작품이 산일되었다. 하지만 현재 남아있는 일부 시작품을 통하여 당시 문학창작의 일각을 더듬어볼 수 있다. 이때 발표된 자유시, 한문시, 시조 등에서도 당시의 기타 문학양식에서와 마찬가지로 반동통치제도의 죄악을 폭로하고 우리 겨레의 염원과 지향을 노래한 작품들이 주류를 이루었었다. 그중에는 고국을 그리는 겨레의 고매한 감정과 민족자주의 절절한 숙원을 피타게 토로한 서정시 「향수」[9](김여), 「내가 죽었어? 룡화에 꽃구경하고」[10](목신), 「웬 일이냐?」[11](작자 미상), 「조선심」[12](백악산인), 「임 찾는 마음」[13](리월촌인), 「연가해」[14](작가 미상), 눈물 없이는 보지 못할, 망국노로 전락된 민족의 불우한 운명을 통절한 읊조린 서정시 「임을 찾으며」[15](근파), 「단오절」[16](초래

---

9) 《독립신문》, 1920년 5월 11일 1면.
10) 《독립신문》, 1922년 4월 15일 1면.
11) 《독립신문》, 1922년 8월 1일 1면.
12) 《민성보》, 1928년 4월 27일.
13) 《민성보》, 1930년 5월 21일.
14) 《민성보》, 1928년 6월 3일.
15) 《민성보》, 1928년 6월 10일.
16) 《민성보》, 1928년 4월 27일.

생), 「여름의 농촌」17)(김근타), 시조 「유랑인」(P.A.S) 등이 그 실례로 된다.

저명한 시인 김택영, 신규식, 신채호 등도 이 시기에 많은 한문시를 남기었다. 그리고 이때 민족독립운동에 투신하여 활약하던 일부 시 창작자들도 상해, 북경, 광동 등지에서 간행된 《진단》, 《천고》, 《광명》 등 잡지에 정치적 격정이 충만 된 시편들을 발표하였다. 또한 역사적 기재에 의하면 1921년에 용정에는 한문시를 짓는 시인들로 무어진 '신유시사'가 나왔으며 그 시우들에 의하여 많은 시편들이 창작되었다고 한다. 그러나 그 작품들은 거의 다 산실되다보니 지금까지 전해지고 있는 것으로는 근근이 「모춘(暮春)」(리장원), 「잠두봉」(작가 미상), 「모아산」(작가 미상) 등 몇 수가 남아있을 뿐이다.

이 시기 반제반봉건투쟁이 심입되는 정세 하에서 혁명가요가 많이 창작되었다. 이때 창작된 혁명 가요는 그 전시기에 비하여 소재와 주제범위가 더욱 확대되었고 착취제도와 암흑한 현실에 대한 폭로가 신랄하며 미래에 대한 동경과 추구가 강렬한 것이 특징적이다.

10월사회주의혁명의 승리는 온 누리에 영향력을 산생한 획기적인 사건이었다. 이에 사회주의를 격조높이 구가한 혁명가요들이 많이 창작 보급되었는데 그 대표적인 작품들로는 「붉은 봄 돌아왔다」, 「10월혁명가」, 「의회주권의 노래」, 「혁명가」, 「소련옹호가」 등이다.

이 시기 혁명가요 중에는 또한 민족적, 계급적 모순과 불합리한 사회제도를 폭로 비판하는 내용을 담은 것들이 적지 않은 비중을 차지하고 있다. 혁명가요 「현대사회모순가」(김중건), 「자유가」, 「불평등가」, 「빈농민자탄가」, 「가난한 자의 노래」 등은 바로 그와 같은 주제를 힘 있게 표현한 작품들이다.

당시 많이 불린 혁명가요 가운데서 계급적, 민족적 투쟁의 앞장에 선 투사와 영웅들의 숭고한 품성을 격조높이 칭송한 「총동원가」, 「계

---

17) 《민성보》, 1928년 4월 27일.

급전가」, 「혁명자의 노래」, 「기사전가」, 「추도가」 등이 또한 중요한 자리를 차지하였다.

이밖에도 여성해방, 혼인자유 등의 주제를 다각적으로 다룬 창가 「여성의 노래」, 「나의 가정」, 「여성해방가」, 「이혼가」 등이 널리 애창되었다.

이런 혁명 가요는 그 내용면에서 자기의 특색이 있고 그 시적 형식이 간소하며 시어가 소박하고 평이하여 이 시기 인민대중의 환영을 받았다.

1920년대에 산문과 소설문학도 상당한 정도로 발전하였다. 이 시기에 격문, 수필 등 산문형식이 성행되었는데 그것은 당시의 혁명적 정세와 깊은 연관이 있다. 신채호, 김중건 등이 현실을 고발하고 통치제도를 반대하여 쓴 많은 격문과 정론, 수필 등이 그 좋은 예로 된다. 이 시기 소설 창작에서 최서해, 주요섭, 최상덕, 신채호 등은 주목할 만한 성과들을 취득하였다.

1920년대 조선 문단에서 새로운 경향을 대표한 사실주의 작가로 이름을 떨친 최서해(1901년-1932년)는 1910년대 후기에 '간도'에 와 다년간 어렵게 생활하다가 1923년에 조선으로 돌아갔다. 그 후 그는 단편소설 「탈출기」(1925년), 「기아와 살륙」(1925년) 등 여러 편의 작품을 발표하였다. 그의 일련의 작품은 거의 다 '간도'에서의 체험에 토대하여 일제식민통치하에서 가난과 주림에 허덕이는 이곳 겨레들의 비참한 처지와 현실제도하의 암흑상을 신랄히 폭로하고 인민대중의 반항과 투쟁을 진실하게 묘사함으로써 이 시기 소설문학에서 새로운 경지를 개척하였다.

작가 주요섭(1902년-1972년)은 20년대 초에 중국 상해에서 사회의 최하층에서 허덕이는 조선 사람들과 당지 근로인민들의 극도의 빈곤상과 사회의 부조리를 사실주의적으로 묘사한 단편소설 「인력거군」(1925

년), 「살인」(1925년), 「개밥」(1927년), 「할머니」(1930년) 등 훌륭한 작품을 써서 자기 나름의 문학적 풍격을 보여주었다.

작가 최상덕(1901년-1970년)도 1920년대에 《상해일일신문》의 기자를 지내면서 최하층에서 시달리는 근로인민들의 생활을 진실하게 묘사한 단편소설 「소작인의 딸」(1926년), 「유모」(1926년), 「바보의 진노」(1927년) 등을 세상에 내놓았다. 이 시기에 신채호(1880년-1936년)도 단편소설 「용과 용의 대격전」을 창작하였는데 이것은 20년대 새로운 사조의 영향 하에서 창작한 것으로서 이 시기 진보적 낭만주의문학의 성과로 간주되고 있다.

1920년대부터 대중적 연극 활동이 널리 전개되었다. 일부 자료에 의하면 1920년대 초기에 남만 길홍학교 대강당에서는 '안중근 의사가 하얼빈역두에서 이또 히로부미를 저격한' 내용을 담은 극이 공연되었었다.[18] 그리고 1923년에 남경기독여자청년회에서는 '독립운동을 위하여 활동하다가 곤욕당하던 광경을 묘사한' 연극[19]을 무대에 올렸고 1924년에 상해 예수교회에서는 새해를 맞으면서 연극 「탕자회개(蕩子悔改)」[20]를 공연하였으며 1925년 3월 1일에 상해 의성학교에서는 역사극(작품명 미상)을, 남경의 어느 단체에서는 독립운동을 반영한 연극 「백년의 공(功)」[21](림창모 등 연출)을 선보이었다. 그리고 1920년대 후반기에 '간도'일대에는 연극단체 '예우사', '연극호' 등과 문학예술동인 '문우회'와 같은 연극단체들이 나타나 많은 극작품을 무대에 올렸었다. 그러나 지금에 이르기까지도 그 상황자료들을 수집하지 못하였는바 이는 우리들의 이 시기 극문학연구에 지대한 곤란을 주고 있다. 하여 당시

---

18) 박영석 『한민족독립사연구』, 일조각 1982년 제31페이지.
19) 《독립신문》, 1923년 3월 1일 제3면.
20) 《독립신문》, 1924년 1월 7일 제3면.
21) 《독립신문》, 1925년 7월 28일 제3면.

극 출연에 직접 참가하였었거나 그 극들의 공연을 본 목격자들의 회상 또는 일부 전해지고 있는 극 줄거리 등 단편적인 자료에 의하여 당시 연극 활동의 대체적 상황을 더듬는 수밖에 없다.

이 시기에 출연된 우수한 극작품들로는 「경숙의 마지막」(1925년), 「파랑새」(1925년), 「수상한 청년」(1929년), 「야학으로 가는 길」(1920년대 후기), 「학우지정」(1928년), 「어디로 갈 것인가」(1930년?)와 벙어리극 「이렇다」(1927년) 등이 있다. 그중에서도 1925년에 훈춘일대에서 공연된 극 「경숙의 마지막」은 광범한 인민대중의 환영을 받았다. 이런 극작품들은 당시의 새로운 사조에 발맞추어 다양한 주제를 다룸으로써 사회적 현실투쟁에 기여하였다.

1920년대에 있어서도 새로운 사조와 인민들의 생활을 환상적 수법으로 진실하게 반영한 민요와 설화 등 구전문학이 많이 창조되어 널리 전파되었다. 그러나 지금에 이르기까지 채집사업이 따라가지 못한데서 그 당시 구전문학의 실태를 딱히 밝히기는 어렵다. 지금까지 전해져 내려온 민요로는 암흑통치하에서 허덕이는 민족의 불우한 처지를 노래한 「뉘라서 간도가 좋다더냐」, 「헛농사」, 「세 아리랑」, 「우리 살림」 등과 만난을 극복하며 새 보금자리를 마련하려는 인민들의 염원과 의지를 읊조린 「벼가 자라네」와 같은 작품들이 있다. 또한 이 시기에 창작된 것으로 추단되는 설화로 근로여성의 미덕과 슬기를 구가한 「어머니의 마음」, 일제 놈을 감쪽같이 속여 넘기고 역경을 모면하는 기민한 반일투사들의 예지와 용맹 그리고 일제 순경나부랭이들의 추태를 핍진하게 보여준 「혼나간 오장」, 「청산리전투」, 「불행 중 다행」 등이 전해지고 있다.

2) ‘9·18’사변으로부터 1945년 8월 광복을 맞기까지의 14년 동안 조선민족은 전국항일민족통일전선에 가담하여 가열처절한 투쟁을 진행함

으로써 끝내 일제침략자를 물리치고 항일전쟁의 승리를 취득하였다.

'9·18'사변 후 날로 깊이 있게 전개된 항일무장투쟁의 거창한 현실은 우리의 문학 앞에 새로운 요구를 제기하였다. 이에 응하여 이 시기 문학은 바로 항일구국의 절박한 시대적 요구와 광범한 인민대중의 사상 미학적 요구를 반영하면서 발랄하게 발전하였다.

항일시기에 있어서 조선민족의 문학 활동은 일제의 통치하에 있던 동북의 적점령구에서와 당의 직접적인 영도 하에 있던 동북항일유격구(대) 그리고 관내에서 항일에 나섰던 조선의용군과 여러 반일부대들에서 널리 진행되었다.

이 시기 일제의 통치하에 있던 전 동북지구의 정치적 환경은 실로 험악하였다. 더욱이는 항일투쟁이 심입됨에 따라 멸망의 운명을 만회할 수 없게 된 일제는 더욱 가혹하게 파시스트통치를 감행하였다. 이런 역경 속에서도 조선민족의 진보적 작가들은 문학창작활동을 끈질기게 벌려나갔다. 당시의 우리의 문단에서는 저명한 여류작가 강경애를 비롯하여 시인 윤동주, 김조규, 리학성, 함형수, 류치환, 송철리, 천청송, 리수형, 김달진, 박귀송, 박팔양, 조학래, 리호남, 손상보 그리고 소설가 현경준, 김창걸, 안수길, 황건, 박영준, 최명익, 신서야, 김국진 극작가 리주복, 이헌, 평론가 김우철, 엄무현 등 수십 명으로 헤아리는 작가들이 활약하였다.

30년대 초기에 용정에서는 작가 리주복 등이 발기한 문학동인단체 '북향회'가 발족되어 문학창작의 발전을 힘써 도모하고 문학후진양성사업을 활발하게 진행하였다. 같은 시기 시단에서는 '시현실' 동인들이 활약하였다. 이들은 당시 문학동인 '북향회'에서 간행한 《북향》지, 천주교회에서 꾸린 《카톨릭소년》 등과 조선에서 출간한 여러 잡지에 그리고 일제문화경찰의 눈을 기이며 《만선일보》와 같은 신문에 자기의 작품을 내보내었다. 어려운 역경 속에서도 일부 작가들은 출판자금을 마련하여 소설집 『싹트는 대지』(1941년), 시집 『만주시인집』(1942년),

『재만조선시인집』(1942년), 종합작품집 『만주조선문예선』(1941년) 등을 출판하였다.

상술한 바와 같이 이 시기 적점령구에서의 문학창작은 어려운 환경 속에서도 일정한 발전을 가져왔는바 작가대오의 장성, 작품수량의 증가, 현실생활을 폭넓고 깊이 있게 형상화하는 기능, 예술방법의 도입 등 면에서 족히 볼 수 있다.

이 시기에도 시가문학이 보다 활약적이었다. 많은 진보적 시인들은 자기의 시작품을 통하여 민족의 주체의식을 고취하며 인민대중을 항일민족투쟁으로 궐기시켰다. 당시 시단에서 보다 활약한 대표적 시인들로는 윤동주, 김조규, 리학성, 함형수, 류치환, 송철리, 천청송 등을 들 수 있다.

시인 윤동주(1917년－1945년)는 이 시기에 많은 시를 쓴 것으로 알려지고 있으나 그 시들은 거의 그가 옥고를 겪는 때에 발표조차 하지 못한 채 산일되었다. 지금 남아있는 시들로는 유고집 『하늘과 바람과 별과 시』에 수록된 「자화상」(1939년), 「별 헤는 밤」(1941년), 「새로운 길」(1938년) 등 100여 수가 있을 뿐이다. 시인 윤동주는 항일투쟁 말기에 이지러지는 민족의 얼과 존엄을 수호하고 되찾기 위하여 민족시인으로서의 주어진 사명을 수행하기에 진력하였다. 그의 시문학은 해방 전 조선민족 시문학을 더욱 빛내었으며 또한 이 시기 시문학의 수준을 한결 높은 차원에로 끌어올렸다.

시인 김조규(1914년－1990년)는 시 「련심」, 「검은 구름이 모일 때」가 1931년에 선후로 《조선일보》와 《동광》에 입선되면서 시단에 나섰다. 그는 한시기 '단층'과 '맥'의 동인으로 활약하였으며 모더니즘에 경향 하였다. 그 후 시인은 1939년 중국에 이주한 후 겨레의 참담한 삶을 몸소 체험한 실제에 토대하여 겨레의 지향과 염원을 리얼하게 형상화한 서정시 「두만강」(1939년), 「3등 대합실」(1940년), 「북행열차」

(1940년), 「미스‘조선’에서」(1942년), 「전선주」(1941년) 등으로 이 시기 시단에 남다른 기여를 하였다.

시인 리학성(1907년-1984년)은 1930년대 초에 시단에 나섰다. 그러나 이 시기에 내놓은 그의 대부분 작품은 거의 다 산일되어 지금 찾아볼 수 있는 시편으로는 서정시 「척촉화」(1935년), 「별」(1942년), 「북두성」(1955년) 등 30여 편이 있을 뿐이다. 그의 시편들에는 보다 다양한 제재와 주제를 다루면서 강한 민족의식으로 겨레의 고매한 지조와 품성 그리고 미래에 대한 드팀없는 지향을 구가하였다. 그의 시는 호방하고 낭만적이며 철리적인 색채가 짙은 것이 특징적이다.

시인 함형수(1914년-1946년)는 일찍 조선에서 ‘시인부락’ 동인으로 활약하다가 1937년경에 중국에 이주하였다. 그 후 그는 육속 서정시 「나의 신(神)은」(1943년), 「정오의 모랄」(1940년), 「가족」(1940년), 「비애」(1943년)를 발표하였는데 이런 시편들에서는 겨레의 자존의 의지와 미래에 대한 정열적인 이상주의를 읊조리고 있다. 그는 그 어떤 시적 형식에도 구애되지 않고 자유롭고 허식 없이 진솔하게 자기의 감정을 드러내보였다.

시인 류치환(1908년-1967년)은 1938년에 중국에 이주하였는데 그는 조선에서 벌써 우리 겨레의 삶의 본질과 운명을 깊이 있게 파헤친 시편들로써 시단의 주목을 끌었었다. 중국에 이주한 후 그가 내놓은 많은 시편들 가운데서 대표적인 시편으로는 「생명의 서」(1938년), 「광야에 와서」(1940년), 「편지」(1942년), 「바위」(1942년), 「음수」(1942년) 등을 들 수 있다. 이런 시편들은 회한과 자학, 그것을 극복하고 순수한 본질적 자아에로 복귀하려는 의지와 지향을 소박하고도 구김 없는 표현 속에 담고 있다.

시인 송철리(생존연대 미상)는 1930년대 후반기에 시 창작에 나선 이래 「로변음(爐邊吟)」(1940년), 「도라지」(1942년), 「설야」(1939년), 「고향」(1940년) 등 수십 편의 작품을 발표하였다. 일제통치 말기에 뚜렷한 시 의식으로 시 창작에 나선 이 젊은 시인은 짧은 기간에 감명 깊은 시편들을 많이 남기었다.

시인 천청송(1914년-?)은 1935년을 전후하여 《북향》지를 편집하면서 시 창작에 나섰다. 시인은 1940년대에 이르러 서정시 「꿈 아닌 꿈」(1940년), 「닭 잡아먹던 집」(1940년), 「무제」(1940년), 「두메」(1942년), 「서당」(1942년) 등을 발표하였다. 그의 시는 언어가 평이하고 시적구조가 단순하며 맑고 분명한 이미지를 주고 있는 것이 특징적이다.

상기한 시인들 외에 리수형, 김달진 박귀송, 조학태, 리호남, 손상보 등도 자기들의 시작으로써 이 시기 시문학의 발전에 기여하였다.

항일 시기 소설문학에서도 보다 뚜렷한 성과를 거두었다. 이 시기 저명한 여류작가 강경애를 위시하여 현경준, 김창걸, 안수길, 황건, 박영준, 최명익 등은 자기의 주제의식과 의식성향을 기본으로 하여 꾸준히 소설 창작을 진행함으로써 보다 뚜렷한 성과를 거두었다.

작가 강경애(1906년-1944년)는 전반 창작활동을 거의 용정에서 벌렸으며 사회적 주제를 다룬 중편소설 「어머니와 딸」(1931년), 「소금」(1933년), 단편소설 「채전」(1933년), 「지하촌」(1936년) 등 수십 편을 발표하였다. 그의 대표작 「인간문제」에서는 일제통치하의 불합리한 사회제도를 뒤엎고 새 사회를 건설하기 위한 일련의 문제들을 제기하고 그에 대해 해답을 주려하였다. 소설은 구성이 째이고 언어적 표현이 섬세하며 몹시 정서적인 것이 특징적이다. 그는 뚜렷한 창작 성과로써 우리 중국조선민족문학발전사에 빛나는 한 페이지를 남겨놓았다.

일찍 조선에서 문단에 진출하였던 작가 현경준(1910년-1951년)은 중국에 이주한 이래 꾸준히 창작에 진력하였다. 그는 도문에서 교편을 잡고 있는 동안 중편소설 「류맹」(1943년), 「인생좌」(1943년), 단편소설 「오마리」(1939년), 「사생첩(写生帖)」(1941년), 「급료일」(1939년) 등 적지 않은 소설을 발표하였다. 그의 초기작품은 거의 다 경향파적 주제내용들을 다루고 있다. 이 시기 작품에서는 암담한 현실속의 타락된 인간들과 세태를 진실하게 묘사하면서 현실을 고발하고 작중인물들에게 재생의 길을 제시하려는 시도를 보이었다. 현경준의 이와 같은 작품들은 이 시기 중국 조선민족문학의 중요한 실적을 과시하였다.

중국 조선민족의 '향토작가'로 불리는 김창걸(1911년-1991년)은 1936년에 처녀작 「무빈골 전설」을 쓴 때로부터 1943년 붓을 꺾기까지의 8년 사이에 단편소설 「암야」(1939년), 「낙제」(1940년), 「두 번째 고향」(1938년) 등 많은 작품을 창작하였다. 그의 단편소설계보에서는 암흑한 현실 속에서의 근로인민들의 수난과 원과 한을 묘사하고 그들의 민족의식과 저항의 의지를 심각히 파헤친 작품들이 주조를 이루고 있다. 그의 단편소설 「암야」 등은 그가 거둔 예술적 성과로 하여 그의 소설 창작에서 이정표로 되고 있을 뿐만 아니라 이 시기 소설 창작의 중요한 성과로 간주되고 있다.

장기간 용정에서 문학창작에 종사한 작가 안수길(1911년-1977년)은 이 시기에 중편소설 「벼」(1942년), 「새벽」(1943년), 단편소설 「새마을」 등 14편을 수록한 소설집 『북원』(1943년)을 출판하였으며 장편소설 『북향보』(1944년)를 발표하였다. 이 시기 그의 소설 창작에는 이런저런 문제점을 안고 있지만 그의 작품은 중국에 들어온 조선민족의 수난사를 역사적 연결 속에서 사실주의적으로 폭넓게 묘사함으로서 이 시기 소설문학에 남다른 기여를 하였다.

작가 황건(1918년-1991년)은 전라북도 무주에서 교편을 잡다가 1939년에 중국으로 온 뒤 《만선일보》에서 약 1년간 기자를 지냈으며 이때로부터 소설을 내놓은 것으로 알려지고 있다. 그는 이 시기에 소설 「기적(汽笛)」, 「지연」을 쓴 외에 중편소설 「제화」 등을 발표하였다. 소설 「제화」는 암흑한 만주의 현실에서 좌절의 고배를 마신 한 지식청년의 고뇌와 현제도에 대한 회의와 부정을 보여주고 있다.

일찍 30년대에 조선 문단에서 농민작가로 불리우던 박영준은 중국으로 이주하여서도 소설 창작에 꾸준히 나섰다. 이 시기 그의 작품에서 다룬 주제는 작가의 초기작품과는 달리 주로 소시민층의 고민과 애정 및 윤리를 묘사하는 데 모를 박고 있다. 이와 같은 '전향'은 당시의 현실 및 작가의 의식성향과 관련된다. 이 시기의 그의 주요작품으로는 단편소설 「아름다운 길」(1939년), 「의수」(1940년), 「중독자」(1940년)와 장편소설 「쌍영(双影)」 등이 있다.

위에 열거한 소설가들 외에 이 시기 문단에서 창작에 정진한 박계주, 최명익, 신서야, 김국진 등도 창조적 노동으로 소설문학의 발전에 적지 않은 실적을 더하여주었다.

이 시기 적점령구에서의 연극창작과 활동은 일제의 파시스트문화전제주의의 통제로 하여 큰 저애를 받았다. 그리하여 이때 공연된 연극들이란 고작해야 조선에서 순회공연을 온 '조선유일극단'이거나 '호화선'에서 공연한 비극 「울고 갈 길 왜 왔는가」(작가 미상), 「인생의 향기」(송영), 「무정」(리광수), 「그 여자의 방랑기」(리운방), 「고향에 돌아갈 사람들」(작가 미상), 「장한가」 등이 있을 뿐이다. 그리고 당시 지면을 통해 발표된 희곡도 그리 많지 못하였다. 지금 볼 수 있는 것으로는 장막극 「파천당(破天堂)」(리주복, 1936년), 「여명 전후」(리무영 원작 리갑기 개편, 1940년), 단막극 「곽첨지 사는 마을」(이헌, 1940년), 아동극 「리야왕」(김상덕, 1939년) 등이 있다. 그중 단막극 「곽첨지 사는 마을」은 부동한 계층의 생동한 형상의 창조를 통하여 19세기 말 조선농민들의 빈궁화와 봉건통치에 대한 항거의식을 보여주고 있다.

항일유격구의 광범한 조선족 인민과 전투원들은 어려운 무장투쟁을 진행하면서도 다양한 형태로 대중적 문예사업을 전개하였다. 이 과정에서 산생한 대중적 혁명문학은 항일무장투쟁에 힘 있게 이바지하였다. 이때 항일가요, 연극, 격문 등 여러 가지 문학양식이 출현되었으나 그중 항일가요와 연극 창작이 더욱 활기를 띠였었다.

항일무장투쟁 가운데서 널리 보급되었던 항일가요들에서 다룬 주제는 퍽 다양하였다. 그중에서도 일제의 침략적 죄악을 폭로, 단죄하고 광범한 인민대중을 항일에로 동원한 노래들이 아주 많은 비중을 차지하였다. 「반일전가」, 「9·18사변가」, 「인민의 처지」, 「민족해방가」, 「일어나라 무산대중」 등이 그 대표적인 가요들이다.

이 시기에는 또 민족과 계급의 해방을 위하여 몸 바쳐 싸우는 항일 투사들의 숭고한 품성과 굴함 없는 의지를 찬미한 노래들이 많이 창작 보급되었다. 항일가요 「붉은 군인 되련다」, 「끓는 피는 더 끓어」, 「혁명군의 노래」, 「연길감옥가」, 「빨치산추도가」 등이 그 좋은 예로 된다.

이밖에 10월사회주의혁명과 국제친선을 구가한 「소련혁명가」, 「메데가」, 항일투사들의 낙관적인 정서생활을 다감하게 보여준 「유희곡」, 「무도곡」 그리고 고국과 부모처자를 그리며 향수를 달랜 「추억의 고향」, 「고아의 노래」, 「감추가」 등도 널리 불리었다.

항일가요에서의 대립된 두개 세계의 갈등과 대조적인 전시, 정론성과 시적격정의 통일, 서정과 서사적 내용의 유기적 결합, 선명한 민족적 특색 등은 자못 특징적이다.

이 시기에 항일유격구에서는 항일가요의 보급과 더불어 대중적인 연극 활동을 널리 전개하였다. 당시 연극창작자들은 의의 있는 내용과 생신한 형상의 무대화를 통하여 직접적으로 항일을 선전하고 고동하는 역할을 훌륭히 수행하였다. 당시 무대에 올린 대부분의 연극은 항일무장투쟁에 직접 투신한 군민들에 의한 집체작들이다. 그들은 적은 등장인물과 명료하고도 직선적인 슈제트를 통하여 심오한 주제를 다룬 연극들을 간소화된 무대장치로 간명하고도 통속하게 표현하기에 힘썼다. 이때 공연된 연극종목 가운데서 보다 영향력을 가졌던 것들로는 연극 「혈해지창」(까마귀, 1937년), 「싸우는 밀림」(까마귀, 1938년), 「4. 6제」(1932년), 「유언을 받들고」(1930년), 「굿과 약」(1930년대) 등이 있다.

연극 「혈해지창」은 30년대 후반기 장백산지구의 항일무장투쟁을 그 배경으로 삼고 일련의 영웅적 형상을 부각함으로써 항일무장투쟁의 본질적 특성을 서사시적 화폭으로 집약하였으며 조한민족인민 간에 피로써 맺어진 친선을 찬미하였다. 연극 「싸우는 밀림」은 일제와 백병전을 벌리던 1938년 이른 봄에 벌어진 항일유혈투쟁의 생동한 화면을 통하여 영웅적 항일군민의 군상을 성공적으로 조각하였다.

항일 시기 관내 지역에서도 조선군민들에 의하여 문학 활동이 전개되었다. 이때 화북, 화중 등 지대에서 활약하던 의용군과 광복군에서는 《조선의용대통신》, 《민족해방》, 《전고》, 《한국청년》 등 근 20여 종에 달하는 잡지를 간행하였다. 당시 문학창작자들은 이런 잡지들에 문학작품을 발표하였으며 전투원들로 무어진 선전대들에서도 많은 가무와 연극들을 무대에 올렸다.

이 시기에 의용군부대에서 항일가요창작이 널리 진행되었다. 그 대표적 작품들로는 「최후의 결전」(석정), 「어둠을 뚫고」(김학철), 「자유는 빛난다」(작가 미상), 「진군가」(작가 미상), 「조선의용군추도가」(김학철) 등이 있다. 당시 일부 시작품들도 발표되었는데 그 가운데는 민족의 재생에 대한 갈망과 앞날에 대한 동경을 읊조린 「광복과 부흥의 길로」(려전), 「압록강」(백치), 「어머니를 그리어」(운청) 등과 같은 감명 깊은 시편들이 있다.

그리고 특기할 만한 것은 장기간 혁명 활동에 투신한 시인 리륙사의 시문학이다. 그는 장기간 북경, 상해 등지에서 민족독립운동을 진행한 투사이다. 시인은 1931년부터 1944년 북경에서 옥사하기까지의 10여 년 사이에 많은 시편을 창작하였었으나 지금은 그중의 30여 수(조선의 간행물에 발표됨)가 전해지고 있을 뿐이다. 서정시 「황혼」(1933년), 「청포도」(1939년), 「절정」(1940년), 「교목」(1940년), 「광야」(?)는 그의 대표적 작품들이다. 그의 시는 거의 다 식민통치하에서 유린 받는 민족의 비운이 소재로 되거나 주제를 이루고 있다. 그의 시는 잃어버린 고국과 고향에 대한 실향민의 비애와 더불어 강렬한 저항정신과 광명의 세계를 염원하는 민족의 의지를 표현하였다.

이 시기에 산문, 소설작품도 창작되었다. 산문「적진에서 보내온 편지」(작생, 1940년), 「한 청년의 망명생활수기」(박동운, 1940년), 「하루생활」(렬부, 1940년) 등이 지금까지 전해지고 있다. 그리고 30년대에 중국에 들어온 후 광복에 이르기까지 상해 등지에서 문학창작에 나섰던 작가 김광주는 문학 동인들과 함께 《보헤미언》지를 발간하였으며 동시에 「밤이 깊어갈 때」(1934년), 「파혼」(1934년), 「북평서 온 영감」(1945년), 「남경로의 창공」(1935년), 「예지(野鷄)」(1936년) 등 단편소설을 발표하였다. 그의 소설에서는 최하층에서 허덕이는 지식인과 여인들의 불안상과 고통으로 충만 된 생활을 깊이 있게 그려내고 있다.

이 시기에 관내지역의 반일부대에서는 늘 연극 활동을 진행하였다. 당시 공연된 연극 「승리」(김학철), 「황군의 꿈」(김창만), 「북경의 밤」(김창만) 등은 투항을 일삼는 국민당의 반동적 소행을 폭로한 극작품들이다. 연극 「강제징병」(고철)에서는 조선의 한 노모가 일제 놈들에게 강제 징병되어 전쟁터로 나가는 외아들을 바래는 기막힌 장면을 무대화하여 관중들의 마음을 울려주었다. 1940년 여름 서안 의용대에서 무은 「전지공작대」에서는 단막극 「국경의 밤」(집체작), 「한국의 한 용사」(박동운, 한유한)와 가무극 「아리랑」(한유한)을 공연하여 일대 성황을 이루었다.

항일 시기 민요와 설화 등 구전문학이 민중들 속에서 널리 창작, 전승되었다. 그렇지만 아직까지 이 시기 구전문학에 대한 전면적인 수집과 연구사업이 뒤따르지 못하여 항일시기 구전문학의 실태를 보다 전면적으로 고찰, 개괄하는 작업은 일후로 미룰 수밖에 없다. 지금까지 전승되어온 민요 중에는 전투에서 패배당한 일본 군대들의 추악상을 여지없이 폭로, 야유한 「유격대」, 「왜호박」, 「이어 앵고댕고」, 「개눈」, 「왜놈병 벼락 맞았네」, 「하룻밤 사이에」 등과 당시 인민들의 생활세태를 반영한 이를테면 「새 아리랑」 등과 같은 작품들이 있다.

이 시기의 민담들에는 항일투쟁의 역사적 현실 중의 인물과 사건들을 다룬 작품들이 절대부분을 차지한다. 민담 「박지형」, 「신창동전투」, 「신출귀몰」, 「제1루 사건」, 「오랍누이」, 「별천지」, 「정찰반장 김봉숙」과 같은 작품들이 그 예로 된다. 상기 구전문학작품들의 사상 미학적 특성은 항일투쟁의 현실에 대한 폭넓은 일반화와 환상적 수법에 의한 생활반영의 진실성 그리고 격조의 명랑성, 대담한 과장과 상징, 비유수법의 애용 등에서 표현되고 있다.

3) 1945년 9월 3일 항일전쟁의 승리와 더불어 조선민족인민은 드디어 일제식민통치의 기반에서 해방되었다. 따라서 조선민족 집거구들에서는 일련의 사회적 개혁이 힘 있게 추진되었으며 따라 세차게 타오르는 민주개혁의 열화 속에서 우리 조선민족의 문학도 발전하기 시작하였다.

이 시기 각지에서는 문예단체들이 우후죽순마냥 출현하였다. 그때 연변에는 '동라문인동맹'이 나왔고 목단강 지구에는 '동북신흥예술가협회'가 설립되었으며 선후로 간행물들을 꾸려 문학창작자들에게 작품을 발표할 원지를 제공하여주었다.

이때 조선민족문단은 날로 활성화되었고 창작에 일떠선 작가들에 의하여 다양한 형태의 문학작품들이 쏟아져 나왔다. 그중에서 가사를 포괄한 시문학과 연극이 보다 활약적이었다.

이 시기 시단에서 성과를 거둔 시인들로는 해방 전부터 시가창작에 나섰던 리욱, 천청송, 윤해영, 채택룡, 김례삼, 설인 등과 새로 시단에 데뷔한 신활, 김태희, 임효원, 김순기, 장만련 등이다. 이 시기에 당시 시단에서 활약한 15명 시인들의 시작을 수록한 종합시집 『태풍』(연길

한글연구회 편, 1947년)과 리욱의 시선집 『북두성』(1947년), 『북륙의 서정』(1947년)이 출판되었다. 이는 광복 후 새로운 현실을 격정적으로 구가한 첫 시집들이라는데 그 문학사적 의의가 있다.

참신하고도 벅찬 현실을 맞은 시인들은 해방된 인민들의 민족적 감격과 기쁨, 근로대중의 창조적 노력과 각항 민주개혁의 승리 그리고 국내 인민해방전쟁에 대한 인민대중의 전폭적인 지지 등을 목청 돋우어 노래하였다. 해방의 감격과 아름다운 미래를 격조높이 환호한 서정시 「환호성」(설인), 「그날의 감격은 새로워」(리욱), 「승리의 감격」(김순기), 「동북인민행진곡」(윤해영)과 토지개혁을 중심으로 한 각항 민주개혁을 노래한 서정시 「토지 얻은 이 기쁨 쏟아쏟아」(김진), 「토지 얻은 기쁨」(박순연), 「내 땅에 내 곡식」(채택룡), 「석양의 농촌」(리욱) 그리고 국내인민해방전쟁의 승리와 전사들의 숭고한 품성을 감명 깊게 읊조린 「동북자치군 송가」(윤해영), 「폭파영웅 조성두 용사」(최득화 등), 「전우의 영령 앞에서」(장만련), 「편지」(임효원) 등이 이 시기 대중들 속에서 널리 애송되었다.

해방 후 연극 활동은 인민대중의 관심과 지지 속에서 널리 전개되었다. 이때 각 지구와 각 부대들에서 성립한 연극단과 문공단 그리고 각 공장과 농촌의 구락부들에서도 연극 활동을 널리 벌리었다. 당시 연길 일대에서는 장막극 「승리의 혈사」(김평, 천일, 신영준), 「꼬맹이 참군」(고철), 「동지구」(박노을)가 공연되었고 목단강 지구에서는 장막극 「밀림의 고백」(리한룡), 「너, 이 놈」(신룡검), 「광명」(황봉룡), 단막극 「봉기」(김태희) 그리고 하얼빈과 통화 지구에서는 장막극 「안중근」(김진문), 「태항산의 혈적」(최채), 「우리의 맹세」(장만련), 「광영패」(최정연 등), 「민주연군이 오던 날」(최정연, 김우수), 「폭파영웅 조성두 용사」(최득화 등)를 무대에 올렸다.

산문, 소설 창작은 당시 여러 가지 여건의 제한성으로 말미암아 그렇게 활기를 띠지는 못하였다. 당시 인민대중의 환영을 받은 일부

성과작들도 여러 지역에서 속출하였다. 그중 지난날 항일투사들의 영웅적 모습과 품덕을 찬미한 김학철의 단편소설 「담배국」(1946년),「야맹증」(1946년), 「적구」(1948년), 해방을 맞은 감격과 새 생활에 대한 지향을 묘사한 리한룡의 단편소설 「고백」, 자기의 일체를 성스런 인민해방전쟁에 바치기 위하여 선열의 뒤를 이어가는 후대들의 숭고한 형상을 생동하게 부각한 김창호의 단편소설 「그들의 길」 등이 그 대표적 작품들이다.

3

1949년 중화인민공화국의 창건과 더불어 발전하기 시작한 당대조선민족문학은 거창한 역사적 발전의 현실 속에서 50년의 여정을 걸어왔다. 이 시기 문학은 중국 조선민족문학발전의 전반 행정에서 획기적 의의를 갖는다.

중화인민공화국이 창건된 후 중국공산당은 반동적통계급들이 실시하던 민족 압박제도를 폐기하고 각 민족의 대단결과 진정한 평등을 도모하였다. 조선민족은 '중화인민공화국 민족구역자치 실시요강'의 각항 규정에 좇아 길림성, 흑룡강성, 요녕성 등의 조선민족 집거지구들에다 선후로 조선민족의 자치주거나 자치현 또는 자치향을 세우고 민족구역자치를 실시하게 되었다. 이와 같은 새로운 사회적 현실은 중국 조선민족들의 생활과 운명에 근본적인 변화를 가져오게 하였으며 민족의 의지에 좇아 정치, 경제, 문화의 발전을 도모할 수 있도록 그 기본적 여건들을 마련하여 주었다.

새로운 역사적 시대를 맞은 조선민족문학은 자기의 민족적 문화전통과 유산의 토대 위에서 민족의 생활과 지향을 반영하면서 장성발전하게 되었다. 이제 당대조선민족문학을 이 시기 역사적상황과 자기발전의 실제에 비추어 대체로 세 시기, 즉 1949년 새 중국의 창건으로부터 1966년에 이르는 17년 시기, 1966년으로부터 1976년에 이르는 「대동란」 시기 그리고 1976년으로부터 1990년대에 이르는 새로운 역사 시기로 나누어 개략적으로 살펴본다.

1) 새 중국의 창건으로부터 1966년에 이르는 17년 동안에 조선민족문학은 새로운 사회적 환경 속에서 우리 작가들의 창조적 노력에 의하여 적지 않은 성과를 취득하였다. 그러면서도 또한 이 시기 문학은 '좌'적 경향의 교란과 연속부절한 정치운동에 부대끼며 복잡다단한 길을 걷기도 하였다.

새로운 사회주의제도와 현실생활은 우리 작가들에게 삶의 보람을 주었고 그들로 하여금 앞날에 대한 희망으로 가슴 벅차게 하였다. 이런 새로운 현실에 고무된 작가들은 문학창작활동을 더욱 조직적으로 벌려 나가기 위하여 각항 제도의 개혁과 문단의 정비에 적극 참여하였다. 작가들은 기타 문예가들과 함께 1950년 1월에 연길에서 연변문예연구회를 무었다. 이 연구회는 분산상태에 있던 우리 작가들을 한데 뭉치고 문학창작 활동을 벌리는데 크게 이바지하였다. 1951년 4월에 이르러서는 정세발전의 요구에 비추어 연변문예연구회를 해산하고 연변문학예술계련합회를 설립하기 위한 준비위원회를 내왔다. 그 후 일련의 준비과정을 거쳐 1953년 7월에 제1차 연변조선족자치주 문학예술일군 대표대회를 소집하고 연변문학예술계련합회를 정식으로 창립하였으며 또한 그 기관지로 《연변문예》를 간행하였다. 그리고 1956년 8월에는 중국작가협회의 소속단체로 되는 중국작가협회 연변분회를 설립하고 문학월간지 《아리랑》[22]을 창간하였다. 중국작가협회 연변분회의 설립은 바로 조선민족 문단이 진일보 정비되고 작가대오가 초보적으로 형

---

22) 《아리랑》은 그 후에 《연변문학》, 《연변문예》, 《천지》, 《연변문학》 등으로 개
   제 간행됨.

성되었음을 표징한다. 중국작가협회 연변분회는 작가들을 창작활동에 뛰어들도록 도와 나섰고 문학신진의 양성에도 큰 힘을 기울이었다.

이 시기 우리 작가들은 인민대중과 호흡을 같이하면서 문학창작에 정진하였다. 작가들의 노력에 의하여 시문학과 소설, 산문, 희곡 등 분야에서 적지 않은 성과를 거두었다.

그렇지만 이 17년래에 조선민족 문단은 실로 평탄치 않은 길을 걸었었다. 1957년 하반 년에 진행된 문예계에서의 반우파투쟁의 확대화와 그에 뒤이은 1958년의 '대약진', '인민공사화' 운동, 1959년의 '반우경투쟁'과 '지방민족주의를 반대하는 것을 중심으로 한 민족정풍운동', 문예계에서의 '수정주의사조'를 비판하는 운동 등으로 하여 갓 발전궤도에 들어섰던 조선민족 문학은 크게 파괴되었다. 연이어 진행된 정치운동 가운데서 시비가 전도되고 적아관계가 혼동되자 당시 문단에서 활약하던 김학철, 리욱, 김창걸, 채택룡, 주선우, 최정연, 김례삼, 서헌, 리홍규, 김순기, 임효원 등 중견작가들이 선후로 얼토당토않은 죄명을 쓰고 모진 어려움을 겼었으며 창작의 권리마저 박탈당하였다. 그리고 상기 작가들의 역작들을 '독초'로 몰고 그 작품의 발행과 열독을 무단적으로 금지시키기까지 하였다. 이 시기에는 또 '문예는 정치를 위하여 복무하여야 한다.'는 명제를 절대화하여 문단에 강요함으로써 문학의 공능을 부인하며 작가들의 문학창작의 적극성을 압살하는 등 많은 폐단들을 빚어냈다. 이런 오유들은 그 후 '문화대혁명' 시기에 더욱 악성적으로 발전하였다.

1966년으로부터 10년간이나 지속된 '문화대혁명'은 '지도자가 잘못 발동하고 반혁명집단에 이용되어 당과 국가 및 각 민족 인민들에게 엄중한 재난을 들씌운 일장 내란이다.'[23] 10년간이나 지루하게 지속된 '대 동란' 시기에 문예계에서 진행된 투쟁은 '혁명적 인민과 반혁명적 야심가, 음모가와의 투쟁이고 당의 '백화만발, 백가쟁명' 방침과 봉건파

---

23) 『건국 이래 약간한 역사문제에 관한 결의』에서.

시스트문화전제주의 및 문화허무주의와의 투쟁이며 문예사상의 변증법적 유물론과 주관적 관념론, 혁명적 사실주의와 공식주의 방팔고(幫八股)와의 투쟁으로서 매우 치열하고도 첨예한 투쟁이었다.'[24] '문화대혁명'이 시작되자 '4인무리'는 이른바 '건국 이래 문예계에서의 모택동사상과 대치되는 반당반사회주의 검은 선'을 파낸다는 허울을 내걸고 문예계에 대토벌과 대청산을 들이대었다. 조선민족문단도 결코 예외로될 수 없었다.

'대동란'의 광풍이 이곳에 휘몰아치자 곧 작가들의 문학단체가 해산되고 이어서 문학잡지도 폐간 당하였으며 나아가 김학철, 김철, 최정연 등 많은 작가들이 '나라의 반역자', '현행반혁명분자', '간첩' 등으로 몰려 '비판'을 받았고 지어는 감옥살이까지 하였다. 그리고 '4인무리'와 그 파벌에 속하는 자들은 조선민족 문단에도 건국 이래로부터 '민족문화혈통론'을 핵으로 한 매국투항주의적 문예노선이 통치적 지위를 점하였다고 억설하면서 소위 '민족문화혈통론'에 대한 '대비판'을 전개하는 것으로써 우리의 민족적 전통과 민족문화유산을 그 근본으로부터 부정하였다. 이에 따라 지난 시기에 창작된 조선민족의 역사생활과 지향을 반영한 성과작들을 '매국적 투항주의'의 '대독초'로 몰고 부정하였으며 민족의 얼, 민족의 감정, 민족의 특성 등은 아예 금기적인 것으로 치부함으로써 입에 올릴 수조차 없게까지 되었다.

'4인무리'가 통치하던 시기에 우리 문단은 산산이 흩어지고 작가들의 창작활동은 정지상태에 들어갔다. 1971년 림표반당집단이 분쇄된 후 일부 문학잡지들이 복간되고 문학 활동이 활성화되는 것 같은 조짐을 보였지만 이 시기도 의연히 '4인무리'가 독단하던 때였으므로 근본적인 전환은 가져올 수 없었다. 그러다보니 10년 동란 시기에 발표된 작품이란 거의 다 극'좌'적 정치노선이나 개인숭배를 선양한 것들이었다.

---

24) 『지난날의 것을 이어 받아 앞날을 개척하고 사회주의 신시기 문예를 번영시키자』, 《연변문예》, 1979년 1-2기에서.

이때 간혹 인민대중의 생활과 지향을 다룬 작품들이 나오기는 하였으니 극히 적었으며 또한 그런 작품들마저도 그릇된 정치와 문예사조의 영향을 면치 못하였다. 이 '문화대혁명'의 10년은 조선족 문단이 모진 어려움을 겪던 수난기이며 문학창작이 대퇴보를 한 시기이다. 그렇지만 우리의 작가들은 그런 역경 속에서도 자기의 지조와 의지를 굽히지 않고 침묵, 절필 등 각이한 자기 나름의 방식으로 '4인무리'에 저항하면서 암흑이 가시어질 그날을 고대하고 있었다.

1976년 10월에 '4인무리'가 분쇄되자 조선민족문학은 소생과 변영의 새로운 국면을 안아오게 되었다. 이어 우리의 작가들 앞에는 오랫동안 문단을 통치하였던 극'좌'적 경향을 철저히 비판하고 우리의 머리를 짓누르던 정신적 질곡에서 벗어나 전도되었던 역사를 바로잡고 진정한 민족문학을 발전시킬 과업이 제기되었다. 민족적 사명감으로 불타던 우리 작가들은 '4인무리'가 저지른 죄악을 폭로, 공소하고 그들이 날조한 일련의 유설을 비판한 토대 위에서 시비를 가르고 억울한 사건과 그릇되게 처리된 사건들을 시정하였다. 이에 따라 장기간 무고하게 정치적 권리와 창작의 권리를 박탈당하였던 김학철, 김순기, 최정연, 김철, 리홍규, 김용식, 조룡남 등 많은 작가들이 해방되고 그 명예를 회복하였으며 지난날 '대독초'로 몰리여 발행을 금지 당하였던 많은 작품들도 다시 햇빛을 보게 되었다.

'문화대혁명' 후 '4인무리'가 빚어낸 죄악에 대한 비판과 문예계의 정비작업이 심입 전개됨에 따라 우리 문단은 날로 활력을 회복하였다. 1978년 10월에는 중국작가협회 연변분회가 회복되고 또한 80년대에 접어들면서 연변 외의 조선민족 집거구, 이를테면 하얼빈, 길림, 통화, 북경 등 이에 대응하여 퍽 많이 늘어났다. 원유의 중국작가협회 연변분회의 기관지인 《연변문예》25)를 계속 간행한 외에도 문학평론지 《문학과 예술》과 문학지 《아리랑》, 《장백산》, 《도라지》, 《송화강》, 문학번

---

25) 1985년 1월부터 《천지》로 개제.

역지 《진달래》와 《세계문학》을 새로이 창간하였다. 그리고 기타 각 성의 신문과 출판사들에서와 종합지들에서도 많은 지면을 문학 분야에 돌렸다. 그리고 이 시기 조선민족 작가대오도 크게 발전되었다. '문화대혁명' 전 중국작가협회의 조선민족회원은 10여 명밖에 되지 않았었지만 1989년에 이르러서는 40여 명으로 증가되었고 중국작가협회 연변 분회 회원은 원유의 100명 좌우로부터 300여 명으로 늘어났다. 이와 같이 새로운 역사 시기에 진입하여 작가대오와 문학원지는 물론이고 문학 활동의 지역적 공간도 전례 없이 확대되었다.

문학 활동이 날로 활성화됨에 따라 우리 문단에서는 전례 없이 많은 작품들이 쏟아져 나왔다. 당시 간행된 문학지와 각 신문의 문예란, 종합지 등에 발표된 작품을 내놓고 연변, 북경, 흑룡강성, 요녕성 등에 있는 민족출판사(또는 문예편집실)들에서 정식으로 출판하여 광범한 독자들에게 선보인 작품집만 하더라도 시집이 50여 부, 단편소설집이 30여 부, 중 장편소설이 40여 부에 달하였다. 이 시기에 산출된 많은 작품에서는 지난 시기에 있었던 바와 같이 행정의 부당한 간섭과 정치적 단속에서 벗어난 작가들이 개혁, 개방 조류의 고무 하에 현실생활에 대한 적극적인 참여의식과 고발의식 그리고 새로운 가치관으로써 민족의 역사생활과 인간의 운명, 도덕, 애정에 대하여 자기적 사색을 거쳐 예술적 창조를 진행하고 있음을 기껍게 보게 된다. 이 시기 작품들 가운데는 또한 민족의 역사와 현실에 대한 반성의식을 수용한 작품들이 많은 비중을 차지하였는바 이런 부류의 작품들은 민족의 운명과 미래를 심려하는 우리 작가들의 우환의식을 짙게 보여주고 있다.

예술적 형식과 표현기법 등에서는 어디까지나 자아의 창작실제의 요구에 비추어 대담하게 국내외의 우수한 성과를 도입하여 보다 높은 차원에서 예술적 창조를 기하기에 노력하였다. 그리하여 이 시기 문학운동과 창작실천에서 취득한 빛나는 성과와 경험은 금후의 문학발전에 여러모로 시사하는 바가 크다.

2) 건국 이후 50년래의 우리 시문학은 조선민족문학의 제반분야에서 보다 성과를 거둔 분야이다.

새 중국이 창건된 후 정확한 민족정책의 빛발 아래 우리 시단은 날로 정비되어갔으며 그와 더불어 시 창작대오도 날로 장성하였다. 건국 전부터 시 창작에 나선 시인들인 리욱, 채택룡, 김례삼, 설인, 주선우, 김태희, 임효원 그리고 새로 장성한 김철, 김성휘, 조룡남, 윤광주, 김태갑, 리상각, 리삼월 등이 시단에 데뷔하였다. 이 시기에 종합시집 『해란강』(1954년), 『창작선집』(1956년), 『청춘의 노래』(1959년), 『아침은 찬란하여라』(1961년), 『푸른 잎』(1962년), 『변강의 아침』(1964년), 『연변시집』(1964년) 등과 시인들의 자선시집인 리욱의 『고향사람들』(1957년), 『연변의 노래』(1957년), 김철의 『변강의 마음』(1957년), 임효원의 『진달래』(1957년), 리민창의 『김옥희와 팔거북』(1957년) 등이 선후로 출판되었다.

이 시기에 보다 넓은 공명대를 획득한 작품들로는 서정시 「어머니와 애기」(리욱, 1956년), 「지경돌」(김철, 1956년), 「피보다도 진한 눈물이」(설인, 1959년), 「쓰지 목한 사연」(윤광주, 1955년), 「아버지와 아들의 이야기」(조룡남, 1956년), 「고동하시초」(김성휘, 1958년), 「숭선시초」(리상각, 1958년), 「옥중의 노래」(김태갑, 1962년), 「첫사랑」(주선우, 1956년), 「아, 산딸기는 익어가건만」(임효원, 1956년), 서정서사시 「청송 두 그루」(서헌, 1955년), 「고향사람들」(리욱, 1957년), 「산촌의 어머니」(김철, 1956년) 등을 들 수 있다. 상기 시편들에서는 거창한 현실생활에서 일어난 심각한 변혁, 오늘의 새로운 역사를 펼치기 위하여 인민대중을 이끈 은혜로운 향도자들에 대한 다함없는 찬미와 송가가 중요한 자리를 차지하고 있다. 그리고 새로운 현실에서 발현되는 인민대중의 고상한 품성을 노래한 작품들과 조선민족이 걸어온 피눈물 겨운 역사를 회고하면서 가열처절하였던 전투의 나날에 피 흘린 선열들을 추모하여 그들의 빛나는 업적과 숭고한 정신을 찬미한 시편들도 상당한 비중을 차지하였다. 이밖에 '백화만발 백가쟁명' 방침의 빛발 아래 사회주의혁명과 건설과정에서 나타난 부정부패와 폐단 등 암흑면을 고발하고 풍자한 시편들과 애정, 윤리 등의 소재를 재치 있게 다룬 시편들이 이채를 더하여 주었다.

17년 이래 우리 시문학은 일정한 성과를 거두었으나 한편 연이어 일어난 정치운동의 교란을 받아 우여곡절을 겪었다. 이 시기에 정치성을 절대화시킴에 따라 예술적 민주가 압제되고 시인의 주체성과 개성이 짓눌리게 되었다. 하여 시단에서는 시적 자아가 결여된 정치내용 풀이식의 개념화된 시들이 범람하고 암흑면을 고발하거나 애정, 윤리 등 소재는 금기적인 것으로 치부 당하였으며 예술형식과 예술기법 등의 탁마가공도 도외시 당하였다.

'문화대혁명' 시기에 이르러 우리 시단은 더욱 퇴보의 길에 들어섰다. 이때 '4인무리'의 '좌'적 문예노선의 피해를 입어 많은 시인들이 붓을 꺾다보니 시단은 볼모양 없이 되었다. 이 시기에 나온 시편들이란 거개다가 '4인무리'의 정치노선을 선양하며 개인숭배를 고취한 것들이었다. 이런 시는 시적감정이 진실하지 못할뿐더러 예술적으로도 조작감을 자아내는 것들이었다.

10년 대동란의 결속과 더불어 정치적으로 해방을 받은 우리 시단은 새로운 역사 시기의 개혁, 개방의 격류 속에서 거족적인 발전의 길에 들어서게 되었다. 재생의 기쁨을 안은 노시인들과 새로 시단에 등단한 시인들이 시 창작에 열성적으로 나서자 시단은 활력으로 차 넘쳤다. 이어 서정시, 산문시, 서정서사시, 장편서사시 등 다양한 체재의 시편들이 쏟아져 나왔다. 그중에서도 서정시 창작이 보다 뚜렷한 성과를 거두었다. 이 시기에 종합시집 『시선집』(1979년), 『변강의 무지개』(1979년), 『봄바람』(1981년), 『진달래의 노래』(1981년), 『서정시집』(1982년), 『칠색무지개』(1984년)와 시인들의 자선시집 50여 부가 출판되었다. 이 새로운 역사 시기에 인민대중 속에서 널리 애송된 시편들로는 서정시 「북방의 성격」(김철, 1982년), 「아침」(리욱, 1982년), 「북녘의 서정」(임효원, 1980년), 「압록강물결 따라」(리상각, 1980년), 「농민들은 땅을 떠난다」(리삼월, 1984년), 「나는 나입니다」(석화, 1985년), 「백두의 설련화」(허홍식, 1988년), 「벗들에게」(김성휘, 1980년), 「원혼이 된 시인에게」(송정환, 1978년), 「그대 우리는 어찌하여」(한춘, 1979년), 「해빙기의 강변에서」(조룡남, 1978년), 「태양이 웃는 거리」(박화,1984년), 「사랑의 애가」(김응준, 1985년), 「할머니」(남영전, 1986년) 등을 들 수 있다. 상기한 서정시들에서는 '4인무리'가 저지른 죄악에 대한 폭로와 비판으로부터 흘러간 역사와 '대동란'에 대한 심각한 반성, 거세찬 개혁의 물결 속에 뛰어든 혁신자들의 격정과 회로애락, 현실에서 발로된 봉건의식과 각종 부패현상에 대한 고발과 타매, 애정, 윤리와 아름다운 경물에 대한 찬미에 이르기까지 시대의 주선율을 자기 나름의 목소리로 노래하고 있다.

　1980년 좌우로부터 장편서사시와 서정서사시 창작이 활기를 띠였었다. 이 시기에 20여부에 달하는 장편시들이 선을 보이었다. 그 대표적인 작품으로는 장편서사시 「새별전」(김철, 1980년), 「장백산아 이야기 하라」(김성휘, 1979년), 서정서사시 「아, 청산골」(조룡남, 1985년) 등을 들 수 있다. 상기한 시편들을 통하여 역사적 반성의식을 수용하여 지난 역사시대와 참신한 현실생활을 거시적이며 전일적으로 재조명하고 형상화하려는 시인들의 탐구적 노력을 볼 수 있다.

　3) 건국 이래 우리 문단에서 소설, 산문 문학은 그 성과도 뚜렷하지만 또한 오유적 문예이론의 해도 퍽 많이 입은 분야이다.

　새 중국의 탄생은 소설 창작의 발전에 퍽 유리한 여건들을 마련하여 주었다. 그리하여 건국초기 소설문학은 사회적 현실의 변천과 더불어 새롭게 발전하는 길에 들어섰다. 건국 후 문단에 등단한 작가들로는 전 시기부터 소설 창작에 나섰던 김학철, 김창걸, 렴호렬, 백호연, 김동구 등과 새로 데뷔한 리근전, 리홍규, 박태하, 최현숙 등이다.

소설문학이 발전됨에 따라 이 시기에 적지 않은 작품집을 펴내게 되었다. 이를테면 종합단편소설집 『세전이벌』(1954년), 『창작선집』(1956년), 『빨간 다리야』(1958년), 『병상에 핀 꽃송이』(1959년), 『장화꽃』(1962년), 『봄날의 이야기』(1962년), 오체르크집 『강철』(1958년), 『푸른 전야』(1965년) 등이 나왔고 작가 김학철과 리근전의 소설, 산문집 7부가 출판되었는데 이는 당시 소설, 산문 문학의 성과를 표징하여 주고 있다.

그중 대표적 작품으로는 해방 받은 농민들의 희열에 찬 생활과 강렬한 지향을 묘사한 김창걸의 단편소설 「새로운 마을」, 렴호렬의 「소골령」(1950년), 활력으로 넘친 새 생활에 대한 찬가로 엮어진 김학철의 「새집 드는 날」, 「뿌리박은 터」(1953년), 「고민」(1956년), 새 시대 신형 농민의 형상창조에 모를 박은 리근전의 「과일 꽃 필 무렵」(1954년), 인민교원의 미더운 풍모를 찬미한 백호연의 「꽃은 새 사랑 속에서」(1950년), 애정, 윤리의 소재를 소박하고도 다감하게 묘사한 최현숙의 「나의 사랑」(1955년)과 사회주의건설 시기 조선족전사의 혁명적 영웅주의를 노래한 박태하의 「사막에서의 조난」(1959년), 근로대중의 농촌건설에서의 다함없는 열의를 찬미한 김병기의 「쇠돌골의 변천」(1958년) 등이 있다.

그리고 이 시기에는 또 지난날의 역사 시대를 거시적으로 포착하고 그것을 폭넓게 예술화하려는 작가들의 노력에 의하여 중, 장편소설들이 창작되었다. 이 시기에 선후로 김학철의 장편소설 「해란강아 말하라」(1954년), 중편소설 「번영」(1955년), 김동구의 중편소설 「꽃쌈지」(1957년), 리근전의 장편소설 「범바위」(1962년) 등이 출판되었는데 이와 같은 작품들은 당대조선민족 소설문학의 발전에 있어서 개척적 의의를 갖는다.

상술한 바와 같이 이 시기 소설문학은 일정한 성과를 거두었다. 소설작품이 보다 많이 창작되었고 다룬 소재와 주제범위도 넓어졌으며 예술창조에서도 심화되는 자세를 보이었다. 그러나 연이어 진행된 정치운동과 오유적인 문예노선의 범람은 이 시기 소설문학의 발전을 크게 저해하였다. 정치를 절대화시킴에 따라 작가들의 개성이 무시되고 현실에 대한 참여의식과 고발의식이 부당한 비난과 간섭을 받게 됨에 따라 소설 창작에서는 흔히 현실의 부조리에 대한 고발을 외면하지 않으면 안 되었고 진정한 예술적 추구를 진행할 수 없게 되었다. 소설문학의 주제는 단일화, 도식화되고 현실을 미화하는 경향이 날로 조장되었으며 인물형상의 창조와 예술형식에 대한 다양한 탐구들이 홀시되었다. 1966년 이후 '대동란'이 일어나자 소설 창작은 더욱 쇠퇴의 길에 들어서게 되었다. 우리 작가들은 오류적 노선으로 하여 모진 시련을 겪으면서도 자기의 지조와 양심을 간직하고 다양한 방법으로 '4인무리'의 정치노선에 대처하면서 다가올 해빙기를 기다리었다.

'4인무리'가 분쇄된 후 새로운 역사 시기에 진입하자 소설문학은 다시 활력을 회복하였다. '대동란'시기에 정치적 박해를 받아 붓을 꺾었던 원로작가들과 새로 진출한 신진작가들이 선후로 소설 창작에 적극 나서게 되어 많은 작품들이 쏟아져 나왔다. 그중에서도 단편소설 창작에서 많은 수확을 거두었는바 이 시기에 『단편소설선집』(1979년), 『사랑에 대한 이야기』(1980년), 『불타는 백사장』(1981년), 『단편소설집』(1982년), 『군자란』(1983년)과 작가들의 자선집, 이를테면 『김학철단편소설집』(1982년), 림원춘의 『몽당치마』(1984년), 정세봉의 『하고 싶던 말』(1985년), 류원무의 『아, 꿀샘』(1986년), 리홍규의 『개선』(1988년), 김순기의 『잔치 전날』, 김훈의 『청춘의 활무대』(1986년), 리광수의 『새로운 길』(1987년), 류재순의 『여인들의 마음』(1988년), 문창남의 산문집 『동집게』(1986년) 등 30여 부에 달하는 소설, 산문집이 출판되었다. 그 가운데서 대표성을 띤 소설작품으로는 '문화대혁명'이 빚어낸 인간들에 대한 육체적 및 정신적 유린을 고발하는 상처문학의 계보에 속하는 정세봉의 「하고 싶던 말」(1980년), 박천수의 「원혼이 된 나」(1979년), 과거의 역사를 엄숙하게 돌이켜보며 한심스럽게도 우롱을 당하였던 지난날을 신랄히 고발한 리원길의 「배움의 길」(1980년), 류원무의 「비단이불」(1982년), 거창한 개혁, 개방의 물결 속에서 변화하는 새로운 인간관계와 기풍을 찬미한 림원춘의 「몽당치마」(1983년), 홍천룡의 「구촌조카」(1982년), 김훈의 「그 여자가 준 유혹」(1986년), 지난날 '금지구역'에 속하였던 애정, 윤리 등을 둘러싸고 보다 높은 차원에서 부동한 인간의 내심세계와 잠재적 심리를 파헤치고 그릇된 의식을 신랄히 타매한 김학철의 「짓밟힌 정조」(1985년), 림원춘의 「도라지꽃」(1978년) 등이 있다.

이 시기에 또 민족의 역사와 현실을 보다 폭넓게 다면적으로 묘사하기 위한 작가들의 노력에 의하여 예술 면에서도 일정한 성과를 과시한 중편, 장편 소설이 적지 않게 창작되었다. 이 시기에 출판된 중편, 장편 소설은 무려 40여 부에 달한다. 그중 김용식의 「규중비사」(1980년), 리원길의 「한 당원의 자살」(1985년), 김훈의 「청춘약전」(1985년), 최홍일의 「생활의 음향」(1985년), 우광훈의 「시골의 여운」(1985년) 등 중편소설과 김학철의 「격정시대」(1986년), 리근전의 「고난의 연대」(1982년), 류원무의 「봄물」(1987년), 리원길의 「설야」(『땅의 자식들』의 제1부), 리운룡의 「새벽의 메아리」(1986년), 윤일산의 「포효하는 목단강」(1986년) 등 장편소설이 이 시기의 문단을 더욱 빛내었다.

상기한 바와 같이 새로운 역사 시기에 있어서의 소설 창작은 부당한 정치적 단속에서 벗어나 인민대중이 펼친 새로운 생활을 구김 없이 묘사하는 한편 현대적 의식에 토대하여 지난날 '대동란'의 사상적 근원을 파헤치고 존재한 부정 면을 서슴없이 고발, 타매하는 등으로 사회적 문제를 보다 심각하게 다루었다. 그리고 예술형식과 표현기법 등의 탐구에서도 예술적 표현력을 높이기 위하여 '의식의 흐름'파, 상징파, 황당파 소설 등 수법까지 대담히 도입한 노력들을 기껍게 볼 수 있다.

4) 건국 이후 50년래 극문학 분야에서도 지난시기 극'좌'적경향의 해를 크게 입으면서도 또한 일정한 성과를 거두었다.

건국 후 작가들은 당시 전민적으로 벌린 문화해방운동, 애국증산운동 등의 일련의 사회개혁운동에 보조를 맞추기 위하여 극문학창작에 달라붙었다. 당시에 공연된, 이를테면 농업호조합작의 시책을 노래한 김태희의 장막극 「우리 조장동무」(1950년), 농민들의 문화해방운동을 찬미한 최수봉의 단막극 「농민학교로 가는 길」(1953년), 반혁명분자의 죄악을 폭로하고 비판한 황봉룡, 차창준의 단막극 「기여든 독사」(1953년) 등이 그 좋은 실례로 된다.

50년대 중기에 농업합작화와 사회주의개조의 고조가 일자 이에 일떠선 농민들의 새로운 정신적 풍모와 낡은 사상의식의 전변을 묘사한 극작품들이 무대에 많이 올랐다. 그 대표적 작품들로는 농업합작화에 일떠선 농촌생활의 이모저모를 형상화한 단막극 「합작사는 내 집이다」(윤지현, 1956년), 「완두씨」(최정연, 1954년), 전쟁에 의하여 빚어진 사회적 비극을 깊이 있게 파헤친 단막극 「귀환병」(최정연, 1957년), 동북지구 항일무장투쟁과 항일투사들을 묘사한 장막극 「장백의 아들」(황봉룡, 1959년), 가정민주화에서 제기되는 일련의 문제를 소재로 한 단막극 「김 원장 일가」(황봉룡, 1957년), 노동자들의 드높은 노동열의와 선진인물을 찬미한, 단막극 「5. 1전야」(김세룡 등, 1964년), '삼노인'[26] 형식으로 농촌에서의 신구의식 간의 투쟁을 묘사한 「풍년가」(리영근, 1964년) 등이 있다.

상기한 바와 같이 건국 후 17년래 희곡창작에서는 일정한 성과들을 거두었지만 이 시기 극문학은 기타 문학보다도 더 직접적으로 극 '좌'적 문예노선의 교란을 받은 분야이다. 그 당시 당과 정부는 극문학분야에, 정치적 중심과업과 밀접히 결부시키라고 강요한데서 더욱 많은 폐단들을 초래하였다. 이를테면 희곡창작에서 정치통수의 원칙을 관철

---

26) 삼노인은 건국전후 시기에 창출된 조선민족의 구연형식의 일종이다.

하다보니 작품의 주제는 단색화 되어갔고 작가의 각이한 문화적 시각이 도외시되었으며 그리고 극형식에 있어서도 정극 외의 다른 희극, 비극, 풍자 극 등이 거의 자취를 감추다시피 되었다.

'문화대혁명'의 결속과 더불어 우리의 극문학도 커다란 발전을 가져왔다. '4인무리'가 타도된 후 지난날의 그릇된 노선을 시정하고 개혁, 개방의 새로운 방침이 시달됨에 따라 우리 극작가들의 정신면모도 일신되었는바 그들은 새로운 시대와 인민대중의 미학적 요구를 반영하기 위하여 보다 시대화한 안목으로 극창작 실천에 뛰어들었다. 극작가들의 고심한 노력에 의하여 많은 극작품이 산출되었는바 희곡집, 예하면 『장백의 아들』(황봉룡, 1978년), 『희곡집』(1982년), 『황봉룡 희곡집』(1985년), 『울고 웃는 사람들』(1985년), 『망각된 』(1988년) 등이 출판되었다.

이 시기의 우수한 극작품들로는 황봉룡의 장막극 「괴상한 간력표」(1979년), 홍성도, 박응조의 장막극 「눈 속에 핀 꽃」(1980년), 최정연의 장막극 「해토 무렵」(1981년), 김훈의 막간 경희극 「두부장사」(1982년)와 「울고 웃는 사람들」(1984년) 등이 있다. 이런 극작품들에서는 '4인무리'의 그릇된 노선이 빚어낸 악과들을 심각히 고발한 동시에 모진 시련을 겪어내고 행복하게 살아가게 된 인민대중의 격정과 염원과 지향을 힘 있게 형상화하였다. 이런 작품들은 진실성과 구체성을 생활의 흐름 속에서 생동하게 구현하고 있으며 대체로 비극이 많고 신랄한 풍자적 요소가 다분한 것이 특징적이다.

5) 건국 이후 50년래 구전문학의 채집, 정리와 연구에서도 뚜렷한 성과들을 거두었다. 1958년에 연변민간문예연구회(연변구전문예가협회의 전신)가 성립된 후 구전문학연구사업이 가일층 강화되었다. 구전문학의 수집, 정리에서 성과를 올린 이들 중에서도 정길운을 위시하여 김례삼, 박창묵, 김태갑, 김명한, 리룡득, 김재권, 배영진 등이 있다. 우

리의 구전문학 수집, 정리자들의 다년간의 노력으로 하여 선후로 『조선구전민요집』(리상각, 1979년), 『민요집성』(김태갑 조성일, 1982년), 『배뱅이굿』(장동운 정리, 1982년)과 구전설화집 『천지의 맑은 물』(정길운 정리, 1962년), 『천도복숭아』(김례삼 정리, 1982년), 『연변민간문학자료집』(도합 4권, 연변민간문학수집소조 편), 『조선족구전설화집』(1979년), 『사랑산』(박창묵 정리, 1982년), 『천생배필』(황구연 구술, 김재권 정리, 1986년), 『파경노』(박창묵, 김재권 정리, 1988년), 『김덕순 구전설화집』(김덕순 구술, 배영진 정리, 1983년), 『팔선녀』(차병걸 구술, 림승환 등 정리, 1987년), 『고산장군』(정영석 정리, 1989년), 『백두산전설』(리천룡, 최룡관 정리, 1989년), 『금망아지』(황상박 정리, 1990년), 『조선족전설집』(김태갑 편, 1991년), 『항일전설설화집』(김태갑, 박창묵 편, 1992년), 『호랑이옛말 50켤레』(김재권 편, 1993년), 『해당화』(한정춘 정리, 1995년), 『천안삼거리 능수버들』(리창인 정리, 1995년), 『달팽이 아가씨』(정해철 정리, 1996년), 『두만강 전설집』(한정춘 정리, 1999년) 등 70여 부의 구전문학작품집을 출판하였다.

새로운 역사 시기에 획득한 상기 문학성과들이 보여주다시피 이 시기는 개혁, 개방의 새로운 형세와 활성화된 국내외의 사상문화교류 속에서 지난날 '좌'경 노선으로 하여 형성된 그릇된 사상관념을 포기, 갱신하고 현대의식, 민족의식, 주체의식의 각성을 초래한 연대이다.

이 시기는 또한 우리의 작가들의 혁신적인 문학적 환경 속에서 자기를 속박하던 숱한 금지구역을 타개하고 새로운 가치관과 다양한 창작방법으로써 민족의 역사적 현실과 지향과 염원을 형상화하기에 힘써 일정한 성과들을 거둔 시기이다. 그러나 시대적 발전과 인민대중의 심미적 욕구에 비추어볼 때 이러한 성적은 극히 초보적인 것이며 또한 일부 미흡점도 동반하고 있다.

그러면서도 기꺼운 것은 1990년대에 들어서면서 더욱 심화되는 개혁, 개방의 새로운 형세와 더불어 발랄하게 전개된 국내외의 문학교류의 영향 하에서 우리 작가들의 사상관념이 진일보 갱신, 제고되고 보다 성숙되어가고 있는 그것이다. 양지가 있는 우리의 작가들은 시장경제로 이행하는 변혁기에 부딪친 그 많은 어려움과 곤혹 속에서도 민족의 위업에 자기를 바치려는 초지를 굽히지 않고 문학사업에 전력하고 있다. 이런 노력으로 하여 우리의 작가대오는 날로 늘어나고 취득한 성과들도 가시적이다. 지금 중국에는 500명으로 헤아리는 연변작가협회 회원이 있다. 그리고 중국에는 중국조선족 민족문학의 태두 김학철 선생을 위시하여 많은 중견과 선진작가들이 우리의 문학의 화원을 가꾸고 있다. 1950년대 초반부터 그 뒤로 시 창작에 나선 김철, 조룡남, 리상각, 리삼월, 남영전, 한춘, 김동진, 최룡관, 석화, 리성비, 김학송, 리임원, 조광명…… 소설, 신문분야에서의 중견작가들인 림원춘, 류원무, 김영금, 리원길, 정세봉, 박선석, 김훈, 고신일, 최홍일, 우광훈, 윤림호…… 문단에 갓 나선 최국철, 리동렬, 김혁 등과 희곡문학창작에 남다른 기여를 한 리광수 등이 대표적 작가들이다. 그리고 특기할 것은 90년대에 이르러 허련순, 리혜선, 리선희, 박향숙, 권선자 등 여러 여성작가들로 이룩된 여성작가군의 출현이다.

90년대에 진입하여 우리 문단에는 심각한 주제내용을 다양한 문학창작방법과 형식으로 형상화한 무게 있는 작품들이 산출되어 국내외의 각광을 받고 있다. 그중 『20세기 중국조선족문학선집』(연변인민출판사 출판), 『새 세기 조선족중견작가 작품대계』(흑룡강조선민족출판사 출판)에 수록된 작품 중의 일부와 시집 『그 언덕에 묻고 온 이름』(조룡남), 『나의 고백』(석화), 소설집 『도시의 곤혹』(최홍일), 『여름은 더운 계절이 아니다』(최국철) 중의 부분작품, 장편소설 『춘정』(리원길), 『눈물 젖은 두만강』(최홍일), 『바람꽃』(허련순) 등이 그 예로 될 것이다.

끝으로 새 천년을 맞는 오늘의 시대적 시점에서 새로운 인식으로 지난날의 역사와 경험들을 잘 총화하고 새로운 자세로써 우리 문학을 열심히 가꾸어 나간다면 우리 문단에는 반드시 더욱 빛나는 미래가 도래하게 될 것이다.

이상으로 당대 중국조선족문학의 지난날의 성과들을 개략적으로 살펴보았다. 이 졸고에는 필자의 인식의 한계로 하여 미흡점은 물론 오류도 적지 않을 것이다. 여러 독자들의 사심 없는 비평과 지적이 있기를 바라마지 않는다.

조선민족의 이주 초기 구비문학연구

조선서 중국에 이주한 조선민족은 여기 와서도 재래의 구전민요와 설화들을 전승, 전파하였을 뿐만 아니라 이 시기 인민대중의 생활과 의지와 동경을 담은 민요와 설화들을 많이 배출하였다. 그러나 오늘에 와서 그것을 문자로 고착시킨 구체적 자료거나 역사기재들이 많이 전승되지 못하고 있다. 하여 본고에서는 오늘날까지 전해진 구전민요나 설화들도 함께 고려하면서 개략적으로나마 이 시기 구전문학의 실상을 살펴보려 한다.

조선 민요는 인류역사의 초창기부터 조선민족의 생산노동과의 밀착 속에서 집단적으로 창작, 전승되었으며 중국에 이주한 후에도 재래의 조선민요를 전승하여 널리 불렀다. 이를테면 조선민요 중에서 가장 대표적인 형식으로 발전하여 온 「모내기 노래」, 「김매기 노래」, 「보리타작 노래」, 「초부가」, 「방아타령」, 「베틀노래」, 「그물 당기며 부르는 소리」…… 와 같은 노동가요를 위시하여 세태가요 「시집살이」, 「배따라기」, 「도라지타령」, 「양산도」, 「사발가」, 「자장가」…… 의식가요 「성주본풀이」와 민속놀이에 따르는 일련의 노래들 그리고 「아리랑」, 「뽕타령」, 「수심가」, 「상사병가」 등 애정가요 등이다. 그리고 조선민족은 재래의 민요를 전승, 발전시켰을 뿐만 아니라 당시 시대적 현실과 생활 속에서 많은 민요를 창조하기도 하였다. 이런 민요들 중에서 괄목할 만한 것은 우선 이주 초기 조선민족의 생활세태, 다시 말하면 당시 어려운 생활형편과 비운에 처한 불우한 신세를 개탄한 「북간도」, 「이사길」, 「신아리랑」과 같은 민요들이다.

　　　　문적옥답 다 빼앗기고
　　　　거지생활 웬 말이냐
　　　　밭 잃고 집 잃은 벗님네야
　　　　어디로 가야만 좋을까나
　　　　아버님 어머님 어서 오소
　　　　북간도 벌판이 좋답니다

　　　　　　　　　　　　　　　　　－「북간도」

　　　　늙다리 황소 느린 걸음
　　　　쪽수레는 덜컥덜컥
　　　　누더기는 다 버리고
　　　　아내는 질그릇만 이고 가네

　　　　타향살이 떠나가는
　　　　우리네의 무거운 발길
　　　　이조건 당조건 알게 뭐냐
　　　　우리는 땅 있는 곳 찾아가네

　　　　정처 없이 거니는 늙다리소야
　　　　천애지각 가더라도
　　　　생지옥만 벗어나면 되니
　　　　어서 걸음을 재우쳐라

　　　　아내여 속을랑 태우지 마소
　　　　우리 살 곳 꼭 있으리니
　　　　비옥한 산천 해살이 넘칠 제

씨앗 뿌려 농사 지어보세

-「이사길」[27]

산천초목 젊어가고
인간의 청춘은 늙어만 간다
[후렴] 아리랑 아리랑 아라리오
아리랑 고개를 넘어간다

무산자 누구냐 탄식마라
부귀와 빈천은 돌고 돈다
[후렴]

밭 잃고 집 잃은 동포들아
어디로 가야만 좋을까 보냐
[후렴]

괴나리봇짐을 짊어나지고
백두산 고갯길 넘어간다
[후렴]

감발을 하고서 백두산 넘어
북간도 벌판을 헤매인다
[후렴]

-「산아리랑」

상술한 민요들에서는 일본 침략자와 이조통치의 가혹한 압박과 수탈로 인한 백의동포들의 비참한 생활처지와 그러한 처지에서 헤어나려는

---

27) 「이사길」 이 노래는 1960년대 초 돈화 목릉향에서 수집하였으나 지금 그 원문을 찾지 못하고 있음. 이에 게재한 「이사길」은 당시 漢文으로 번역되었던 것에 좇아 재번역한 것임.

열망과 추구가 진실하게 표현되고 있다.

이 시기 민요 중에는 또한 일제원수와 반동통치에 대한 치솟는 분노와 망국노로 전락된 우리 겨레들이 살길을 찾아 떠돌이 하는 가긍한 처지를 반영하고 있으며 또한 그 어떤 역경 하에서도 굴하지 않고 자리 잡은 이 고장을 제 손으로 개척하여 아리따운 생활을 이룩하려는 조선민족인민들의 의지와 숙원을 표달한 것들이 적지 않다. 그 중 민요 「뉘라서 간도가 좋다더냐」, 「방아타령」, 「새 아리랑」 등은 그 좋은 예로 된다.

> 뉘가 간도가 좋다더냐
> 가자 어서가자 하늘땅 잇대인 저 곳에로
> 앞에는 사막이요 뒤에는 민둥산일세
> 아 찐빵 한 개만 있어도 갈 수 있을 것을
> 대관절 가야느냐 돌아서야 하느냐
> 일이십리 더 걸을 수는 있는데
> ……

ㅡ「뉘라서 간도가 좋다더냐」의 첫수

이는 민요 「뉘라서 간도가 좋다더냐」의 첫 번째 단락이다. 이 민요는 20년대에 일본영사관에서 민간에서 불려지고 있는 것을 채집하여 조선민족들의 실정과 동태를 요해하는 자료로 삼았다. 아직 그 원문을 찾아내지 못하였다. 이는 일역문의 중역이다. 우리는 이 민요에서만도 일제의 모진 탄압과 수탈로 하여 쫓기며 살길을 찾아 방랑길에서 허덕이는 슬픈 족속의 참담상을 읽을 수 있다.

민요 「방아타령」 등은 황막한 들에 와 자리 잡고 살면서도 정 두고 떠나온 고향 땅을 못내 그리는 향수를 읊조리었다.

> 가을 시골에는
> 연자방아가 쿵쿵

　　하루에도 몇 번씩
　　가고 싶은 내 고향
　　[후렴] 에헤야 가다 못가면
　　　　　데헤야 기여나 가리
　　　　　아리아리랑 가고 싶은 내 고향

　　우리 마을 시골에는
　　처녀들이 많고
　　하루에도 스물네 번씩
　　가고 싶은 내 고향
　　[후렴]

　　　　　　　　　　　　－「방아타령」의 전문

　　이상은 민요 「방아타령」의 전문이다. 일제의 등살에 떠나온 고향땅, '하루에도 몇 번씩 가고 싶은 고향땅', '에헤야 가도 못가면, 데헤야 기어서라도 가고 싶은 내 고향……' 이에 깃든 향수의 정은 그 얼마나 절절하고도 깊은가!

　　이 시기 널리 전승되었다고 전해지는 민요 「헛농사」 등도 반동통치제도하의 모진 수탈로 하여 가난에 쪼들려 살길마저 막막한 노동인민들의 신세를 읊조리고 있다.

　　풍년이라 좋은 곡식
　　입쌀 한말 넉 냥하고
　　좁쌀 한말 5각이니
　　세금 물고 변돈 주고
　　키만 들고 나앉으니
　　추운 겨울 어찌하며
　　긴긴 여름 어찌할꼬

　　　　　　　　　　　　　　　－「헛농사」

사람마다 벼슬하면 누구 농사짓나
의사마다 병 고치면 북망산이 왜 생겨
어떤 연놈 팔자 좋아 고기로 양치질하고
우리는 굶기를 부잣집 밥 먹듯 하네
우리네 살림은 불에 탄 소가죽인지
오그라만 들 줄 알지 펴질 줄 모르네
때마다 먹는 밥은 된장에 당콩밥이요
밤마다 자는 잠은 맨봉당에 토끼잠일세
동삼(겨울)에 쌀독은 먼지만 풀풀 나구요
요내라 가슴에는 재만 풀풀 나누나

ㅡ「우리 살림」

　보는 바와 같이 이런 민요들에서는 당시 빈궁에 시달리는 조선민족
인민들의 생활세태와 회한을 깊이 있게 보여주었을 뿐만 아니라 그 형
식과 언어구사 등에서도 자기 나름의 특색이 있다.

　조선민족은 농경민족으로 처음 간도 땅에 이주하여 허허벌판을 개간
하면서도 무엇보다 먼저 물을 에워들어 논을 푸는 것을 잊지 않았는바
이 고장에 수전이 있는 곳이면 우리 겨레가 살고 있었다. 조선민족인
민은 그토록 벼농사를 중시하여 왔는데 그에 따르는 민요는 방대한 가
요군을 형성하고 있다. 그 중「벼가 자라네」는 이 시기에 널리 불리운
생활민요 중의 하나다. 당시 일제당국에서는 이 민요를 채집하고 일문
으로 번역하여 해당 부서에 조선민족의 생활실태를 연구하는 자료로
제공하였었다. 아래에 아직 그 원 민요를 찾아내지 못한 상황 하에서
일역문으로 된 이 작품을 중역하여 참고로 제공한다.

　만주 땅 넓은 벌판에
　벼가 자라네 벼가 자라네
　우리 가는 곳에 벼가 있고

벼가 자라는 곳에 우리가 있네
우리가 가진 것 그 무엇 있나
호미와 바가지밖에 더 있나
호미로 파고 바가지에 담아
만주벌 거친 땅에 벼씨 뿌리여
우리네 살림을 이룩해보세

―「벼가 자라네」

보다시피 이 민요에서는 바가지나 호미밖에 없는 궁핍한 생활 속에서도 철따라 벼씨 뿌리고 가꾸어 살림을 이룩하려는 빈농민들의 드팀없은 의지와 절절한 숙원을 노래하고 있다.

이 시기에 우리 인민대중은 조선서부터 부르던 노동요를, 이를테면 농업노동, 토목노동, 가내수공업노동, 벌목노동, 어업노동……과 관련된 노래들을 전승하고 부르면서도 많은 경우 이곳 인민대중의 노동생활과 밀착된 적지 않은 변종을 배출함으로써 방대한 가요군을 이루고 있다. 이를테면 「모내기 노래」, 「배따라기」, 「물레타령」 등과 같은 수전작업, 어로작업, 여성들의 가내작업과 밀착된 계열에 속하는 민요들이 그 좋은 설명으로 된다.

이밖에도 노동의 갈래에 따라 수많은 노동요들이 창작되었는데 아래에 이 시기에 널리 불리운 수중작업을 반영한 이채적인 노동요 「뗏목군의 노래」를 인용하여 본다.

뗏목에 실은 몸이
압록강 물결에
키 잡고 가는 곳은
신의주란다
[후렴] 어야더야 어야더야
     허리여라 이 내 신세

물새와 벗을 삼는
외로운 신세
강역에 떼를 대고
밤을 보내요
[후렴]

강가에 뛰어노는
아해를 보니
달 넘는 집소식이
그리워지오
[후렴]

슬프다 하소연하며
혼자 살아가니
제김에 목이 메여
눈물 흐르고
[후렴]

눈 속에 벌목하는
동지섣달
띄워라 압록강에
얼음 풀렸다
[후렴]

올해도 한 행보의
뗏목을 타고서
압록강 이천 리
물에서 사오

 －「뗏목군의 노래」

이런 수중작업과 관련된 노래에서는 얼음이 풀리면 집 떠나 뗏목을 타야하는 뗏목꾼들의 부평초 같은 신세를 노래하고 있다.

이 시기 민요들에서 이채를 띠는 것은 근대적 문화 계몽운동의 발랄한 발전과 더불어 시간을 아껴 과학문명을 습득하여 민족적 과업의 수행에 힘 다하여야 한다는 개화의식을 고조한 작품들인데 그중 영향력을 산생한 작품으로 「이팔청춘가」를 들 수 있다.

이팔은 청춘의 소년 몸 되어서
문명의 학문을 닦아봅시다

세월이 가기는 흐르는 물 같고
사람이 늙기는 바람결 같고나

진나라 시황도 막을 수 없었고
한나라 무제도 어쩔 수 있었나

천금을 주어도 세월은 못 사네
못사는 세월을 허송을 할까나

노지를 말아라 노지를 말아라
젊어서 청춘에 노지를 말이요

우리가 젊어서 노지를 말아야
늙어서 행복이 자연히 이르네

청춘에 할 일이 무엇이 없어서
주사청루로 종사를 하느냐

바람이 맑아서 정신이 쾌거든
좋은 글 보면은 지식이 늘고요

월색이 명광해 회포가 있거든

옛일을 공부코 새일을 배우소

근근코 자자히 공부를 하며는
덕윤신하고요 부윤옥하리라

우리가 살며는 몇백 년 사느냐
살아서 생전에 사업을 이루세

정신을 깨치고 마음을 닦아서
이팔의 청춘을 허송치 말아라

―「이팔청춘가」

보다시피 「이팔청춘가」는 전통적인 잡가의 선율에 창가의 시 형식을 준 민요이다. 이 민요는 계몽기의 교양적 전통을 살리고 있을뿐더러 또한 그 시적 정서가 낙천적이고 표현이 소박하며 운율조직이 정제되고 유창한 것이 특징적이다.

이 시기의 민요 중에서 중요한 자리를 차지하는 것은 또한 반일투쟁을 노래하고 반일무장대오를 격조높이 칭송한 노래들이다. 그 대표성을 띠는 작품으로 「의병대가」, 「광복군아리랑」 등을 들 수 있다.

홍 대장 가는 길에는 일월이 명랑한데
왜적군대 가는 길에는 눈과 비가 내린다
에헹야 에형애 에헹야 에헹야
왜적군대가 막 쓰러진다

오연발 탄환에는 군물이 돌고
화승대구심에는 내굴이 돈다
에헹야 에형애 에헹야 에헹야
왜적군대가 막 쓰러진다

> 괴택이 원성택 중대장님은
> 산고개 싸움에서 승리하였소
> 에헹야 에헹애 에헹야 에헹야
> 왜적군대가 막 쓰러진다
>
> 도상리 김치갱 김도감님은
> 군량도감으로 당선됐다네
> 에헹야 에헹애 에헹야 에헹야
> 왜적군대가 막 쓰러진다
>
> 왜적 놈이 게닥짝을 물에 버리고
> 동래부산 넘어가는 날은 언제나 될까
> 에헹야 에헹애 에헹야 에헹야
> 왜적군대가 막 쓰러진다

－「의병대가」의 전문

　　이상은 민요 「의병대가」의 전문이다. 이 민요는 반일무장대오의 멸적의 기세와 빛나는 승리를 일본침략자들의 패망상과 선명한 대조 속에서 형상적으로 보여주면서 반일무장대오에 대한 인민대중의 찬양의 감정과 성원을 표현하였다. 이 민요는 전통적인 민요선율에 기초하면서도 새로운 시대적 요구와 반일투사들의 전투적인 기백에 맞는 씩씩하고 활력에 넘치는 운율을 살리고 있으며 민요 전반에 맑고 낙천적인 정서가 흘러넘치고 있다. 이 민요는 그 시기에 반일무장대오에서 불러졌을 뿐만 아니라 인민들 속에서도 널리 애창되었다.

　　이 시기 민요에서 애정가요는 또한 중요한 자리를 차지한다. 이에는 「아리랑」, 「노랫가락」, 「각시타령」, 「배꽃타령」, 「사랑가」 등 남녀 간의 상사의 정, 이별의 설움과 그리움, 사랑에 대한 충성을 노래한 부동한 내용의 서정가요들이 망라되었는바 그 대부분이 개성해방의 지향과 결부된 반봉건적 주제를 담고 있으며 농후한 민족적 정서와 아름다운 음악적 운율로 하여 높은 예술성을 보여주고 있다.

그리고 당시 이채적인 동요와 참요 등 서정가요도 적잖이 배출되었다.

이 시기에 구전설화도 많이 창작되었다. 하지만 장기적인 역사의 흐름 속에서 인멸된 데다 제때에 수집하여 문자로 고착시키는 작업이 따르지 못한 등 원인으로 하여 지금까지 보존되고 있는 작품이 많지 못하다. 이제 전해지고 있는 작품들에 토대하여 당시 구전설화의 전승과 창작, 발전의 실태를 살펴보려 한다.

우리 민족의 구전설화는 장구한 시기를 두고 신화, 전설, 민담, 동화, 우화, 수수께끼, 우스운 이야기 등 여러 가지 형태로 발전하여 왔다.

우리 민족 신화의 대표적 작품들인 단군신화, 주몽신화, 혁거세신화, 해모수신화 등은 그의 독특한 예술적 매력으로써 당시 인민대중에게 널리 유전되었다. 이런 신화는 고대건국 신화의 원형을 그대로 완전하게 보존하고 있을 뿐더러 또한 그 전승과정에서 장백산의 향토풍물과 당시 현실생활세부들로 풍부화함으로써 신화의 지역적 특색을 짙게 하고 있다.

전설은 설화의 기본형태의 하나로서 이 시기에 보다 드높은 성과를 올린 분야이다. 이 시기에 창조된 전설을 그 묘사대상과 내용에 비추어 대체로 역사전설, 인물전설, 지방풍물전설, 동식물전설……과 같은 여러 가지로 나누어 고찰할 수 있다. 그 가운데서 향토풍물전설과 생물전설이 더욱 성과를 떠올려 보다 많은 작품을 남기고 있다. 향토풍물전설과 생물전설의 그와 같은 발전은 바로 전설자체의 고유한 향토적 규정성과 갈라놓고 생각할 수 없다.

이와 같은 향토풍물전설이나 생물전설은 대체로 재래의 전설을 그대로 전승한 것 외에 조선민족이 집거하는 지구의 새로운 자연풍물과 생활환경에 비추어 새로 창조한 전설과 또한 조선이나 기타민족의 전설에 토대하여 이 고장의 향토, 풍물 등에 연관시켜 이룬 변이전설 등이 있다.

  전설은 언제나 어느 한 지방을 중심으로 그 지방의 역사와 구체적 인물, 자연, 생물, 풍습 등과의 깊은 인연 속에서만이 전승될 수 있다. 바로 전설의 이와 같은 향토적 규정성에 의하여 19세기 중엽 이후 조선민족 인민들의 대량적 이주와 더불어 이들의 집거 혹은 산거하고 있는 장백산 일대와 송화강, 목단강, 요하 등 유역에는 백두산, 오녀산, 봉황산, 천수, 경박호, 연꽃늪, 해란강, 금마하, 용천골, 용두레촌, 노루골 등 풍토, 지명과 관련된 아름다운 향토전설들이 수없이 산출되고 또한 「진달래」, 「백일홍」, 「민들레」 등 민족의 넋이 나래치는 신기한 생물 전설들이 허다히 창조되었다.

  조선민족의 이주 초기에 처한 황막하나 희망찬 동북 변강의 새로운 자연환경은 조선민족의 향토전설에 특색적인 이미지를 부여하게 하였다. 하여 이 시기 조선민족의 향토전설은 동북의 황홀한 자연환경을 배경으로 하여 이루어지고 있다.

  일찍 널리 전승된 「용천골」은 조선민족이 중국에 이주한 초기에 창작된 향토전설이다. 용천골의 이야기를 간추려보면 다음과 같다. 용정에서 동남쪽으로 50여 리를 올라가면 오붓한 한 마을이 있다. 이 고장에 천만 길 깊은 땅속에서 솟아나는 샘물이 있는데 '수심은 수정 같고 물맛은 선경의 불로장생 장명수도 예다 비하지 못한다.' 어느 해 봄 호시절에 초동은 지게에다 낫을 가새질러지고 물줄기 따라 이곳 임자 없고 이름 없는 무인 무명골 샘물터에 이른다. 초동은 먼저 맑은 샘물에다 갈한 목을 적신 후, 물 옆의 산기슭에 자리 잡고 앉아서 쌍피리를 만들어 흥겨웁게 분다. 이때 아름다운 한 선녀가 구성진 피리소리 따라 샘물터에 내리는데 몸에는 채의를 감고 겨드랑이에는 채옥동이를 꼈다. 초동과 선녀는 그날로 백년을 가약하고 '샘물가에 터를 닦고 보금자리 일구며 용솟음쳐 솟는 샘을 용천이라 이름 짓고 그 물을 에워 논밭 갈아 씨 뿌리니 그 골 이름을 용천골이라 불렀다.'

  전설 「용천골」은 바로 이런 환상적인 아름다운 이야기를 통하여 향토에 대한 해석성을 구현한 동시에 개척시기 조선민족의 노동생활과 행복한 미래에 대한 꿈, 그리고 절절한 향토애를 표현하였다.

「용정」, 「무빈골」 등 전설에서도 개척 시기 이 고장의 대자연과 더불어 노동인민들의 향토애와 희망찬 내일을 생동하게 묘사하고 있다. '……육도하 상류에 자리 잡은 지금의 용정은 천만년 묵은 진펄에 갈대숲이 우거진 이름 없는 고장이었다.……그 후 육도하 기슭 동쪽의 수레 길과 오솔길 사이에 반백에 들어선 전주 이씨가 처자를 데리고 들어와 집을 잡게 되자 처음으로 인가가 생겼다. 집 주위가 천년 묵은 옥토여서 농사가 잘 되어 먹을 근심이 없는데다가 물고기가 많고 꿩이 가마에 저절로 날아들고 몽둥이로 노루를 때려잡는 고장이라 정말 살기 좋았다.' 원시적인 황막한 대자연은 당시 조선이주민들에게 이렇듯 황량하고 적막한 것이 아니라 실로 아름다운 동화세계처럼 감수되었다. 고난의 심연 속에서 헤매던 광범한 농민들은 이와 같은 보금자리를 사랑하였고 자기의 신근한 노동으로 새로운 삶을 개척하려는 의지와 열망을 갖게 하였다.

조선민족이 이주한 이래의 현실은 실로 복잡하고 곡절적이었다. 조선민족의 험난한 현실생활은 이 시기 전설에 새로운 내용을 부여하였다. 이주 초기 봉건통치하에서 살고 있던 조선민족에게는 거의 그 어떠한 정치적 법률적 지위거나 보장이 있을 수 없었다. 이에 광범한 노동인민은 관리의 압박과 지방토호들의 횡포와 토비들의 약탈로 하여 모진 어려움을 겪으면서 굴함 없는 투쟁과 신근한 노동으로 삶을 개척해 나가지 않으면 안 되었다. 당시의 전설들에는 이 같은 조선민족의 생활과 염원과 열망이 생동하게 묘사되고 있다. 전설 「해란강」이 그 예로 된다.

상기한 풍토전설에서와 같은 노동인민의 생활과 지향과 열망은 당시 수다히 창조된 「진달래」, 「백일홍」과 같은 생물전설에서도 아주 생동하게 보여주고 있다. 먼저 생물전설 「진달래」를 살펴보자. 이 전설은 봄마다 장백산 기슭에 붉게 피어나는 아름다운 진달래꽃에 얽힌 눈물겨운 사연을 전달하면서 포악한 임금에 대한 노동인민의 굴함 없는 투쟁정신을 노래하고 있다. 전설에 의하면 옛날에 한 임금이 해마다 봄이 오면 나라에서 제일 고운 처녀를 골라 제단의 희생품으로 바쳤다고 한다. 그 '무서운 봄'을 벗어나기 위해 정다운 두 남매는 밤도와 깊은 산 속으로 도망치다가 오빠가 관병에게 체포되어 사형선고를 받게 된다. 그런데 사형장에 끌려 나가는 영웅의 발뒤축에서 방울방울 떨어진 피 방울은 이듬해 봄에 연분홍 진달래꽃이 되어 피어났다. 복수의 일념으로 가슴을 태워오던 그의 누이동생은 그때로부터 해마다 봄이 오면 진달래 꽃밭에 앉아 희생된 오빠를 추모하였다고 한다. 전설에 나오는 이 두 남매가 걸어온 파란 많은 고난의 길은 바로 지난날 우리 민족이 겪어온 수난과 투쟁의 노정이며 영웅의 발자취에 피어난 진달래꽃은 다름 아닌 조선민족의 불굴의 기상과 넋의 상징이기도 하다.

생물전설 「백일홍」과 「민들레」에 깃든 구슬픈 사연도 사람들을 감동케 한다. 백날 동안이나 바다의 요물인 삼두이무기와 싸우는 남편을 기다리다가 죽어서 꽃으로 변한 백일홍 처녀, 외적의 침입을 막으려 전방에 나간 오 서방을 기다리다 세상을 떠 노란꽃으로 변한 민들녀의 형상은 사랑에 충성하고 조국을 열애하는 꽃처럼 아름다운 우리 민족 여성들의 고귀한 품성을 생동한 예술적 화폭으로 펼쳐 보이고 있다. 이밖에도 「무빈골 전설」 등은 악질지부 무빈과 그의 소작인인 김 서방 간의 갈등을 그 기본 줄거리로 하여 이주 초기 농민들의 비참한 조우와 악질지주인 무빈 놈의 죄악상을 신랄히 보여준 작품이다.

위에서 열거한 전설에서 구현한 바와 같은 향토적 규정성은 자기의 향토에 대한 인민들의 지극한 사랑, 향토가 낳은 영웅인물과 아름다운 인민적 품성의 모범으로 되는 성실한 사람들에 대한 긍지와 존경의 감정, 악세력에 대한 증오를 표현하였고 자연계에 대한 놀라운 인식능력과 환상능력을 과시하였으며 자기들의 신념과 지향을 나타내었다.

조선민족 전설의 또 하나의 중요한 특성은 다른 민족들과 명백하게 구별되는 그의 독특한 민족성이다. 전설의 민족성은 작품의 묘사대상 외에도 그들의 생활풍습, 심리활동 및 사고방식에서 구체적으로 표현된다. 조선민족 전설에는 한족, 만족 등 기타 형제 민족들 가운데서 유전되고 있는 전설을 차용하고 그것을 조선민족의 것으로 전설화한 이야기가 적지 않다. 이를테면 유명한 중국의 4대 전설「맹강녀」,「백사전」,「견우와 직녀」,「양산백과 축영대」전설 등이다. 4대 전설은 의심할 나위 없이 중국 한족지구에서 나온 것이다. 그러나 조선민족 지구에 유전되고 있는 4대 전설은 한족의 전설 그대로가 아니라 이미 장기간 조선민족인민들의 구전전승을 거치는 과정에서 충분히 민족화한 조선민족의 전설이다. 이런 전설에 나오는 맹강녀, 백사, 직녀, 축영대는 옷차림으로부터 그들의 언어, 행동, 내면세계 및 사고방식에 이르기까지 조선여성의 성격, 기질과 도덕품성을 체현하고 있다. 이를테면 한족「맹강녀」전설의 변종인「동해바다에는 어째서 작은 상어가 생기게 되었는가」에서의 내용과 구성은 수당(隋唐) 이후에 변이 된 맹강녀 전설과 매우 흡사하지만 그 가운데의 생활풍습, 애정의 표달 방식, 인물의 언어와 행동, 외모는 죄다 조선여성의 독특한 정신세계와 윤리 도덕적 미를 보여주고 있다.

조선민족의 구전설화에서 민담은 양적으로나 그가 취득한 예술적 성과에서도 가장 뚜렷한 위치에 놓여있다. 이 민담들엔 환상적 민담, 생활민담, 풍자적 우화, 우스운 이야기 등 다양한 형태가 있지만 그 가운데서 생활민담과 환상적 민담이 압도적인 비중을 차지한다. 이 시기에 유전되었다고 추정되는 이런 민담의 계열에는「힘센 총각」,「홍송과 인삼」,「아버지의 평생소원」,「소가죽 한 장만큼」등이 들어있다.

생활민담「힘센 총각」은 대표성을 가진 작품이다. 작품은 대담한 환상과 선명한 대조로써 근로인민의 이익을 대표한 힘센 총각과 사멸되어 가는 반동적 승려계층의 이익을 대표한 포악한 도사 놈 사이의 첨

예한 대립관계를 반영하고 있으며 봉건적 불교세력에 대한 인민들의
용감한 투쟁정신과 그들의 종국적 승리를 구가하고 있다.

노동인민 속에 널리 전해진 「홍송과 인삼」은 환상적 요소가 극히 풍
만한 민담인데 이에는 아래와 같은 내용이 담겨져 있다.

> 옛날 어느 한 산골에 홍송이라 부르는 총각이 있었는데 어느 날
> 그는 앞 골짜기에 가서 나무를 하다가 뜻밖에 인삼을 발견하였다. 그
> 는 당장 캐려다가 더 키워서 내년 춘삼월에 캐자고 마음먹고 거기에
> 표를 해놓자고 인삼 밑그루에 청실홍실을 매놓았다. 이튿날 총각은
> 다른 산골짜기로 나무하러 갔는데 이상하게도 어제 청실홍실을 매놓
> 은 그 인삼이 그곳에 옮겨와 자라는 것이었다. 홍송은 기쁘기도 하고
> 신비롭기도 하여 멍하니 그 인삼을 바라보면서 캐려고 마음먹다가,
> 그 자라는 인삼을 캐가기가 아쉬워서 인삼은 놔두고 거기에 매놓은
> 청실홍실만을 가져가려고 끄르는데 갑자기 인삼이 뿌리 채 땅 위에
> 솟아올랐다. 홍송은 이 인삼을 가져다가 농 안에 소중히 넣어 두었다.
> 그런데 며칠이 지나 이 인삼은 홍송의 착한 마음씨에 감복된 나머지
> 아리따운 인삼처녀로 변하여 홍송과 배필을 이루었다.

민담 「홍송과 인삼」은 홍송과 인삼에 대한 환상성이 풍만한 이야기
를 통하여 노동인민의 대바르고 착하고 부지런한 품성을 구가하였으며
행복한 생활에 대한 지향과 향토에 대한 열애의 감정을 감명 깊게 표
현하였다.

풍자적 성격을 짙게 구현한 민담 「소가죽 한 장만큼」은 또한 이채적
인 구전설화이다. 이 설화의 줄거리를 더듬어보면 다음과 같다.

> 어느 날 일본 영사 놈은 국자가(연길)에 있는 도대인(陶大人)을
> 찾아가서 영사관을 짓겠는데 더도 말고 소가죽 한 장만큼 한 땅을 빌
> 려달라고 간청하였다. 도대인은 소가죽 한 장만큼 한데다가 어떻게
> 영사관을 짓는가 보자고 좌우 관원들과 상론한 후 그자의 간청을 들
> 어주었다. 그 후 얼마 가지 않아 도대인은 일본 놈들이 수십 일경의

땅에다가 담을 쌓고 으리으리한 영사관 청사를 지었다는 소문을 듣게 된다. 그는 노발대발하면서 용정에 달려가 "네놈들은 그래 양심도 언약도 국제공법도 없느냐?"고 영사 놈을 질책하니 영사 놈은 히죽 웃으면서 실처럼 오리 오리 찢어진 가죽오리를 내놓으면서 "언약과 서약에 소가죽 한 장만큼이라 하였은 즉 모아놓으면 한 장이요, 펼쳐놓으면 꼭 영사관 둘레길이와 같게 될 터이니 어디 한번 재어보시지요."라고 하였다. 도대인은 그자들의 괴변에 울분이 치받혔지만 혼내줄 뾰족한 수가 생각나지 않아 아무 말도 못하고 돌아서려 하였다. 이때 동행했던 마부가 선뜻이 나서서 영사 놈과 걸고 들었다. "영사 나리, 그래 지금 서있는 곳이 뉘 땅입니까?" 영사는 "누가 이곳이 중국 땅이 아니래서 그 야단이인가?"고 하면서 체신도 잊고 붉으락푸르락하였다. 이때 지나가던 백성들이 희한한 구경거리라도 있나부다 하여 모여들었다. 마부는 이 기회를 놓칠세라 관중들에게 사건의 자초지종을 설토한 후 영사 놈을 쏘아보며 "소가죽 한 장만큼 한 그 위에 올라서고 오리를 내여 토성을 늘였으면 그 가죽오리를 타고 앉아 있을 게지 왜 남의 영토를 함부로 차지하는 거냐?"고 대성질호하였다. 이때 관중 속에서 "그렇다! 소가죽 위에 올라앉든지, 가죽오리를 타고 토성 위에 가 춤추든지 해라!"고 하는 함성이 울려 퍼졌다.

민담 「소가죽 한 장만큼」은 대담한 과장과 풍자적 수법을 빌어 일제의 교활성과 날강도적인 약탈행위를 폭로 규탄하였고 청조통지배들의 미욱한 낯바대기를 여지없이 발라놓았으며 인민대중의 지혜와 총명, 일제에 대한 적개심을 심각하게 표현하였다.

우화는 실화의 한 종류로 간주할 수 있다. 최근에 발견된 자료에 의하면 조선민족의 대량적 이주가 현실화된 20세기 초엽에 이동휘, 계봉우 등 개화기의 진보적 사상가들이 편찬한 『초등수학수신서』(1913년)에는 민족자강과 반일 애국투쟁에로의 각성을 목적으로 한 수십 편의 우화들이 수록되어 있다. 이 우화들은 근대 시기 조선민족 우화발전의 실태를 실제작품으로 보여주고 있다.

「우스운 이야기」는 봉건 말기에 정착된 또 하나의 우수한 설화형태이다. 전래의 우스운 이야기는 흔히 관료, 부자, 유학자, 승려, 선교사, 그리고 시어머니, 남정들에 대한 신랄한 풍자로 청중을 격동시키고 있다. 우스운 이야기의 이러한 사실주의 전통은 이주 이후 노동인민들 속에서 널리 유전되고 있는 「달을 산 사또」, 「진짜 양반」, 「나귀를 메고 가다」 등 작품에 연면히 계승 발전되고 있다.

이밖에도 이 시기 구전문학에는 노래와 이야기가 교착된 독특한 서사적 극적 방식에 의하여 출현되는 독연 형태의 예술로서의 판소리 등이 유전되었다. 이를테면 재래로 출연된 「춘향가」, 「심청가」, 「배뱅이굿」 등 여러 종의 판소리 대본이 있었으며 또한 그것들의 전승과정에서 일정한 변이가 있었으리라는 것은 추정하기 어렵지 않다. 그러나 오늘 당시의 판소리 출연상황에 관한 실제자료를 입수하지 못하여 이 시기 판소리 대본의 변이양상과 그 실태를 근거 있게 고찰할 수 없는 것은 유감스럽다.

'북향회'의 전말

1930년대 일제 식민지 통치하에서의 우리 겨레들의 생활 처지는 몹시 험악하였다. 일제는 온갖 악랄한 수단을 다하여 조선민족의 민족적 특성을 말살하려 미쳐 날뛰었다.

그러나 그와 같이 험악한 정치 문화적 환경 하에서도 강렬한 민족의식으로 자기를 불태우던 우리의 작가와 문예청년들은 거족적인 항일투쟁의 영향 하에 반동당국의 눈을 기이며 여러모로 민족을 위하여 문학 창작 활동을 전개하였으며 본 민족의 문화전통과 유산을 수호하여 나섰다.

1933년 용정에서 발족된 '북향회'는 바로 민족문학을 발전시키며 민족의 독립과 자주의 새 터전을 닦는 과업을 수행하기 위한 일념으로 작가들이 일어나 세운 단체이다. '북향회'는 문학동인들의 피타는 노력에 의하여 많은 유능한 작가와 청년문예인들을 묶어세워 문학창작활동을 전개함으로써 크나큰 성과를 이룩하였다. 하여 '북향회'는 당시 간도에서뿐만 아니라 또한 조선문단에서도 일정한 영향력을 산생시켰으며 조선 현대문학 발전에 빛나는 한 페이지를 아로새겨 놓았다. 그러나 오늘에 이르기까지 '북향회'의 활동과 업적들이 제대로 알려지지 못하였기에 응당 받아야 할 평가를 받지 못하고 있으며 지어 일부 중요한 문화사 저술들에서는 그 행적조차도 언급하지 않고 있다. 이는 아주 유감스러운 일이 아닐 수 없다.

근래에 이르러 1930년대의 항일 시기 문학에 대한 관심이 깊어지고

그에 대한 연구사업이 심입됨에 따라 '북향회'의 성립과 활동 및 그 의
의 등에 대해서도 거론하고 있다. 이는 자못 기꺼운 일이다. 그러면서
도 일부 저술과 논문들에서 '북향회'의 전말과 문학창작의 업적을 그
실제정황과는 달리 와전하고 있는 것이 문제로 된다. 이를테면 이미
발표된 문학자료 『해방 전 문학의 일모』(1982년 《문학예술연구》 제1
호), 회상기 「《북향》과 강경애」(1986년 《천지》 제3호)…… 바로 그
실제 예증으로 된다. 이에 필자는 입수한 일부 자료에 근거하여 '북향
회'의 성립 전후의 자초지종을 밝히고 그의 업적과 의의에 대한 자기
나름의 천견을 내놓는바 비평과 조언을 바란다.

1. '북향회'의 발족과 그의 주요 성원

문학동인 단체 '북향회'는 다년간의 온양을 거쳐 1933년 11월에 용정
광명학원 사범과의 교원인 이주복 등의 주선과 당시 용정에 있던 작가
들의 지지 하에 정식으로 발족되었다. 처음 '북향회'는 당시 용정 남녀
중등학교어문 교사들과 재학 중인 문예청년들을 위주로 하여 조직되었
으며 일부 영향력이 있는 작가들도 가담하였다.

'북향회'가 나오게 된 과정에 대해서는 한때 《북향》지의 편집을 맡
아 나섰던 안수길이 자기의 회고록 「용정과 신경 시대」에서 보다 자세
히 언급하고 있다.

"아버지의 병환 위독이라는 급전을 받고(1931년 봄-인용자 주)
동경에서 집(용정)에 돌아온 지 한 두어 달 되었을까. 광명중학교 영
어교사로 이주복 씨가 부임해왔고 가족을 데려오기 전까지 우리 집에
기숙하게 되었다.…… 자연히 한 집에 살게 된 이씨와 내가 친해질
수밖에 없었고, 둘은 아침산보로 일찍 해란강변을 거닐면서 당시 만

주사변 직후의 일본의 침략에 얽힌 가지가지 시국담을 비롯해 인생, 세태, 문학에 관한 무궁무진한 이야기로 장래 대문호(?)가 될 꿈을 하늘만 하게 키우고 있었다.……

　이씨와의 이런 유서 깊은 해란강변 산책에서 이야기 끝에 구상한 것이 문학동인회를 만들어야 된다는 것이었다.

　이름을 '북향회'라고 하는 게 좋겠다고 대강 이야기된 것은, 글자 그대로 간도는 한국 사람의 제2의 고향이다. 여기에 우리의 문학을 이룩해 보자는 뜻에서였다.

　그러나 당장 '북향회'를 탄생시키지 못한 이씨는 가족이 왔으므로 우리 집에서 옮기게 됐고 서로 떨어져 살게 되고 보니 동인회고 해란 강변의 보보행진 산보고 흐지부지되고 말았다. 그런데다가 다음해 봄 에 나한테 취업자리가 생겨 용정에서 멀리 북쪽으로 80리 밖의 광신 촌이고 천주교 마을인 팔도구라는 곳에 소학교 교사로 가게 됐다.

　그곳에서 1년 반인가 백묵가루를 먹고 있는 사이에, 이씨는 용정에 서 기꺼이 '북향회'를 발족시켰는데 그 구성 멤버가 시내 남녀중등학 교의 젊은 교사들과 의사들이었다."

상기한 바에서도 우리는 '북향회' 발족 전후의 정형과 성립 시간 등 을 대체적으로나마 더듬어볼 수 있다.

'북향회'의 발족 시간에 대해서는 또한 《북향》지에 실린 '북향회' 성립 두 돌을 맞으면서 진행한 강연회 소식과 그때 읊은 축하시들이 실증해 주고 있다. 《북향》(인쇄본) 제2호(1936년 1월 10일 간행) 『문단안테나』 란에서는 '북향회' 2주년 기념사업으로 1935년 11월 16일 밤에 문예강연 회를 개최하여 대성황을 이루었다는 보도를 내였으며 《북향》 총 3호에 서는 '북향회' 창립 2주년을 맞으면서 1935년 11월 22일에 읊은 「시조 3 장」을 게재하였다. 그중 시조 제1장에서는 '두 돌 된 북향아가 엄마엄마 부르더니/ 한걸음 내디디자 문 밖으로 뛰쳐나네/ 아마도 세네 살 되면 세계일주 하오리' 하고 읊조리었다. 이런 시문들과 당시 참가자들의 회 고에 의하면 '북향회' 창립시간을 문예동인지 《북향》(인쇄본) 창간호가 창간된 1935년 10월로 보는 것은 역사사리의 실제와 맞지 않는다.

‘북향회’의 조직과정에 대해서는 당시 광명중학 재학 시에 동인으로 가담하였던 김유훈은 다음과 같이 말하고 있다.

“이 학교 영어교원 이주복의 지도 밑에서 문예인들의 회를 조직하였다. 처음 이 회의 정회원은 열도 채 안되는 문인, 학생들로 구성되었다. 조선 여류작가로서 이미 저명해졌던 강경애 등과 그밖에 각 중, 소학교 교원 중에서 문예창작 취미를 가진 사람들이 회원으로 가담하게 되었다.”

‘북향회’의 주요성원을 보면 그 창립초기에는 이주복, 강경애(동인이면서 고문 격임), 김국진, 엄무현, 윤영춘…… 그리고 천청송, 김유훈 등이며 그 후 활자인쇄본 《북향》지가 정식으로 출간됨과 더불어 안수길, 박영준, 박화성, 박계주, 신상보, 최영한, 이학인, 최문진, 김규은, 환원, 최순원, 김영일, 박훈 등이 가담함으로써 강경애를 위시한 저명한 작가들과 광범한 지역의 많은 문학도들이 망라되었다. 이리하여 《북향》은 당시 간도문단의 번성을 안아왔으며 소설, 시가, 희곡, 문학이론 분야에서 큰 성과를 취득하였다.

2. ‘북향회’의 활동과 《북향》의 간행

‘북향회’가 창립되자 문예동인들은 문예지 《북향》의 간행을 준비하는 한편 문학예술에 대한 학술모임, 토론회, 문학평론회, 문예강연회를 자주 열어 문학을 보급하고 또한 보다 질 높은 작품들을 창작하도록 고무하였다.

작가 안수길은 당시 ‘북향회’의 주선 하에 열렸던 한차례 문예강연회의 성황을 다음과 같이 회고하였다.

"《북향》 동인회 사업으로 문예강연회를 열기로 했다. 장소는 명신 여학교 강당이었다. 별로 널리 선전을 하지 못했는데요(영사관 경찰 의 간접적인 간섭으로). 천 명은 수용할 수 있는 홀(공회당−인용자 주)이 초만원, 입추의 여지가 없었다. 연사는 이주복, 엄무현, 김국진, 나 외에 화가(지금 이름은 기억나지 않음) 한 분이었고…… 이씨는 《북향》 동인회의 포부를 이야기하면서 문학과 사회와의 관계성을 열 변했고, 김씨는 조리 있고 명쾌한 말로 청중에게 문학적인 감명을 주 었다.……"

이밖에도 1935년 11월 16일 밤에 강경애, 이주복, 김국진, 최문진을 초청하여 명신여학교 대강당에서 연 문예강연회 때에도 그 '입장자는 무려 천여 명이었고 당시 장소관계로 돌아간 이도 수백 명에 달하는 대성황을 이루었다'고 《북향》의 문단소식에서 보도하고 있다.

상기한 바에서만도 우리는 당시 '북향회' 문학 활동의 일모를 더듬을 수 있다. 실로 그와 같은 악렬한 정치 환경에 처하여서도 규모가 있는 문예강연회를 여러 번 개최하였는데 당시 이런 강연회가 인민대중, 더 욱이 문학도들에게 준 영향은 자못 컸었다.

이밖에도 조선의 저명한 작가와 예술계인사들을 초청하여 창작경험 을 소개받았으며 문예 강좌, 문학평론모임 등을 조직하였었다. 그리고 《북향》지를 더욱 '독자들의 것으로 만들기 위하여', '독자실'을 설치하 고 대중의 의견을 섭취하였으며 여러모로 문학창작의 질을 제고하기에 힘을 다하였다.

《북향》의 간행정황을 보면 당시 상응한 여건들이 지어지지 않은 정 황 하에서 먼저 프린트본을 내는 수밖에 없었다. 일찍 《북향》의 편집 을 맡았던 김유훈, 안수길 등의 회고록과 입수한 역사적 기재에 의하 면 '북향회' 설립 후 2년 사이에는 《북향》을 프린트본으로 2기를 내고 1935년 10월부터 정식 인쇄본으로 간행되었다.

《북향》(인쇄본)을 정식 간행하게 된 경위에 대해서 안수길은 자기 의 회고록에서 다음과 같이 쓰고 있다.

"《조선문단》 복간기념 문예현상에 단편과 콩트가 당선된 나를 보자 이씨(이주복)는 반기면서 학생위주의 프린트 《북향》을 발전시켜 본격적인 동인지로 재출발하자. 인쇄는 당시 용정에서 제일 크고 활자도 비교적 구비되어 있는 개성사람이 경영하는 인쇄소에 교섭 중인데 가능성이 있다는 것이었다. 대뜸 굳은 악수를 교환했다.……"

이렇게 마음이 합쳐지게 되자 《북향》(인쇄본) 창간호가 출간되게 되었는데 이때 편집에 직접 참가한 작가들로는 이주복, 안수길, 천청송, 김유훈 등이다.

《북향》의 간행종지에 대해서는 창간호의 사론 「창간에 제하여」(배회정인)에서 논급하였었으나 지금 그 《북향》 창간호는 유실되어 찾을 길이 없다. 그러나 우리는 1936년 1월 새해를 맞으면서 펴낸 《북향》(총 2호)의 권두언 「새 터를 닦으려」(엄성)를 통해서 그 간행종지를 족히 알 수 있다.

'인간은 삶의 지배를 받되 그 삶이 인간을 살리지 못할 때 그 인간은 비로소 삶을 지배하지 않으면 안 될 것이다. 그러므로 우리는 새로운 삶을 찾기 위하여 삶을 지배할 새로운 터전을 닦아야 할 것이다. 새해 맞는 인간은 모름지기 황폐한 옛 터전에 새로운 터전을 닦음으로써…… 팔에 힘을 주어 삽을 잡고 무너진 성터로 나가지 않으려는가? 새 터를 닦으려!'

이것은 권두언 중의 한 대목이다. 당시 일제의 단속으로 하여 비록 은유적으로 문예지 간행의 취지를 피력하였으나 민족의식으로 불타는 조선민족으로서는 아주 쉽게 그 진의를 터득하고 가슴속으로 받아들일 수 있었다. 즉 모든 것이 '폐허'로 된 참담한 현실에 직면하여 식민통치하의 암흑을 부정하고 민족의식과 역사의식으로써 애써 '새 터'를 닦아 우리 겨레로 하여금 재생과 독립, 자주의 길로 지향하게 하는 것이 바로 《북향》의 기본적 간행종지였다. 실로 《북향》지의 작가들은 그같이 언명하였을 뿐만 아니라 또한 자기의 고심한 문학창작 실천으로써 그 숭고한 사명을 수행하기에 있는 힘을 다하였다. 그들은 시종 곤란을 박차면서 엄숙하고도 소박하게 《북향》을 꾸려나갔다. 국판으로 된 이 문예지는 다양한 내용과 다채로운 형식에 유의하면서도 퇴폐적이거나 배족적인 내용을 담은 작품과는 담을 쌓았으며 또한 제한된 지면을 효과적으로 이용하기에 힘 다하였다.

'북향회' 작가들은 《북향》을 처음에는 월간으로 꾸리려 작심하였었으나 당시의 악렬한 문화적 조건과 여러모로 받는 제약성으로 하여 부정기로 간행하는 수밖에 없었다. 그들의 고심한 노력 끝에 《북향》 제1호(창간호)는 1935년 10월에, 제2호는 1936년 1월 10일에, 제3호는 1936년 3월 27일에, 제4호는 1936년 8월 1일에 각기 출간되었다.

당시 《북향》의 간행은 직접, 간접적으로 일제 영사관의 심한 단속과 간섭을 받지 않으면 안 되었다. 그래서 제3호에 이르러서부터는 일제의 직접적인 간섭 하에 '납본제'를 강요당하였는데 이때로부터는 《북향》을 발행하기 전에 먼저 몇 권을 일제당국에 바쳐서 내용검열을 받은 후 그들의 인가를 받아야 만이 그 정식적 발행이 가능하였다. 그런데 그 후 멸망의 길에 들어선 일제 놈들이 '황민화' 운동을 미친 듯이 추행함에 따라 '납본제'로도 근근이 4호까지 내고는 더는 낼 수 없는 역경에 빠지게 되자 그만 정간하고 말았다. 《북향》은 비록 정간하였으나 그가 빛 뿌린 민족적 정기와 정신은 겨레의 마음속에 깊이 메아리치면서 심각한 영향력을 산생하였다.

3. 《북향》의 업적과 특색

《북향》(인쇄본)은 불과 30여 페이지의 지면을 가진 소형문예지였으나 그가 취득한 성과와 문단에서 논 작용은 자못 크다.

《북향》은 강렬한 민족적 사명감으로부터 문단을 이끌어 작가들을 단합하고 신진들을 육성하기에 심혈을 몰부었으며 또한 문학창작을 활약, 발전시키는 가운데서 부단히 자기의 업적을 쌓았다.

《북향》(인쇄본) 제1호에서부터 4호까지에 등단한 창작자들만도 근 40명이 되는데 그 진두에는 조선 문단에서 영향력 있는 작가들인 강경애, 박영준, 안수길, 김국진, 윤영춘 등이 서고 있다. 《북향》은 이와 같이 자기 민족의 작가진을 형성하면서 문예신진들을 양성하기에 진력하였다. 이는 《북향》의 쌓은 업적 중에서도 가장 으뜸가는 중대한 업적이다.

《북향》은 바로 이런 활기에 찬 작가진에 의거하여 문학창작을 발랄하게 전개하였으며 적지 않은 성과들을 취득하였다. 이때의 작가들은 퍽 많은 작품들을 써냈으나 《북향》의 지면관계로 대부분은 기타 문예지나 출판사에 돌리고 일부분 작가들의 편폭이 작은 작품을 싣는 수밖에 없었다.

그러나 《북향》 1호부터 4호까지에 게재한 소설 10편, 시가 50수, 수필 9편, 문예논문과 평론 6편에서만도 당시에 거둔 빛나는 문학성과의 일모를 보아낼 수 있다. 상술한 작품 가운데서 우리의 주의력을 끄는 것은 소설과 시가 작품들이다. 이 중의 적지 않은 작품은 상당한 사상, 예술적 수준과 다채로운 스틸로써 이 시기 문단에 이채를 가해주고 있다. 이에는 비판적 사실주의 창작방법으로 당시의 암흑한 현실을 신랄히 해부하고 민족적 의식과 비판적 의식을 구현한 단편소설 「장」(안수길), 「함지쟁의 영감」(안수길), 「설」(김국진) 등이 사람들의 이목을 끈다. 민족의 절통한 마음과 회한의 정 그리고 대결의 의지를 토로한 시가도 많이 발표되었는데 그 중에는 시 「허물어져 가는 옛집아」(환원), 「방랑자의 노래」(한중섭), 「춘소추우(春宵秋雨)」(안영균), 「잠든 바다」(김유훈)……가 있다. 이런 시편들에는 민족의 정기가 맥맥이 흐르고 있으며 투쟁의 의지와 생활의 철리가 습배여 있다.

　　물론 당시 일제의 정치적 탄압과 문화전제주의의 통제 하에서 일제의 죄악상과 그에 대한 저항의 의지를 노골화한다는 것은 거의 불가능하였다. 문학창작에서 그 제재범위도 제한되고 많은 제약을 받지 않으면 안 되었던 작가들로서 자기의 사상 예술적 수준을 제대로 발휘한다는 것은 극히 어려운 일이었다. 그러나 역사적 의식과 민족적 사명감으로 자기를 불태우던 《북향》의 작가들은 첩첩한 장애를 헤치며 민족의 한과 지조와 새로운 추구를 묘사한 작품들을 창작함으로써 당시의 간도문단을 빛내었다.

　　이 시기 《북향》의 문학창작실천을 총괄적으로 고찰하면 다음과 같은 몇 가지 특색을 보아낼 수 있다.

　　첫째, 《북향》의 문학 활동과 창작실천에서는 시종 민족의식을 강렬히 표현하였는데 이는 아주 특징적이다. 《북향》은 사회주의적 경향이 짙은 것이 또한 특징적이다. 이런 민족적 의식은 여러모로 표현된다. 우선 작품 중에서 구현한 역사의식과 민족적 성격과 기질 등에서 표현되고 있다. 많은 작품들에서는 일제 식민지통치 하에서의 민족의 불운과 회한의 정을 통탄하였으며 그에 대한 저항의 의지와 밝은 미래에 대한 동경을 깊이 있게 파헤치고 있다. 《북향》에 게재된 소설과 시가와 수필 등에서 우리는 또한 그와 같은 탄압과 모진 시련 속에서도 굴하지 않으며 역경에 몸부림치면서도 저항의 의지를 굽히지 않는 민족의 산 모습을 볼 수 있으며 그들의 숨결을 들을 수 있다.

　　다음, 《북향》의 사실주의적 경향이 짙은 것이 또한 특징적이다. 당시 《북향》의 작가들은 물론 여러 가지 부동한 문예사조와 유파의 영향을 받았으나 그들 중의 대부분은 사실주의에 경향 하였다. 그들의 이런 사실주의적 경향은 시가창작에서도 표현되었거니와 소설의 경우에는 더욱 뚜렷하게 보여주고 있다. 《북향》에 발표된 소설들이 선택한 제재와 노린 주제는 서로 달라도 모두가 당시 사회적 생활에 깊이 파고 들어가 당시의 암흑상을 진실하게 묘사하며 폭로하기에 심혈을 쏟고 있다.

그들의 사실주의적 경향에 대해서는 《북향》 창간호에 노신의 작품 「고향」을 번역하여 실었다는 사실이 또한 좋은 실증으로 된다.

끝으로 《북향》은 젊은 작가들과 문학청년들로 구성된 단체로서의 자기의 특색을 과시하고 있다. 그 성원을 보면 젊은 문예청년들이 많고 또한 일본 등지에 가서 유학한 사람들도 적지 않은 비중을 차지하였다. 당시 이들은 비록 사상 예술적 지향이 온정 되지 못하였고 또 그 창작수준도 고르지 않았지만 새로운 사물과 새로운 사상조류를 보다 재빨리 접수하였으며 구지욕과 꿈도 퍽 많았다. 그들은 암흑한 현실 하에 서로 다 같이 문학창작실천에 투신하였는데 이 점은 매우 보귀한 것이다. 이와 같이 정열적이고 활력적이며 청년적인 특점은 또한 《북향》의 특점이기도 하다.

상술한 바와 같이 1930년대 간도 용정에서 발족된 '북향회'는 우리 겨레의 문학을 발전시키고 자기의 작가진을 형성함에 있어서 마멸할 수 없는 빛나는 기여를 하였다.

· 저자 ·

권 철

· 약 력 ·

1929년 3월 27일 조선 강원도 평강군 출생.
1952년 연변대학 조문학부 졸업.
1958년 동북사범대학 중국현대문학연구생 졸업.
1956년 연변대학 조문학부 학부장, 과학연구처 처장, 민족연구소 소장, 북경대학 조선문화연구소 겸직 연구원, 교수.
중국 작가협회 연변분회 비서장, 중국소수민족 문학학회 이사, 길림성 민속학회 고문, 연변조선족 민속학회 명예회장, 연변노교수 협회 부회장 등 역임.

· 주요논저 ·

주요저서로는 『중국현대문학사』, 『조선족문학연구』(주필, 합저), 『중국조선족문학사』(주필, 합저), 『광복 전 중국조선민족문학연구』,
편저로는 『중국조선민족문학대계』(주편, 합저), 『김조규 시전집』(주필, 합저), 『문학작품선』 등 70여 편의 문학논문, 평론이 있음.

외 다수

중국조선민족문학 (근·현대 편)

· 초판 인쇄	2006년 8월 31일
· 2 쇄	2006년 11월 15일
· 지 은 이	권 철
· 펴 낸 이	채종준
· 펴 낸 곳	한국학술정보㈜
	경기도 파주시 교하읍 문발리 526-2
	파주출판문화정보산업단지
	전화 031) 908-3181(대표) · 팩스 031) 908-3189
	홈페이지 http://www.kstudy.com
	e-mail(출판사업부) publish@kstudy.com
· 등 록	제일산-115호(2000. 6. 19)
· 가 격	21,000원

ISBN   89-534-5582-0 93810 (Paper Book)
        89-534-5583-9 98810 (e-Book)